J. KENNER
Nikki und Damien

Zum Buch
Die Erzählungen *Dich befreien*, *Dir gehören* und *Dir vertrauen* setzen J. Kenners erfolgreiche Romantrilogie um Nikki Fairchild und Damien Stark fort, die als *New-York-Times*- und *SPIEGEL*-Bestseller die Leser begeisterte.

»Das ist der Stoff, aus dem die erotischen Träume der Frauen sind. Geben wir uns ihnen hin!« *B.Z.*

»J. Kenner ist DIE Autorin für leidenschaftliche Begegnungen, die ihre Figuren überwältigen, verändern und erlösen.« *Romantic Times*

Zur Autorin
J. Kenner wurde in Kalifornien geboren und wuchs in Texas auf, wo sie heute mit ihrem Mann und ihren Töchtern lebt. Sie arbeitete viele Jahre als Anwältin, bevor sie sich ganz ihrer Leidenschaft, dem Schreiben, widmete.

Die Stark-Serie im Überblick:
Dir verfallen. Roman (Stark 1)
Dir ergeben. Roman (Stark 2)
Dich erfüllen. Roman (Stark 3)
Dich befreien. Erzählung (Stark 4)
Dir gehören. Erzählung (Stark 5)
Dir vertrauen. Erzählung (Stark 6)

Außerdem von J. Kenner im Diana Verlag erschienen:
Wanted (1). Lass dich verführen
Wanted (2). Lass dich fesseln
Wanted (3). Lass dich fallen
Closer to you (1). Folge mir
Closer to you (2). Spüre mich
Closer to you (3). Erkenne mich

J. KENNER

Nikki & Damien

Dich befreien
Dir gehören
Dir vertrauen

Drei Erzählungen

Aus dem Amerikanischen von Christiane Burkhardt und Janine Malz

DIANA

Der Verlag weist ausdrücklich darauf hin, dass im Text
enthaltene externe Links vom Verlag nur bis zum Zeitpunkt
der Buchveröffentlichung eingesehen werden konnten.
Auf spätere Veränderungen hat der Verlag keinerlei Einfluss.
Eine Haftung des Verlags ist daher ausgeschlossen.

Verlagsgruppe Random House FSC®N001967

Taschenbucherstausgabe 06/2016
Copyright © 2013, 2014 und 2015 der Originalausgaben by Julie Kenner

Die Originalausgaben erschienen 2013, 2014 und 2015 unter den Titeln
Take Me, *Have Me* und *Play my Game* bei Bantam Books,
an imprint of Random House, a division of Penguin
Random House LLC, New York
This translation published by arrangement with Bantam Books,
an imprint of Random House, a division of Penguin Random House LLC
Copyright © 2014 und 2015 der deutschsprachigen Ausgaben sowie
© 2016 dieser Gesamtausgabe by Diana Verlag, München,
in der Verlagsgruppe Random House GmbH,
Neumarkter Straße 28, 81673 München
Redaktion: Kristof Kurz, Babette Mock
Umschlaggestaltung: t.mutzenbach design, München
Umschlagmotiv: © Morozova Oxana/shutterstock
Satz: Christine Roithner Verlagsservice, Breitenaich
Druck und Bindung: GGP Media GmbH, Pößneck
Printed in Germany
Alle Rechte vorbehalten
ISBN 978-3-453-35904-8

www.diana-verlag.de
Besuchen Sie uns auch auf www.herzenszeilen.de
Dieses Buch ist auch als E-Book lieferbar.

Inhalt

Nikki & Damien

Dich befreien
7

Dir gehören
113

Dir vertrauen
229

Dich befreien

Aus dem Amerikanischen von
Christiane Burkhardt

1

Weiß.

Es umhüllt mich, weich und wogend, sanft und tröstlich. Ich stehe in einem Zimmer, kann aber weder Wände noch Fenster erkennen. Ich bin von nichts als fließendem Stoff umgeben, der gar kein Ende mehr zu nehmen scheint. Seide liebkost meinen Körper, als ich die vor mir liegenden Draperien durchschreite. Es sind Hunderte, wenn nicht Tausende. Sie sind wunderschön. Sie sind perfekt. Und ich habe überhaupt keine Angst.

Im Gegenteil – ich bin vollkommen ruhig. Während ich mir meinen Weg bahne, und meine nackten Füße leise über den kühlen Boden tapsen, merke ich, dass ich auf ein Licht zulaufe. Es fällt durch die durchscheinenden Stoffbahnen, die flattern, als hätte sie eine Meeresbrise erfasst.

Ich weiß, dass ich auf irgendetwas zugehe – auf *irgendwen* –, und spüre, wie Freude in mir aufkeimt. *Er* ist da. Irgendwo hinter diesem Wald aus Sinnlichkeit. Irgendwo in dem Licht.

Damien.

Ich beschleunige meine Schritte, und mein Herz schlägt schneller. Ich kann es kaum erwarten, ihn zu sehen, seine Fingerspitzen auf meiner Haut zu spüren – so sanft wie diese meinen Körper streifenden Vorhänge. Aber obwohl ich vorwärtseile, scheine ich nicht vom Fleck zu kommen. Auf einmal wirkt das leise Flattern der Stoffbahnen bedrohlich. So als würden sie nach mir greifen, mich packen und festhalten.

Panik steigt in mir auf. Ich muss zu ihm, ihn sehen und

berühren. Doch so sehr ich mich auch anstrenge, ich scheine kein bisschen vorwärtszukommen. Ich stecke fest, und was vorhin noch aussah wie die Pforte zum Paradies, ist jetzt eine Falle, ein Hinterhalt, ein furchtbarer Albtraum.
Ein Albtraum.
Während die Wahrheit zu mir durchdringt, beginnt mein Herz zu rasen. Ich stehe nicht in einem Zimmer, sondern liege im Bett. Ich renne nicht, ich schlafe.

Das ist ein Traum, bloß ein Traum. Aber einer, aus dem ich nicht erwachen kann. Ich bewege mich jetzt schneller, bahne mir einen Weg durch diese verdammten Vorhänge und weiß mit der für Träume typischen Gewissheit, dass ich erst frei sein werde, wenn ich sie hinter mir gelassen habe. Dann kann ich aufwachen und bin wieder in Sicherheit, in Damiens Armen.

Aber es gibt einfach kein Durchkommen.

Obwohl ich schiebe und drücke, mich durch die hauchdünne Seide kämpfe, obwohl ich renne und renne, bis meine Lunge vor Anstrengung brennt, komme ich kein Stück weiter. Verzweifelt breche ich auf dem kühlen Boden zusammen, während mein Rock sich um mich bauscht wie Blätter um einen Blütenkelch. Vorsichtig streiche ich über den Stoff. Im Laufen ist mir gar nicht aufgefallen, dass ich ein Kleid trage. Aber das ist ein Traum, und ich weiß, dass es keinen Sinn hat, lange über seine seltsamen Gesetzmäßigkeiten nachzudenken. Stattdessen versuche ich, mich zusammenzureißen, die Ruhe zu bewahren, tief durchzuatmen. Ich strebe nicht mehr weiter, und das ist gut so. Denn jetzt, wo ich stehen geblieben bin, fallen die Stoffbahnen zu Boden, sinken sanft hernieder, um sich aufzulösen wie Zuckerwatte in Wasser. So lange bis nichts mehr übrig ist außer mir und diesem Raum mit den weißen Wänden. Doch sie drohen mich zu erdrücken, scheinen mit jedem Atemzug näher zu rücken.

Ich spüre eine Enge in der Brust, und als ich nach unten schaue, sehe ich, dass sich meine Hand in das Seidenkleid gekrallt hat.

Der Saum ist mit kleinen goldgelben Blumen bestickt, die mit weiß schimmernden Perlen verziert wurden. Ich kann sie unter meiner Hand spüren. Ich schaue am schmalen Oberteil herab, spüre die reine Seide und den leichten Druck der Miederstäbchen.

Ich trage mein Hochzeitskleid, und für einen Moment bin ich beruhigt. *Damien!*, denke ich. Er ist nicht an meiner Seite, aber ich weiß, dass er trotzdem bei mir ist: dieser unglaubliche Mann, der bald mein Ehemann sein wird.

Allein der Gedanke an ihn beruhigt mich, und ich kann leichter atmen, weitergehen, mich bewegen. Ich kann aufstehen, vorwärtsschreiten und diesen Raum verlassen.

In Damiens Arme sinken.

Und genau das habe ich auch vor. Ich verlagere mein Gewicht, um mich zu erheben.

In diesem Moment sehe ich den Fleck.

Rot verschwommen klettert er an der reinweißen Seide des Rocks empor. Er ist so blass, dass ich ihn erst für eine Lichtspiegelung halte. Doch dann wird er intensiver, von Hell- zu Dunkelrot, und breitet sich aus, besudelt mein schönes Kleid.

Blut.

Panisch taumle ich zurück, als könnte ich dem Fleck so irgendwie entkommen. Doch natürlich gibt es kein Entrinnen, und ich raffe den Rock, versuche, ihn hochzureißen, darunter zu schauen. Verzweifelt versuche ich zu ergründen, woher das Blut stammt.

Vergeblich. Meine Hände sind zu feucht. Sie sind rot und nass. Ich wische sie am Rock ab, versuche, sie zu säubern. Das Herz schlägt mir so laut in den Ohren, dass ich nur noch das Rauschen meines Blutes höre: das Rauschen des Blutes, das aus mir herausfließt.

Nein, nein, lieber Gott, nein!

Aber es stimmt, da bin ich mir sicher: Das Blut auf dem Rock stammt von mir, und mit einem letzten, verzweifelten Ruck ziehe ich den Stoff hoch, zerre an Seide, Satin und Spitze, bis ich ihn um die Taille gerafft habe und meine nackten, blutverschmierten Beine sehe.

Ich höre ein Geräusch – eine Art Keuchen. Es kommt aus meinem Mund, und ich reibe an dem Blut, suche nach seinem Ursprung. Ich bin auf den Knien, habe die Schenkel zusammengepresst. Doch jetzt spreize ich sie und sehe die Narben, die seit Langem die zarte Haut meiner Schenkelinnenseiten entstellen. Die Verletzungen, die ich mir mit einer Rasierklinge selbst beigebracht habe.

Ich erinnere mich noch gut an die süße Intensität des ersten Schnitts. An die wunderbare Wärme, die in mir aufgewallt ist, als das Metall durch Haut glitt. An die Erleichterung, die mir der Schmerz verschafft hat, so als entwiche pfeifend Dampf aus einem Kessel. Ich erinnere mich an den Schmerz, aber ich bin nicht mehr darauf angewiesen. Zumindest rede ich mir das ein. Ich brauche weder die Wunden noch den Schmerz.

Ich will mich nicht mehr ritzen.

Es geht mir viel besser, denn ich habe Damien. Er ist für mich da, er erdet und beschützt mich, macht mich erst vollkommen.

Aber das Blut lässt sich nicht leugnen. Und als ich an mir herabschaue, auf die offene Wunde starre – auf das rohe, verstümmelte Fleisch und das klebrige Blut mit dem stechenden Geruch, spüre ich, wie mir die Brust erneut eng wird und sich meine Kehle zusammenschnürt.

Dann höre ich mich endlich schreien.

2 Ich wache in Damiens Armen auf, bin ganz heiser von meinem Schrei. Schluchzend schmiege ich das Gesicht an seine nackte Brust. Mein Atem geht stoßweise.

Damiens Hände streicheln meine Schultern, fest und tröstend, besitzergreifend, aber auch beschützend. Er sagt meinen Namen: »Nikki, Nikki, pssst! Alles ist gut, mein Schatz, alles ist gut!« Doch ich bekomme nur mit, dass ich in Sicherheit bin und geliebt werde.

Dass ich ihm gehöre.

Meine Tränen versiegen, und ich hole tief Luft, konzentriere mich auf seine Berührungen, auf seine Stimme. Auf seinen erotischen, männlichen Duft.

Ich lenke die Aufmerksamkeit auf alles, was ihn ausmacht, was ihm die Kraft gibt, mich zu beruhigen und meine Dämonen in die Flucht zu schlagen. Er ist wunderbar, aber das größte Wunder ist, dass er mir gehört.

Ich schlage die Augen auf, lehne mich zurück und hebe den Kopf. Obwohl ich ihn gerade erst aus dem Schlaf gerissen habe, sieht er fantastisch aus. Ich sauge seinen Anblick förmlich in mich auf, und meine Seelenqualen sind vergessen. Es verschlägt mir den Atem, als ich ihm in die Augen sehe, in diese magischen, verschiedenfarbigen Augen, in denen so viel zu sehen ist: Leidenschaft, Besorgnis, Entschlossenheit – aber vor allem Liebe.

»Damien«, flüstere ich und werde mit dem Anflug eines Lächelns belohnt.

»Da bist du ja wieder.« Sanft fährt er mir über die Wange,

streicht mir das Haar aus dem Gesicht. »Willst du darüber reden?«

Ich schüttle den Kopf, doch gleichzeitig entweicht mir ein einziges Wort: »Blut.«

Sofort erkenne ich die Besorgnis in seinem Blick.

»Das war nur ein Traum«, erkläre ich. Aber so richtig glauben kann ich es immer noch nicht.

»Das war kein Traum«, verbessert er mich. »Sondern ein Albtraum. Und zwar nicht der erste.«

»Nein«, muss ich zugeben. Anfangs waren es nicht mal richtige Albträume, sondern nur ein ungutes Gefühl beim Aufwachen. In letzter Zeit bin ich immer öfter nachts hochgeschreckt, nass geschwitzt und mit rasendem Herzklopfen. Doch das war der erste Traum, in dem Blut vorkam.

Ich richte mich auf, ziehe mir die Decke bis unters Kinn, als könnte sie mich vor meinen Albträumen beschützen. Ich verschränke meine Finger mit seinen, und unsere Beine berühren sich. Ich möchte nicht über diese Träume nachdenken, aber wenn ich es doch tue, brauche ich Damiens Berührung, die mir Halt gibt.

»Hast du dich geritzt?«

Ich schüttle den Kopf. »Nein, das heißt doch. Irgendwann vorher. Da waren keine Narben an meinen Beinen, sondern Wunden. Offene Wunden und überall Blut, ich ...«

Er bringt mich mit einem Kuss zum Schweigen, der so intensiv und fordernd ist, dass ich meine Angst vollkommen vergesse. Stattdessen empfinde ich ein so loderndes Verlangen, dass alles andere auslöscht, alles niederbrennt, was unser gemeinsames Leben bedroht – seien es nun die Gespenster der Vergangenheit oder meine Zukunftsängste.

Meine Zukunftsängste?

Als ich über diese Worte nachdenke, merke ich verblüfft, dass das die Wahrheit ist. Seltsam, denn ich habe keinerlei

Angst davor, Mrs. Stark zu werden – im Gegenteil! Wenn mich etwas kein bisschen schreckt, dann der Gedanke, Damiens Frau zu werden. Ich bin dafür bestimmt, das wird mir immer wieder bewusst, wenn ich in seinen Armen liege.

Geht es etwa darum, dass ich Angst habe, etwas könnte dazwischenkommen?

Damiens Daumen fährt zärtlich über meine Unterlippe, und ich sehe das wissende Leuchten in seinen Augen. »Los, erzähl schon!«, fordert er mich mit einer Stimme auf, die keinen Widerspruch duldet.

»Vielleicht sind das Vorzeichen«, flüstere ich. »Die Träume, meine ich.« Das hört sich dumm an, muss aber ausgesprochen werden, denn ich will meine Ängste nicht für mich behalten. Schließlich weiß ich ganz sicher, dass Damien sie mir nehmen kann.

»Vorzeichen?«, wiederholt er. »Du meinst, so was wie ein böses Omen?«

Ich nicke.

»Und was sollen sie bedeuten?« Er zieht die Brauen hoch. »Dass wir nicht heiraten sollen?«

Ich höre den neckenden Unterton, trotzdem fällt meine Antwort extrem heftig aus. »Um Himmels willen, nein!«

»Dass ich dir wehtun werde?«

»Du wärst nie in der Lage, mir wehzutun. Nicht auf diese Art.« Wir beide wissen, dass es Zeiten gab, in denen ich den Schmerz gebraucht habe – in denen ich wieder eine Rasierklinge in meine Haut gedrückt hätte, wenn Damien nicht gewesen wäre. Aber Damien ist hier, und das ist das Einzige, was zählt.

»Was dann?«, fragt er sanft und führt unsere verschränkten Hände an seine Lippen. Zärtlich küsst er meine Fingerknöchel, und dieses süße Gefühl lenkt mich ab.

»Ich weiß nicht.«

»Aber ich!«, sagt er dermaßen überzeugt, dass ich sofort ruhiger werde. »Du bist eine Braut, Nikki. Kein Wunder, dass du nervös bist.« Er gibt mir einen spielerischen Kuss auf die Nasenspitze.

»Nein.« Ich schüttle den Kopf. »Nein, das…« Aber ich beende meinen Satz nicht. Denn vielleicht hat er recht: Habe ich wirklich Angst vor der eigenen Courage?

»Dabei gibt es gar keinen Grund, nervös zu sein.« Er berührt mich an der Schulter, streicht mir sanft über die Arme und zieht dabei das dünne Laken weg.

Daraufhin bin ich nackt und bekomme Gänsehaut. Nicht weil mir kalt wäre, sondern wegen des Verlangens in Damiens Augen: ein Verlangen, dem ich mich nur zu gern hingebe.

»Wie heißt es doch so schön? Bei der Hochzeit werden Braut und Bräutigam eins?« Er fährt mit der Fingerspitze über mein Schlüsselbein und dann zärtlich bis zu meiner Brust. »Doch für uns gilt das nicht, Baby. Ganz einfach, weil wir längst eins sind. Diese Hochzeit ist nur noch reine Formalität.«

»Ja.« Meine Stimme ist kaum mehr als ein Flüstern.

Seine Hand umfasst meine Brust, während sein Daumen träge über meine harte, erigierte Brustwarze fährt. Die Berührung ist ganz sanft, trotzdem geht sie mir durch Mark und Bein. Ein simpler Körperkontakt, der so simpel auch wieder nicht ist, weil er die Kraft hat, mich auseinanderzunehmen und wieder zusammenzusetzen.

Ich schließe ebenso hingebungs- wie erwartungsvoll die Augen und spüre, wie sich das Bett bewegt, als er sich rittlings auf mich setzt. Er ist ebenfalls nackt, und seine stählerne Erektion drängt heiß und sehnsüchtig gegen meine Schenkel. Ich strecke die Arme nach ihm aus und wölbe die Hände über seinem knackigen Po. Er ist nicht in mich eingedrungen, liebkost mich nicht mal zwischen den Beinen –, trotzdem bin ich überempfindlich. Meine Muskeln ziehen sich sehnsüchtig zusammen, und meine Hüften winden sich schamlos.

»Damien«, flüstere ich und öffne die Augen, um ihn über mir zu sehen. Als er mich anschaut, ist sein Blick ganz weich.

»Nein«, sagt er. »Schließ die Augen. Lass mich einfach machen, lass mich dir beweisen, wie gut ich dich und deinen Körper kenne. Denn er gehört nicht nur dir, sondern auch mir. Und ich will dir zeigen, wie gut und gründlich ich mich um meinen Besitz kümmere.«

»Glaubst du, das wüsste ich nicht längst?«

Er antwortet nicht mit Worten. Stattdessen streifen seine Lippen sanft die meinen. Mehr ist auch gar nicht nötig. Langsam hinterlassen sie eine Spur von Küssen auf meinem Hals, wandern immer tiefer, bis sich sein Mund grob über meiner Brust schließt und er sie mit den Zähnen streift.

Erschreckt biege ich den Rücken durch, während mich Lustwellen durchzucken und sich warm zwischen meinen Beinen stauen. Meine Vagina zieht sich sehnsüchtig zusammen. Ich möchte ihn in mir spüren, kann es kaum erwarten. Aber er berührt nur meine Brust, saugt, beißt, schmeckt und neckt. Dadurch ist alles andere wie ausgelöscht – meine Gedanken, Ängste und Sorgen –, und ich bin Lust pur: funkelnde, frohlockende Lust. Schon sein Mund an meiner Brust könnte genügen, um mich zum Orgasmus zu bringen.

Langsam – quälend langsam – löst er sich von mir. Seine Lippen wandern meinen Bauch hinunter. Beim Nabel hält er inne, seine Zunge neckt mich, und seine Berührung ist wie ein Kitzeln, nur sinnlicher. Er schiebt eine Hand unter meinen Rücken, und ich gehe ins Hohlkreuz, während er an mir zupft und ich seine Zähne auf der weichen Haut meines Bauchs spüre.

Er befindet sich mittlerweile zwischen meinen weit gespreizten Beinen, ohne meine Klitoris zu berühren. Ja, er liebkost nicht einmal meine Schenkel. Aber er verströmt eine solche Leidenschaft, dass mein Schamdreieck in Flammen steht. Alles an mir pulsiert vor Sehnsucht, Verlangen und Begierde.

Und trotzdem macht Damien keinerlei Anstalten, mich zu befriedigen. Es gefällt ihm, mich auf die Folter zu spannen. Als er die Umrisse meines Nabels langsam mit der Zunge nachfährt, stöhne ich laut auf vor Lust und Frust.

»Magst du das?«, fragt er.

»Ja«, murmle ich.

»Ich auch.« Seine Stimme klingt tief und ehrfürchtig. »Du schmeckst süß.«

»Süßigkeiten sind schlecht für dich«, erwidere ich scherzhaft.

»Ja, wenn das so ist …«, sagt er mit leisem Knurren, »dann liebe ich, was schlecht für mich ist.«

»Ich auch«, flüstere ich und komme ihm mit den Hüften entgegen. »Aber, Damien …«

»Du willst mehr«, sagt er und spricht aus, was ich denke. Er küsst meinen Venushügel, lässt die Lippen dann über meinen Hüftknochen bis zum Schenkelansatz wandern.

»O Gott, ja, ja.«

»Und wenn ich immer noch nicht genug von dir gekostet habe? Wenn ich jeden Millimeter deines Körpers küssen, lutschen und daran saugen will? Wenn ich dich erst schmecken will, bevor ich mich in dir verliere? Bevor wir uns aneinander verlieren und ich dich zum Höhepunkt bringe?«

Er richtet sich auf, beugt sich so weit über mich, dass ich fest davon ausgehe, dass er mich gleich küssen wird. Er ist mir so nah, dass wir dieselbe Luft atmen.

Doch er löst sich von mir, bringt seinen Mund an meine Schläfe. Seine Lippen streifen meine Haut, bevor er flüstert:

»Ich werde dir immer mehr geben, Baby, aber erst will ich, dass du dafür bereit bist. Dass du scharf wirst und fast vergehst vor lauter Sehnsucht.«

»Das tue ich bereits.« Die Worte sind mir einfach so herausgerutscht, und als Damien sich von mir entfernt, sehe ich das überhebliche Grinsen in seinem Gesicht.

»Allerdings«, sagt er. »Aber du wolltest noch mehr. Eine Aufforderung, der ich nur zu gern nachkomme, mein Schatz. Die Frage ist nur, mehr wovon?« Sein Mund schließt sich um meine Brust, und ich schreie auf, als er in meine Brustwarze beißt. »Mehr Schmerz?«

Ich kann nicht antworten, in meinem Körper tobt der erotische Sturm, den er entfacht hat.

»Mehr Lust?« Er gleitet weiter an meinem Körper hinunter, und diesmal kommt es zu einem Hautkontakt, der meine Leidenschaft noch heller auflodern lässt. Seine Lippen wandern zwischen meinen Brüsten nach unten bis zu meiner Klitoris. Er pustet sanft darauf, legt die Hände flach auf meine Schenkelinnenseiten und öffnet mich noch weiter. Er nimmt eine Hand weg, fährt dann mit dem Finger sanft über meine feuchte, heiße Klitoris. Ich zittere, stehe so kurz davor, dass ein weiterer Lufthauch aus seinem Mund gereicht hätte, und ich wäre gekommen.

»Mehr Vorfreude?« Dann geht sein Mund erneut auf Reisen, wandert mein Bein hinunter, über die Narben auf der Schenkelinnenseite bis zu meiner empfindlichen Kniekehle. Ich bin verloren, schmelze dahin. Ich bin ihm völlig ausgeliefert und kann nichts anderes tun, als die Lust genießen, die er mir beschert.

Er macht weiter, wandert immer tiefer, bis er meinen Knöchel, meine Fußsohle erreicht hat. Er fährt mit dem Finger von der Ferse bis zu den Zehenspitzen, und mein Fuß krümmt sich gleichzeitig mit meinem Rücken. Meine Vagina zieht sich sehnsüchtig zusammen, und ich staune über meine Reaktion auf diese simple Fußberührung. Aber warum eigentlich? Dass ich auf Damiens Zuwendungen extrem reagiere, ist schließlich nicht neu. Ich kann mich ihm nur hingeben, und genau das hatte Damien von Anfang an vor: Er wollte mich von meinen Sorgen ablenken und an diesen Ort bringen, der nur uns beiden gehört, an dem es nur Nikki und Damien gibt sowie die Lust, die wir füreinander empfinden.

Er ist noch nicht mit mir fertig, küsst sich langsam mein Bein hinauf, bis ich mich winde, meine Hüften lustvoll kreisen lasse. Ich will mehr. Ich will alles – und Wunder über Wunder: Endlich gibt mir Damien, wonach ich verlange. Seine Zunge zuckt sanft über meine Klitoris, eine hauchzarte Berührung, trotzdem explodiere ich. Schockwellen breiten sich in meinem Körper aus, fahren mir bis in die Haarspitzen. Es ist tatsächlich nur eine winzige Berührung, aber eben auch nur der Anfang. Er schließt den Mund über meinem Geschlecht, saugt und neckt. Er spreizt meine Beine so weit, dass ich mich nicht mehr rühren kann. Er lässt nicht locker, steigert meine Lust so sehr, bis sie mir zur Qual wird, und ich ganz offen und bedürftig bin: bedürftig nach ihm, danach, dass auch er diesen Ort aufsucht und ein Feuerwerk erlebt.

»Jetzt, Damien, ich will dich in mir spüren!«

Diesmal zögert er zum Glück nicht, ist aber auch nicht gerade sanft. Er geht auf die Knie, dreht mich auf die Seite, setzt sich rittlings auf eines meiner Beine, legt das andere über seine Hüfte und hält mich fest, indem er die flache Hand auf die Außenseite meines Schenkels presst. Seine andere Hand hat meinen Po gepackt, wandert dann aber weiter nach unten und stimuliert meinen Anus, während er tief in mich hineinstößt.

In dieser Position hat er mich noch nie genommen, und es erregt mich sehr, meine gegrätschten Beine, seine Hand und seinen Schwanz, die Art, wie er auf mir kniet, zu spüren: sein Oberkörper ist genauso aufgerichtet wie sein Schwanz, während ich daliege wie eine sich hingebende Vestalin. Er bewegt sich in mir, und ich spüre, wie ich schon wieder zum Orgasmus komme.

Ich schließe die Augen, überlasse mich meinen Gefühlen. Es ist magisch, mich Damien so zu öffnen, so mit ihm eins zu werden: beim Sex, im Leben, in der Ehe.

Ein Schaudern durchläuft mich, und ich höre, wie Damien stöhnt, als sich die Muskeln meiner Vagina um ihn herum anspannen, ihn immer tiefer in mich hineinziehen.

»Genau so, Baby, und jetzt mach die Augen auf!«

Ich gehorche und sehe, dass er nicht mich, sondern unsere sich vereinigenden Körper anschaut. Ich betrachte sein Gesicht – die sich steigernde Leidenschaft –, und als sein Blick weiterschweift und meine Augen erreicht, breche ich unter dem Ansturm der Gefühle, die ich in ihm erkenne, fast zusammen. Ich keuche im Rhythmus meiner Lustwellen, lasse mich von der Leidenschaft mitreißen, die in seinen Augen brennt.

Von der Glut, die mich dahinschmelzen lässt, die mich innerlich zerreißt.

Das bringt uns noch um!, denke ich, während ich den Rücken durchbiege und zum Höhepunkt komme. Nichts als Damiens Körper und seine Hand halten mich fest, während sich meine Vagina immer fester um ihn zusammenzieht, ihn melkt, bis auch er mit Leidenschaft kommt.

Langsam langen wir wieder auf dem Boden der Realität an. Damien zieht sich zu meinem Bedauern zurück, aber immerhin liegt er neben mir, unsere Arme und Beine sind ineinander verschränkt und unsere Gesichter nah beieinander. »Danke«, flüstere ich.

»Wofür?«

»Dafür, dass du mich abgelenkt hast. Von meinem Albtraum.«

Er lacht. »Mir war gar nicht klar, dass ich so leicht zu durchschauen bin.«

»Aber nur für mich. Wie sagtest du so schön? Wir kennen uns eben sehr gut.«

Er küsst mich auf die Nasenspitze. »Es gibt keinen Grund, weshalb du nervös sein müsstest.«

Ich nicke, aber leider irrt er sich, so viel weiß ich jetzt. Ich will mit dieser Hochzeit etwas beweisen, nämlich aller Welt zeigen, was wir als Paar sind: Schönheit, Anmut, etwas ganz Besonderes, Einzigartiges. Und zwar seinetwegen, unseretwegen. Kein Wunder, dass ich nervös bin.

»Ich will, dass die Hochzeit perfekt wird«, gestehe ich.

»Das wird sie auch«, beruhigt er mich. »Wie sollte es anders sein? Denn egal, was passiert, sie wird damit enden, dass du meine Frau bist. Und das, mein Schatz, ist das Einzige, was zählt.«

Ich küsse ihn flüchtig auf den Mund, denn er hat recht. Im Grunde weiß ich, dass er recht hat.

Andererseits ist er nicht derjenige, der sich Gedanken über die Torte machen muss, über das Kleid, die Band, den Fotografen. Über das Zelt, die Tische, den Champagner und so weiter.

Männer! Ich schmiege mich an ihn und gebe widerwillig zu, dass er es zumindest heute Nacht geschafft hat, mich abzulenken.

Heute Nacht interessiert mich nur noch dieser Mann, der bald mein Ehemann sein wird – und schon längst fest zu meinem Leben gehört.

3 Als ich aufwache, ist das Bett neben mir leer, und es riecht nach gebratenem Speck. Ich drehe mich zum Nachttisch um und schaue auf dem Handydisplay nach, wie spät es ist. Noch nicht mal sechs Uhr.

Stöhnend lasse ich mich in die Kissen zurücksinken. Doch eigentlich will ich nicht weiterschlafen. Ich will Damien.

Ich schlüpfe aus dem Bett und greife nach dem Tanktop sowie der Yoga-Hose, die beide über einem Sessel liegen. Barfuß verlasse ich das Schlafzimmer und gehe das kurze Stück zur Küche. Wir sind in Damiens Haus in Malibu, und das Panoramaschiebefenster mit Blick aufs Meer steht offen. Eine frische Ozeanbrise weht herein und vermischt sich mit dem Duft des Frühstücks. Ich atme tief ein und merke, wie glücklich ich bin. Egal, welche Dämonen mich heute Nacht gequält haben – Damien hat sie nachhaltig verbannt.

Ich werfe einen kurzen Blick auf den dunklen Pazifik. Schaumkronen leuchten auf, als die Wellen im schwächer werdenden Mondlicht an die Küste rollen. Einerseits möchte ich auf den Balkon gehen und auf das brodelnde, schäumende Wasser schauen. Andererseits ist der Lockruf des Meeres nichts im Vergleich zu meiner Sehnsucht nach Damien. Deshalb reiße ich mich vom Fenster los und betrete die Küche. Sie ist größer als die der Wohnung, die ich mir einst mit meiner besten Freundin Jamie geteilt habe, dabei ist sie nicht mal die Hauptküche. Die liegt im ersten Stock und könnte locker ein Restaurant mit hundert Tischen versorgen. Aber weil diese »kleine« Küche gleich neben unserem Schlafzimmer liegt, haben Damien und ich uns angewöhnt, in diesem gemütlichen, nicht so formellen Raum zu kochen und zu essen. Wie immer leistet uns Lady Miau-Miau Gesellschaft, die flauschige weiße Katze, die ich von meiner früheren Mitbewohnerin Jamie geerbt habe. Ich weiß, dass Lady M Jamie vermisst, aber sie genießt den Auslauf im riesigen Haus, außerdem wird sie von Gregory, dem Butler und guten Geist des Hauses, nach Strich und Faden verwöhnt.

Ich lehne mich an die halbhohe Mauer, die den Küchenbereich vom restlichen Raum trennt. Damien steht am Herd und brät ein Omelett, so als wäre er ein Durchschnittsmann. Nur, dass an Damien Stark so gar nichts durchschnittlich ist. Er ist Anmut und Macht pur, Schönheit und Leidenschaft. Er ist unvergleichlich und hat mich komplett in seinen Bann gezogen.

Sein Oberkörper ist nackt, und mir bleibt automatisch die Luft weg, als mein Blick über seine wohldefinierten Rücken- und Armmuskeln schweift. Sein erstes Vermögen hat Damien nicht als Geschäftsmann gemacht, sondern als Tennis-Profi. Noch Jahre später besitzt er das Aussehen und die Kraft eines Spitzenathleten.

Mein Blick wandert bewundernd an seinem Körper herab. Er trägt eine schlichte graue Jogginghose, die tief auf seinen schmalen Hüften sitzt und seinen knackigen Po betont. Genau wie ich ist er barfuß. Er sieht jung und sexy und absolut hinreißend aus. Doch trotz seines lässigen Looks sehe ich auch den Geschäftsmann in ihm. Den mächtigen Manager, der die Welt erobert, sie nach seinem Willen geformt und dabei ein Vermögen verdient hat. Zu wissen, dass ich das Wichtigste für ihn bin und mein Leben an seiner Seite verbringen werde, erfüllt mich mit tiefer Dankbarkeit.

»Du starrst mich an«, sagt er, ohne den Blick vom Herd abzuwenden.

Ich strahle wie ein kleines Kind. »Ich schaue mir eben gern schöne Dinge an.«

Jetzt dreht er sich doch um und mustert mich durchdringend, beginnend mit meinen Zehenspitzen. »Ich auch«, sagt er, als sein Blick mein Gesicht erreicht hat. Es liegt so viel Leidenschaft in seiner Stimme, dass mir die Knie weich werden und mein Körper vor Verlangen zittert. Sein Mund verzieht sich zu einem sexy Lächeln, und ich könnte jeden Moment dahinschmelzen. »Du hast mir die Überraschung verdorben.« Er zeigt mit dem Kinn zum Frühstückstisch, auf dem ein Tablett mit einer Vase steht. Darin befindet sich eine einzelne rote Rose. »Frühstück im Bett.«

»Wie wär's, wenn wir uns gemeinsam an den Tisch setzen?« Ich stelle mich hinter ihn und lege ihm die Arme um die Taille. Sanft küsse ich seine Schulter und sauge seinen sauberen Seifenduft in mich auf. »Eine frühe Besprechung?« Damien ist wirklich kein Faulpelz, trotzdem geht er nur selten vor neun ins Büro. Stattdessen arbeitet er morgens von zu Hause aus, springt nach einem kurzen Work-out unter die Dusche und fährt dann in die Stadt. Doch heute scheint er einen strafferen Terminplan zu haben.

»Früh würde ich eigentlich nicht sagen. Aber etwas weiter weg: Ich muss zu einer Sitzung nach Palm Springs. Der Hubschrauber kommt in zwanzig Minuten.«

»Und ich habe einen Termin in der Schweiz«, kontere ich lässig und trete einen Schritt zurück, damit er unser Frühstück anrichten kann. »Der Flieger kommt in einer Stunde.«

Seine Mundwinkel verziehen sich belustigt. Das Omelett liegt schon auf einem Teller, jetzt fügt er den Speck hinzu. Ich folge ihm zum Tisch, schenke uns Orangensaft und Kaffee ein, nehme ihm gegenüber Platz, lege die Serviette auf meinen Schoß und merke, dass ich grinse wie ein Honigkuchenpferd. Das Beste daran ist, dass Damien dasselbe tut.

»Ich liebe es, gemeinsam zu frühstücken!«, sage ich. »Das ist so was von gemütlich!«

Er nippt an seinem Kaffee, ohne den Blick von mir zu nehmen. Dann legt er den Kopf schräg, und ich sehe die Frage in seinen Augen. Das hätte ich mir denken können: Nie würde Damien zu einem Termin fahren, ohne sich vorher davon zu überzeugen, dass es mir gut geht. »Keine dunklen Schatten heute Morgen?«, fragt er.

»Nein«, sage ich wahrheitsgemäß. »Es geht mir gut.« Ich beiße in das Omelett, das wir uns teilen, und lasse mich verzückt zurücksinken. Ich kann mich in vielerlei Hinsicht glücklich schätzen, nicht zuletzt, weil mein Verlobter kochen kann. »Wie sollte es auch anders sein, wo du dich so gut um mich kümmerst?«

Wie erhofft, entlocken ihm meine Worte ein Lächeln. Doch ein Rest Besorgnis ist noch vorhanden, und ich strecke den Arm aus, drücke seine Hand. »Wirklich«, sage ich mit fester Stimme. »Es geht mir gut. Wie bereits gesagt – ich möchte nur, dass die Hochzeit perfekt wird, was fast schon ein Witz ist, wenn man bedenkt, dass ich ein Leben lang versucht habe, nicht die perfekte Plastik-Nikki zu sein, die meine Mutter aus mir machen wollte.« Sofort bereue ich es, meine Mutter auch nur erwähnt zu haben. Nach all den Jahren, in denen ich die brave, folgsame Tochter gespielt habe, habe ich mich damit abgefunden, dass sie mich immer nur verletzt hat und meinen Freund noch dazu verachtet. Sie hat mir meine Jugend zur Hölle gemacht, und obwohl das Ritzen allein meine Schuld ist, gäbe es wohl auf der ganzen Welt keinen Psychologen, der die Ursachen für diese gefährliche Sucht nicht auf Elizabeth Fairchild und ihre Neurosen zurückführen würde.

»Du bist nicht wie deine Mutter«, sagt Damien energisch. »Und es gibt keine Braut auf der Welt, die sich keine Traumhochzeit wünschen würde.«

»Und der Bräutigam?«

»Der Bräutigam ist glücklich, solange es seine Braut auch ist. Solange sie nur ›Ja, ich will‹ sagt und er sie zu Mrs. Stark machen darf. Solange wir eine Hochzeitsreise unternehmen.«

Ich muss lachen. »Danke!«

»Dafür, dass ich dein Lampenfieber vor der Hochzeit ertrage?«

»Für alles.«

Er steht auf und schenkt mir Kaffee nach, bevor er den Tisch abräumt. »Brauchst du Unterstützung bei deinen heutigen Unternehmungen?«

»Nein.«

»Wir heiraten am Samstag«, sagt er, als wüsste ich das nicht. Aber bei diesen Worten flammt meine angeblich nicht vorhandene Nervosität erneut auf. »Wenn du Sylvia brauchst, sag einfach Bescheid.« Damit meint er seine extrem effiziente Assistentin.

Ich schüttle den Kopf und schenke ihm ein perfektes Lächeln. »Nein danke, schon okay. Alles läuft nach Plan.«

»Du hast dir wirklich viel vorgenommen«, sagt er. »Mehr als nötig gewesen wäre.«

Ich lege den Kopf schräg, schweige aber. Diese Unterhaltung haben wir schon öfter geführt, und ich habe nicht vor, erneut darauf einzusteigen.

Nachdem er um meine Hand angehalten hat, sind wir einen Monat lang durch Europa gereist. Dort hat er vorgeschlagen, es einfach zu tun, auf einem Berggipfel oder an einem Strand an der Côte d'Azur zu heiraten. Um dann als Mr. und Mrs. Stark in die Vereinigten Staaten zurückzukehren.

Doch ich habe Nein gesagt.

Ich wünsche mir zwar nichts sehnlicher, als Damien Starks Frau zu werden, aber ich will eben auch eine Märchenhochzeit. Ich möchte die Prinzessin in Weiß sein, die an ihrem ganz besonderen Tag in einem wunderschönen Kleid zum Altar geführt wird. Ich mag zwar kaum etwas mit meiner Mutter gemeinsam haben, kann mich aber noch an die Sorgfalt erinnern, mit der wir Ashleys Hochzeit vorbereitet haben. Ich habe meine Schwester um vieles beneidet, ohne zu wissen, dass sie mit eigenen Dämonen zu kämpfen hatte. Als sie dann über Rosenblätter zum Altar schritt, füllten sich meine Augen mit Tränen, und ich konnte nur noch denken: *Eines Tages. Eines Tages werde ich den Mann finden, der am Ende dieses Weges auf mich wartet, mit nichts als Liebe in den Augen.*

Doch es war nicht nur mein Wunsch nach einer Traumhochzeit, die mich darauf bestehen ließ, noch zu warten. Denn ob es mir nun gefällt oder nicht: Damien ist ein Prominenter. Ich weiß also, dass die Medien über unsere Hochzeit berichten werden. Es soll nichts Pompöses werden – ehrlich gesagt möchte ich draußen am Strand heiraten –, aber ein schönes Fest soll es schon werden. Und da ich weiß, dass die Paparazzi alles tun werden, um geschmacklose Fotos zu machen, habe ich mir eine Reihe von uns in Auftrag gegebene Porträts und Schnappschüssen gewünscht. Fantastische Bilder, die wir den seriösen Medien überlassen können, damit sie den Mist in den Boulevardblättern hoffentlich überstrahlen werden.

Noch mehr wünsche ich mir jedoch, dass sie die furchtbare Geschichte und die Fotos vergessen machen, die die Medien erst vor wenigen Monaten gebracht haben, als Damien des Mordes angeklagt worden war. Ich will, dass der schönste Tag in unserem Leben einen dicken Schlusspunkt unter diese Angelegenheit setzt und über die schlimmsten Tage triumphiert.

All das habe ich Damien auch gesagt, und obwohl er nicht

alle Argumente für eine solche Hochzeit teilen kann, hat er zumindest Verständnis dafür.

Umgekehrt verstehe ich, dass er Angst hat, ich könnte mir zu viel zugemutet haben. Aber es geht hier schließlich um *meine* Hochzeit. Die Albträume sind ein Spiegel meiner Ängste, aber nicht die Realität. Ich komme damit klar, ich komme mit allem klar – Hauptsache ich werde am Ende damit belohnt, mit Damien vor dem Traualtar zu stehen.

»Alles läuft prima«, sage ich, um uns beide zu beruhigen. »Ich habe die Lage unter Kontrolle. Wirklich!«

»Hast du einen Fotografen gefunden?«

»Machst du Witze? Natürlich!« Das ist eine dreiste Lüge und nicht ganz ungefährlich, denn Damien kennt mich besser als jeder andere. Ich zwinge mich, nicht die Luft anzuhalten, rechne aber damit, dass er mehr wissen will – den Namen, das Studio, Referenzen. Alles Fragen, die ich nicht beantworten kann, weil ich noch keinen Fotografen gefunden habe, der den Mann ersetzen kann, den Damien letzte Woche gefeuert hat. Und zwar nachdem wir herausbekommen hatten, dass er hinter unserem Rücken vereinbart hat, nicht von uns abgenommene Hochzeitsbilder an das Klatschportal TMZ zu verkaufen. Und das ist nicht unser einziges Problem: Gestern habe ich erfahren, dass der Sänger der von mir gebuchten Band beschlossen hat, alles hinzuschmeißen und Knall auf Fall nach Kanada zurückzuziehen. Das bedeutet, dass es noch keinerlei Unterhaltungsprogramm gibt.

Ich muss also dringend jemanden engagieren – denn wie mir Damien netterweise in Erinnerung gerufen hat, heiraten wir in wenigen Tagen.

Aber, was soll's, ich bin schließlich kein bisschen gestresst oder so!

Ich runzle die Stirn, als mir dämmert, dass es vielleicht doch gute Gründe für meine Albträume gibt.

»Was ist?«, fragt Damien. »Ach, nichts«, sage ich. »Ich hab nur daran gedacht, was ich heute noch alles erledigen muss.«

Ich sehe ihm an, dass er mir das nicht abnimmt. Aber ich bin die Braut, und wie die meisten Bräutigame weiß er genau, dass er mich derzeit mit Samthandschuhen anfassen muss.

»Falls es dir entgangen sein sollte: Wir haben genug Geld, um professionelle Hilfe anzuheuern. Tu dir bitte keinen Zwang an, wenn es nötig sein sollte!«

»Wie? Du willst einen Hochzeitsplaner anstellen?« Ich schüttle den Kopf. »Dafür reicht die Zeit nicht mehr. Außerdem will ich alles selbst organisieren, und das weißt du auch: Ich will, dass das Fest zu uns passt und nicht zur neuesten Hochzeitsmode.«

»Das verstehe ich durchaus. Aber vielleicht hast du dir etwas viel vorgenommen?«

»Du hast doch auch mitgeholfen.«

Er gluckst. »Soweit ich das durfte, ja.«

Ich zucke die Achseln. »Du musst schließlich ein ganzes Firmenimperium leiten.«

Fakt ist, dass ich mehr Zeit habe als Damien. Ich habe nur eine kleine Firma mit genau einer Angestellten, und die bin ich. Er leitet *Stark International* mit so vielen Angestellten wie ein Entwicklungsland Einwohner hat. Vielleicht sind es sogar noch mehr. Und ja, ich habe ganz schön zu tun – aber nur, weil Damien keine lange Verlobungszeit wollte. Und da ich es ebenfalls nicht abwarten kann, waren wir uns schnell einig.

Es ist jetzt drei Monate her, dass er um meine Hand angehalten hat, und seit zwei Monaten und neunundzwanzig Tagen beschäftige ich mich mit der Hochzeitsplanung und versuche, diese mit meinem Job als Software-Entwicklerin zu koordinieren. Ich bin stolz auf das, was ich erreicht habe – umso mehr, als ich es aus eigener Kraft erreicht habe. Endlich sind die vielen Benimmkurse, zu denen mich meine Mutter gezwungen hat, mal zu was nutze!

Ich lächle ihn hinterhältig an. »Vielleicht hast du doch recht: Es ist ziemlich stressig, so unter Zeitdruck zu stehen, dabei macht es solchen Spaß, mir die Stranddekoration, das Catering und so weiter bis ins Detail auszudenken. Vielleicht sollten wir die Hochzeit einfach um ein paar Monate verschieben. Das würde mir die Sache sehr erleichtern.«

Seine Augen werden schmal. »Hör auf, Witze darüber zu machen! Außer du willst, dass ich dich packe, in ein Flugzeug setze und nach Mexiko entführe. Was ich übrigens nach wie vor für eine fantastische Idee halte.«

»Vegas wäre noch einfacher«, ziehe ich ihn auf.

»Aber in Las Vegas gibt es keinen Strand.« Seine Gesichtszüge werden weich. »Ich wäre zwar durchaus in der Lage, dich zu entführen, aber die Brandung und den Sonnenuntergang würde ich dir nie verweigern.«

Seufzend schmiege ich mich an ihn. »Weißt du eigentlich, wie sehr ich dich liebe?«

»Genug, um mich zu heiraten.«

»Und noch viel mehr!«

Er legt den Arm um meine Taille und zieht mich an sich, dann küsst er mich zärtlich auf den Mund: ein Kuss, der anfangs nichts weiter ist als eine hauchzarte Berührung, eine Einladung. Aber die Leidenschaft zwischen uns ist nicht zu leugnen, und bald stöhne ich, öffne mich seiner Zunge, während er den Mund auf meinen presst. Er zieht mich noch fester an sich, und mein Name ist nur noch ein Flüstern auf seinen Lippen. Seine Hand streicht über meinen Rücken und schiebt sich unter mein Tanktop. Das Gefühl von nackter Haut auf nackter Haut ist einfach unwiderstehlich, und ich seufze lustvoll auf. Dann stockt mir der Atem, als seine geschickten Finger unter das Bündchen meiner Yoga-Hose schlüpfen, sich um meinen Hintern wölben. Er zieht mich noch enger an sich, seine Erektion ist heiß und hart, als seine Finger in mich hineingleiten. Ich schmelze dahin, möchte nichts sehnlicher, als uns die Kleider vom Leib reißen und mich gleich hier auf dem Dielenboden von ihm nehmen lassen.

Alles an mir pulsiert, und ich könnte schwören, dass das ganze Haus mitzittert. Ich brauche einen Moment, bis ich merke, dass diese Vibrationen nicht nur auf mein Verlangen, sondern auf den Heli zurückzuführen ist, der sich gerade dem von Damien auf dem Grundstück angelegten Landeplatz nähert. Ich löse mich keuchend von ihm. »Sie kommen noch zu spät, Mr. Stark.«

»Da haben Sie leider recht.« Er küsst meine Mundwinkel, und seine Zunge an diesen empfindlichen Stellen ist beinahe so erregend wie seine sich an mich drängende Erektion. »Bist du sicher, dass du mich heute nicht begleiten willst?«, fragt er. »Ich glaube, im Hubschrauber habe ich dich noch nie genommen.«

Ich muss lachen. »Das steht ganz oben auf meiner Wunschliste«, versichere ich ihm. »Aber nicht heute. Heute habe ich ein Treffen mit der Torten-Lady.« Statt einer traditionellen Hochzeitstorte habe ich mich für ein Cupcake-Arrangement entschieden, bei dem nur die oberste Lage wie eine Torte aussieht. Die Konditorin, eine Promi-Köchin namens Sally Love, hat mir ein fantastisches Zuckerguss-Design für jeden einzelnen Cupcake vorgeschlagen. Außerdem wird sie echte Blüten einarbeiten, damit das Ganze elegant *und* originell aussieht. Und lecker obendrein! Damien und ich waren gemeinsam bei ihr, um die Geschmacksrichtungen für die oberste Lage und die restlichen Cupcakes auszuwählen. Heute gehe ich wieder hin, um die zehn Sorten, die es bis in die Endausscheidung geschafft haben, auf die nötigen fünf einzugrenzen.

»Brauchst du mich?«, fragt er.

»Aber immer doch!«, erwidere ich. »Nur nicht in der Konditorei. Du hast deinen Job bereits erledigt, ich treffe nur die Endauswahl.«

»Hauptsache, du streichst nicht meine kleinen Käsekuchen!«

»Das würde ich niemals wagen.«

»Kommt Jamie auch mit?«

»Heute nicht.« Meine beste Freundin und frühere Mitbewohnerin ist erst kürzlich nach Texas zurückgezogen, um sich dort in Ruhe darauf zu besinnen, was sie mit ihrem Leben anfangen will. Seit drei Tagen ist sie wieder da und will die beste Brautjungfer überhaupt sein – was bedeutet, dass ich mir stundenlange Entschuldigungen anhören musste, warum sie es heute nicht in die Konditorei schaffen wird. »Sie ist gestern nach Oxnard gefahren und weiß nicht, wann sie wieder zurück ist. Sie hat dort vor Jahren in einem Theaterstück mitgespielt, und der Regisseur ist ein alter Freund, der jetzt Werbespots dreht. Insofern ...« Ich verstumme achselzuckend, aber Damien weiß Bescheid. Jamie versucht nach wie vor, einen Auftrag zu ergattern.

»Und wenn sie den Job bekommt?«, fragt er.

Ich zucke erneut die Achseln. Ich bin hin und her gerissen: Einerseits will ich, dass sie den Job bekommt, andererseits möchte ich, dass sie so viel Zeit hat, wie sie braucht, um wieder einen klaren Kopf zu bekommen. Ich vermisse Jamie, aber Hollywood hat ihr ganz schön zugesetzt, sie mit Haut und Haar verschlungen und wieder ausgespuckt. Und obwohl meine beste Freundin vorgibt, taff genug dafür zu sein, verbirgt sich hinter der Sexbomben-Fassade eine verletzliche Frau. Mit einem verletzlichen Herzen, das ihr nicht wieder gebrochen werden soll.

Damien küsst mich auf die Stirn. »Egal, was passiert, sie hat immer noch dich, und so viel Glück hat nicht jeder.«

Ich lächle zu ihm auf. »Bist du heute Abend wieder da?«

»Ja, aber erst spät.« Er fährt mir mit einem Finger über meine nackte Schulter. »Solltest du schon schlafen, wecke ich dich.«

»Ich freu mich schon darauf.« Ich halte ihm den Mund für einen schnellen Kuss hin. »Sie sollten sich langsam anziehen, Mr. Stark.« Ich schiebe ihn in Richtung Schlafzimmer. Er ist erstaunlich schnell wieder zurück, schließt die Manschettenknöpfe, während er zu mir geht, meine Hand nimmt und mich mit auf den Balkon zieht. Ich folge ihm die Außentreppe und den Pfad zum Hubschrauberlandeplatz hinunter.

An seinem Ende bleiben wir stehen, und er küsst mich ein letztes Mal zärtlich. »Bis bald, Miss Fairchild!«, sagt er, aber was ich höre, ist: »Ich liebe dich.«

Ich sehe zu, wie er sich unter den Rotorblättern duckt und den Hubschrauber besteigt, auf dessen Flanke SI steht: *Stark International*. Grinsend denke ich, dass SU passender gewesen wäre – Stark Universum. Meine ganze Welt ist er ohnehin.

Ich schütze mein Gesicht vor dem Wind, sehe zu, wie sich der Heli in die Lüfte erhebt und mir Damien nimmt. Ich weiß, dass er heute Abend zurückkommen wird, fühle mich aber jetzt schon einsam und verlassen.

Ich überlege, hineinzugehen und mich anzuziehen, nehme jedoch den gepflasterten Weg zum Meer hinunter. Ich gehe den Sandstrand entlang und male mir meine Hochzeit in den leuchtendsten Farben aus. Sie soll bei Sonnenuntergang stattfinden, danach steigt die Party. Für Damiens gesellschaftliche Stellung ist die Gästeliste ziemlich klein. Wir haben nur unsere gemeinsamen Freunde und ein paar wichtige Angestellte von Stark International, Stark Applied Technology und deren Tochtergesellschaften eingeladen. Ein paar Stipendiaten von Damiens diversen Wohltätigkeitsorganisationen sowie einige meiner Freunde werden ebenfalls kommen.

Die Zeremonie selbst wird kurz und schlicht sein, Damien und ich haben jeweils nur einen Trauzeugen. Da mein Vater vor vielen Jahren auf Nimmerwiedersehen verschwunden ist, kann er mich nicht zum Altar führen. Ich habe überlegt, Ollie, einen meiner besten Freunde, zu bitten. Doch obwohl Damien und er Waffenstillstand geschlossen haben, möchte ich auf meiner Hochzeit kein Drama riskieren.

Von meiner Mutter werde ich mich jedenfalls bestimmt nicht zum Altar führen lassen. Schließlich bin ich die ganzen letzten Jahre vor ihr davongerannt! Ehrlich gesagt, habe ich sie noch nicht mal zur Hochzeit eingeladen. Es wird also niemand von meiner Familie dabei sein. Deshalb werde ich allein über die Rosenblätter zum Altar schreiten, während Damien Stark groß und elegant am Ende des Mittelgangs aufragen wird.

Wir haben unsere Ehegelübde selbst geschrieben – ein paar kurze, liebevolle Sätze –, doch im Grunde zählt für uns nur: *Möchten Sie diesen Mann zu Ihrem Ehemann nehmen? Möchten Sie diese Frau zu Ihrer Ehefrau nehmen? Ja, ja, lieber Gott, ja!*

Der Empfang danach ist eine ganz andere Geschichte. Er soll die ganze Nacht dauern, ja vielleicht sogar bis zum Morgengrauen. Wenn Damien und ich uns lange genug unter die Gäste gemischt und Kuchen gegessen haben, werden wir unsere Hochzeitsreise antreten, und Jamie muss sich um das Haus in Malibu kümmern. Gemeinsam mit Ryan Hunter und dem übrigen Sicherheitspersonal von *Stark International* wird sie dafür sorgen, dass jeder, der eine Übernachtungsgelegenheit benötigt, auch eine bekommt. Und dass jeder, der nach Hause chauffiert werden will, auch nach Hause chauffiert wird.

Obwohl wir schon bald auf unsere Hochzeitsreise entschwinden werden, sind es die Details des Empfangs, die mich am meisten beschäftigen. Ich habe Zelte, Tanzflächen, Laternen und Heizpilze organisiert. Es wird ein Büffet geben, drei Bars und einen Stand mit Schokoladenfondue, den Damiens Trauzeuge, sein Jugendfreund Alain Beauchêne, zur Verfügung stellt. Das Musikproblem hat mich ein wenig aus dem Konzept gebracht, aber ich bin so voller Tatendrang, dass ich bis zum Abend bestimmt eine Band und einen Fotografen aufgetrieben haben werde. Man muss schließlich positiv denken!

Ansonsten sind nur noch zwei weitere wichtige Aufgaben zu erledigen: die Endbesprechung der Cupcake-Torte, die ich in wenigen Stunden erledigt haben werde, und die letzte Anprobe des Brautkleids. Das Kleid ist von Phillipe Favreau, ein Original, das wir nach einem langen Gespräch mit Phillipe persönlich in Paris gekauft haben. Es war unglaublich teuer, aber wie hat Damien so schön gesagt? Wozu hat man Trillionen Dollar, wenn man sie nicht genießt? Außerdem habe ich mich auf den ersten Blick in den Schnitt des Kleids verliebt.

Phillipe hat es auf meine Maße ändern lassen und wird es mir aus Paris zuschicken. Es gab ein paar nervenaufreibende Verzögerungen, aber angeblich läuft jetzt alles nach Plan. Morgen früh soll es in seine Boutique am Rodeo Drive geliefert werden. Dann wird ein vertrauenswürdiger Mitarbeiter letzte Änderungen vornehmen und es mir einen Tag später zustellen, also am Freitag. Im Haus in Malibu ist es sicher aufgehoben, bis es mich dann am Samstag in eine Braut verwandeln wird.

Insgesamt läuft es ziemlich glatt, und ich kann ein Lächeln nicht unterdrücken. Die paar Albträume spielen da wirklich keine Rolle. Ich organisiere meine Hochzeit wie ein Profi und habe nicht vor, jetzt nachzulassen.

Ich atme tief ein, ziehe meine Füße durch die Brandung und lasse Wasser aufspritzen. *Mrs. Damien Stark.*

Offen gestanden kann ich es kaum erwarten.

»Miss Fairchild?«

Ich schaue auf und sehe, dass Tony, einer von Damiens Sicherheitsleuten, auf mich zugeeilt kommt.

»Was ist denn?«

»Tut mir leid, Miss Fairchild, ich habe es schon auf Ihrem Handy versucht, aber es ist niemand drangegangen.«

Mir fällt ein, dass es noch neben dem Bett liegt. »Was ist passiert?«, frage ich beunruhigt. »Ist was mit Damien?«

»Nein, nein, nichts dergleichen. Aber eine Frau steht am Tor.« Er meint das Eingangstor, das Damien installieren ließ, als die Paparazzi wegen seines Mordprozesses verrücktspielten. »Normalerweise würde ich sie einfach fortschicken und darauf bestehen, dass sie sich vorher anmeldet. Aber unter den gegebenen Umständen ...«

»Was denn für Umstände?«

»Miss Fairchild«, sagt er. »Die Dame behauptet, Ihre Mutter zu sein.«

4 *Meine Mutter.*
Verdammte Scheiße, meine Mutter?!
Meine Knie geben nach, und ich muss mich zwingen, mich nicht an Tony zu klammern. Hier am Strand gibt es nichts, woran ich mich festhalten könnte, aber im Moment brauche ich Halt. Deshalb stehe ich wie erstarrt da und kann nur hoffen, dass Tony nicht merkt, dass ich innerlich völlig ausflippe.

»Ich habe nicht mit ihr gerechnet«, ringe ich mir ab. »Sie wohnt in Texas.«

»Ich weiß, dass sie aus einem anderen Bundesstaat kommt, Miss Fairchild. Schließlich habe ich ihre Personalien kontrolliert: Elizabeth Regina Fairchild, wohnhaft in Dallas. Ich gehe davon aus, dass sie wegen der Hochzeit hier ist.«

»Ja. Es ist nur so, dass – dass sie nicht vor Freitag kommen wollte«, lüge ich und verzerre mein Gesicht zu einer breiten Grimasse. Sie soll ein Lächeln darstellen, doch vermutlich sehe ich eher aus, als wäre ich einem billigen Horrorfilm entsprungen. »Also gut. Sagen Sie ihr, sie soll zum Haus weiterfahren. Wenn Sie bitte Gregory verständigen und ihn bitten, sie im Wohnzimmer im ersten Stock Platz nehmen zu lassen. Ich ziehe mich nur schnell an.«

»Natürlich, Miss Fairchild.« Sollte ihm auffallen, wie nervös ich bin, ist er freundlich oder professionell genug, sich nichts anmerken zu lassen.

Ich eile den Weg zurück und nehme die Treppe zum Balkon. Auf keinen Fall möchte ich meiner Mutter begegnen, bevor ich perfekt angezogen und geschminkt bin. Vielleicht wartet sie dann noch ein bisschen, bevor sie mich fertigmacht.

Im Schlafzimmer greife ich als Erstes zum Handy und wähle Damiens Nummer. Dann lege ich auf, bevor es durchläutet.

Ich sitze auf der Bettkante und ringe nach Luft. Mein Herz schlägt so heftig, dass mir der ganze Brustkorb wehtut. Mit der Rechten habe ich das Handy so fest umklammert, dass ich es fast zerdrücke. Meine Linke ist zur Faust geballt, und ich konzentriere mich auf das Gefühl, die Fingernägel in die Haut zu krallen. Ich stelle mir vor, wie sie mich ritzen, bis es blutet. Ich konzentriere mich auf den Schmerz – doch dann bin ich dermaßen von mir angewidert, dass ich das Handy quer durch den Raum schleudere. Es zerspringt beim Aufprall, ist eine einzige Explosion aus Plastik und Glas, eine einzige Versuchung aus scharfen Ecken und Kanten, die glitzernd auf dem Boden liegen. Ich stehe auf, gehe aber nicht auf die Scherben zu. Ich zwinge mich, sie nicht anzufassen, ja sie nicht mal aufzufegen. Sie sind zu verführerisch, und obwohl ich in den Monaten mit Damien stärker geworden bin, traue ich mir nicht über den Weg. Nicht jetzt, wo Elizabeth Fairchild zwei Stockwerke tiefer wie eine Spinne im Netz sitzt und nur darauf wartet, mich zu packen, einzuwickeln und sämtliches Leben aus mir herauszusaugen.

Mist.

Meine Mutter.

Die Frau, die mich als Kind in einen dunklen, fensterlosen Raum gesperrt hat, damit mir gar nichts anderes übrig blieb, als meinen Schönheitsschlaf zu halten. Die mein Essen dermaßen stark eingeschränkt hat, dass ich Kohlenhydrate erst im College kennengelernt habe.

Die Frau, die ihren Töchtern ihre Vorstellung von weiblicher Perfektion dermaßen eingebläut hat, dass meine

Schwester Selbstmord beging, nachdem sie von ihrem Mann verlassen wurde – denn offensichtlich hatte sie als Frau versagt.

Die Frau, die gesagt hat, es wäre dumm, bei Damien zu bleiben: Habe man die Zehn-Millionen-Dollar-Schallgrenze erst mal durchbrochen, sei ein Mann so gut wie der andere. Ich solle mich lieber nach einem Kandidaten umsehen, der weniger emotionalen Ballast mit sich herumschleppt.

Die Frau, die mir vorgeworfen hat, den Ruf unserer Familie in den Dreck gezogen zu haben, nur weil ich für ein Aktporträt posiert habe.

Die Frau, die mich eine Hure genannt hat. Ich will sie nicht sehen. Mehr noch: Ich weiß nicht, ob ich das schaffe und dabei psychisch stabil bleiben kann.

Ich brauche Damien, will nur noch Damien. Er ist mein Halt, mein Fels in der Brandung.

Aber er ist nicht in der Stadt, und meine Mutter sitzt unten. Und obwohl ich weiß, dass ein Anruf genügen würde, um ihn sofort kehrtmachen zu lassen, kann ich mich nicht dazu überwinden.

Ich werde es alleine schaffen – schließlich bleibt mir nichts anderes übrig.

Und mit Damiens Stimme in meinem Kopf werde ich es auch überleben.

Zumindest hoffe ich das.

»Sieh mal einer an!« Meine Mutter erhebt sich von dem weißen Sofa und streicht ihren Leinenrock glatt, bevor sie auf mich zukommt. Sie streckt die Arme nach mir aus, um mich in eine Umarmung zu ziehen, die allerdings von ihren nur in die Luft gehauchten Küssen gebremst wird. »Ich dachte schon, du lässt mich hier unten sitzen.« Ihre Stimme klingt gelassen, aber ich höre den Vorwurf heraus, ich hätte meine

Gäste vernachlässigt und damit gegen eine der wichtigsten Benimmregeln Elizabeth Fairchilds verstoßen.

Ich sage nichts dazu, erstarre nur in ihrer Umarmung. Nach einer Weile ringe ich mich dazu durch, unbeholfen die Arme um sie zu legen und sie kurz zu drücken. »Mutter«, sage ich und verstumme. Mehr fällt mir nicht ein.

»Du heiratest«, sagt sie, und in ihrer Stimme schwingt Wehmut mit. Kurz frage ich mich, was sie hier eigentlich will. Ist sie tatsächlich gekommen, um aufrichtig meine Hochzeit mit mir zu feiern? Das kann ich mir nur schwer vorstellen, trotzdem ist da dieser winzige Hoffnungsschimmer.

Sie tritt einen Schritt zurück und mustert mich von Kopf bis Fuß. Ich habe mir die Zeit genommen, zu duschen, mich umzuziehen und zu schminken. Deshalb weiß ich genau, was sie sieht: Mein blondes Haar ist immer noch kurz, aber seit ich nach unserer letzten Begegnung mit der Schere darauf losgegangen bin, ist es wieder etwas gewachsen. Mir gefällt es schulterlang. Nicht nur, weil mein Haar jetzt nicht mehr so schwer ist, sondern auch, weil die Locken so besser fallen und mein Gesicht hübsch umrahmen.

Ich trage einen schlichten Leinenrock, der knapp über dem Knie endet, sowie einen pfirsichfarbenen Pulli zu einer weißen Button-down-Bluse. Meine Füße stecken in meinen Lieblingssandaletten. Die zehn Zentimeter hohen Absätze sind zwar höchst unpraktisch, wenn man den ganzen Nachmittag unterwegs ist, um Hochzeitsvorbereitungen zu treffen, aber diese Schuhe hatte ich an, als ich Damien vor Monaten auf Evelyns Party kennengelernt habe. Als ich vorhin in meinem begehbaren Kleiderschrank stand, wusste ich einfach, dass ich ein bisschen Schuhmagie brauche, um meiner Mutter selbstbewusst entgegentreten zu können.

Ich weiß sehr wohl, dass ich gut aussehe. Man kann nicht siegreich an so vielen Schönheitswettbewerben teilnehmen, ohne sich seines Aussehens bewusst zu sein. Objektiv betrachtet bin ich hübsch. Nicht wie ein Filmstar – das trifft eher auf Jamie zu –, aber hübsch. Vielleicht sogar schön, denn ich weiß mich zu präsentieren. Unter anderen Umständen könnte ich stolz jedem Blick standhalten. Aber das sind keine normalen Umstände, und auf einmal fühle ich mich wie ein plumper Teenager, der sich nach der Anerkennung seiner Mutter sehnt. Am meisten macht mir der weiche Ausdruck in ihren Augen zu schaffen. Damit hat sie mich kalt erwischt, und jetzt weiß ich nicht mehr, worauf ich mich einstellen muss. Ich habe meinen Schutzpanzer abgelegt und hoffe auf Zuneigung wie ein verirrter Welpe, der ihr nach Hause gefolgt ist.

Und das gefällt mir ganz und gar nicht.

»Nun«, sagt sie schließlich. »Wenn du dein Haar kurz tragen willst, ist diese Frisur sicherlich noch das kleinste Übel.«

Ich sinke ein Stück in mich zusammen und schaue zu Boden, damit sie die Tränen nicht sehen kann, die mir in die Augen steigen. Ich bin wirklich wie dieser Welpe, und sie hat mir gerade einen Tritt versetzt. Ich kann entweder in Deckung gehen oder die Zähne fletschen und mich wehren. Leider möchte ich am liebsten in Deckung gehen.

Dann fällt mir ein, dass ich nicht länger Elizabeth Fairchilds Anziehpüppchen bin. Ich bin Nikki Fairchild, die Inhaberin einer Softwarefirma und durchaus in der Lage, meine Frisur zu verteidigen. Ich hole tief Luft, hebe das Kinn und schaffe es, meiner Mutter beinahe in die Augen zu sehen. »Es ist schulterlang, Mutter. Du tust ja so, als hätte ich einen Bürstenschnitt. Ich finde, es steht mir sehr gut.« Ich setze mein Schönheitsköniginnenlächeln auf. »Damien gefällt es auch.«

Sie schnaubt. »Liebes, ich wollte dich nicht kritisieren. Ich bin deine Mutter und deshalb ganz auf deiner Seite. Ich möchte nur, dass du möglichst gut aussiehst.«

Und ich möchte nur, dass sie sich umdreht und verdammt noch mal verschwindet! Leider bringe ich die Worte nicht heraus. »Ich habe gar nicht mit dir gerechnet«, sage ich stattdessen.

»Wieso auch?«, sagt sie zynisch. »Du hast mich schließlich nicht zu deiner Hochzeit eingeladen.«

Äh, hallo? Hast du tatsächlich geglaubt, das würde ich tun? Nach allem, was du mir an den Kopf geworfen hast? Nachdem du keinen Hehl daraus gemacht hast, dass du Damien nicht magst? Dass du mich nicht respektierst und für eine Schlampe hältst, die bloß hinter seinem Geld her ist?

Genau das möchte ich sagen, aber mir versagt die Stimme. Stattdessen zucke ich die Achseln, fühle mich auf einmal wieder wie eine Zehnjährige und sage nur: »Ich hätte nicht gedacht, dass du kommen willst.«

Ich bemerke erstaunt, wie meine Mutter etwas an Haltung verliert. Sie muss sich auf die Armlehne stützen und lässt sich aufs Sofa sinken. Ich starre sie an und staune, weil ich eine noch nie da gewesene Gefühlsregung bei ihr zu erkennen glaube: Meine Mutter sieht doch tatsächlich traurig aus.

Ich setze mich in den Sessel gegenüber und sehe sie abwartend an.

»Oh, Nicole, mein Schatz, ich wollte doch nur ...« Sie verstummt und zückt dann ein mit ihren Initialen besticktes Taschentuch, mit dem sie sich die Augen abtupft. Ihr Texas-Akzent ist stärker als sonst, und ich befürchte schon, das könnte der Auftakt zu einer hochdramatischen Szene werden. Doch die Tränen und die großen Worte bleiben aus. Stattdessen sagt sie leise: »Ich wollte etwas Zeit mit dir verbringen. Mein kleines Mädchen heiratet! Das ist einfach zu rührend.«

Sie streckt den Arm aus, als wollte sie nach meiner Hand greifen, lässt ihn aber in ihren Schoß fallen. Sie verschränkt die Hände, richtet sich auf und holt tief Luft. »Angesichts deiner Hochzeit musste ich einfach an deine Schwester denken. Ich möchte ...«

Aber sie beendet ihren Satz nicht, deshalb weiß ich nicht, was sie möchte. Ich muss irgendwann aufgestanden sein und mich abgewandt haben, damit sie die Tränen nicht sieht, die mir inzwischen über die Wangen strömen.

Ich kneife die Augen zu, befehle mir, nicht an Ashley zu denken. Und erst recht nicht daran, welche Rolle meine Mutter bei ihrem Selbstmord gespielt hat. Aber diese Gedanken sind schwer zu verbannen, schließlich trage ich sie schon eine Ewigkeit mit mir herum. Trotzdem, in diesem Moment komme ich einfach nicht umhin, mich zu fragen, ob das ein Versuch meiner Mutter ist, Reue zu zeigen.

Oder bin ich einfach nur so dumm, mir – höchstwahrscheinlich vergeblich – zu wünschen, dass sich unsere Beziehung entspannt?

5

»Cupcakes.« Die Stimme meiner Mutter ist tonlos, ihr Lächeln dafür umso künstlicher. Sie spricht mit Sally Love, der Inhaberin von Love Bites Bakery, eine der beliebtesten Konditoreien von Beverly Hills. Sally hat schon Dutzende von Promi-Veranstaltungen beliefert, war in jeder nur erdenklichen Kochzeitschrift und ist eine langjährige Freundin Damiens. Außerdem ist sie eine echte Künstlerin, was Tortenverzierungen betrifft, und es ist eine Freude, mit ihr zusammenzuarbeiten.

Ich habe furchtbare Angst davor, dass meine Mutter sie beleidigt.

Das Lächeln meiner Mutter wird breiter. »Was für eine unglaublich charmante Idee. War das Ihr Vorschlag?«, fragt sie Sally.

»Ich finde es wichtig, auf meine Kunden einzugehen. Nur so finde ich heraus, was genau sie wollen und kann ihr Fest nicht nur zu etwas Besonderem, sondern auch zu etwas ganz Persönlichem machen.«

»Mit anderen Worten, Sie fühlen sich nicht an Traditionen oder gesellschaftliche Erwartungen gebunden?« Mutters Worte verspritzen Gift, aber ihr Tonfall und ihre Manieren sind so höflich, dass man nicht weiß, ob sie absichtlich beleidigend sein oder nur Konversation machen will. Ich kenne die Antwort, denn ich kenne meine Mutter. Deshalb gehe ich dazwischen und setze mein bestes Strahlelächeln auf.

»Ich bin völlig vernarrt in die Cupcake-Idee. Ich habe sie in einer Zeitschrift gesehen und finde, dass sie Tradition und

Originalität perfekt verbindet.« Ich wende mich an Sally und ignoriere meine Mutter ganz bewusst. »Wir können uns also der obersten Lage zuwenden, oder?«

Die Konditorin grinst und bekommt rosige Wangen, die mich an den Weihnachtsmann und Plätzchen denken lassen. Sie ist etwa zehn Jahre älter als ich, hat aber etwas Mütterlich-Tröstendes an sich. Ich kann verstehen, warum sie für so viele Hochzeitstorten beauftragt wird: Ein Blick von ihr genügt, und eine nervöse Braut ist beruhigt.

»Alles ist vorbereitet«, versichert sie mir. »Wir müssen nur noch die Cupcake-Auswahl eingrenzen.« Wir wollen fünf verschiedene Sorten – eine pro Lage –, damit die Gäste sich ihren Lieblingskuchen aussuchen können. Falls jemand Nachschub möchte, findet er weitere Cupcakes auf dem Tisch, die dort kunstvoll arrangiert werden – zusammen mit frischen Wildblumen, die ich bei einem Floristen bestellt habe: Die Gänseblümchen, Sonnenblumen und Castillejas sollen an den Wahnsinnsstrauß erinnern, den Damien mir nach unserem ersten Abend schicken ließ.

Sally zeigt mit dem Kinn auf den Tisch, der im hinteren Ladenteil für uns dekoriert wurde. Auf eleganter weißer Leinentischwäsche reihen sich zehn winzige Cupcakes aneinander. »Ich dachte, Sie möchten Ihre Erinnerung vielleicht etwas auffrischen.«

Ich muss lachen. »Selbst wenn ich meine Entscheidung bereits gefällt hätte – ich muss mich einfach hinsetzen und davon kosten.« Während ich auf den Tisch zugehe, werfe ich einen flüchtigen Blick auf meine Mutter. »Möchtest du auch mal probieren? Sie sind ausnahmslos fantastisch.«

Sie zieht die Brauen bis zum Haaransatz hoch, und ich frage mich, wann meine Mutter zum letzten Mal Kohlenhydrate zu sich genommen hat, die nicht aus einem Salatblatt oder einem Glas Wein stammten. »Lieber nicht.«

Ich zucke die Achseln. »Ganz wie du willst.« Meine Mutter verzieht säuerlich den Mund, als ich am Tisch Platz nehme. »Dann bleiben mehr für mich übrig.«

Der erste Kuchen ist ein winziger Käsekuchen. Das ist Damiens Lieblingskuchen, und ich verbiete mir hineinzubeißen, weil ich Sally nachher bitten will, ihn mir für Damien einzupacken. Mir fallen alle möglichen interessanten Verhandlungen ein, die wir um dieses Stück Käsekuchen führen können.

Als ich vom nächsten Stück koste, muss ich lächeln. Nicht nur, weil ich Red-Velvet-Cake liebe, sondern auch weil seine sinnlich-rotsamtene Konsistenz gleich wieder die erotischsten Fantasien bei mir auslöst. Danach folgt ein köstlich-feuchter Schokoladenkuchen, den ich mit einem Stöhnen probiere, das fast schon unanständig klingt. Sally lacht. »Die meisten reagieren so auf diesen Kuchen.«

»Er ist wirklich unvergesslich.« Ich grinse sie vielsagend an. »Ich glaube, von dem lasse ich mir ein Dutzend auf unsere Hochzeitsreise mitgeben.«

Wir lachen, und Sally erkundigt sich nach unserem Ziel. Ich sage ihr, es sei so geheim, dass nicht einmal ich es kennen würde, denn es sei eine typische Damien-Stark-Überraschung, als meine Mutter auf ihren Stilettos zu uns herüberstöckelt. Sie bleibt direkt vor mir stehen und stört mein freundschaftliches Gespräch mit Sally.

»Schoko, Gelb und Weiß«, sagt sie. »Sandkuchen und Käsekuchen. Wenn du schon auf Cupcakes bestehst, solltest du dich wenigstens an die traditionellen Sorten halten.«

»Ich weiß nicht recht«, erwidere ich und nehme einen zweiten Bissen von dem Cupcake, mit dem ich mich gerade beschäftige. »Dieser hier – Kürbis? – ist einfach zum Dahinschmelzen.«

»Er ist sehr beliebt«, sagt Sally. »Aber probieren Sie erst mal den Erdbeerkuchen!«

Meine Mutter streckt den Arm aus und reißt mir die Gabel aus der Hand. Einen kurzen Moment lang bin ich so naiv zu glauben, sie wollte ebenfalls probieren. Stattdessen richtet sie sie auf mich. »Mal ganz ehrlich, Nicole«, sagt sie in einem Ton, der keinen Zweifel daran lässt, dass ich gerade eine Todsünde begangen habe. »Willst du etwa deine Hochzeit ruinieren? Hast du schon mal an deine Taille gedacht? An deine Hüften? Mal ganz abgesehen von deiner Haut!«

Sie wendet sich an Sally, die sich schwer bemüht, ihr Entsetzen zu verbergen. »Ich will Ihnen ja nicht zu nahetreten«, sagt meine Mutter so süßlich, dass es trieft. »Aber meine Nicole gehört nicht zu den Menschen, die Kuchen essen können und anschließend noch in ein enges Brautkleid passen.«

»Nikki ist eine entzückende junge Frau«, sagt Sally energisch. »Ich bin mir sicher, dass sie auf ihrer Hochzeit einfach überwältigend aussehen wird.«

»Natürlich wird sie das«, erwidert meine Mutter, wobei sich ihre Stimme immer weiter von mir zu entfernen scheint. Es ist, als würde ich in einen tiefen Brunnenschacht fallen. »Und genau deshalb bin ich hier«, fährt meine Mutter ungerührt fort. »Meine Tochter weiß, dass sie sich einfach nicht beherrschen kann, wenn es um Dinge geht, die ihr nicht guttun. Zum Beispiel Kuchen, Süßigkeiten und Männer«, flüstert sie verschwörerisch. »Deshalb weiche ich ihr nicht von der Seite, damit sie keine Dummheiten anstellt.«

»Verstehe«, sagt Sally, und ich fürchte, sie versteht mehr, als meiner Mutter lieb sein kann.

Ich selbst platze förmlich vor Wut, obwohl ich am Grund dieses Brunnens festsitze. Ich möchte aufspringen und meiner Mutter sagen, dass sie noch nie auf meiner Seite war. Dass sie mich immer nur manipuliert hat. Dass ihr völlig egal ist, was ich möchte, sondern dass es ihr nur darauf ankommt, wie ich aussehe und wirke – ob ich ein Bild abgebe, dass dem Ruf der Fairchilds gerecht wird: ein Ruf, der ziemlich gelitten hat, seit sie die von Großvater geerbte Ölfirma ruiniert hat.

All das würde ich gerne sagen, doch ich verkneife es mir. Ich sitze einfach nur da, habe mein Plastiklächeln aufgesetzt und hasse mich dafür. Dafür, dass ich nichts tue und ihr nicht sage, dass sie gefälligst wieder nach Texas verschwinden soll.

Noch mehr hasse ich mich jedoch dafür, dass ich unter dem Tisch die zweite Gabel umklammere. Ihre Zinken bohren sich durch den dünnen Stoff meines Rocks hindurch fest in mein Bein. Ich will das nicht, weiß, dass ich damit aufhören, aufstehen und zur Not von hier verschwinden muss. Aber von der Kraft, die ich in den letzten Monaten gewonnen habe, scheint nichts mehr übrig zu sein.

»Nikki«, hebt Sally an, und ich weiß nicht, ob sie sich wegen der Worte meiner Mutter Sorgen macht, oder weil sie mir meinen inneren Kampf ansieht. Aber das spielt auch gar keine Rolle, denn sie wird von dem Läuten der Ladenglocke unterbrochen.

Ich sehe auf und halte die Luft an. Der Brunnenschacht verschwindet, und ich kann wieder klar sehen. Die Gabel fällt zu Boden, und ich merke, dass ich aufgestanden bin.

Es ist Damien, der wie eine Kugel auf mich zugeschossen kommt.

Ich gehe um den Tisch herum, und plötzlich ist mir alles andere egal. Er bleibt direkt vor mir stehen. Seine Miene ist wie versteinert, aber sein Blick warm und besorgt. »Wie sich herausstellte, konnte ich den Tortentermin doch noch in meinem Terminkalender unterbringen.«

Ich versuche, nicht zu grinsen, aber um meine Mundwinkel zuckt es, und Tränen der Erleichterung steigen in mir auf. »Das freut mich sehr.«

Er streckt die Hand aus, streicht mir über die Wange. »Alles in Ordnung?«

»Alles bestens«, erwidere ich. »Jetzt schon.«

Seine Besorgnis legt sich, und ich weiß, dass er mir glaubt. Er nimmt meine Hand und dreht sich zu meiner Mutter um. »Mrs. Fairchild, was für eine angenehme Überraschung«, sagt er betont höflich, was bedeutet, dass ihm nichts daran angenehm ist.

»Mr. Stark – Damien – ich ...« Sie verstummt abrupt, und ich bin belustigt. Meiner Mutter verschlägt so schnell nichts die Sprache, aber als Damien und sie sich das letzte Mal begegnet sind, hat er sie fortgeschickt, sich ihrer einfach entledigt, indem er sie in eines seiner Flugzeuge gesetzt und nach Texas zurückverfrachtet hat. Und zwar bevor sie die vielen gehässigen Dinge sagen konnte, die sie seitdem über uns verbreitet hat. Hat sie denn gar keine Angst, dass die Rückreise dieses Mal deutlich unangenehmer ausfallen könnte?

Damien hingegen ist ein Ausbund an guten Manieren. »Wie nett von Ihnen, Nikki heute zu begleiten. Ich glaube, wir beide wissen nur zu gut, wie viel Wert sie auf Ihre Meinung legt.« Meine Mutter reißt unmerklich die Augen auf. Ich sehe ihr an, dass sie etwas erwidern, ihn mit höflichen Formulierungen genauso verletzen will, aber ihr fehlen die Worte. Das wundert mich nicht: Meine Mutter ist gut, aber Damien ist besser.

Die Bestürzung auf ihrem Gesicht weicht Erstaunen, als Jamie in die Konditorei stürmt. »Ich bin da, ich bin da! Das gibt einen dicken Pluspunkt für die Brautjungfer!«

Kurz glaube ich, dass sie es aus eigenem Antrieb doch noch geschafft hat, rechtzeitig bei Love Bites zu sein. Aber als ich bemerke, dass sie nicht mich, sondern zuerst Damien ansieht, begreife ich, dass er sie verständigt hat – und sie ebenfalls zu meiner Rettung herbeigeeilt ist.

Kurz darauf kommt auch Ryan Hunter, Damiens Sicherheitschef, hereingerannt. Er hält verwundert inne, als er seinen Chef sieht. Dann geht er wieder Richtung Tür, wobei er meine Mutter nicht aus den Augen lässt. Ganz so, als wäre sie eine Bombe, die jederzeit hochgehen könnte. Gelächter steigt in mir auf. Meine Mutter hat mir nie das Gefühl gegeben, geliebt zu werden. Aber Damien sorgt dafür, dass ich mich geliebt, beschützt und geborgen fühle.

Ich kann mir natürlich denken, was passiert ist: Tony hat Damien angerufen. Da Damien in Palm Springs war, hat er sowohl Jamie als auch Ryan verständigt, damit mir jemand zur Seite steht. Ich drücke seine Hand und forme ein »Danke!« mit den Lippen. Ein schlichtes Wort, das meine Gefühle nicht ansatzweise wiedergeben kann.

Er erwidert meinen Händedruck, konzentriert sich jedoch ganz auf meine Mutter. »Jetzt, wo Jamie und ich hier sind, dürften wir das auch ohne Sie hinkriegen. Sie wollen bestimmt noch Ihre Koffer auspacken. Warum lassen Sie sich nicht von meinem Sicherheitschef ins Hotel fahren?«

»Seien Sie nicht albern!«, sagt meine Mutter. »Ich bleibe selbstverständlich.« Sie lächelt mich an, und mein Magen zieht sich schmerzhaft zusammen. »Ich verbringe gern Zeit mit meiner Tochter.«

»Toll!«, sagt Jamie. »Heute ist Junggesellinnenabschied.« Sie sieht auf die Uhr. »Offen gestanden, treffen wir uns schon in einer halben Stunde mit den anderen Mädels im Raven. Das ist ein Strip-Club«, flüstert sie übertrieben laut. »Das wird bestimmt fantastisch. Kommen Sie auch mit?«

Meine Mutter starrt sie fassungslos an, und ich muss mich schwer zusammenreißen, um nicht laut zu lachen. Ich weiß, dass Jamie Witze macht – schließlich habe ich ihr extra gesagt, dass ich keinen Junggesellinnenabschied will. Aber in diesem Moment wäre mir alles recht, um meine Mutter loszuwerden.

»Äh, nein, danke. Ich …« Ihr Blick irrt zu Damien. »Ich sollte wahrscheinlich wirklich erst mal auspacken.«

»Ich habe eine Suite im Century Plaza Hotel angemietet«, sagt Damien. »Ich bestehe darauf, dass Sie dort wohnen.«

»O nein, ich möchte keine Umstände machen.«

Er spricht nicht aus, was er denkt, nämlich: *Genau das haben Sie bereits.* Stattdessen schenkt er ihr sein geschäftsmäßigstes Lächeln. »Aber ich bitte Sie! Ich muss gestehen, dass ich Ihren Wagen bereits dorthin habe bringen lassen. Es ist alles bereit.«

Ich sehe die Verwirrung in Jamies Gesicht – *sie* wohnt nämlich momentan in der Suite im Century Plaza.

»Oh, verstehe. Ja, wenn das so ist …« Meine Mutter dreht sich zu mir um. »Dann begleite ich dich morgen zur Anprobe deines Hochzeitskleids.« Mit Bedauern fällt mir ein, dass ich ihr auf der Herfahrt mit meinem nervösen Gequassel den ganzen Zeitplan verraten habe.

»Klar«, sage ich, obwohl ich am liebsten laut rufen würde, dass ich diese Frau bestimmt nicht dabeihaben will, wenn ich mein Hochzeitskleid anprobiere. »Das wäre toll.«

Damien sieht mich fragend an, aber ich zucke nur die Achseln. Einerseits wäre es mir nur recht, wenn er ihr befiehlt, die Koffer zu packen. Andererseits ist sie nun mal meine Mutter. Deshalb will ich – beziehungsweise der Teil von mir, den ich mir nur ungern eingestehe –, dass sie an meiner Hochzeit Anteil nimmt. Dass sie mich umarmt und mir sagt, wie leid ihr die vergangenen Jahre tun.

Aber damit darf ich wohl kaum rechnen. Trotzdem ist dieser Hoffnungsschimmer noch nicht ganz erloschen, und ich spüre, wie er neu in mir aufflackert.

»Ryan wird Sie fahren«, sagt Damien zu meiner Mutter. Ich sehe zu Ryan hinüber und merke, wie er sich mühsam von Jamies Anblick losreißt, um sich auf seine neue Aufgabe zu konzentrieren. Ich drehe mich zu meiner Freundin um. Ihr Gesichtsausdruck lässt darauf schließen, dass sie Ryans Interesse nicht bemerkt hat. Aber ihre Wangen sind ungewöhnlich gerötet, und als sie Ryan hinterhersieht, der meine Mutter zur Tür bringt, werde ich doch nachdenklich.

Jamie kommt quer durch den Raum auf mich zu, greift zum Red-Velvet-Cake und nimmt einen riesigen Bissen. »Dir ist schon klar, dass ich mir auf keinen Fall eine Suite mit deiner Mutter teilen werde?«

Ich lache. »Das würde keine von euch überleben.«

»Als Tony Mrs. Fairchilds Wagen abgeliefert hat, habe ich ihn gleich gebeten, deine Sachen zu packen«, sagt Damien. »Du wohnst bei uns in Malibu.«

Jamie reckt triumphierend die Faust in die Luft. »Juhuuu!«

Ich grinse so breit, dass es beinahe wehtut. »Danke, dass du mir zur Hilfe geeilt bist«, sage ich zu Damien.

»Aber immer doch!« Der weiche Ausdruck in seinen Augen verhärtet sich ein wenig. »Soll ich sie nach Texas zurückschicken?«

Fast hätte ich seine Frage bejaht, doch ich schüttle den Kopf. »Nein. Ich heirate, und sie ist meine Mutter. Ich bin stark genug, das auszuhalten«, sage ich als Antwort auf seinen vorwurfsvollen Blick.

»Das stimmt«, pflichtet er mir bei.

»Und es gab da so einen Augenblick …« Ich denke an das, was sie über Ashleys Hochzeit gesagt hat. An die Verletzlichkeit in ihren Augen.

»Was ist?« Damien sieht mich aufmerksam an.

»Irgendwie denke ich, dass sie mir insgeheim trotz des ganzen Elizabeth-Fairchild-Wahnsinns wirklich bei den Hochzeitsvorbereitungen helfen will.«

Damien sieht mich nur kurz an und legt die Hände auf meine Schultern. Dann beugt er sich vor und nimmt mit dem süßesten aller Küsse von meinem Mund Besitz. Als er sich von mir löst, warte ich auf seine Einwände. Darauf, dass er mir ganz genau aufzählt, was meine Mutter mir beziehungsweise uns alles schon angetan hat. Dass er seinen Vater erwähnt, den wir beide nicht bei der Hochzeit dabeihaben wollen. Ja, ich warte verdammt noch mal darauf, dass er mich wieder zur Vernunft bringt.

Stattdessen sagt er nur: »Sei vorsichtig.«

Ich schlucke und nicke, weil ich weiß, dass er recht hat. Wieder läutet die Ladenglocke, und diesmal kenne ich den Neuankömmling nicht. Mit seinem dunklen, rotgolden schimmernden Haar sieht er fantastisch aus. Er hat die selbstbewusste Ausstrahlung eines Damien Stark, und als er sich im Raum umsieht, sehe ich sowohl Kalkül als auch Intelligenz in seinen durchdringenden grauen Augen.

»Wir sollten unsere Besprechung mit Sally schnell zu Ende bringen«, sage ich zu Damien. »Sie hat noch andere Kunden.«

»Mit Sicherheit«, erwidert er. »Aber Evan gehört nicht dazu. Er gehört zu mir.«

»Meine Güte!«, sagt Jamie. »Gibt es euch Typen seit Neuestem im Doppelpack?«

Damien runzelt die Stirn, und ich muss beinahe lachen. Es gibt nicht viele Leute, die Damien Stark sprachlos machen können.

»Wovon redest du?«, fragt Damien.

»Ach, vergiss es!«, erwidert Jamie mit einer wegwerfenden Handbewegung. Aber sie sieht mich an, und ich nicke unmerklich. Ich weiß genau, wovon sie redet, denn der Typ ist einfach scharf. Vielleicht nicht ganz so scharf wie Damien Stark – wie ich loyalerweise anmerken muss –, aber doch ziemlich heiß. »Evan Black, darf ich dir meine Verlobte Nikki Fairchild vorstellen? Und das ist ihre beste Freundin Jamie Archer.«

Evan kommt mit großen Schritten auf uns zu. Er gibt erst mir und dann Jamie die Hand. Ich komme nicht umhin zu bemerken, dass sie seine etwas länger festhält als nötig.

»Gratuliere!«, sagt Evan zu mir. »Schon als er dich das erste Mal erwähnt hat, wusste ich, dass ihr eines Tages heiraten würdet. Ich wünsche euch nur das Beste!«

»Danke«, sage ich und mustere Damien neugierig. Er hat diesen Mann noch nie zuvor erwähnt.

»Ich kenne Evan schon seit Jahren«, sagt Damien. »Er wohnt in Chicago – wir waren zusammen was trinken, als ich vor Monaten dort war.«

»Wir haben uns kennengelernt, als wir beide eine kurz vor der Pleite stehende Firma kaufen wollten«, fügt Evan hinzu.

»Und, wer hat sie bekommen?«, frage ich.

»Damien«, sagt Evan ohne jedes Bedauern. »Aber heute bin ich an der Reihe.«

Man sieht mir bestimmt deutlich an, dass ich keine Ahnung habe, wovon er spricht. »Evan kauft die Galerien«, sagt Damien und meint damit die Kunstgalerien, die Giselle Reynard ihm neulich überschrieben hat. »Wir waren in Palm Springs und haben uns den Lagerbestand angesehen. Morgen kommt Evan nach Malibu, um sich die Hauptniederlassung anzuschauen.«

»Wo ich schon mal hier bin, werde ich mich auch noch um andere Dinge kümmern«, sagt Evan. »Trotzdem fühle ich mich sehr geehrt, dass ich zu eurer Hochzeit kommen darf. Ich freue mich sehr für euch.«

»Danke«, sage ich und merke, dass Jamie ihn nach wie vor

neugierig mustert. Das muss ich gleich im Keim ersticken: Nicht nur, weil Jamie im Moment die Finger von Männern lassen sollte, sondern auch, weil Evan in Chicago wohnt und deshalb nie mehr sein könnte als ein aufregender Quickie. Und genau das kann meine beste Freundin gerade gar nicht gebrauchen.

Jamie zückt ihr Handy, verzieht das Gesicht und sieht mich an. »Wir müssen uns beeilen. Sonst kommen wir noch zu spät.«

»Zu spät? Wozu denn?«

Sie verdreht die Augen. »Das habe ich dir doch gerade gesagt. Wir treffen die Mädels im Raven«, fügt sie hinzu und meint damit einen Strip-Club in Hollywood.

»Im Raven«, sagt Damien stirnrunzelnd.

»Äh, hallo?«, sagt Jamie. »Das wird ein Junggesellinnenabschied. Mit viel Alkohol und noch mehr fantastisch aussehenden nackten Männern.« Sie mustert ihn ausgiebig. »Nicht, dass sie noch kein solches Exemplar an ihrer Seite hätte – trotzdem! Das ist einer der wenigen Abende, an denen man mal so richtig auf den Putz hauen darf!«

»Es ist gerade erst Mittag«, sage ich dümmlich.

»Ich weiß«, erwidert Jamie. »Aber jetzt ist es dort noch nicht so voll, und wir bekommen die ganze Aufmerksamkeit.«

Ach du meine Güte!

Ich schaue kurz zu Damien hinüber, aber das ist eines der wenigen Male, die ich seinen Gesichtsausdruck nicht entschlüsseln kann. Mein Blick schweift zu Evan. Er ist leichter zu durchschauen, macht sich gar nicht erst die Mühe, seine Belustigung zu verbergen.

»Ich habe dir doch gesagt, dass ich keinen Junggesellinnenabschied feiern will«, sage ich. »Außerdem habe ich noch jede Menge zu erledigen. Die Band. Der Fotograf«, zähle ich auf und zucke zusammen, als ich Damiens Stirnrunzeln sehe. *Mist!* Meine kleine Notlüge von heute Morgen ist soeben aufgeflogen.

»Außerdem muss ich sicherstellen, dass das mit den Blumen klappt«, schicke ich stammelnd hinterher. »Ich muss ...«

»... mich mit meinen Freundinnen entspannen«, sagt Jamie. »Komm schon, Nikki! Mit oder ohne Band und Fotograf: Du wirst am Samstag heiraten und danach nie mehr als heißer Single unterwegs sein können. Deshalb machen wir das jetzt. Ich als deine Brautjungfer bestehe darauf.« Sie schaut kurz zu Damien hinüber. »Tut mir leid, Kumpel. Aber das gehört nun mal zu den Aufgaben einer besten Freundin.«

»Aber sicher doch.« Er wendet sich an mich, seine Miene ist undurchdringlich. »Ich muss dich kurz allein sprechen.«

Ich werfe Jamie einen Blick zu, der eine ganze Armee umbringen könnte, und folge Damien anschließend in den hintersten Winkel der Konditorei. Wir stehen neben einer Kiste mit köstlichen, wunderschön verzierten Hochzeitstorten. Ich werfe einen Blick darauf und bereue es sofort, weil sie mich daran erinnern, dass es bis Samstagabend nicht mehr lange hin ist. Und obwohl Damien gerade noch mein Retter in der Not war, bin ich jetzt schon wieder gestresst und nervös. Denn Jamie hat recht: Das ist meine letzte Chance, mich mit meinen Freundinnen auszutoben.

Gleichzeitig möchte ich Damien nicht verärgern. Und obwohl das zwischen uns nie ein Thema war, habe ich so das Gefühl, dass Damien die Vorstellung, ein anderer Mann könnte mir zu nah kommen, kein bisschen gefällt. Wir beide wissen, dass in Jamies Beisein bestimmt sämtliche Regeln, die wir jetzt aufstellen sollten, gebrochen werden.

»Es war nicht meine Idee«, sage ich.

»Aber du willst hingehen.« Seine Stimme ist tief und sinnlich – und sie macht mich nervös, weil ich nicht weiß, worauf er hinauswill.

»Ich wusste nicht mal was davon«, erkläre ich.

Er lässt eine Strähne meines Haars durch seine Finger gleiten, um mir dann mit dem Daumen übers Kinn und schließlich über die Unterlippe zu streichen.

Meine Lippen öffnen sich, und mein Körper wird ganz schwach vor Sehnsucht. Kein anderer Mann hat so eine Wirkung auf mich wie Damien, und im Moment möchte ich mich nur in seiner Umarmung und seinen Küssen verlieren.

Doch dazu kommt es leider nicht.

»Dann los!«, sagt er. »Amüsier dich mit deinen Freundinnen.«

Ich blinzle. »Wirklich?«

Er gluckst. »Ich möchte einem vollständigen Hochzeitsprogramm schließlich nicht im Wege stehen.«

»Ich – ich, nein, aber das Raven ...« Ich verstumme, denn was gibt es über eingeölte Männer, die in Tangas tanzen, schon groß zu sagen?

»Ach so, das!« Er kommt näher und strahlt eine derartige Hitze aus, dass sie die Luft zum Flirren bringt. »Kein Problem. Amüsier dich! Und erzähl mir anschließend davon.«

Ich lecke mir über die Lippen. »Alles?«

Er beugt sich vor, und seine Lippen streifen mein Ohr. »Alles, bis ins letzte Detail, Baby! Hab so viel Spaß wie möglich. Und wenn du anschließend nach Hause kommst ...« Seine Hand wölbt sich um meinen Po. »... werde ich entscheiden, ob ich dir einfach nur deinen wunderbaren Hintern versohle, oder ob es eine härtere Strafe braucht, damit du nicht vergisst, dass du unwiderruflich mir gehörst.« Er schaut mir direkt in die Augen, und das Begehren in seinem Blick lässt mich beinahe zum Höhepunkt kommen.

»Haben wir uns verstanden?«

Ich nicke.

»Wie bitte?«

»Ja«, sage ich und trotze seinem Blick. »Ja, Sir.«

Um seine Mundwinkel zuckt es. Er nimmt eine Hand und zieht mich an sich, drückt mir einen zärtlichen Kuss auf die Lippen. »Nur damit Sie Bescheid wissen, Miss Fairchild: Ich hoffe inständig, dass Sie heute Nachmittag mit Ihren Freundinnen sehr, sehr ungezogen sind.«

6   Jamie lacht laut auf, als ein Kerl, der mit nichts als einem String-Tanga und einem Cowboyhut bekleidet ist, direkt vor ihrem Gesicht die Hüften schwingt. Ich sitze neben ihr und beuge mich nach links, möglichst weit weg von dem Typen. Aber Jamie saugt seinen Anblick förmlich in sich auf und steckt begeistert Ein- und Fünfdollarscheine in das Bündchen seines Tangas. Das ist so straff gespannt, dass es jeden Moment reißen könnte.

Was Jamie vermutlich kein bisschen stören würde.

Aber obwohl der Kerl nicht schlecht aussieht, gibt es nur einen nackten Mann, der mich interessiert: Damien. Und dieser Kerl ist nicht Damien.

Jamie zückt eine Fünfzigdollarnote, und ich verdrehe die Augen, rechne mit einer Verschärfung der hüftschwingenden Unterhaltungsnummer. In diesem Moment hebt Jamie den Daumen, nickt und steckt den Schein dann zielstrebig ganz tief in seinen String, direkt über dem Gemächt des Kerls.

»*Jamie!*«, kreische ich, muss aber ebenfalls lachen – genau wie Lisa, Evelyn und Sylvia. Ich versuche zurückzuweichen, aber Jamie hält mich mit einem hinterhältigen Grinsen fest.

Neben mir nimmt Evelyn einen großen Schluck Whiskey pur. »Schätzchen, du weißt ja, wie sehr ich deinen Freund mag. Und auch von meinem Mann bin ich durchaus angetan. Doch du solltest dich zurücklehnen und die Vorstellung von einer rein künstlerischen Warte heraus genießen.« Um ihre Worte zu betonen, lehnt sie sich zurück, nimmt einen weiteren Schluck und verschlingt den Cowboy seufzend mit ihren Blicken.

Evelyn Dodge ist frech, dominant und unkonventionell. Sie hält mit ihrer Meinung nicht hinter dem Berg, lässt sich von niemandem etwas sagen und hat mehr als nur Hollywood erobert. Die frühere Schauspielerin, die dann Agentin und schließlich Mäzenin wurde, kennt Damien schon seit den Anfängen seiner Tennis-Karriere. Seine Geheimnisse kennt sie ebenfalls schon länger als ich – und sie liebt ihn auch so sehr wie ich.

Damien hat seine Mutter verloren, als er noch ein Kind war, und ich war stets dankbar, dass er Evelyn hatte. Jetzt bin ich dankbar, dass *ich* sie habe.

Aber das ist nicht der richtige Moment für Sentimentalitäten, deshalb schenke ich ihr ein Lächeln, auf das sogar meine Mutter stolz wäre. »Evelyn«, sage ich zuckersüß, »du redest manchmal einen Stuss daher!«

»Das liegt an meiner Zeit in Hollywood, Texas.« Sie sieht Jamie mit schräg gelegtem Kopf an. »Wenigstens sie hat Geschmack an der Sache gefunden.«

»Scheiße, ja!«, ruft Jamie, wedelt mit einem weiteren Schein und zeigt dann auf mich. »Los komm, John Wayne«, sagt sie. »Hör noch nicht auf.«

Der Tänzer weiß offensichtlich, wer von uns ihm die Geldnoten in die Hose schiebt, denn er gehorcht sofort, kommt mit den Hüften kreisend immer näher, sodass ich mich schnell außer Reichweite bringe und so laut lachen muss, dass ich mir fast in die Hosen mache.

Ich trage eine Tiara aus falschen Diamanten. Die Strass-Steine bilden den Schriftzug »Jungfräuliche Braut«.

»Es hat keinen Sinn«, verkündet Jamie schließlich und entlässt den Tänzer – allerdings nicht, ohne ihm weitere fünfzig Dollar zuzustecken. »Sie hat nur Augen für Damien.«

»Das kann man ihr auch schlecht verübeln!«, sagt Sylvia. Ich sehe sie mit hochgezogenen Brauen an. Sylvia ist Damiens Assistentin, und wir haben während der Hochzeitsvorbereitungen so viel Zeit miteinander verbracht, dass wir ziemlich gute Freundinnen geworden sind. »Was ist?«, sagt sie und hebt entschuldigend die Hände. »Nur weil ich für ihn arbeite, bin ich noch lange nicht blind für seine Reize!«

»Was hier im Raven passiert, bleibt im Raven«, sagt Jamie weise und zeigt auf mich. »Und jetzt tu nicht so, als wärst du eifersüchtig auf sie! Dann müsstest du auf alle eifersüchtig sein, denn jede heterosexuelle Frau hält ihn für den begehrenswertesten Mann überhaupt. Außerdem weißt du genau, dass Damien nur Augen für dich hat.«

»Ja«, sage ich glücklich. In diesem Moment bin ich tatsächlich überglücklich. Es ist noch nicht mal fünf Uhr, und ich habe in den letzten Stunden die Gelegenheit der Happy Hour genutzt und mehr Manhattans getrunken, als mir guttut.

Der Kellner kommt mit einer neuen Runde Drinks, aber bevor ich mir ein weiteres Glas nehmen kann, schnappt Lisa es mir weg. »Ich glaube, es wird Zeit, dass wir dich wieder bei Damien abliefern«, sagt sie. »Du hast schon ganz glasige Augen.«

Ich sehe sie blinzelnd an. »Kommt gar nicht infrage!«

Sie lacht. »Er wird stinksauer auf uns sein, wenn du das Bewusstsein verlierst, sobald du zu Hause ankommst. Zumal wir noch eine kleine Überraschung für dich haben.«

»Tatsächlich?« So langsam dämmert mir, dass Lisa recht hat, und ich tatsächlich ziemlich hinüber bin. Ich habe nämlich keine Ahnung, was sie mit »eine kleine Überraschung« meint.

»Anstatt dir einzeln Geschenke zu machen, haben wir alle zusammengelegt und dir ein paar Toys bei *Come Again* gekauft«, verkündet Jamie, womit sie einen hiesigen Sex-Shop meint.

»Das ist doch nicht euer Ernst!« Ich weiß nicht, ob ich lachen oder mich in Grund und Boden schämen soll. »Was habt ihr denn besorgt?«

»Geduld, Geduld!«, mahnt Jamie, während die anderen grinsen.

»Ich verspreche dir nur so viel: lauter tolle Sachen«, sagt Lisa. »Ich glaube, ich muss Preston und mir auch so was kaufen.« Lisa ist Unternehmensberaterin und hat mir in geschäftlichen Dingen sehr geholfen. Ihr Verlobter Preston ist einer der Geschäftsführer von Stark Applied Technology.

»Eigentlich sind sie für die Hochzeitsnacht gedacht«, fügt Sylvia hinzu.

»Aber wir sind dir auch nicht böse, wenn du die Sachen heute schon ausprobierst.« Jamie und Evelyn grinsen sich verschwörerisch an. »Sie kehrt schließlich zu Damien zurück, und wer könnte ihr da schon einen Vorwurf machen?«

Die Limousine vor dem Raven ist eine von Damiens verrückten Stretchlimos, die seine Firma unterhält, um Konkurrenten und verdiente Angestellte zu beeindrucken. Da wir uns nicht gerade im besten Viertel befinden, haben sich haufenweise Schaulustige eingefunden. Einige müssen mich erkennen, denn als ich noch drei Meter vom Wagen entfernt bin, höre ich meinen Namen. Handys werden hochgehalten, Rufe werden laut, dann bin ich von Blitzlichtgewitter umgeben.

Ich beschleunige meine Schritte, flankiert von meinen Freudinnen.

Ich wundere mich, dass Edward nicht auf dem Bürgersteig steht und mir die Tür aufhält, aber das spielt keine Rolle, weil Jamie und Evelyn diesen Part übernehmen und mich in die Limousine schieben. Dabei können sie es sich nicht verkneifen, mich zu fragen, ob ich mich auch gut amüsiert hätte – nur um gleich darauf hinzuzufügen, dass ich mich mit Damien bestimmt gleich noch viel mehr amüsieren werde – zwinker, zwinker! Anschließend knallen sie die Tür zu und stellen sich den Paparazzi und Touristen in den Weg, die mich belästigen wollen.

Ich lasse mich ins weiche Lederpolster sinken und hole tief Luft. Paparazzi gehören eben dazu, wenn man mit einem Multimilliardär zusammen ist und vorhat, ihn zu heiraten. Ein Mann, dem die halbe Welt gehört. Und ich kann auch damit leben. Aber als die Medien erfahren hatten, dass Damien mir eine Million Dollar für ein Aktporträt bezahlt hat, ja dass er später des Mordes angeklagt wurde, sind sie etwas durchgedreht. Heute können wir schon von Erfolg reden, wenn wir in der Öffentlichkeit nicht von einer ganzen Journalistenmeute verfolgt werden.

Ich habe gelernt, damit zurechtzukommen, aber gefallen tut es mir noch lange nicht.

Das Schlimmste ist, dass sie bei der Hochzeit allgegenwärtig sein werden. Die soll in Malibu direkt hinter dem Haus am Strand stattfinden, und obwohl sämtliches Sicherheitspersonal von Stark International vor Ort sein und dafür sorgen wird, dass keine ungebetenen Gäste auftauchen, ist der Strand öffentlich. Ich bin mir sicher, dass es dort nur so wimmeln wird von superehrgeizigen Paparazzi mit riesigen Objektiven.

Da ich nichts dagegen unternehmen kann, außer die Hochzeit ins Haus oder ganz woandershin zu verlegen, was ich beides nicht möchte, muss ich mich wohl mit den Bildern, die anschließend in den Medien auftauchen werden, abfinden.

Diese Erkenntnis war einer der Gründe, warum wir den bereits engagierten Fotografen für die Hochzeitsporträts wieder gefeuert haben: Noch einen Spion, der Schnappschüsse von Leuten macht, die sich gerade ein bisschen zu sehr am

Champagnerbrunnen amüsieren, können wir wirklich nicht gebrauchen.

Mir fällt ein, dass ich immer noch einen Fotografen auftreiben muss und runzle die Stirn. Dabei ist schon Donnerstag, und die Hochzeit findet am Samstag statt. *Mist!* Wäre es nicht meine eigene Hochzeit, könnte ich selbst fotografieren. Trotzdem könnte ich die Leica mitnehmen und ...

Ich verdränge den albernen Gedanken. Denn ehrlich gesagt würde ihr schwarzer Schulterriemen wirklich nicht zu meinem Kleid passen.

Nichtsdestotrotz könnte ich die Fahrt in der Limousine nutzen, um ein paar Leute abzutelefonieren und herumzufragen, ob sie für diesen Tag schon ausgebucht sind. Aber mir ist schwindelig von den vielen Manhattans, und ich möchte mich einfach nur zurücklehnen, die Fahrt genießen und auf Damien freuen.

Dass ich mein Handy quer durchs Schlafzimmer geworfen und dadurch zerstört habe, erleichtert mein Vorhaben auch nicht gerade.

Frustriert, weil Damien nicht da ist, und verärgert über mein aufbrausendes Temperament schaue ich aus dem Fenster und runzle die Stirn. Denn das ist nicht die übliche Strecke nach Hause. Ich will schon den Knopf für die Gegensprechanlage drücken, als ein Telefon klingelt. Das ist seltsam, denn im Fond der Limousine gibt es kein Telefon. Und mein eigenes Handy ist wie gesagt hinüber.

Es klingelt erneut.

Ich beuge mich vor und lege den Kopf schräg. Das Geräusch kommt aus der Bar der Limousine. Ich erhebe mich von der Lederbank und steuere vorsichtig darauf zu. Noch ein Klingeln, und ich orte die Geräuschquelle im Eiskübel. Ich nehme den Deckel ab und entdecke ein Handy im sonst leeren Behälter.

Grinsend nehme ich den Anruf entgegen. »Hallo?«
»Miss Fairchild«, sagt er, und seine Stimme ist tief und erotisch, umhüllt mich wie warme Schokolade.
»Mr. Stark.« Ich kann ein Schmunzeln nicht verbergen. »Seltsam, dass Sie mich erreichen können, obwohl ich mein Handy nicht dabeihabe.«
»Ich habe Ihnen doch versprochen, Ihnen jeden Wunsch zu erfüllen.«
Ich lächle, fühle mich sicher und geborgen. »Wo bist du?«
»Nicht bei dir. Mehr gibt es eigentlich nicht zu sagen, oder?«
Mein Mund verzieht sich zu einem Lächeln. »Nein, aber das stimmt nicht: Du bist bei mir. Du bist immer bei mir.«
Eine Pause entsteht, bevor er antwortet. »Ja«, sagt er schließlich, und ich kann mich nicht daran erinnern, jemals so viel Bedeutung und Gefühl in diesem Wort wahrgenommen zu haben.
Ich seufze zufrieden und schließe die Augen. Er mag zwar nicht neben mir sitzen, aber im Moment bin ich glücklich.
»Wir haben das schon mal gemacht«, sagt er. »Du hast allein auf der Rückbank meiner Limousine gesessen. Und ich war woanders und habe an dich gedacht, von dir geträumt, dich begehrt.«
Ich schlucke, und mein Körper zieht sich erwartungsvoll zusammen, weil ich ahne, worauf das hinauslaufen wird. Es stimmt: Wir haben das tatsächlich schon einmal getan – und seine mich liebkosende Stimme von damals gehört zu meinen schönsten Erinnerungen.
»Sag mir, was du getan hast!«, befiehlt er.
»Damals in der Limousine?«, frage ich, obwohl ich genau weiß, dass er etwas anderes meint.
»Heute Abend. Im Raven.«

»Ich habe mir die Tänzer angesehen.«

»Was haben sie gemacht?« Sein Ton ist scharf, und ich zittere leicht bei dem Gedanken, dass er mir eine Bestrafung in Aussicht gestellt hat.

»Sie haben getanzt.« Dann werde ich etwas mutiger. »Sie haben sich bis auf ihre String-Tangas ausgezogen«, füge ich hinzu. »Sie waren von Kopf bis Fuß eingeölt und sind mir sehr nahegekommen.«

»Wie nah?«

Ich denke daran, wie der Cowboy die Hüften direkt vor meinem Gesicht kreisen ließ. Daran, wie Jamie gelacht und Lisa und Evelyn ihn angefeuert haben. »Ziemlich nah«, flüstere ich.

»Verstehe.«

Eine Pause entsteht, und ich winde mich auf meinem Sitz. Meine Beine kribbeln, meine Vagina zieht sich sehnsüchtig zusammen. Ich denke an Damiens Versprechen, mich zu bestrafen, und kann es kaum erwarten, nach Hause zu kommen, seine Hände auf mir zu spüren.

»Haben sie dich angetörnt?«, fragt er mit diesem gefährlichen Unterton.

»Ja«, flüstere ich, schicke aber gleich ängstlich hinterher: »Aber nur, weil sie mich an dich erinnert haben. An deinen durchtrainierten nackten Körper. An den schmalen Haarstreifen, der bis zu deinem Schwanz führt – ganz nah vor meinem Gesicht, so nah, dass ich daran lecken kann.«

»Meine Güte, Nikki!«

Ich lächle und freue mich, dass seine Stimme ganz heiser geworden ist.

»Aber sie haben mich vor allem deshalb angetörnt, weil es andere Männer waren. Weil sie so gut wie nackt waren und ich weiß, dass du bei meiner Rückkehr ...« Ich verstumme, den plötzlich verlässt mich der Mut.

»Was?«, fragt er. »Was passiert bei deiner Rückkehr?«

»Du hast gesagt, dass du mich bestrafen wirst«, flüstere ich so leise, dass er mich bestimmt kaum versteht.

»Ach ja?« Ich höre so etwas wie Triumph in seiner Stimme, und das macht mich schwach. »Wie soll ich dich denn bestrafen?«

Ich lecke mir über die Lippen. »Vermutlich solltest du mir den Hintern versohlen.«

»In der Tat«, pflichtet er mir bei. »Würde dir das gefallen?«

»Ja.« Meine Stimme ist kaum mehr als ein Hauch.

»Warum?«

Ich schließe die Augen. Das ist eine Frage, mit der ich stets rechnen muss, wenn ich ihn um Schmerz bitte, und ich weiß, dass er nach meinen Albträumen besonders vorsichtig ist. Ich bin froh, dass er mich so gut kennt, aber das bedeutet auch, dass ich laut aussprechen muss, was ich von ihm möchte. Das ist mir peinlich, gleichzeitig erregt es mich auch.

»Warum, Nikki? Ich möchte hören, warum du dich danach sehnst.«

Ich lecke mir über die Lippen, zwinge sie, die Worte zu formen: »Weil sich das so gut anfühlt.«

»Beschreib es mir.«

»Wie winzige lustvolle Nadelstiche«, sage ich und werde leiser, weil mein ganzer Körper prickelt. »Sie verwandeln sich in Hitze, in flüssiges Verlangen. Sie machen mich ganz feucht, Damien. *Du* machst mich feucht!« Ich schweige, weiß, dass ihn meine Worte in den Bann gezogen haben. »Es geht um Schmerz gepaart mit Lust, Damien. Und du bist der Einzige, der mir beides schenken kann.«

Lange schweigt er. Fast schon zu lange. Dann höre ich, wie er einatmet und langsam und deutlich sagt: »Es gibt niemanden, der mich so sehr aus der Fassung bringen kann wie du,

Nikki. Niemand, der mir so ans Herz geht. Sie sind mein Ein und Alles, Miss Fairchild, und ich liebe Sie verzweifelt.«

»Ich weiß«, flüstere ich.

»Aber ...«, fährt er fort, und jetzt klingt seine Stimme viel lässiger. »Das ändert nichts daran, dass du ungezogen warst, Baby.«

»War ich das?« Mein Atem geht schwer, in Erwartung dessen, was nun kommt.

»Warst du schon im Internet?«

Ich runzle die Stirn. Mit dieser Frage habe ich wirklich nicht gerechnet. »Äh, nein.«

»Deine Party ist überall auf Twitter.«

Ich zucke zusammen. Das hätte ich mir denken können!

»Morgen steht es bestimmt auf TMZ. Der Herr, der da mitten in deinem Gesicht war, sah ziemlich ... potent aus.«

»Er wird vermutlich viel Sport machen«, bemerke ich trocken.

»Dir ist schon klar, dass mich das in eine etwas prekäre Lage bringt.«

Ich muss mich schwer zusammenreißen, nicht zu grinsen. »Ach, ja?«

»Ich weiß nur noch nicht, wie ich dich dafür bestrafen soll. Angesichts deines ... Eifers ... gelange ich zu dem Schluss, dass es wohl nicht reichen wird, dir den Hintern zu versohlen.«

»Damien!« Ich lache laut auf – bin aber auch etwas beunruhigt. Damien kann wirklich sehr kreativ sein.

Er gluckst, amüsiert sich offensichtlich königlich.

»Vielleicht sollte ich einfach auflegen?«, sagt er.

»Nein.«

»Nein, was?«, fragt er, und ich höre, wie sein Ton wieder scharf wird. Alles Spielerische in seiner Stimme weicht etwas anderem, Gefährlicherem. »Nein, Sir«, sage ich, und ich weiß, dass ich bereits feucht bin. Ich bin feucht, seit ich seine Stimme höre. »Bitte, Sir. Bitte legen Sie nicht auf!«

»Ich bleibe dran, aber nur, wenn Sie gehorchen. Sobald Sie gegen meine Regeln verstoßen, lege ich auf.«

»Ja, Sir.«

»Ziehen Sie Ihren Rock aus. Und Ihren Slip.«

Ich knöpfe den Rock auf und winde mich hinaus. Ich lasse ihn und den Slip zu Boden fallen.

»Gut.«

»Sitzen Sie wieder?«

»Ja.«

»Sind Sie feucht?«

»Ja.«

»Ich werde dich bestrafen, Nikki, und zwar genau so, wie es dir vorschwebt. Ich werde dich zum Höhepunkt bringen, dafür sorgen, dass du explodierst.«

Ich schließe die Augen und lege den Kopf zurück, verliere mich in seinen Worten.

»Aber es wird ein Weilchen dauern.« Er legt eine Pause ein. »Sag mir, wie feucht du bist.«

»Sehr feucht.«

»Nein, nicht so! Ich will, dass du dich berührst, nur mit einem Finger. Stell dir vor, es wäre meiner.«

»Das tue ich schon.«

»Jetzt fahr dir damit über den Schritt!«, befiehlt er. »Lass mich spüren, wie seidig deine Haut ist. Wie verführerisch.«

Ich tue, was er sagt, erzittere unter der sanften Berührung –, aber auch, weil ich mir vorstelle, es wäre Damien.

»Aber berühr nicht deine Klitoris«, sagt er, und obwohl ich mir nichts sehnsüchtiger wünsche, gehorche ich. »Und jetzt sag es mir noch mal.«

»Wie bereits erwähnt bin ich sehr feucht.«

»Das freut mich zu hören. Verrate mir, was in der Tüte ist.«

»Keine Ahnung. Warte kurz!«

Ich hole alles heraus. »Eine Maske, ein Vibrator, eine Art Öl, Handschellen und ein Video.«

»Öl?«

»Ja.« Ich greife zu dem kleinen Fläschchen und lese, was auf dem Etikett steht: »Erregungsöl.«

»Interessant. Mach es auf.«

»Ich ... gut.« Ich breche das Siegel und schraube den Verschluss auf. Sofort nehme ich einen Duft wahr. »Es riecht ein wenig nach Minze. Eine Gebrauchsanweisung liegt nicht bei.«

»Betupf deinen Finger damit«, befiehlt er. »Und fahr damit über deine Klitoris.«

»Machst du Witze?«

»Soll ich auflegen?«

»Verstehe. Klar, kein Problem.« Ich habe wirklich keine Ahnung, was das für ein Zeug ist, aber da es sich um ein Geschenk von Jamie handelt, macht es bestimmt Spaß. Ich gebe einen Tropfen auf meinen Finger und fahre mir damit über die Klitoris. Ich bin so empfindlich, dass mich schon diese leise Berührung erzittern lässt.

»Und?«, fragt Damien

Ich lege den Kopf schräg, erwarte irgendein neues Gefühl. »Nichts.«

»Hm, na gut, machen wir weiter. Hat der Vibrator Batterien?«

Ich sehe nach und merke, dass er angenehm in meiner Hand summt. »Ja!«, sage ich und zucke gleich darauf zusammen. Ich klinge viel zu begierig und höre an Damiens Glucksen, dass ihm das nicht verborgen geblieben ist.

»Und jetzt die Maske«, sagt er. »Setz sie auf!«

»Na gut.« Ich gehorche, und alles wird dunkel. »Gut. Ich –

oh, verdammt!« Das Öl, das erst keinerlei Wirkung auf mich hatte, entfaltet diese jetzt sehr intensiv. »Dieses Öl, es ... Na ja, es ist echt *wow*!«

»Beschreib es mir.«

»Es ist wie Minze«, sage ich aufs Geratewohl. »So als hätte jemand eines von diesen superstarken Pfefferminzbonbons gelutscht und würde mich jetzt lecken. Es fühlt sich erstaunlich ... intensiv an. O Gott, Damien, bitte!«

»Bitte, was?«

»Egal was, alles, was du willst.« Ich winde mich, möchte dem wachsenden Verlangen einfach nachgeben, diesem Gefühl, das keinen Aufschub duldet. »Bitte, Sir, darf ich mich berühren?«

»O ja, wir werden den Vibrator zum Einsatz bringen. Und deine Finger. Ich werde dir sagen, wie du dich berühren musst, Baby, und hören, wie du kommst.«

Dankbarkeit überflutet mich. Ich habe das Handy noch in der Hand, doch jetzt stelle ich es auf Lautsprecher und setze mich daneben, schiele gerade so lange unter der Maske hervor, dass ich mir sicher sein kann, die richtigen Tasten zu drücken.

»Fahr mit deiner Hand den Schenkel hinauf«, sagt er. »Und stimuliere sanft deine Klitoris. Tust du das?«

»Ja.« Ich bringe kaum noch ein Wort heraus.

»Kannst du den Vibrator einschalten?«

»Ich – ich glaube schon.«

»Fick dich damit, Baby. Ich will, dass du ihn einführst. Dass du dir vorstellst, ich würde dich halten, dich nehmen, tief in dich eindringen.«

O mein Gott! Ich hantiere hektisch damit herum, nehme ihn in meine Rechte und liebkose meine Klitoris mit der Linken. Das Öl ist unglaublich und ... »Ich stehe kurz davor«, sage ich. »Gott, Damien, ich stehe so kurz davor!«

»Ich weiß, Baby. Geh aufs Ganze, tu es für mich. Lass mich daran Anteil haben.«

»Ich …« Aber ich kann nicht mehr sprechen. Ich habe den Vibrator wie befohlen eingeführt, er füllt mich ganz aus, während Damiens Stimme am Telefon sagt: »Komm mir zuliebe, komm jetzt mir zuliebe, Baby!«

Ich lasse den Kopf zurückfallen und meine Hüften kreisen, spüre nichts als den dringenden Wunsch nach dem erlösenden Höhepunkt. Der ist zum Greifen nah, so nah, dass ich …

Ich komme und rufe dabei Damiens Namen.

»Gut so, Baby«, sagt er. »So ist es gut. Mach weiter, hör nicht damit auf, nicht damit aufhören, Baby! Du kannst noch mal kommen.«

Ich habe den Vibrator ausgeschaltet und auf den Sitz geworfen, aber ich tue, was er sagt, und streichle mich mit den Fingern. Ich bin so was von feucht! Feucht und weit geöffnet. Wenn Damien doch hier wäre!

Ich trage nach wie vor die Maske, höre aber das Summen der Trennscheibe, die langsam heruntergelassen wird.

Was zum Teufel?

»Damien!«

»Ich höre es auch. Es ist nur die Trennwand. Mach weiter. Schließ nicht die Beine. Bleib so, Baby, weit geöffnet.«

»Spinnst du? *Edward*.«

»Ich glaube, wir waren uns einig, dass du bestraft werden musst.«

»Nein.« Ich kneife die Beine zusammen und reiße mir die Maske herunter, während ich aus dem Blickfeld des Fahrers rutsche.

Und merke dann, dass nicht Edward am Steuer sitzt, sondern Damien.

Er dreht sich zu mir um, und ich ringe nach Luft, während

ich versuche, Angst, Erleichterung und Wut miteinander in Einklang zu bringen.

»Mistkerl!«, sage ich schließlich, obwohl ich es nicht wirklich so meine.

»Rutsch zurück in die Mitte.«

»Und wenn nicht?«

»Ganz wie du willst.« Er lässt die Trennwand wieder hoch.

»Na toll!« Ich bin sauer, aber nicht blöd. Und ja, ich bin nach wie vor erregt.

Als er die Trennwand wieder herunterlässt, rutsche ich zurück in die Mitte der Sitzbank.

»Spreiz die Beine«, sagt er, und als ich gehorche, verstellt er den Rückspiegel. »Das ist wirklich eine fantastische Aussicht.« Ehrfurcht schwingt in seiner Stimme mit, und ich fühle mich begehrt. Trotz meiner Blöße, trotz der Narben auf meinen Schenkeln gibt Damien mir das Gefühl, die schönste Frau der Welt zu sein. Und das ist mit ein Grund, warum ich ihn so liebe.

»Weiter!«, befiehlt er, und ich gehorche, höre, wie Damien scharf Luft holt. Er mag zwar mit mir spielen, aber es lässt sich nicht leugnen, dass er ebenfalls erregt ist.

»Sind Sie erregt, Miss Fairchild?«

»Ja«, gebe ich zu. »Bis auf den kurzen Schrecken vorhin, ja.«

»Du solltest mich eigentlich besser kennen. Und du solltest mir besser zuhören.«

»Zuhören?« Und dann begreife ich schlagartig, was er meint: »Die Tüte! Woher hättest du davon wissen sollen, wenn du nicht im Auto sitzen würdest?«

»Genau! Ich habe dir einen Hinweis geben. Es ist nicht meine Schuld, dass du zu abgelenkt warst, um richtig zuzuhören.«

Ich ringe mir ein Grinsen ab. »Offen gestanden finde ich schon, dass es deine Schuld war.«

Er gluckst erneut. »Vielleicht.«

Ich beginne, die Beine zu schließen.

»Oh, nein, Miss Fairchild. Sie bleiben die restliche Fahrt über so sitzen. Das ist Ihre Strafe – und meine Belohnung!« Er klopft auf den Rückspiegel.

»Ja, wenn das so ist!«, sage ich und ziehe Pulli, T-Shirt und BH aus.

»Meine Güte, Nikki!«, ruft Damien, als ich nackt auf dem Rücksitz sitze und mir sehr schlau vorkomme.

»Ich finde, deine Belohnung sollte großzügig ausfallen. Du hast es dir wirklich verdient. Schließlich hast du den ganzen Nachmittag in einer leeren Limousine gewartet, während ich Cocktails getrunken und heiße Typen beglotzt habe.«

»Du solltest mich lieber nicht an deine Regelverstöße erinnern«, sagt er warnend. »Außerdem bin ich gar nicht in der Limousine gesessen.«

»Oh.« Ich lecke an einer Fingerkuppe und umkreise damit langsam eine Brustwarze. Wenn ich mich nicht täusche, kommt ein tiefes Stöhnen vom Fahrersitz. »Was hast du dann gemacht?«

»Du warst mit den Mädels zusammen«, sagt er seltsam angespannt. »Und ich mit den Jungs.«

»Ach ja?« Ich lasse meinen Finger weiter nach unten wandern. Langsam streichle ich mich zwischen den Beinen, stoße meinen Finger tief in mich hinein und ziehe ihn dann wieder heraus, um meine Klitoris zu stimulieren.

Ich habe mit dieser kleinen Vorführung begonnen, um Damien zu quälen, quäle mich aber auch selbst damit. »Äh, und mit wem warst du unterwegs?« Ehrlich gesagt fällt es mir momentan schwer, einen klaren Gedanken zu fassen.

»Mit Alain, Charles und Preston. Meine Güte Nikki, hast du auch nur die geringste Ahnung, wie steif ich bin?«

Ich gönne mir ein selbstzufriedenes Lächeln. »Sonst noch jemand?«

»Ryan, Evan, Blaine und noch ein paar andere.«

»Hmm.« Ich zwinge mich, mich nicht in meinen Gedanken zu verlieren, nicht zu kommen. Ich will, dass er ganz scharf und steif wird. Ich will den Spieß umdrehen und ihn bestrafen.

Ich will die Kontrolle behalten.

»Dann erzähl mir doch mal von Evan! Jamie hat gleich ein Auge auf ihn geworfen.«

»Sag ihr, sie soll die Finger von ihm lassen!«, erwidert Damien scharf, und meine Hand hält inne.

»Warum denn?«

»Nein, das nehme ich zurück. Sag ihr nichts dergleichen! So wie ich Jamie kenne, erreicht man mit guten Ratschlägen nur das Gegenteil.«

»Gut«, stimme ich zu. »Aber warum? Was stimmt denn nicht mit ihm?«

»Gar nichts. Ich mag ihn sehr. Aber er hat etwas an sich …«

»Etwas was an sich? Was denn?«

»Etwas Gefährliches.«

»Oh.« Ich will weiterfragen, bin jedoch klug genug, mir nicht einzubilden, Damien könnte Informationen preisgeben, die er nicht preisgeben will. »Wahrscheinlich fühlt sich Jamie nur körperlich zu ihm hingezogen. Das hat nichts zu bedeuten. Ich bin mir ziemlich sicher, dass sie schon einen anderen ins Auge gefasst hat.«

»Wen denn?«, fragt Damien.

Ich zucke stumm die Achseln, denke aber an Ryan.

Kurz rechne ich damit, dass Damien nachhakt, doch er sagt nur: »Wir sind da.«

Ich schaue aus dem Fenster und sehe, dass wir uns in einem Autokino befinden. Ich muss laut lachen. »Wo sind wir hier?«, frage ich und ziehe Rock und Bluse wieder an. Auf Slip und BH verzichte ich, im Moment kommen sie mir ziemlich überflüssig vor.

»Im Vineland Drive-In. City of Industry.«

»Musst du nicht noch bezahlen?«

»Ich habe im Vorfeld angerufen und alles geregelt.«

»Du hast das alles geplant!«, sage ich und spreche damit das Offensichtliche aus. »Warum?«

Er öffnet seine Tür, steigt aus und kommt zu mir.

»Warum?«, wiederhole ich.

»Damit wir im Autokino auf dem Rücksitz rumfummeln können.«

Ich lache, denn so kitschig es auch klingt: Die Vorstellung erregt mich. »Interessant. Das gefällt mir.«

»Ach ja?« Er streckt die Hand aus und knöpft die Bluse auf, die ich mir gerade wieder angezogen habe. Ich beuge mich zur Trennwand vor, damit ich sie wieder hochfahren lassen kann.

»Nein«, sagt er, während er mich aus meiner Bluse schält.

»Damien!«

Seine Finger ziehen am Reißverschluss meines Rocks. »Glaubst du wirklich, dass sich hier jemand auf die Motorhaube lehnen und die Nase an der Scheibe platt drücken wird?«

»Wer weiß?«, sage ich, obwohl ich zugeben muss, dass es nicht sehr wahrscheinlich ist.

»Das wird nicht passieren. Aber erregt dich die Vorstellung nicht?« Er lässt seine Hand unter meinen Rock wandern. »Ja«, sagt er. »Sieht ganz so aus.«

Ich lecke mir über die Lippen, weigere mich zuzugeben, dass meine Erregung wächst. »Ich war vorher schon feucht«, sage ich.

»Hm-hm.«

Ich spüre, wie meine Wangen rot werden. »Ich dachte, du stehst nicht auf Sex in der Öffentlichkeit.«

»Tue ich auch nicht. Ich werde auch keinen Sex in der Öffentlichkeit haben. Wir sind in einer Limousine, niemand schaut uns zu. Mir gefällt nur die Fantasie.« Er beugt sich vor und küsst mich, während er zwei Finger in mich hineinsteckt. »Und dir auch.«

»Ja«, gebe ich zu. Zum einen, weil es stimmt, zum anderen, weil ich keine Geheimnisse vor Damien haben will. »*Du* bist meine Fantasie, Damien. Und das weißt du auch, oder?«

»Und du meine«, sagt er, nachdem er mich zärtlich geküsst hat. »Wir können uns wirklich glücklich schätzen. Unser beider Leben hat so manch unerfreuliche Wendung genommen. Und trotz dieser furchtbaren Dinge und schlimmen Tage, die wir nur noch vergessen wollen, sind wir jetzt hier. Und ich darf dich in meinen Armen halten.« Er streicht mir übers Haar, sieht mich zärtlich an. »Ich bereue nichts, Nikki. Und wenn ich mit dir zusammen bin, sehe ich ausschließlich positiv in die Zukunft.«

»Damien«, erwidere ich so leise, als spräche ich ein Gebet.

»Ja?«

»Küss mich.«

»Alles, was du willst, mein Schatz«, sagt er, bevor sein Mund meinen bedeckt, und ich mich in seine Arme sinken lasse.

7 Ich genieße die Stille im Haus in Malibu und nippe an meinem Mineralwasser, während ich am kleinen Tisch in der Bibliothek arbeite. Das ist mein Lieblingszimmer, auch wenn es eigentlich gar kein richtiges Zimmer ist, sondern eine Etage – ein Halbgeschoss, das sich in mehrere Bereiche gliedert: Am Fenster mit Meerblick stehen bequeme Sessel und Couchtische. Der von der Treppe einsehbare Bereich wird von Regalen eingenommen. Weiter hinten liegen die Arbeitsnischen, und in einer davon sitze ich jetzt.

Es ist spät – knapp drei Uhr früh –, und Damien schläft.

Ich kam nicht wirklich zur Ruhe, auch wenn ich in Damiens Armen immer mal wieder eingenickt bin. Keine Ahnung, ob es an meiner Nervosität, den vielen Drinks oder den ständigen Gedanken an meine Mutter liegt, aber irgendwann habe ich aufgegeben und bin nach unten gegangen. Jetzt sitze ich im Schein meines Laptops da und stelle das Geschenk fertig, das ich Damien am Tag unserer Hochzeit überreichen will. Es ist ein Album mit Bildern aus unserer gemeinsamen Zeit.

Ich arbeite schon seit Monaten daran, habe bereits vor unserer Verlobung damit begonnen und es geschafft, Fotos von unserer ersten Begegnung bei einem Schönheitswettbewerb in Dallas bis heute zu sammeln und zu bearbeiten. Eigentlich hatte ich an ein digitales Album gedacht. Aber als Damien um meine Hand anhielt und mir klar wurde, dass es das perfekte Hochzeitsgeschenk für einen Mann ist, der sowieso schon alles hat, habe ich beschlossen, dass es analog sein muss. Ich habe ein ledergebundenes Album mit Seiten aus edlem Karton gekauft und die Fotos sorgfältig eingeklebt. Dann habe ich sie mit Bildunterschriften und Anmerkungen in meiner schönsten Handschrift versehen.

Im Moment suche ich im Computer nach einem Bild des Vineland-Drive-In. Diese Erinnerung darf auf keinen Fall fehlen, auch wenn keiner von uns wirklich mitbekommen hat, welcher Film gerade lief. Dafür waren wir viel zu sehr beschäftigt, wie Teenager auf dem Rücksitz rumzufummeln, rumzuknutschen, uns gegenseitig zu erkunden und zu begrapschen. Als Damien dann endlich in mich eindrang und ich gleich darauf stöhnend kam, habe ich bestimmt den Film übertönt.

Meine Nackenhaare sind wie elektrisiert, und ich muss mich gar nicht erst umdrehen, um zu wissen, dass Damien da ist. Sein Gang, sein Duft, seine Präsenz – keine Ahnung, was er an sich hat, dass mein Körper sofort spürt, wenn er im selben Raum ist, und nach ihm verlangt.

Sanft schließe ich das Album und lege es in eine Schublade, bevor ich mich zu ihm umdrehe.

»Ich mag es gar nicht, ohne dich aufzuwachen«, sagt er.

Ich lächle. »Jetzt weißt du endlich, wie ich mich immer fühle.« Normalerweise bin ich diejenige, die beim Aufwachen feststellt, dass die andere Betthälfte kalt und leer ist.

»Was machst du da?«

»Ich arbeite.« Ich zucke die Achseln. »Ich konnte nicht einschlafen.«

»Wirklich?« Er sieht mit hochgezogenen Brauen zum Schreibtisch.

»Nichts da, Mister! Sie werden am Samstag schon noch erfahren, worum es geht!«

»Am Samstag«, murmelt er, während so etwas wie ein Lächeln seine Lippen umspielt. »Irgendwas war doch am Samstag.«

Ich lache und springe auf, versetze ihm einen gespielten Stoß vor die Brust. Er zieht mich an sich und küsst mich – erst zärtlich, dann immer leidenschaftlicher. »Ich habe den Arm nach dir ausgestreckt, und du warst nicht da«, sagt er.

Sein Ton ist sachlich, aber für mich schwingt mehr darin mit. Ich lehne mich zurück, damit ich ihm ins Gesicht sehen kann. »Was ist los?«

»Dasselbe könnte ich dich fragen«, kontert er, ohne mir die Angst nehmen zu können. Irgendetwas belastet Damien. Er streicht mir eine Strähne hinters Ohr. »Sag mir, was dich wach hält.«

»Der Alkohol«, sage ich. »Lampenfieber.«

»Nicht deine Mutter?«

»Die auch«, gebe ich zu.

»Egal, wie du dich entscheidest: Ich werde zu dir halten. Aber vergiss nicht, dass das deine Hochzeit ist, und auch deine einzige bleiben wird.« Er streicht mir über die Wange, und ich schmelze unter seiner Berührung genauso dahin wie unter seinen Worten. »Behalt das im Kopf, wenn du nicht weißt, wie du mit deiner Mutter umgehen sollst.«

Ich nicke. »Du hast recht.« Ich nehme seine Hand. »Und du? Hast du auch Lampenfieber? Oder bedrückt dich irgendetwas Geschäftliches?«

Er dreht sich um, starrt auf die polierten Regalreihen, die im Dunkeln wie Wachen strammstehen. Er antwortet nicht gleich, und ich rechne schon damit, dass er nicht weiter auf meine Frage eingehen wird. Dann sagt er: »Es ist wegen Sofia.«

Ich versuche, mir nichts anmerken zu lassen, kann aber nicht verhindern, dass mein Puls anfängt zu rasen. Bestimmt habe ich auch die Augen unnatürlich weit aufgerissen. »Was ist mit ihr?«, frage ich vorsichtig. Sofia steht so weit unten in meiner Gunst, dass man kaum noch von Gunst sprechen kann. Dennoch war sie wichtig für Damien, als er noch ein Teenager war. Und trotz dem Mist, den sie in letzter Zeit angestellt hat, weiß ich, dass sie ihm immer noch wichtig ist. »Ich habe eine E-Mail von ihr erhalten. Ich habe sie gleich nach unserer Rückkehr entdeckt. Sie will zur Hochzeit kommen. Sie ist der Meinung, das müsste sich machen lassen.«

Die Worte bleiben in der Luft hängen wie ein Comic-Hammer, der sämtlichen Gesetzen der Schwerkraft trotzt und nur darauf wartet, Karl den Kojoten platt zu machen. Ich mache den Mund auf und wieder zu, versuche es anschließend noch mal. »Oh.« Mehr bringe ich nicht heraus.

»Das fasst es in etwa zusammen«, sagt Damien. Er trägt eine tief sitzende Schlafanzughose und steckt eine Hand in die Hosentasche. Die andere wandert nach oben, massiert mit Daumen und Zeigefinger die Stirn.

»Willst du denn, dass sie kommt?«, frage ich schließlich.

Er sieht mich an, als wäre ich wahnsinnig. »Nein.«

Nach einer Pause flucht er leise. »Nein«, wiederholt er. »Und genau das macht mich so traurig.« Er sieht mir in die Augen. »Aber was ich dir in der Limousine gesagt habe, meine ich ernst: das mit unseren Entscheidungen und den Menschen, die uns dorthin gebracht haben, wo wir heute stehen. Die uns zusammengebracht haben.« Er tritt einen Schritt näher. »Es macht mich traurig – es macht mich verdammt wütend –, aber ich bereue nichts!«

»Ich auch nicht.« Ich muss an meine Mutter denken. Daran, was für ein Mensch sie ist, was sie getan hat, und was ich selbst möchte. In meinem Kopf herrscht das reinste Chaos. Ich weiß, was ich tun sollte, was ich tun möchte. Aber ich weiß nicht, ob ich das auch kann.

Und obwohl er es besser verbergen kann als ich, merke ich, dass ganz ähnliche Gefühle in Damien toben. Wie könnte es auch anders sein? Er will stets die Kontrolle behalten. Kontrolle ist sein Leben, sie gibt ihm Halt. Doch allein Sofias Name beschwört alles herauf, was außer Kontrolle geraten ist, was eine Spur der Verwüstung in seinem Leben hinterlassen hat. »Damien«, sage ich und höre die Sehnsucht und Hilflosigkeit in meiner Stimme.

Leidenschaft glimmt in seinen Augen auf, als er näher kommt. Automatisch weiche ich einen Schritt zurück, doch der Schreibtisch ist mir im Weg. Schwer atmend bleibe ich stehen, während er mich weiter in die Enge treibt. Ich trage das Button-down-Hemd, das er beim Zubettgehen achtlos zu Boden geworfen hat. Es reicht bis zur Mitte meiner Oberschenkel, und seine Finger folgen dem Saum, schieben ihn langsam höher.

Mein Herz schlägt schneller, und ich spüre die Folgen seiner Berührung. Heiße, wilde Blitze durchzucken mich.

Ohne nachzudenken ändere ich meine Haltung, spreize die Beine. Ich will seine Hände auf mir spüren, seinen Schwanz in mir. Ich will alles, was er mir geben kann, und wünsche mir, dass er sich nimmt, was er will.

Seine Hand schiebt sich zwischen meine Beine, wölbt sich um meine Scham. Ich bin unglaublich feucht. »Sag, dass du mich willst!«, befiehlt er und lässt seine Finger in mich hineingleiten. Ich schmelze dahin vor Lust.

»Ich will dich immer«, sage ich wahrheitsgemäß und weiß, dass es niemals vorkommen wird, dass ich nicht auf ihn reagieren werde. Auf seine Nähe, seine Leidenschaft. Dass ich mich immer wie eine Blüte für ihn öffnen und nach seinen Berührungen sehnen werde.

Er stößt einen weiteren Finger in mich hinein, und ich komme ihm entgegen, verlange schamlos nach mehr. Aber er versagt es mir, und als er seine Hand wegnimmt, höre ich mein Wimmern, das in ein Keuchen übergeht, als er das

Hemd packt und aufreißt, meine Brüste dermaßen abrupt entblößt, dass die Knöpfe abspringen.

»Wunderschön!«, murmelt er, und ich schließe die Augen in Erwartung seines Mundes auf meiner Brustwarze. Doch dazu kommt es nicht. Stattdessen dreht er mich um, zieht mir das Hemd ganz aus, sodass ich nackt vor ihm stehe. Ich bin jetzt dem Schreibtisch zugewandt, mein Hintern drängt gegen seine Erektion, die sich jetzt unter der Schlafanzughose stahlhart abzeichnet.

»Ich wollte dich schon in der Limousine«, sagt er. »Aber jetzt *brauche* ich dich. Verstehst du, was ich damit meine?«

»Und ob, das weißt du doch.« Ich drehe mich zu ihm um, doch er schüttelt den Kopf.

»Schau nach vorn. Beug dich vor. Halt dich am anderen Ende des Schreibtisches fest.«

Ich gehorche, fühle mich verletzlich. Fühle *ihn*.

»Ich glaube, wir haben das Thema Bestrafung noch gar nicht abgehakt«, sagt er. Ich lecke mir die Lippen, mein ganzer Körper spannt sich an vor Vorfreude, und meine Klitoris pulsiert vor Verlangen.

»Ist es das, was du willst, Nikki? Soll ich dir den Hintern versohlen? Soll ich dich bestrafen, indem ich deinen Po mit meinen bloßen Händen zum Brennen bringe? Ihn schön rot und dich scharf mache?«

»Ich bin schon scharf«, sage ich wahrheitsgemäß. »Und ja, bitte, ja!« Wir wollen es beide. Und wie wir es wollen! Denn ich brauche ihn, damit sich mein innerer Aufruhr legt. Und er braucht meine Unterwerfung.

Ich drehe mich nicht um, höre aber das leise Stoffraschen, als er seine Schlafanzughose auszieht. Er tritt näher, und seine Eichel reibt über die Ritze meines Pos. »Vielleicht sollte ich dich einfach sofort und ohne jede Vorwarnung nehmen.«

»Ja.« Ich kann mein Verlangen nicht verhehlen, und Damien gluckst.

»Gleich«, sagt er, und dann landet seine Handfläche fest auf meinem Hinterteil.

Ich schreie auf – eher vor Überraschung als vor Schmerz, und wappne mich gegen den zweiten Schlag. Er folgt gleich darauf, dann streichelt Damiens Hand die Stelle, beruhigt diese wunderbaren roten Funken, sorgt dafür, dass sie sich in mir auflösen, sich von Schmerz in pulsierende Lust verwandeln.

»Soll ich weitermachen?« Aber er wartet meine Antwort gar nicht erst ab, versohlt mich immer wieder aufs Neue. Acht Mal – so lange bis mein Hintern knallrot und empfindlich und meine Vagina dermaßen feucht ist, dass mein Verlangen meine Schenkelinnenseiten förmlich benetzt.

Ich bin über den Schreibtisch gebeugt, meine Brüste reiben bei jedem Schlag an der Holzplatte, sodass meine Brustwarzen genauso steif und empfindlich sind wie meine Klitoris. Meine Gefühle überwältigen mich, mein ganzer Körper steht unter Strom, und ich weiß, dass ich gleich kommen werde.

Ich erwarte einen weiteren Schlag, aber diesmal packen seine Hände meine Hüften. Mit dem Knie spreizt er grob meine Beine, eine Hand landet auf meinem Rücken und hält mich über dem Tisch fest, die andere liebkost mich zwischen den Beinen, öffnet mich und bereitet mich vor. Dabei ist das gar nicht notwendig, weil ich dermaßen bereit für ihn bin, dass ich es kaum noch aushalte.

»Damien, bitte!«, flehe ich. »Ich brauche dich in vielerlei Hinsicht, aber im Moment möchte ich einfach nur, dass du mich nimmst.«

Gott sei Dank gehorcht er. Anfangs gleitet nur die Spitze seines Schwanzes sanft in mich hinein, während meine Muskeln ihn gierig umschließen. Er zieht sich zurück, und ich stöhne laut auf, vermisse seine Abwesenheit sofort. Dann rammt er ihn ohne Vorwarnung in mich hinein, wir vereinen uns brutal, und ich kann spüren, wie sich sein ganzer Körper anspannt, während er auf den Höhepunkt zusteuert. »Komm gleichzeitig mit mir, Baby!«, sagt er und schiebt seine Hand vor, um meine Klitoris zu liebkosen.

Es ist diese Berührung und das Gefühl, dass Damien mich ganz ausfüllt, die mich zum Orgasmus bringen, mich die Tischkante umklammern lassen. Gleichzeitig stößt Damien immer schneller in mich hinein, bis er ebenfalls kommt und auf dem Teppich zusammensinkt, den Arm um meine Taille legt und mich mit zu Boden zieht.

Ich lande auf ihm, und er muss grinsen. »Wie wär's mit einer Zugabe, Miss Fairchild?«

»Ja, dazu könnte ich mich durchaus überreden lassen«, sage ich, obwohl ich nach wie vor außer Atem bin.

Er stützt sich gerade so weit auf, dass er mich küssen kann. »Heirate mich«, sagt er grinsend.

»Ja«, sage ich glücklich. »Ich denke, das lässt sich einrichten.«

»Ich meine ja nur, es gibt schließlich Gründe für diese Tradition«, sagt meine Mutter, als wir Phillipe Favreaus Boutique auf dem Rodeo Drive betreten.

Ich bereue nicht nur, sie mitgenommen, sondern auch ihre Fragen zu meiner Blumenauswahl beantwortet zu haben. Seit ich ihr erklärt habe, dass die Cupcakes mit Wildblumen dekoriert werden und der sonstige Blumenschmuck genauso aussehen wird, reitet sie ständig darauf herum.

In Elizabeth Fairchilds Welt sind Wildblumen auf Hochzeiten ein absolutes No-Go.

»Orchideen, Lilien, Gardenien: Das sind schöne, klassische Blumen, Liebling!«

»Mir gefällt, was ich ausgesucht habe, Mutter.« Ich sehe mich im Atelier um und entdecke nur drei Kleider an Puppen sowie eine extrem dünne Frau, die hinter einem hohen Glastisch steht, der gleichzeitig als Schreibtisch dient. »Würdest du jetzt bitte damit aufhören?« Ich wende mich der Frau zu: »Ich bin Nikki Fairchild. Ich habe einen Termin bei Alyssa wegen der Änderungen an dem Kleid, das heute Morgen angekommen ist.«

»Nikki Fairchild?«, wiederholt sie und sieht für eine Verkäuferin auf dem Rodeo Drive ungewöhnlich verwirrt aus. »Das Damien-Stark-Kleid?«

Ich runzle die Stirn. »Nun, ich bin diejenige, die es tragen wird, aber Damien hat es bestellt, ja. Wieso? Gibt es ein Problem?«

Sie lächelt übertrieben fröhlich, und mein Magen zieht sich schmerzhaft zusammen. »Ich hole Alyssa. Einen Moment, bitte.«

»Sogar Magnolien wären noch im Rahmen!«, sagt Mutter.

»Würdest du endlich damit aufhören?« Ich zische sie förmlich an, und Mutter reißt die Augen auf.

»Nicole! Ich habe dir beigebracht, dich zu beherrschen!«

Ich unterdrücke ein Seufzen und einen Wutausbruch, sage ihr nicht, dass man ihr mal hätte beibringen sollen, sich zu beherrschen. »Ich bin ein bisschen nervös«, gestehe ich. »Ich habe so das Gefühl, mit dem Kleid stimmt was nicht.«

»Quatsch. Es sieht sicherlich wunderschön aus. Hast du ein Bild?«

Ich schaue sie verblüfft an, weil sie mich doch tatsächlich trösten will. »Äh, klar.« Ich zücke mein Handy und rufe die Fotos auf, die wir in Paris gemacht haben: von Phillipes Skizze und von der gehefteten Version, die ich zur ersten Anprobe getragen habe. Schon ihr Anblick entlockt mir ein Lächeln. Das Kleid liegt oben eng an und zeigt einen Hauch von Dekolleté. Auch die Ärmel sind schmal und eng anliegend. Der Rock ist nicht im traditionellen Prinzessinnenstil gearbeitet, sondern fällt schmal über meine Hüften, um meine Kurven zu betonen. Hinten gibt es eine Art Turnüre, die in einer Schleppe ausläuft.

Ausschnitt und Saum sind mit winzigen, perlenbestickten Blumen verziert, sie verleihen dem ansonsten reinweißen Kleid eine besondere Note. Ich finde es außergewöhnlich schön und kann es kaum erwarten, dass Damien mich darin sieht.

Ich schaue zu meiner Mutter, rechne mit einem anerkennenden Blick. Doch ich hätte es besser wissen müssen.

»Nun«, sagt sie verächtlich. »Bei deiner Blumen- und Tortenauswahl war das wohl zu erwarten.«

»Ich ...« Ich mache den Mund wieder zu. Ich weiß wirklich nicht, was ich sagen, welche Beleidigung ich ihr an den Kopf werfen soll, um mich für ihre ständigen Verletzungen zu revanchieren. Ich will doch nur ein klein wenig Anerkennung, ein winziges bisschen Mitgefühl und Respekt von meiner Mutter! Aber da ist nichts, da ist nie was gewesen.

Trotzdem war ich naiv genug, darauf zu hoffen. Meine Güte, was bin ich bloß naiv gewesen!

Ich wende mich ab, damit sie nicht sieht, dass meine Augen in Tränen schwimmen.

»Eine längere Schleppe«, sagt sie. »Und ein bauschigerer Rock. Das ist eine der wenigen Gelegenheiten, bei denen du deine Hüften verstecken kannst, Nicole. Und die solltest du auch nutzen!«

Ich zucke zusammen, würde am liebsten schreien, dass ich noch lange keine Kaftans tragen muss, nur weil ich nicht mehr in Größe 32 passe. Ich bin jung, ich bin gesund und ich bin hübsch. Wenn sie zu dumm ist, das zu sehen, dann ...

Mein Gedankenkarussell wird unterbrochen, als die Tür

am Ende des Raumes aufgerissen wird und eine große Rothaarige hereineilt.

»Nikki!«, sagt sie und reicht mir die Hand. »Ich bin Alyssa.«

Ich will gerade die Hand ausstrecken, als ich merke, dass ich sie so fest zur Faust geballt habe, dass meine Nägel Abdrücke im Handballen hinterlassen haben. Ich öffne die Faust und schüttle anschließend ihre Hand. »Gibt es ein Problem?«

»Ich fürchte ja«, sagt sie. »Es ist mir furchtbar peinlich, aber Ihr Kleid ist nicht da.«

»Nicht da?«, wiederhole ich dümmlich.

»Wir hoffen, dass es nur ein Versehen des Zolls ist. Wir tun alles, was wir können.« Ich höre gar nicht mehr richtig zu, bleibe an diesen Wörtern hängen: *Es ist nicht da*. Mein Kleid ist nicht da, und meine Hochzeit ist am Samstag.

»... es gibt noch andere Läden, die nicht beliefert wurden ...«

Was zum Teufel soll ich jetzt tun? Das ist mein Kleid. Mein *Hochzeits*kleid. Ich kann schließlich nicht zur nächsten Resterampe gehen!

»... beim Zoll oder dem Transportunternehmen, aber wir gehen der Sache nach und ...«

Es ist schließlich nicht *irgendein* Hochzeitskleid. Sondern das Kleid, das ich auf meiner Europareise gekauft habe, zusammen mit Damien. Und zwar in Paris. Das Kleid des Designers, der Damien bei meinem Anblick versichert hat, er falle beinahe in Ohnmacht vor Begeisterung. Das ist kein Kleid, das man verlieren oder ersetzen kann, und ich spüre, wie Panik, Wut und Hilflosigkeit in mir aufsteigen.

Ich muss einen Rückschlag nach dem anderen einstecken und kann mich nicht mal wehren. Denn die arme junge Frau kann nichts dafür – sie versinkt förmlich im Boden vor Scham. Aber die Pechsträhne reißt einfach nicht ab: erst der

Fotograf, dann die Musik und die Blumen. Diese gottverdammten Blumen, von denen meine Mutter die ganze letzte Stunde geredet hat!

»Miss Fairchild?«, sagt Alyssa besorgt. Ihre Finger streichen über meinen Arm, und ich nutze die Berührung, um mich aus meinen Gedanken zu reißen. »Alles in Ordnung, Miss Fairchild?«

»Es geht ihr gut«, sagt meine Mutter mit fester Stimme. »Das ist eigentlich Glück im Unglück! Jetzt kann sie doch noch ein Kleid finden, das ihrer Figur wirklich schmeichelt.«

Alyssa hat die Augen weit aufgerissen. Sie starrt meine Mutter an, als hätte sie so eine schräge Frau noch nie gesehen. Was vermutlich auch stimmt.

»Komm, Nicole. Wir sind hier in Beverly Hills. Ich bin mir sicher, wir finden irgendwo ein Brautkleid für dich!«

»Hau ab.« Ich wollte das eigentlich gar nicht sagen, aber als es mir herausrutscht, weiß ich, dass ich es genau so meine.

»Wie bitte?«

»Texas!«, sage ich. »Fahr zurück nach Texas, Mutter. Und zwar auf der Stelle.«

»Texas! Aber Nicole, wie kannst du nur ...«

»Ich heiße *Nikki*«, zische ich sie an. »Wie oft muss ich dir das eigentlich noch sagen? Du hörst einfach nicht zu.«

Ich sehe, wie sich Alyssa neben uns über die Lippen leckt und sich dann diskret entfernt. Die dünne junge Frau am Glastisch interessiert sich plötzlich sehr für ein einzelnes Blatt Papier.

Aber das ist mir alles scheißegal. Im Moment sind Anstandsregeln wirklich das Letzte, woran ich denke.

»Ich kann jetzt unmöglich nach Texas zurückkehren. Dann würde ich deine Hochzeit verpassen.«

»Genau deswegen!«, sage ich. »Grayson wird dich dorthin fliegen. Du musst noch heute abreisen, damit er rechtzeitig wieder zurück ist. *Er* ist nämlich eingeladen«, füge ich zuckersüß hinzu.

»Liebling, ich bin deine Mutter! Du kannst unmöglich wollen, dass ich bei deiner Hochzeit nicht dabei bin.«

Ich zögere kurz – lange genug, um Damiens Stimme zu hören, die von Entscheidungen spricht und wohin sie führen können. Und diese Entscheidung führt zum Tag meiner Hochzeit. Zu einem Freudentag oder zu einem Tag, an dem mir meine Mutter ständig mit irgendetwas in den Ohren liegen wird: Die Frau, die schon so oft keine Mühe gescheut hat, mir mein Glück madig zu machen.

»Nicole, tu das nicht! Ich muss ...« Sie verstummt, kneift die Lippen zusammen.

Ich hole tief Luft. Auf einmal merke ich, dass ich noch naiver war als gedacht: Meine Mutter ist nicht gekommen, um anlässlich der bevorstehenden Hochzeit unsere Beziehung zu kitten. Und auch nicht, um sich für die schrecklichen Dinge zu entschuldigen, die sie zu Damien gesagt hat.

Sie ist nur gekommen, weil sie jeden Cent, den unsere Familie vor langer Zeit besessen hat, verprasst hat und nun einen Goldesel in mir sieht. Ich weiß nicht, was sie braucht – ein neues Haus, ein neues Auto oder Investmentkapital, aber es ist mir auch egal. Von mir bekommt sie jedenfalls keinen Cent und erst recht nicht von Damien.

»Adieu, Mutter.«

»Nicole, nein! Das kannst du doch nicht machen!«

»Weißt du was, Mutter? Das kann ich sehr wohl!« Ich gehe zur Tür. Sofort ist mir leichter ums Herz, und meine Schritte werden federnder. Ich drehe mich zu ihr um und lächle. »Ich schlage vor, du gehst schon mal vor. Du findest doch selbst nach Hause?«

8 »Du bist unglaublich!«, sagt Damien, als ich ihm abends alles erzähle. »Du hast mir mal gesagt, du hättest einfach nicht die Eier dazu, dich gegen deine Mutter durchzusetzen.« Wir sitzen uns in der poolgroßen Badewanne gegenüber, und unsere Beine berühren sich.

»Ich habe immer noch keine Eier«, sage ich lachend.

»O doch!« Er nimmt meine Hand und legt sie ganz bewusst auf sein Gemächt. »Die gehören nur dir.«

»Und ob!«, sage ich und küsse ihn leidenschaftlich.

Er legt die Arme um mich und hält mich so fest, dass ich mich rittlings auf ihn setzen muss, wenn ich es einigermaßen bequem haben will.

Nicht, dass es eine Zumutung wäre, rittlings auf Damien zu sitzen – erst recht nicht jetzt, wo sich seine Erektion an meine Ritze drängt. Noch dazu auf eine Art, die mich höchst effektiv von den dramatischen Wendungen dieses Tages ablenkt.

»Ich bin stolz auf dich«, sagt er und hält mich fest.

»Ich bin auch stolz auf mich. Ich habe die Situation in die Hand genommen. Ich habe entschieden, wie meine Hochzeit aussehen soll und getan, was getan werden musste.« Ich küsse ihn. »Ich glaube, ich werde mir angewöhnen, nur noch das zu tun, was ich will.«

»Hast du das nicht immer getan?«

Ich lege einen Finger auf seine Lippen. »Darum geht es nicht.«

»Worum dann?«

»Darum.« Ich schiebe die Hand zwischen uns und lege sie um seine Erektion. Langsam streichle ich seinen Penisschaft.
»Es kann sehr schön sein, die Dinge in die Hand zu nehmen«, sage ich.
»O ja.« Seine Stimme klingt heiser.
»Stimmt irgendetwas nicht, Mr. Stark?«, frage ich unschuldig. »Sie wirken so abgelenkt.«
»Im Gegenteil!«, sagt er. »Ich bin sehr konzentriert, ganz im Hier und Jetzt.«
»Ach ja?« Ich erhöhe den Druck auf seinen Schwanz und stimuliere ihn mit dem Daumen.
Er ringt nach Luft, und ich sehe, wie ihn ein Schauder durchläuft, sehe die Leidenschaft in seinem Blick.
Ich schenke ihm ein Lächeln, das alles bedeuten kann.
»Küss mich!«, sagt er. »Reite mich!«
Vorfreude keimt in mir auf. Ich erhebe mich, ergreife mit einem leidenschaftlichen Kuss von seinem Mund Besitz. Seine Zunge kämpft mit meiner, stößt zu und neckt. Ich lasse mich auf seinen Schwanz herab und reite ihn, hebe und senke den Po in einem Wahnsinnsrhythmus, bis das Wasser aus der Wanne spritzt.
Immer wieder, immer tiefer, bis ich gezwungen bin, den Kuss zu unterbrechen, da ich vor lauter Lust den Rücken durchbiegen muss.
In diesem Moment schließt sich sein Mund über meiner Brust, und seine Zähne knabbern an mir. Der Schmerz schickt lustvolle Stromschläge durch meinen Körper. Sie schießen mir zwischen die Beine, an den Ort, den er berührt, in den er hineinstößt, um meine Lust immer stärker zu entfachen, bis wir gleichzeitig kommen, und ich wieder an Damiens Brust sinke – hochbefriedigt und entspannt. Wir verharren eine Weile so, bis mich Damien aus der Wanne hebt, bevor wir noch völlig verschrumpeln. Er trocknet mich ab,

trägt mich zum Bett und deckt mich zärtlich mit einem kühlen Laken zu.

»Du hast mir noch gar nicht erzählt, was du wegen des Kleides unternehmen willst«, sagt er kurz drauf, als wir eng aneinandergeschmiegt im Bett liegen und fast schon eingeschlafen sind.

»Als Mutter weg war, bin ich wieder zurück ins Geschäft«, sage ich. »Es ist zwar nicht perfekt, aber es gab noch ein Kleid in meiner Größe.«

»Gefällt es dir?«

Ich zucke die Achseln. Es ist wirklich ein hübsches Kleid, so ziemlich jede Braut wäre begeistert. Aber es ist eben nicht *mein* Kleid, und welche Frau gibt sich bei so einem Anlass mit der zweitbesten Lösung zufrieden?

»Es tut mir leid, Baby«, sagt er und küsst mich auf die nackte Schulter.

»Es ist schon in Ordnung, wirklich. Du wirst begeistert sein!«

»Ich bin immer von dir begeistert.«

Ich lächle, und lächelnd döse ich ein. Ich will mich gerade dem süßen Vergessen hingeben, als mir noch etwas einfällt. »Bist du noch wach? Ich habe eine fantastische Idee!«

»Ich bin immer offen für fantastische Ideen.«

»Die Tweets über unseren Raven-Besuch haben mich darauf gebracht.«

»Unseren?«

»Ich meine mich und die Mädels«, präzisiere ich.

»Hm-hm. Solltest du vorhaben, die Raven-Typen zur Hochzeit einzuladen, werde ich ein Veto einlegen.«

»Sehr witzig! Nein, ich dachte an unser Fotografen-Problem. Ich weiß, dass ich mir Hochzeitsaufnahmen gewünscht habe. Aber wir können schließlich jederzeit für einen Fotografen posieren. Außerdem möchte ich mich an den Tag selbst erinnern, und nicht an irgendeine Pose! Und da dachte ich, wir könnten dasselbe tun wie diese Leute mit ihren Tweets.«

»Und das wäre?«

»Schnappschüsse machen. Wir schenken allen Gästen gleich nach ihrer Ankunft eine Kamera. Und wenn sie wieder gehen, müssen sie vorher ihre Speicherkarten in eine Schale legen. So bekommen wir tonnenweise Bilder von unseren Freunden und uns beim Tanzen und Essen. Keine Profiaufnahmen, sondern witzige Schnappschüsse, die wirklich typisch für uns sind. Und keine Kitschfotos wie die der Paparazzi am Strand. Was hältst du davon?«

»Ich finde, du bist genial!«, sagt Damien. »Genial und wunderschön. Ich kann es kaum erwarten, dein Mann zu werden.«

Ich lächle verliebt. »Und ich deine Frau«, sage ich, schließe endlich die Augen, schmiege mich noch enger an Damien und lasse mich vom Schlaf überwältigen.

Als ich am Freitag aufwache, ist Damien schon weg. Er hat zu Grayson gesagt, er müsse vor der Hochzeit noch was Wichtiges erledigen. Er sei entweder im Büro oder mit Mr. Black unterwegs.

Ich toaste eine Waffel – für mehr reichen meine Kochkünste nämlich nicht –, und esse sie ohne Sirup auf der Innenhofterrasse. Dabei erledige ich ein paar Telefonate. Als Erstes rufe ich Sylvia an und schildere ihr meinen Plan mit den Kameras. Sie findet die Idee fantastisch und versichert mir, dass sich alles noch rechtzeitig organisieren lässt.

»Ich werde dafür sorgen, dass morgen alles vor Ort ist. Wirklich, Nikki, mach dir darüber keine Sorgen. Ruh dich zur Abwechslung mal ein bisschen aus, das hast du dir verdient. Außerdem brauchst du etwas Erholung vor der Hochzeitsreise ...«

Ich verdrehe die Augen, aber da sie recht hat, widerspreche ich nicht. Stattdessen versuche ich mich im Delegieren und maile ihr die Namen von drei Bands, die ich mir angehört, für gut befunden, aber zunächst abgelehnt habe. Das ist keine perfekte Lösung, aber eine, die mich nicht unnötig unter Druck setzt. Sylvia verspricht, sich zu informieren, welche der Bands verfügbar sind, und die beste auszusuchen.

Ich bedanke mich und lege auf, versuche dann, mich für eine geeignete vorhochzeitliche Entspannungsmethode zu entscheiden. Damiens Album habe ich doch tatsächlich fertiggestellt – das wäre also erledigt. Obwohl sich meine Arbeit stapelt, habe ich keine Lust, den Computer anzuschalten und zu programmieren.

Das Einzige, wozu ich mich wirklich motivieren könnte, ist ein Strandspaziergang. Da ich nicht allein spazieren gehen möchte, eile ich hinunter zur Gäste-Suite, klopfe kurz an und betrete dann Jamies abgedunkelten Raum.

Normalerweise würde ich sie schlafen lassen. Aber da heute mein letzter Tag als unverheiratete beste Freundin ist, darf ich bestimmt eine Ausnahme machen. Ich ziehe ihr die Decke weg und schüttle sie ein wenig.

»Hmm, Ryan ...«

Ich hebe die Augenbrauen, denn das ist eine sehr interessante Entwicklung. Doch leider hört Jamie auf, im Schlaf zu reden. Stattdessen sitzt sie aufrecht und hellwach im Bett.

»Verdammte Scheiße, Nikki!«, kreischt sie. »Was zum Teufel machst du hier?«

Ich zucke die Achseln. »Lust auf einen Strandspaziergang?«

Zum Glück ist Jamie nicht weiter nachtragend: Sie wirft mir ein paar böse Blicke zu, flucht lautstark und zieht sich dann an. Keine Viertelstunde später sind wir am Strand.

»Willst du mir nicht etwas sagen?«, frage ich.

Sie starrt mich an, als wäre ich nicht ganz bei Trost. »Der Mond besteht nicht aus grünem Käse. Masturbation macht nicht blind. Jethro Tull ist eine Band und kein Typ. Zufrieden?«

»Nicht schlecht«, sage ich. »Ich wollte aber eher was über Ryan hören.«

Sie verlangsamt ihre Schritte. »Was soll mit ihm sein?«

»Seit Damien ihn damals gebeten hat, dich nach Hause zu fahren, siehst du ihn so komisch an.«

Ich erwarte, dass sie alles abstreitet. Stattdessen zuckt sie nur mit den Schultern. »Na und?«

»Läuft da was zwischen euch?«

»Nicht von ihm aus«, sagt sie frustriert. »Soweit ich das beurteilen kann, bin ich Luft für ihn.«

Ich hake mich bei ihr ein. »Ich kann mir nicht vorstellen, dass du für irgendjemanden Luft bist.«

»Ich weiß. Trotzdem.«

Ich lache. »Und, was willst du jetzt unternehmen?«

»Wegen Ryan?«

»Nein, ich meine generell.«

Sie wird noch langsamer. »Keine Ahnung. Ich habe die Rolle in dem Werbespot, bei dem Caleb Regie führt, nicht bekommen. Aber es hat gutgetan, mal wieder irgendwo vorzusprechen. Trotzdem will ich nicht wieder in dieses Hamsterrad zurückkehren. Außerdem ...« Sie sieht mich an und verstummt.

»Was?«

»Nichts.«

»James ...«

»Gut, was soll's: Jetzt, wo du heiratest, wird ohnehin alles anders.«

»Ich bin nach wie vor deine beste Freundin.« Ich bleibe stehen, und zwinge sie, ebenfalls anzuhalten.

»Klar«, sagt sie, und ich bin erleichtert. »Trotzdem wird es mir nicht gerade guttun, allein zu wohnen. Wie du weißt, schlage ich gern ein bisschen über die Stränge. Und du stehst mir als Mitbewohnerin nicht mehr zur Verfügung. Ich habe schon überlegt, mit Ollie zusammenzuziehen, aber ich weiß nicht, ob das so eine gute Idee ist.«

»Du meinst, ihr ...?«

Sie winkt ab. »Nein, das mit uns ist passé«, sagt sie und meint ihre gemeinsamen erotischen Eskapaden. »Trotzdem. Wo steckt er überhaupt? Er kommt doch zur Hochzeit, oder?«

»Er müsste heute Abend zum Essen kommen.« Da wir nicht im großen Stil feiern, gibt es auch kein offizielles Probeessen. Stattdessen haben wir einen Haufen Freunde eingeladen. »Soweit ich weiß, ist er gerade wegen einer Zeugenaussage in New York.«

»Und Damien hat nichts dagegen, dass er heute Abend kommt?«

»Wie hast du so schön gesagt? Ich weiß nicht, ob das so eine gute Idee ist, aber im Großen und Ganzen wird es schon klappen. Sie werden sich wohl nie auf ein gemeinsames Bier verabreden, aber das ein oder andere Abendessen und hin und wieder eine Veranstaltung werden sie schon hinkriegen.«

»Gut.« Sie verschränkt die Arme vor der Brust. »Ich mag keine Veränderungen.«

Ich denke an die Veränderungen, die passiert sind, seit Damien in mein Leben getreten ist. Und an die, die mir noch bevorstehen: Dazu gehört die Hochzeit und irgendwann hoffentlich auch eine eigene Familie. Lächelnd ziehe ich Jamie weiter. »Nein!«, sage ich entschieden. »Du wirst schon sehen, Veränderungen müssen nicht immer negativ sein.«

Das *Caquelon* in Santa Monica hat heute Abend wegen unserer Privatveranstaltung geschlossen. Alain, Damiens Jugendfreund und Trauzeuge, dem dieses Fondue-Restaurant gehört, hat es uns netterweise für die Party zur Verfügung gestellt.

Ich liebe dieses Lokal mit seiner schrägen Einrichtung und den knalligen Farben! Als ich das letzte Mal hier war, hatten Damien und ich ein Separee ganz für uns allein. Heute haben wir uns alle im Hauptraum versammelt. Wir lachen, reden, prosten uns zu und machen uns natürlich über die verschiedenen Fonduetöpfe her, die Alain überall im Restaurant verteilt hat.

Statt der New-Age-Musik, die hier normalerweise läuft, werden Songs des Rat Pack gespielt. Anscheinend weiß er, dass Damien und ich auf Frank Sinatra, Dean Martin und Sammy Davis Jr. stehen.

Ich lächle Damien zu, der sich gerade mit Ollie und Evan unterhält. Er lässt die beiden stehen, kommt mit großen Schritten auf mich zu und zieht mich an sich, wirbelt mich durch den ganzen Raum, bevor er mich zur großen Belustigung der Gäste wieder absetzt. »Ich bin ein Genie!«, sagt er.

»Das habe ich auch schon gehört.«

»Ich habe sogar eine Stereoanlage!«, fügt er hinzu.

»Auch davon habe ich schon gehört. Ich nehme an, du willst auf etwas Spezielles hinaus?«

Er zeigt auf die Lautsprecher. »Wir brauchen morgen gar keine Band. Wir brauchen nur einen DJ.«

Ich starre ihn mit offenem Mund an. »Du *bist* ein Genie! Nur dass ich Sylvia bereits gebeten habe, eine Band zu engagieren.«

»Und sie hat mir gesagt, dass alle ausgebucht sind, und sie nicht weiß, wie sie es dir beibringen soll.« Er beugt sich vor, knabbert an meinem Ohrläppchen und flüstert dann: »Offenbar zeigen sich bei dir erste Anzeichen von Stress. Meine Assistentin wollte dich bloß beschützen, und ich kann ihr da keinen Vorwurf machen.«

Lachend stoße ich ihn von mir, ziehe ihn aber sofort wieder in meine Arme. »Du bist heute extrem gut gelaunt.«

»Natürlich. Hast du es noch nicht gehört? Ich heirate morgen.«

»Du Glücklicher!«

»Allerdings.« Sein durchdringender Blick sagt mehr als tausend Worte.

»Ich hab da was für dich.« Ich ziehe ihn ans andere Ende des Restaurants – dorthin, wo die Frauen ihre Handtaschen abgelegt haben. Ich habe eine riesige Umhängetasche dabei und ziehe ein silbern verpacktes Geschenk hervor.

Als er es annimmt, erinnert er mich dermaßen an einen kleinen Jungen an Weihnachten, dass ich entzückt auflache. »Los, pack schon aus!«, dränge ich ihn.

Er nimmt das Album aus dem Papier, mustert es und schlägt es langsam auf. Ich weiß, welches Bild er zuerst sieht – einen Schnappschuss von uns beiden, der vor sechs Jahren in Dallas aufgenommen wurde. Es handelt sich um die Momentaufnahme eines Lokalreporters, die es nie bis in die Zeitung geschafft hat. Ich bin durch einen Anruf beim Archiv des Blattes darauf gestoßen. »Nikki!«, sagt er ehrfürchtig. Er blättert das ganze Album durch, und die Liebe, die ich in seinen Augen sehe, beschert mir weiche Knie.

Ich sehe, wie er sich jede Seite, jedes Erinnerungsfoto ganz genau anschaut. Anschließend klappt er das Album vorsichtig zu, legt es sanft auf den Tisch und zieht mich an sich. »Danke«, sagt er, und in diesem Wort schwingen tausend Gefühle mit. Er küsst mich zärtlich, bringt mich dann zurück zu den Gästen. »Ich habe auch ein Geschenk für dich.« Er sieht auf seine Armbanduhr. »Es dauert allerdings noch eine Viertelstunde.«

Ich runzle die Stirn, frage mich, was er wohl vorhat und nicke. »Auf diese Weise bleibt mir genug Zeit, um mich noch ein bisschen unter die Gäste zu mischen und Schokolade zu naschen. Kommst du mit?«

»Natürlich.« Er folgt mir zu dem Tisch mit dem Schokoladenfondue. Alain ist auch dort, und wir plaudern eine Weile. Dann entfernen sich Alain und Damien, um mit Blaine und Evelyn zu reden. Da ich Evelyn etwas fragen möchte, will ich ihnen schon hinterhergehen, aber Ollie kommt auf mich zu, und ich bleibe stehen, um ihn zu umarmen.

»He, du wichtiger Zeuge! Wie läuft's denn so im gefährlichen Dschungel des Zivilrechts?«

»Gefährlich«, erwidert er grinsend. »Aber das habe ich jetzt erst mal hinter mir. Zumindest für die nächsten Wochen.« Er winkt Charles Maynard zu, seinem Boss, und führt mich in eine Ecke. »Charles hat gefragt, ob ich nach New York zurückwill.«

»Tatsächlich? Warum denn?«

»Wegen Courtney vermutlich. Ich hatte mich nur nach L. A. versetzen lassen, um näher bei ihr zu sein. Aber jetzt, wo wir kein Paar mehr sind ...« Er verstummt.

»Und, wirst du es tun?« Ollie und ich hatten in letzter Zeit wenig miteinander zu schaffen. Trotzdem wird er mir fehlen, wenn er umzieht.

»Ich denk drüber nach. Aber ich bin hin und her gerissen. Ich liebe Manhattan, aber L. A. hat auch seine Vorteile.« Er sieht mich an, als hätte er noch mehr auf dem Herzen.

»Was ist?«

Er zögert und nimmt schließlich allen Mut zusammen. »Glaubst du, Courtney und ich haben noch eine Chance?«

Ich spüre, wie ich die Schultern hängen lasse. »Du hast es versaut, Ollie. Und zwar gründlich! Wir lieben dich alle sehr, und sie ... Verdammt, sie liebt dich auch! Aber ich weiß nicht, ob das reicht.«

»Nein«, sagt er. »Das stimmt.«

Ich drücke seine Hand. »Ich bin immer für dich da, wenn du mich brauchst.«

»Ich weiß«, sagt er und umarmt mich. »Und darüber bin ich sehr froh.«

Ich erwidere seine Umarmung. Das ist auch so ein Vorteil von Hochzeiten: Man kann die letzten Gespenster aus der Vergangenheit endgültig verbannen.

Ich mache die Runde, rede mit Ryan und Edward, mit Steve und Anderson. Charles und Blaine kommen auf mich zu, und ich versuche herauszufinden, was Charles sich von Ollie wünscht, doch er hält dicht.

Sylvia und Miss Peters sowie andere Angestellte Damiens sind ebenfalls hier. Und natürlich Evelyn.

»Ich versuche schon den ganzen Abend, dich zu erwischen«, sage ich.

»Witzig, dabei dachte ich, dass du der Star des Abends bist.« Sie macht einen Schritt zurück und sieht mich mit dem sentimentalen Blick an, der für Bräute in spe reserviert ist. »Du tust ihm gut, Texas. Meine Güte, ihr tut euch beiden gut!«

»Ja, das stimmt. Hat Damien dir das mit meiner Mutter erzählt?«

»Ich habe davon gehört, ja«, gibt sie zu. »Die Details hab ich von Jamie.«

Ich grinse, denn das wundert mich nicht.

»Ich hab sie nach Hause geschickt«, sage ich. »Außerdem habe ich sie nie gebeten, mich zum Altar zu führen, obwohl sie die einzige Verwandte ist, die ich noch habe.«

»Verwandte?«, wiederholt sie. »Du solltest es eigentlich besser wissen, Texas! Zur Familie gehören die Menschen, die du als deine Familie bezeichnest. Diese Frau mag dich zwar geboren haben, aber zu deiner Familie zählt sie nun wirklich nicht.«

Ich sehe mich in dem Raum um, in dem es vor Freunden nur so wimmelt, und nicke. »Ich weiß«, sage ich. »Aber du zählst schon dazu, und dich liebe ich!« Ich hole tief Luft. »Würdest du mich zum Altar führen?«

Ich glaube, Tränen in ihren Augen zu erkennen, sage aber nichts. Ich gebe ihr Zeit, sich wieder zu fangen, und merke, wie sehr sie von meiner Bitte gerührt ist.

»Und ob, Texas!«, sagt sie schließlich. »Natürlich werde ich das tun.«

Kurz darauf ruft mich Damien zu sich. Er hat sich gerade mit Evan unterhalten. Er zieht eine flache Silberschatulle aus der Hosentasche und gibt sie mir.

»Darf ich sie aufmachen?«

»Natürlich.«

Ich komme mir vor wie an Weihnachten. Ich klappe den Deckel auf und enthülle eine wunderschöne silberne Halskette mit sonnengelben Edelsteinen. »Damien, sie ist wunderschön!« Ich werfe einen Blick auf das Fußkettchen mit den Smaragden, das ich immer trage, und fühle mich extrem verwöhnt.

»Mir sind die Blumen auf deinem Hochzeitskleid wieder eingefallen, und da dachte ich, die passt doch ganz gut dazu.«

Mein Herz zieht sich gerührt zusammen. »Aber das war das ursprüngliche Kleid«, sage ich.

»Ich weiß«, erwidert er, als Evan den Arm ausstreckt und eine große Schachtel aufhebt. Er stellt sie auf den Tisch, und ich schaue gespannt zwischen beiden Männern hin und her.

»Los!«, sagt Damien. »Mach sie auf. Ich glaube, du wirst die Halskette anschließend doch ganz passend finden.«

Vorsichtig nehme ich den Deckel ab und starre auf mein wunderschönes, verloren geglaubtes Hochzeitskleid.

»Wie um alles in der Welt …?«

»Ich habe ein paar Freunde mit der einzigartigen Gabe,

auf mysteriöse Weise ›verlorene‹ Ware wieder aufzuspüren«, sagt Evan.

»Oh.« Ich schaue zu Damien hinüber und frage mich, ob meine Vermutung zutrifft. Aber Damiens Gesicht verrät nichts. Und um ehrlich zu sein, ist mir wirklich egal, wie er es aufgetrieben hat. Ich bin nur froh, dass es hier ist!

»Alyssa kommt morgen früh zu uns, um letzte kleine Änderungen auszuführen«, fügt Damien hinzu, und ich beuge mich spontan vor und küsse ihn – den Mann, der sich so unglaublich aufopferungsvoll um mich kümmert.

»Danke!«, sage ich zu Damien und Evan. »Ich danke euch. Ihr wart meine Rettung!«

Erleichterung steigt in mir auf, und zum ersten Mal seit Beginn der Hochzeitsvorbereitungen bin ich wirklich entspannt. Es ist ein gutes Gefühl.

Ich strecke den Arm aus und nehme Damiens Hand. *Das ist das Einzige, was zählt!*, denke ich.

Die Party geht bis tief in die Nacht, und es ist fast zwei, als wir nach Hause kommen. Ich will mich gerade ausziehen und ins Bett fallen, als ich merke, dass ich einen Anruf verpasst habe. Ich stelle das Handy auf Lautsprecher und spiele die Nachricht ab.

»Hallo, Nikki, hier spricht Lauren wegen der Blumen morgen. Ich wollte Ihnen nur sagen, dass alles vorbereitet ist. Es war zwar knapp, aber wir freuen uns, dass wir die Änderungen noch vornehmen konnten.«

Ich sehe Damien stirnrunzelnd an, doch er ist genauso verwirrt wie ich.

»Wir werden also gleich morgen früh zum Dekorieren kommen, diesmal mit Lilien und Gardenien. Sally schicken wir auch eine Auswahl für die Torte. Vielen Dank noch mal, wir können es kaum erwarten, Sie morgen zu sehen. Noch mal unsere herzlichsten Glückwünsche an Damien und Sie.«

Damit endet der Anruf, und ich starre das Handy an wie eine Giftschlange.

Was zum Teufel ...

»Sie hat sie austauschen lassen«, sage ich. »Meine Mutter hat es doch tatsächlich geschafft, meine Hochzeit zu ruinieren.« Ich schaue Damien an. Ich weiß, wie viel Wut in meinem Blick liegt, doch sein jetziger Blick könnte wirklich töten. Es geht ihm nicht um die Blumen – ob es nun Sonnenblumen oder Gardenien sind, dürfte ihm herzlich egal sein –, sondern darum, was mir diese Frau immer wieder antut.

»Als ob sie mir von Texas aus ein Messer ins Herz rammen und es genüsslich in der Wunde drehen wollte. Als wäre sie nur zufrieden, wenn sie mich unglücklich machen kann.«

Ich taumle ins Bad, versuche einen klaren Kopf zu bekommen. Ich fröstle und bin wütend. Die Freude, die ich verspürt habe, als Damien und Evan mir mein Hochzeitskleid gezeigt haben, ist völlig zunichtegemacht. So wie es aussieht, werde ich nicht die Hochzeit bekommen, die ich mir gewünscht habe. Entweder ich lasse eine Feier über mich ergehen, der meine Mutter ihren Stempel aufgedrückt hat, oder aber ich verbringe diesen besonderen Tag damit, das von ihr angerichtete Chaos wieder zu beseitigen.

»Verdammt!«, heule ich.

»Das wird schon wieder!« Damien schließt mich in die Arme.

»Ich weiß. Es gibt Schlimmeres. Trotzdem: Sie ist einfach losgezogen und hat meine Planung ruiniert.«

»Aber am Ende werden wir miteinander verheiratet sein.«

Ich bin zu genervt, um auf meine Vernunft zu hören, aber Damien sagt eindeutig die Wahrheit. Ich laufe auf und ab, während Damien mich ängstlich mustert, so als könnte ich jeden Moment explodieren.

Ganz schön schlau, der Mann!

Irgendwann lässt meine Wut nach, und eine Idee nimmt Gestalt an. Nach weiteren Runden durchs Zimmer bleibe ich vor Damien stehen.

»Ich krieg das wieder hin!«, sage ich.

»Wie meinst du das?«

»Ich kann hier rumsitzen, rumschreien und jammern, dass sie meine Hochzeit ruiniert hat. Oder aber ich drehe den Spieß um, zeige meiner Mutter den Stinkefinger und sage mir, dass sie meine Hochzeit nicht ruiniert, sondern mir sogar einen Gefallen getan hat.«

»Aber hat sie das denn?«

Ich grinse breit. »Ja. Und ich verrate dir auch wieso.« Ich packe Damiens Kragen, ziehe ihn an mich und fühle mich wieder frei und unbeschwert. Ich küsse ihn leidenschaftlich. »Ich verrate dir das Wieso«, wiederhole ich und grinse ihn vielsagend an. »Aber beim Wie musst du mir helfen.«

9 Ich stehe auf dem Balkon im dritten Stock und schaue auf den glatten Pazifik hinaus. Es ist ein wunderschöner Abend, er ist wie gemacht für eine Hochzeit im Freien.

Bald geht die Sonne unter. Und bald wird die Zeremonie beginnen.

Damien steht neben mir und hat den Arm um meine Taille gelegt. Sein riesiges, mit üppigem Grün bewachsenes Grundstück, das in hellen Sand übergeht, breitet sich vor uns aus.

Normalerweise ist der Strand um diese Tageszeit leer. Doch heute ist er mit weißen Zelten und warmes Licht spendenden Laternen übersät. Meine Gäste, die ich von hier aus nicht deutlich erkennen kann, unterhalten sich miteinander, und die leisen Klänge eines Sinatra-Songs wehen vom Strand herauf. Hinter den Zelten liegen die Paparazzi auf der Lauer, bereit, jeden Moment zuzuschlagen.

Bei dem Gedanken, wie wir diese Aasgeier an der Nase herumführen werden, kann ich mir ein Lächeln nicht verkneifen. In der Ferne leuchtet der Pazifik in einem warmen Violett und wird von der rasch sinkenden Sonne in oranges Licht getaucht.

Gleich!, denke ich. *Gleich werde ich Mrs. Damien Stark sein.*

»Bist du sicher, dass du das willst?«, fragt Damien, und sein Hubschrauber lässt die Luft vibrieren. Er landet direkt vor uns.

Ich nehme die ganze Szene noch einmal in mich auf. »Ja, das bin ich.« Ich hebe die Stimme, um den Lärm der Rotoren zu übertönen.

Unter uns tragen Gregory und Tony unser Gepäck zum Heli.

Ich stelle mich auf die Zehenspitzen und küsse Damien: kurz, aber intensiv. Atemlos löse ich mich von ihm und muss über die ganze Situation lachen. Ich brauchte erst diesen Schubs von meiner Mutter, um mir über etwas klar zu werden, das ich längst hätte wissen müssen.

Ich lege meine flache Hand auf Damiens Brust, möchte seinen Herzschlag spüren. »Es ist nicht der Gang zum Altar, der zählt, sondern der Mann, der dort auf mich wartet. Du hast selbst gesagt, dass das meine einzige Hochzeit bleiben wird, und genau so möchte ich sie feiern.« Ohne Stress, ohne Show, ohne Paparazzi. Keine höfliche Konversation, keine Probleme mit der Musik, dem Essen, den Blumen oder plötzlich auftauchenden Verwandten. Nur Damien und diese drei Wörter: »*Ja, ich will.*«

»Und die ganze Arbeit, die du in diese Feier gesteckt hast?«, fragt er, obwohl wir gestern Nacht bereits darüber gesprochen haben: Bei meinem Streben nach Perfektion habe ich etwas völlig aus den Augen verloren, was Damien längst wusste: nämlich, dass »perfekt« ein höchst relativer Begriff ist ... solange wir am Ende Mann und Frau sind.

Trotzdem tue ich ihm den Gefallen und beantworte seine Frage erneut. Schließlich möchte er sich nur vergewissern, dass ich das auch wirklich will.

»Die Feier ist auch wichtig«, sage ich. »Und sie werden eine tolle Feier haben.« Ich zeige mit dem Kinn zum Strand. »Glaub mir, Jamie und Evelyn haben alles unter Kontrolle. Wenn jemand weiß, wie man die Leute dazu bringt, sich zu amüsieren, dann meine beste Freundin!« Ich grinse breit. »Ich habe Ryan gebeten, ihr zu helfen. Sie werden die ganze Nacht durchfeiern, und morgen früh kann jeder, der möchte, zusehen, wie wir heiraten. Evelyn hat versprochen, sich um die Presse zu kümmern.«

Damiens Lächeln ist genauso breit wie meines. »Ich liebe Sie, Miss Fairchild!«

»Sehr lange werden Sie das nicht mehr sagen können. Bald werde ich Mrs. Stark sein.«

Er nimmt meine Hand und zieht mich zur Treppe. »Dann lass uns gehen«, sagt er. »Je früher, desto besser.«

Hand in Hand eilen wir die Stufen hinunter, rennen lachend zum Hubschrauber. Damien hilft mir an Bord, und kaum sind wir eingestiegen, gibt er dem Piloten ein Zeichen: Der Heli hebt ab.

Als uns die Gäste zum Abschied zuwinken und die Paparazzi wie wild drauflosknipsen, fliegen wir in den Sonnenuntergang hinein, lassen unsere Hochzeitsgäste allein zurück, damit sie unsere Speisen essen, unseren Champagner trinken und die ganze Nacht durchtanzen.

Damien und ich stehen an einem Strand mit schäumender See. Die aufgehende Sonne lässt den gerade noch grauen Nachthimmel vor lauter Farben explodieren. Denn auch das ist mir klar geworden: Ich kann unmöglich bei Sonnenuntergang heiraten. Meine Hochzeit muss bei Sonnenaufgang stattfinden!

Ich trage mein Hochzeitskleid und die Kette, die mir Damien geschenkt hat. Als ich die paar Meter zum Altar geschritten bin und seinen Blick gesehen habe, wusste ich, dass das Kleid die Mühe wert war. Ich fühle mich wie eine Prinzessin, mehr noch – wie eine Braut. Und unter Damiens Blicken wunderschön.

Ich trage keine Schuhe, vergrabe meine Zehen tief im Sand, fühle mich wild, ausgelassen und frei. Kein Stress und keine Sorgen. Nur diese Hochzeit und der Mann neben mir – und mehr brauche ich auch nicht.

Vor uns vollzieht der mexikanische Standesbeamte in gebrochenem Englisch die Hochzeitszeremonie. Er hat einen starken Akzent, und ich bin mir sicher, nie etwas Schöneres gehört zu haben.

»Wollen Sie diesen Mann zu Ihrem rechtmäßig angetrauten Ehemann nehmen?«, fragt er, und ich sage die Worte, die ich, seit ich Damien zum ersten Mal sah, in meinem Herzen trage: »Ja, ich will.«

»Ja, ich will«, sagt auch Damien und sieht mich dabei an. In seinen verschiedenfarbigen Augen erkenne ich tiefe Gefühle. *Du gehörst mir*, formen seine Lippen, und ich nicke. Denn es stimmt, ich gehöre ihm und zwar für immer.

Und Damien Stark gehört mir.

In einigen Metern Entfernung hält ein kleiner Junge, der ein paar Pesos bekommen hat, Damiens Handy hoch. Die Aufnahme von unserer Hochzeit wird direkt nach Malibu übertragen, wo Jamie die Zeremonie auf eine der Zeltwände projiziert – falls die Gäste nach der durchfeierten Nacht noch nüchtern oder wach genug dafür sind.

Hier an unserem Strand erklärt uns der Standesbeamte für Mann und Frau. Die gewichtigen Worte überwältigen mich, hallen tief in meiner Seele nach. »Damals«, flüstere ich, während mir das Herz übergeht. »Damals, als du mich gebeten hast, für dich Modell zu stehen, hätte ich mir nicht träumen lassen, dass es so endet.«

»Aber es hat noch gar nicht geendet, Mrs. Stark! Es hat gerade erst angefangen.« Damiens Worte könnten treffender nicht sein.

Ich nicke, bin viel zu ergriffen, um auch nur ein Wort herauszubringen.

»Ich werde dich jetzt küssen«, sagt Damien und nimmt mit seinem Mund von mir Besitz. Der Kuss ist lang und intensiv, und die Einheimischen um uns herum klatschen und jubeln.

Ich umarme Damien, will ihn gar nicht mehr loslassen, während die Sonne höher steigt und uns in ihr Morgenlicht hüllt.

Das ist perfekt!, denke ich. Denn die Sonne wird niemals über Damien und mir untergehen. Weder heute noch morgen.

Dir gehören

Aus dem Amerikanischen von
Christiane Burkhardt

1 Mrs. Damien Stark.

Diese drei schlichten Worte gehen mir nicht mehr aus dem Kopf – übrigens schon den ganzen Vormittag, seit ich die magischen Worte ausgesprochen habe, die die Single-Frau Nikki Louise Fairchild in die Ehefrau Nikki Fairchild Stark verwandelt haben.

Fast habe ich Muskelkater vom vielen Lächeln, und ich spüre, wie Damien meine Hand drückt. »Du strahlst ja richtig«, sagt er.

»Ja, ich kann gar nicht mehr damit aufhören«, gestehe ich. Wir gehen den mexikanischen Strand entlang, der kühle Pazifik umspült unsere Knöchel und strömt, einem uralten Rhythmus folgend, wieder davon.

Ich drehe mich zu meinem Mann um, und mir stockt der Atem, während mein Herz schneller schlägt. Ich habe ihn schon so oft angeschaut, und trotzdem ist mir, als sähe ich ihn zum ersten Mal. Er hat eine solche Power, ist einfach perfekt. Er ist alles, was ich mir je erträumt habe, Fleisch gewordene Fantasie.

Er ist die Zukunft.

Aber vor allem: Er gehört mir.

Er steht mit dem Rücken zum Ozean, hinter ihm nichts als blauer Himmel und endlose Weite. Er trägt eine tief sitzende Badehose und dazu ein offenes, kurzärmeliges Hemd. Es bauscht sich im Wind, und der weiße Stoff betont seinen athletischen Körperbau, seine glatte, gebräunte Brust. Ich muss mich schwer beherrschen, sie nicht zu streicheln.

Selbst in diesem lässigen Aufzug sieht Damien aus wie ein griechischer Gott, der soeben dem Meer entstiegen ist. Wie eine allmächtige Gestalt, der sogar die Elemente gehorchen. Mir wird schwindelig bei dem Gedanken, dass dieser Mann in einer richtigen Schlacht genauso unbesiegbar wäre wie in den Schlammschlachten, die er in der Welt der Wirtschaft erfolgreich schlägt.

Nicht zum ersten Mal muss ich daran denken, welch glücklichen Umständen ich das alles zu verdanken habe. Was, wenn wir im Abstand von hundert, zwanzig oder sogar nur zehn Jahren geboren worden wären? Was, wenn er damals nicht in der Jury des Schönheitswettbewerbs gesessen hätte? Was, wenn ich dem Drängen meiner Mutter nachgegeben und eine Model-Laufbahn eingeschlagen hätte, statt meine Träume zu verfolgen? Und was, wenn ich ihn geohrfeigt hätte, statt sein Angebot anzunehmen, mich für eine Million Dollar nackt malen zu lassen?

Ich hätte auch so überlebt, natürlich. Aber überleben ist nun mal was anderes als leben. Und mit niemandem fühle ich mich so lebendig wie mit Damien!

Ich sage ihm, was mir durch den Kopf geht. Ach, könnte ich doch nur in Worte fassen, wie sehr mir das Herz übergeht vor lauter Erleichterung und Dankbarkeit! Denn schon ein Webfehler im Teppich der Zeit hätte genügt, und unsere Leben hätten sich niemals berührt.

»Du bist ein Wunder«, sage ich und hoffe, dass die Botschaft trotz meiner sprachlichen Unbeholfenheit bei ihm ankommt.

»Nein«, erwidert er. »*Wir* sind ein Wunder.«

Seine Worte machen mir Gänsehaut, denn niemand berührt mich so stark wie Damien. Und das ist vermutlich das eigentliche Wunder.

Ich sehe, wie er auf sein Handgelenk starrt und amüsiert

grinst, als er keine Armbanduhr darauf entdecken kann. Ich lache. »Fühlen Sie sich nicht in Ihrem Element, Mr. Stark?«

»Ach, an solchen Entzugserscheinungen leide ich gerne!« Er dreht sich um und schaut zum Horizont. »Wie spät es wohl ist? Kurz vor elf?«

Die Sonne brennt auf uns herunter, und ich lege den Kopf in den Nacken und schützend die Hand vor Augen, während ich in die sengende Hitze schaue. Zu dieser Tageszeit glitzert der Sand, und die Gischt des Ozeans brodelt wie flüssiges Feuer. *Wie passend!*, denke ich. Denn im Moment wünsche ich mir nichts sehnlicher, als in Damiens Armen zu zerfließen.

»Vermutlich«, sage ich. »Warum? Hast du einen dringenden Termin?«

Er grinst über meinen belustigten Tonfall. »Ja, in der Tat.«

Aufrichtig überrascht runzle ich die Stirn. »Ach, wirklich?« Ich bin mir sicher, dass er mich nicht zum Mittagessen ausführen will. Schließlich gab es nach der Hochzeitszeremonie ein romantisches Frühstück am Strand, und das ist erst wenige Stunden her. Wir haben wie wild geschlemmt ... angefangen mit köstlichen Crêpes und prallen Beeren bis hin zu Kaffee mit Schlagsahne. Er kann unmöglich schon wieder Hunger haben.

»Na gut«, sage ich. »Raus mit der Sprache. Was hast du vor?«

Er schweigt, hakt sich einfach bei mir ein. »Wir sollten den Rückweg antreten.«

Ich kneife die Augen zusammen, schaffe es aber nicht, ihn wirklich streng anzusehen. Denn natürlich weiß ich, was er vorhat. Ich habe zumindest so eine Ahnung. Heute ist schließlich unser Hochzeitstag, und es gilt, gewisse Traditionen zu befolgen, wenn man den Bund fürs Leben geschlossen hat. Offen gestanden bin ich ganz dafür. Was Damien im Einzelnen geplant hat, kann ich allerdings unmöglich wissen.

Ich sehe ihm forschend ins Gesicht und entdecke das

Funkeln in seinen Augen. »Du willst es mir nicht verraten, stimmt's?«

Es zuckt um seine Mundwinkel. »Nein, nicht einmal, wenn du mich auf Knien darum bitten würdest.« Er beugt sich zu mir herunter, und seine Lippen streifen meine. »Dabei mag ich es sehr, wenn du mich auf Knien um etwas bittest«, fügt er verheißungsvoll hinzu.

Sein Kuss ist zärtlich und verspielt, aber ich reagiere alles andere als sanft darauf. Ich muss mich beherrschen, mich nicht an ihn zu drängen, und spüre das vertraute Brennen zwischen den Beinen. »Damien«, sage ich und höre so etwas wie Verzweiflung in meiner Stimme. Bei uns brodelt unterschwellig ständig die Leidenschaft, und schon bei diesem simplen Kuss fange ich Feuer.

Ich packe sein Hemd und ziehe ihn zu mir, schmiege mich an seine nackte Brust, die ganz feucht ist von der schwülen Hitze.

Unter dem dünnen Stoff meines Bikinioberteils verhärten sich meine Brustwarzen, und ich stoße ein leises Stöhnen aus. Vor dem Frühstück habe ich mein Hochzeitskleid ausgezogen und trage mittlerweile nur noch dieses winzige Oberteil samt dem dazugehörigen Höschen sowie einen seitlich geknoteten Sarong aus dünnem rosa Stoff um die Hüften. Aber selbst das ist schon zu viel. Ich will seine Haut auf meiner fühlen und schiebe mein Becken nach vorn, kann es kaum erwarten, ihn zu spüren.

Er ist ganz steif, seine Erektion malt sich unter seinen weiten Shorts ab. Ich packe seinen Po und ziehe ihn noch näher an mich heran. Auch er stöhnt, und ein solches Verlangen schwingt darin mit, dass ich am ganzen Leib zittere und fast komme – nur durch die Wucht seines Begehrens.

Aber nein, ich will mehr. Ich möchte ihn zu mir in den Sand ziehen, diesen Mann, der jetzt mein Ehemann ist.

Ich möchte seine Hände auf mir spüren und seinen Schwanz in mir. Ich sehne mich nach seinen Lippen, seinen Liebkosungen, seiner Leidenschaft.

Ich will alles, was er mir geben kann, und noch viel mehr.

Aber das Schönste ist, dass er es auch will.

»Damien«, flüstere ich und lasse ihn los, während ich den Knoten meines Sarongs löse. Der Stoff ist dünn und durchsichtig, muss aber trotzdem als Decke herhalten.

Seine Hand ergreift meine, und ich bebe vor Vorfreude. Ich nehme meine Hand wieder weg und schließe die Augen, lasse mich nur zu gern von ihm ausziehen.

Nur dass er es leider nicht tut.

Ich stehe verwirrt da, schlage die Augen auf – und schaue direkt in sein Gesicht. Ich erkenne eine Begierde in seinem Blick, die mindestens so stark ist wie meine. Dennoch macht er keine Anstalten, mich erneut zu berühren – im Gegenteil! Er tritt einen Schritt zurück, ohne mich dabei aus den Augen zu lassen.

Er entzieht sich mir, und das ärgert mich, geilt mich aber gleichzeitig nur noch mehr auf.

Sobald ich meine Fassung wiedergefunden habe, ziehe ich eine Braue hoch. »Spielen Sie wieder eines Ihrer Spielchen, Mr. Stark?«

»Stimmt genau«, sagt er mit einem dreckigen Grinsen. »Und falls du es vergessen haben solltest: Ich spiele nur, um zu gewinnen.«

»Ach ja?«, sage ich genüsslich. »Und was gibt es zu gewinnen?«

Er tritt näher, berührt mich aber nach wie vor nicht. Trotzdem höre ich förmlich, wie mein lauter Herzschlag von seinem breiten Brustkorb abprallt. »Dich.«

Ich bekomme Schmetterlinge im Bauch. Selbst jetzt, wo wir verheiratet sind, fühle ich mich mit ihm genauso lebendig wie damals, als er mich zum ersten Mal berührt hat. »Ja, wenn das so ist«, flüstere ich vielsagend, »hast du bereits gewonnen.«

Er streicht mir dermaßen sanft über die Wange, dass ich nicht weiß, ob es seine Hand ist oder die Meeresbrise. »Stimmt.«

Er verschränkt die Finger mit meinen und führt mich quer über den Strand zur Seepromenade.

»Verrat mir wenigstens, wo es hingeht!«

»Zurück.«

Das habe ich mir bereits gedacht. Wir befinden uns an einem Privatstrand, in einem abgelegenen Teil Mexikos, dessen Namen ich nicht aussprechen kann und den ich nie mehr wiederfinden würde. Nachdem wir beschlossen hatten, unsere eigene Hochzeitsfeier zu schwänzen, haben wir L. A. in einem von Damiens Privatjets verlassen. Den wiederum haben wir auf einem größeren Flughafen zurückgelassen – zusammen mit Grayson, Damiens Piloten, der den Jet vermutlich in die Vereinigten Staaten zurückgebracht hat. Danach wurden Damien und ich in einem Jeep über den Flughafen kutschiert, um dort eine kleine einmotorige Propellermaschine mit nur zwei Sitzen und einem winzigen Laderaum zu besteigen. Die restliche Strecke ist Damien selbst geflogen.

Die Landebahn an unserem Zielort sei viel zu klein für einen Jet, erklärte er. Wie sich herausstellte, war »Landebahn« reichlich übertrieben. Genau genommen war es kaum mehr als ein Feldweg. Ich hatte furchtbare Angst, noch vor unserem Ehegelübde zu sterben. Damien amüsierte sich königlich.

Und obwohl ich ein Flugzeug mit mehr als einem Motor und eine ordentliche Landebahn bevorzugt hätte, hätte ich Damiens überglückliche Miene gegen nichts in der Welt eintauschen wollen. Weder das Strahlen in seinen Augen beim

Fliegen der Maschine noch den Stolz und die Vorfreude bei der Landung. Anschließend stiegen wir in einen bereits wartenden Jeep, mit dem wir die kurze Strecke bis zu diesem abgelegenen – und wirklich atemberaubenden – Urlaubsort zurücklegten.

Die Anlage ist klein und kann höchstens zehn Gäste gleichzeitig beherbergen. Sie ist ausschließlich für Paare gedacht, die nach einem romantischen Rückzugsort suchen, und ich habe bereits genug davon gesehen, um zu wissen, dass der Betreiber etwas von seinem Job versteht. Obwohl uns der Portier sagte, dass das Resort ausgebucht ist, haben weder Damien noch ich etwas von den anderen vier Paaren mitbekommen. Stattdessen fühlt es sich an, als wären wir allein an diesem einsamen Strand – von dem Personal einmal abgesehen, das einem jeden Wunsch von den Augen abliest.

Gestern Abend nach der Ankunft habe ich einen Plan von der Anlage gesehen. Der Grundriss erinnert an eine Hand; fünf Halbinseln bilden die Finger. Jeder Bungalow liegt auf seiner eigenen Halbinsel, sodass für Privatsphäre und Meerblick auf drei Seiten gesorgt ist.

Obwohl wir im Dunkeln angekommen sind, war ich von Anfang an schwer beeindruckt. Aber als ich unseren Bungalow betrat und durch die Glaswände den Ozean sah, stockte mir der Atem. Es war, als stünde ich an Deck eines Bootes, während sich der pechschwarze Ozean endlos vor mir ausdehnte und das Mondlicht auf dem Wasser tanzte.

Unser Bungalow liegt am weitesten vom Hauptgebäude entfernt, wo das Personal und ein Spa untergebracht sind – und ein Restaurant, das nur selten Gäste hat und vor allem am Zimmerservice verdient. Selbst ohne die atemberaubende Aussicht ist unser Bungalow überwältigend: Er verfügt über ein luxuriöses Schlafzimmer, das von einem riesigen, mit pink- und türkisfarbenen Kissen bedeckten Bett beherrscht wird. Die Rollläden lassen sich mit einer Fernbedienung steuern, aber da ich nicht wüsste, warum wir die tolle Aussicht aussperren sollten, gehe ich nicht davon aus, dass Damien oft von dieser Technologie Gebrauch machen wird.

Außerdem gibt es eine perfekt ausgestattete Küche, ein Wohnzimmer mit einem Innen- und Außenkamin sowie einen überdachten Patio. Dort steht ein Lounge-Chair für zwei, von dem aus man die Aussicht und die Meeresbrise genießen kann.

»Gehört das alles dir?«, hatte ich Damien bei unserer Ankunft fassungslos gefragt. Er hatte nur gelächelt, aber dann zu meinem Erstaunen den Kopf geschüttelt.

»Ich hätte es beinahe vor ein paar Jahren gekauft, als der Besitzer Probleme hatte«, sagte er. »Aber dann habe ich ihm einen Kredit gegeben, mit dem er die Krise überwinden, ein paar Renovierungsarbeiten vornehmen lassen und die Anlage als exklusives, teures Reiseziel vermarkten konnte.«

»Das ist ihm gelungen – und wie!«, sagte ich.

»Allerdings.« Ich hörte den Stolz in seiner Stimme und musterte ihn neugierig. »Diese Anlage befindet sich bereits seit über drei Generationen in Familienbesitz. Sie hat eine Geschichte, ganz zu schweigen von der hier herrschenden Arbeitsethik, die ebenfalls dazu beigetragen hat, die Sache rentabel zu machen. Ich habe nur ein bisschen nachgeholfen. Ich wollte mich nicht in etwas einmischen, das die Familie sich aufgebaut hatte, sondern nur dafür sorgen, dass das Geschäft wieder läuft.«

Ich nickte, dachte daran, wie er mir mal von einem kleinen Wein- und Käsehersteller für Gourmets erzählt hatte. Er liebte dessen Produkte so sehr, dass er in die Firma mit eingestiegen war. Allerdings ohne sich in die laufenden Geschäfte einzumischen. Er bot dem Betrieb lediglich den Rückhalt von Stark International. Doch das war ein Fehler gewesen.

Plötzlich machte die kleine, von der Presse hochgelobte Firma negative Schlagzeilen. Kritiker behaupteten, sie gäbe sich nur als Familienbetrieb aus, gehöre aber in Wahrheit einem großen Konzern. Daraufhin hatte Damien zwar seinen Anteil an die Eigentümer zurückverkauft, aber der Schaden war bereits angerichtet, und es hatte Jahre gedauert, bis sich die Firma wieder davon erholt hatte.

Als wir jetzt auf unseren Bungalow zugehen, zieht Damien mich an sich. »Aber es gab noch andere Gründe«, sagt er.

Ich runzle die Stirn, versuche, seine Gedanken zu folgen. »Dafür, dass du die Anlage nicht gekauft hast, meinst du?«

Er nickt. »Ich habe nach einem Ort gesucht, an dem ich ganz allein sein kann. An dem es keine Arbeit gibt und keine Verpflichtungen. An dem ich mir eine Auszeit nehmen kann.«

»So wie jetzt«, sage ich neckend.

»So wie jetzt.«

Ich bleibe stehen, schlinge die Arme um seinen Nacken und gehe auf die Zehenspitzen. »Falls es dir entgangen sein sollte: Du bist nicht allein.«

»O doch«, sagt er.

Ich will etwas Schlagfertiges erwidern, verkneife es mir aber, denn ich sehe, dass er es ernst meint.

»Ein Mann ist nie so sehr er selbst, wie wenn er allein ist«, sagt Damien, um meine unausgesprochene Frage zu beantworten. »Dann schließt er die Tür hinter sich und legt all seine Masken ab. Wenn man allein ist, zeigt man sein wahres Ich. Und niemand weiß das besser als wir.«

Ich nicke, sage aber nichts darauf.

Seine Lippen streifen meine, sein Kuss ist so zärtlich und liebevoll, dass er mir fast die Tränen in die Augen treibt. »Du bist die Einzige, Nikki, mit der ich zusammen und gleichzeitig allein sein kann. Du siehst mich so, wie ich wirklich bin.

Und du siehst mich nicht nur so, sondern du liebst mich auch dafür.«

»Ja«, sage ich. Erst als ich meine Tränen schmecke, merke ich, dass ich doch weine. Mein Leben lang habe ich eine Rolle gespielt: Nikki, die Schönheitskönigin. Nikki, die höhere Tochter. Nikki, die brave Tochter. Aber wenn ich mit Damien zusammen bin, bin ich einfach nur Nikki.

»Mit dir bin ich allein«, sagt er. »Gleichzeitig wird keiner von uns beiden je wieder allein sein.«

Ich blinzle die Tränen fort. »Das ist perfekt«, sage ich. »Du hättest keinen besseren Ort für uns finden können. Er – er erfüllt mich.« Das ist womöglich etwas unglücklich formuliert, aber als er meine Hand drückt und »Ich weiß« sagt, glaube ich, dass er mich trotzdem versteht.

Als wir den Bungalow erreichen, bin ich in Gedanken immer noch bei Damiens Worten und diesem Ort. Dass ich ihn perfekt finde, ist mein voller Ernst. Seit dem Mordprozess sind die Dinge etwas aus dem Ruder gelaufen. Und er hat recht: Das ist eine wohl verdiente Auszeit für uns beide. Endlich können wir ungestört zusammen sein. Endlich hört die Erde auf, sich zu drehen. Zumindest für uns. Bei dem Gedanken muss ich grinsen.

»Was ist?«, fragt er und streicht mir zärtlich über die Lippen.

Ich zucke nur mit den Achseln, während er mir die Tür zum Bungalow aufhält. »Ich musste nur gerade daran denken, wie mühelos du das Universum kontrollierst. Dass du die Welt daran hinderst, sich weiterzudrehen, ist schließlich keine Kleinigkeit.«

Er lacht. »Tue ich das denn?«

»Ja.« Ich nehme seine Hand und ziehe ihn ins Haus. »Aber im Moment möchte ich sie gar nicht anhalten – im Gegenteil! Sorg für ein Erdbeben, Damien.« Ich dränge mich an ihn und seufze laut auf, als er sich ebenfalls an mich schmiegt und sich sein Penis in meinen Bauch bohrt. »Mach, dass ich explodiere«, flüstere ich. »Bitte, Damien, lass mich schreien vor lauter Glück!«

»Ganz wie Sie wünschen.« Seine tiefe Stimme beschert mir Gänsehaut. »Schließlich ist heute Ihr Hochzeitstag, Mrs. Stark.«

2 Wie sich herausstellt, schreie ich nicht, sondern quietsche, als er mich hochhebt und an sich presst, während ich die Arme fest um seinen Hals schlinge. Ich lache und strahle, als er mich ins Schlafzimmer trägt.

»Ich werde dich nicht zum Schreien bringen, Mrs. Stark«, flüstert er provozierend. »Sondern dazu, dass du mich auf Knien darum bittest.«

»Weil du es magst, wenn ich dich auf Knien um etwas bitte.« Atemlos wiederhole ich, was er am Strand zu mir gesagt hat.

Sein Mund verzieht sich zu einem Grinsen, aber er schweigt. Dafür spricht sein Blick Bände. *O ja!*, denke ich. *Das dürfte Spaß machen.*

Ich erwarte, dass er mich aufs Bett legt, und bereite mich darauf vor, ihn an seinem Hemd auf mich zu ziehen, falls er vorhaben sollte, sich zu entfernen – und sei es nur, um seine Klamotten loszuwerden. Stattdessen überrascht er mich damit, dass er mit mir das Schlafzimmer durchquert und eine hölzerne Schiebetür öffnet. Damit enthüllt er das atemberaubendste Bad, das ich je gesehen habe.

Ich konnte gestern Abend schon einen kurzen Blick hineinwerfen und weiß, dass es toll ist. Aber weil es bei unserer Ankunft noch dunkel war, hatte ich mich mehr für meinen Reisebegleiter interessiert als für die Architektur und die Sanitäranlagen – so raffiniert sie auch sein mochten.

Heute Morgen hatte ich noch keine Gelegenheit, sie näher zu betrachten. Damien hat mich noch vor Sonnenaufgang geweckt und zwei Mexikanerinnen übergeben, die mich ins Wohnzimmer scheuchten, das in der Zwischenzeit zur Ankleide umfunktioniert worden war. Sie hatten mir die Haare in einem fahrbaren Friseurwaschbecken gewaschen und mich dann in dem kleineren, aber ebenfalls luxuriösen Bad neben der Küche geschminkt.

Ich wurde nach allen Regeln der Kunst verwöhnt und verschönert, in mein Hochzeitskleid gesteckt und dann zum Strand gescheucht. Dort wurde die Zeremonie bei Sonnenaufgang dermaßen rasch und effizient vollzogen, dass ich mich an alles vor dem Ehegelübde kaum noch erinnern kann.

Damals wie jetzt hatte ich nichts als Damien begehrt.

Und das, was ich jetzt sehe, beflügelt mein Begehren noch. »Damien«, sage ich mit ehrfürchtigem Staunen. Der Raum ist romantisch. Magisch.

Genauso perfekt wie mein Mann.

Ich hebe den Kopf und sehe, dass er auf mich herunterlächelt. In diesem Moment geht mir dermaßen das Herz über, dass ich mich fester an ihn klammere – vor lauter Angst, er könnte zerplatzen wie eine Seifenblase.

So ein Bad habe ich noch nie gesehen, und ich bin etwas eingeschüchtert. Gestern, im Dunkeln, hatte ich mir keine Gedanken über den Boden gemacht, und wenn, wäre ich fest davon ausgegangen, dass es ein ganz normaler Boden ist. Stattdessen ist in die Schieferplatten ein rechteckiges Becken eingelassen, das sich jenseits der Glasschiebetür fortsetzt. Es wirkt wie ein Infinity-Pool, denn gleich dahinter liegt der Ozean, und die steil abfallende Felsenküste ist vom Haus aus nicht zu sehen.

Irgendwie erinnert mich das alles an Damiens Haus in Malibu. An *unser* Haus, verbessere ich mich stumm. Der Bungalow hier ist ähnlich elegant eingerichtet, aber doch anders, exotischer. Der perfekte Ort für die Flitterwochen! Ich flüstere Damien etwas in der Art zu, während ich mich entzückt umsehe.

Eine kleine Steinbrücke führt über den Pool zu einer riesigen modernen Badewanne, die in seiner Mitte thront wie eine Insel.

Aber es sind nicht diese architektonischen Highlights, die mir den Atem rauben und mein Herz schneller schlagen lassen. Sondern das, was Damien damit gemacht hat. Alles ist geradezu übersät mit Rosenblüten. Sie bedecken den Boden und den Schaum in der Wanne und treiben sogar im Wasser des Infinity-Pools. Neben der Wanne ragt ein dreibeiniger Ständer mit Sektkühler aus dem Wasser, und quer darüber liegt ein Bambustablett mit zwei Sektflöten.

Die Wanne selbst besitzt keine Dusche. Die befindet sich draußen. Im Moment ist die Schiebetür geöffnet, sodass die Ozeanbrise meine erhitzte Haut kühlen kann.

Im Gegensatz zum Bad, das mehr aus Steinfußboden als aus Pool besteht, ist der Patio hauptsächlich ein Wasserbecken – von den paar steinernen Inseln einmal abgesehen. Eine dieser Inseln beherbergt eine Chaiselongue, eine Art Bett unter freiem Himmel, das sofort meine Aufmerksamkeit erregt. Die andere Steininsel befindet sich unweit einer frei stehenden Holzwand, aus der ein Duschkopf ragt. An Haken hängen Luffa-Schwämme, Shampooflaschen und anderes Spa-Zubehör.

Da der Patio nicht ummauert ist, können hier nur der menschenleere Strand und das offene Meer die Privatsphäre garantieren. Das luxuriöse Bad, sein Rosenduft und seine verheißungsvollen Freuden verzaubern mich völlig.

Wie Damien schon sagte: Wir sind vollkommen allein, und zu wissen, dass er mich hier nehmen kann, während die Ozeanbrise meine Haut küsst und nur der Himmel Zeuge unserer Lust wird, macht mich ganz schwach vor Verlangen. Ich bin dankbar, dass Damien mich trägt, denn sonst würden mir bestimmt die Beine versagen.

Er überquert die Steinbrücke und setzt mich dann sanft an ihrem Rand ab. Ich will mich bewegen, aber er schüttelt nur den Kopf und greift langsam hinter mich, um die zwei Knoten zu lösen, die mein Bikinioberteil an Ort und Stelle halten. Es plumpst ins Wasser, und obwohl ich überrascht die Stirn runzle, macht Damien einfach weiter.

Seine Finger streifen meine Brust, und ich ringe nach Luft und bekomme Gänsehaut, als er meine Taille liebkost und meine Haut prickeln lässt vor lauter Vorfreude.

Er löst den Sarong und lässt ihn ebenfalls fallen. Er schwimmt auf dem Wasser, und ich sehe zu, wie er ins Freie treibt, wie sich die Sonne darin fängt und seine Fasern zum Funkeln bringt.

»Und jetzt der Rest«, sagt Damien, und ich lecke mir über die Lippen, während ich das Höschen gehorsam über die Hüften nach unten ziehe, bis es meine Knöchel umspielt. Ich steige aus dem winzigen Stück Stoff heraus und trete dann nackt vor meinen Mann.

Er lächelt verheißungsvoll und zieht mich an sich. Mit geübtem Griff hebt er mich hoch und setzt mich sanft in die Wanne. Die Wassertemperatur ist perfekt, und ich seufze lustvoll, lasse das mit einem Badezusatz versehene Wasser über meine Haut schwappen. Ich rutsche ein Stück zurück, schmiege mich an den Wannenrand, um Platz für Damien zu machen.

Doch er folgt mir natürlich nicht nach.

»Damien!«, protestiere ich.

»Pssst. Gestatten Sie, dass ich mich um Sie kümmere.« Er nimmt den Champagner aus dem Sektkühler und öffnet ihn, lässt den Korken fliegen und Schaum auf mich tropfen.

Ich lache. »Ist das nicht eine ziemlich ordinäre Art, Champagner zu öffnen?«

»Gut möglich. Aber so macht es mehr Spaß.« Er füllt beide Sektflöten und gibt mir eine, bevor er nach der anderen greift. Sein Blick gleitet über mich, und die Belustigung von vorhin ist einem zärtlichen Ausdruck gewichen.

»Damien?«

Er schaut mir in die Augen, und ich sehe die Leidenschaft darin, seine Liebe. Er prostet mir zu. »Du bist mein Ein und Alles. Du bist die Luft, die ich atme, mein Lebenselixier. Du bist nicht nur meine Frau, Nikki, sondern auch meine Seelenverwandte. Meine ganze Welt, ja mein Leben.«

Ich ringe zitternd nach Luft und nicke im vergeblichen Versuch, die Tränen zurückzuhalten. »Und du gehörst mir!«, sage ich und stoße mit ihm an. »Ich liebe dich«, schicke ich hinterher und wünsche mir, so eloquent zu sein wie er. Aber ich weiß, dass er meine Gefühle kennt, auch wenn ich sie nicht richtig in Worte fassen kann.

»Ich weiß«, sagt er und küsst mich auf den Scheitel.

»Wirst du mir jetzt Gesellschaft leisten?«, frage ich. Ich sehne mich nach seiner Berührung. Ich will, dass er über mich herfällt, dass wir uns beide in einer warmen, nassen Umarmung verlieren.

Anstatt meine Frage zu beantworten, stellt er seine Sektflöte ab, greift nach einem Glasflakon und gießt Duftöl in seine Hand. Dann tritt er hinter mich, während ich einen leisen Protestlaut ausstoße. Besonders überzeugend klingt er allerdings nicht, denn obwohl ich ihn bei mir haben will, hat es durchaus seinen Reiz, von Damien umsorgt zu werden.

»Lehn dich zurück!«, befiehlt er. »Schließ die Augen!«

Ich gehorche und seufze selig, als er mir sanft die Schultern massiert. Seine Finger sind warm und kräftig, und ich überlasse mich seinen lustvollen Berührungen, dem herrlichen Vanilleduft. Er verwöhnt mich, verführt mich, und im Moment kann ich mir nichts Schöneres vorstellen.

»Weißt du eigentlich, woher der Brauch kommt, in die Flitterwochen zu fahren?«, fragt er, nimmt meinen Arm aus der Wanne und widmet sich meiner Hand.

Ich schüttle den Kopf, bin viel zu erregt von dem sanften Druck, den er auf jeden meiner Finger ausübt – und von den alles andere als harmlosen Fantasien, die in mir aufsteigen.

»Vor langer, langer Zeit, als die Menschen noch in Stämmen zusammenlebten, pflegte der Mann die Frau, die er zur Gemahlin nehmen wollte, an einen abgelegenen Ort zu bringen, um sie dort nach allen Regeln der Kunst zu verführen.«

Während Damien erzählt, gleiten seine öligen Hände meine Arme hinauf, wandern über mein Schlüsselbein und wölben sich schließlich um meine Brüste. Ich ringe zitternd nach Luft, während meine Brustwarzen steif werden. Ich will mehr!

Zum Glück werde ich von Damien nicht enttäuscht. Er macht kleine, kreisförmige Bewegungen, wobei er meine erigierten Brustwarzen leicht streift. Auf einmal stehe ich wie unter Strom. Ich winde mich in der Wanne, versuche, das Verlangen zu unterdrücken, das als leichtes Vibrieren zwischen meinen Beinen begonnen hat und zu einem lauten Pochen angewachsen ist.

»Vermutlich wollte sie zunächst davonlaufen«, sagt Damien, und ich kann einen leisen Protestlaut nicht unterdrücken. Ich habe ganz bestimmt nicht vor, davonzulaufen!

Meine Augen sind geschlossen, aber ich höre das Lachen in Damiens Stimme, als er fortfährt. »Aber er begehrt sie, und weil er sie unbedingt erobern will, behält er sie gleich für mehrere Wochen dort.«

»Flitter*wochen*«, murmle ich.

»Auch Honigmond genannt. Und ein Monat kann in Gefangenschaft ziemlich lang sein«, führt er weiter aus. »Vermutlich hat sie ihn anfangs dafür gehasst.« Er löst eine eingeölte Hand von meiner Brust und lässt sie ins Wasser gleiten, wandert damit nach unten und liebkost meinen Bauch, bis seine Finger meine nackte Scham erreichen. »Aber er will sie unbedingt zum Bleiben bewegen. Und so setzt er alles daran, sie zu befriedigen.«

Seine Hand gleitet zwischen meine Schenkel und streichelt mich sanft. »Vermutlich hat sie Angst«, bemerkt er, während ich nach Luft ringe und den Rücken durchbiege, weil sich der Orgasmus bereits ankündigt – ein Vorgeschmack auf die Lust, die mich noch erwartet. »Daher bemüht er sich zunächst, sie zu entspannen.«

»Ja.« Ich fühle mich wunderbar entspannt. Mein Kopf ist in den Nacken gelegt, meine Augen sind nach wie vor geschlossen. Meine Atmung ist flach, und ich bin mehr als bereit für ihn.

Damiens Fingerkuppen beschreiben kleine Kreise auf meiner Klitoris. Sie entlocken mir ein Wimmern, schenken mir aber nicht die Befriedigung, nach der ich mich sehne.

Frustriert bewege ich die Hüften, denn ich will mehr, die ultimative Belohnung. Ich werde wahnsinnig vor Lust, schamlos vor Verlangen.

»Er konzentriert sich ganz darauf, ihre Ängste zu vertreiben, sie heiß, schwach und geil zu machen.«

Ich. Bin. Geil. Und wie!

Er schiebt einen Finger in mich hinein, und ich stöhne entzückt auf, bäume mich auf und lasse mich dann zurück in die Wanne fallen. Wasser schwappt über den Rand. Damien ist inzwischen bestimmt pitschnass, aber das ist mir egal. Ich will diesen Moment einfach nur auskosten, will, dass er mich endlich nimmt.

»Er konzentriert sich ausschließlich auf sie«, sagt Damien und schiebt einen weiteren Finger in mich hinein, während sein Daumen zärtlich mit meiner Klitoris spielt. »Seine gesamte Aufmerksamkeit gilt dieser Frau.«

»Ja«, flüstere ich. Ich stecke eine Hand zwischen meine Beine und lege sie auf seine in der stummen Bitte, weiterzumachen, mehr Druck auszuüben.

Er gehorcht, schiebt beide Finger grob in mich hinein, während er einen anderen Finger über mein Perineum tanzen lässt. Ich ringe nach Luft, winde mich vor Lust und stehe kurz davor, zu explodieren. So kurz, dass ich meine Hand hebe und mir selbst in die Brustwarze kneife, daran ziehe in dem Versuch, mich zum Orgasmus zu bringen, während Damien mich weiter auf die Folter spannt.

Aber im Moment hat Damien das Kommando und reißt meine Hand weg. Ich öffne die Augen und sehe, wie sich mein ungestümes Verlangen in Damiens Gesicht widerspiegelt.

»Bitte«, sage ich flehend, aber er schüttelt nur den Kopf, und sein Mund verzieht sich zu dem dreckigen Grinsen, das ich nur allzu gut kenne. Zu dem Grinsen, das den Gipfel der Lust verheißt, unvorstellbares Entzücken – wenn auch zu Damiens Bedingungen. Und Damien weiß, wie man eine Verführung in die Länge zieht.

»Er bringt sie fast bis zum Höhepunkt«, sagt Damien gedehnt. »Bringt sie dazu, ihn zu begehren. Er verschafft ihr unbeschreibliche Lust, verspricht ihr die totale Befriedigung. Bis sie sich ihm ganz hingibt, dem Versprechen von Lust in seinen Armen pur nachgibt.«

»Ja«, sage ich. »O ja.«

Er nimmt seine Finger weg, und meine Muskeln ziehen sich protestierend zusammen, weil sie diese unbedingt wieder umschließen möchten. Er wölbt die Hand über meiner

Scham, übt Druck darauf aus, bis ich kaum noch einen klaren Gedanken fassen kann.

»Und erst, als er weiß, dass sie ihm gehört, nimmt er sie wirklich.« Er zieht seine Hand weg, und ich muss mir auf die Unterlippe beißen, um nicht empört aufzuschreien.

Er hebt mich aus der Wanne. Ich schlinge die Arme um seinen Hals und schmiege mich an ihn, möchte ihm so nah sein wie nur möglich.

»Er dringt zärtlich in sie ein«, sagt Damien, und ich stammle etwas in seine Halsbeuge. »Was ist?«, fragt er.

Ich lege den Kopf in den Nacken und schenke ihm meinen schönsten Schlafzimmerblick. »Ich will mich ja nicht beklagen. Aber ich bin mir nicht sicher, ob die Männer das im Lauf der Geschichte so gehandhabt haben, wie du sagst.«

Es zuckt um seine Mundwinkel. »Ach nein?«

»Ich glaube, sie haben sich einfach genommen, was sie wollten, und zwar ohne jede Rücksicht.« Ich sehe ihn herausfordernd an, und er senkt den Kopf, um mich auf die Stirn zu küssen.

»Vielleicht«, sagt er. »Aber vielleicht habe ich dir die Geschichte auch noch gar nicht zu Ende erzählt. Dass er sie dazu bringt, ihn zu begehren, ist eine Sache. Ihr begreiflich zu machen, dass sie wirklich ihm gehört, eine ganz andere.«

»Oh«, stoße ich hervor, während mich ein lustvolles Zittern erfasst.

»Der Gipfel der Lust«, fährt er so vielsagend fort, dass ich ganz schwach und noch feuchter werde als ohnehin schon. »Der Abgrund der Lust. Er nimmt sie an Ort und Stelle, immer wieder, bis sie es kaum noch aushält vor Verlangen, jeden Widerstand und jedes Zögern aufgegeben hat. Bis sie nur noch reagiert, nur noch ihn begehrt. Und ihn anfleht, sie zu erlösen, ihr endlich den Höhepunkt zu verschaffen, den nur er ihr geben kann.«

Er trägt mich zur Dusche und stellt mich dort ab. Dann dreht er den Hahn auf, und angenehm warmes Wasser regnet auf mich herab. Ich hebe den Kopf, genieße das mich überströmende Nass und schaue dann nach unten, sehe, wie der letzte Rest Schaumbad im Abfluss verschwindet.

Neben mir steht Damien. Er trägt nach wie vor seine Shorts und das offene weiße Hemd. Inzwischen ist er völlig durchnässt, und der dünne Stoff klebt an ihm wie an einem Playgirl-Model. Ich könnte ihn stundenlang anstarren und bin überglücklich, dass er mir gehört.

»So!«, sagt er und dreht mich mit dem Gesicht zur Holzwand, aus der der Duschkopf ragt. Er packt mein Handgelenk und hebt es über meinen Kopf. Erst da merke ich, dass der Haken, an dem das Shampoo hängt, im Grunde eine Schlinge ist. Er zieht das Shampoo heraus und wickelt das raue Seil um mein Handgelenk, bevor er es festzieht und mich so an Ort und Stelle fesselt.

»Damien«, sage ich und höre die Beklommenheit in meiner Stimme, gepaart mit Erregung.

Auch sie entgeht ihm nicht, und ich sehe die Andeutung eines Lächelns, als er den Vorgang mit meiner anderen Hand wiederholt. So kommt es, dass ich nackt und gefesselt vor der frei stehenden Holzwand posiere.

Er macht einen Schritt zurück und mustert mich von der Seite. Ich müsste den Kopf drehen, um ihn ansehen zu können.

»Er nimmt sie in Besitz«, sagt er langsam. »Er nimmt sie, unterwirft sie, neckt und erregt sie, bis sie begreift, dass er ihr genauso gehört wie sie ihm.«

Ich schlucke, begreife den wahren Kern der Geschichte. »Und wenn sie es längst gewusst hat?«

Unsere Blicke treffen sich, und die Luft zwischen uns scheint zu flirren. Ein Kribbeln erfasst mich, und wieder sorgt die Gegenwart dieses Mannes dafür, dass ich mich extrem lebendig fühle. Die Gegenwart *meines* Mannes.

Ich bin quicklebendig. Und ich gehöre ihm.

Wir beide wissen das längst.

Kurz erwarte ich, dass er noch etwas sagt. Er kneift seine Augen belustigt zusammen, dreht sich dann ohne ein weiteres Wort um und entfernt sich von mir, geht den steinernen Pfad zum Infinity-Pool hinüber.

Ich sehe ihm nach, nehme mir fest vor, ihm nicht hinterherzurufen. Keine Ahnung, welches Spielchen er da spielt. Aber dass es eines ist, weiß ich genau. Damien entzieht sich mir, weil es ihm gefällt, wenn ich ihn anbettle, aber sehr lange wird er es nicht mehr aushalten. Nicht heute. Nicht jetzt, wo er mich genauso begehrt wie ich ihn.

Aber für alle Fälle zerre ich an meinen Fesseln, wodurch diese allerdings nur noch enger werden.

Verdammt!

Doch ganz so, als wollte er meine Vermutung bestätigen, kehrt Damien zurück. Er hat sich umgezogen, trägt jetzt nur noch khakifarbene Shorts. Seine Haut glänzt und sieht aus wie von der Sonne geküsst. Fast werde ich eifersüchtig auf dieses Gestirn.

Er geht langsam auf mich zu, und selbst hier in diesem Patio, selbst angesichts seiner lässigen Montur wird deutlich, dass man diesem Mann besser gehorcht. Ich für meinen Teil jedenfalls will ihm nur zu gern gehorchen.

Er bringt mir eine der Sektflöten und stellt sich so vor die Holzwand, dass ich mir nicht mehr den Hals nach ihm verrenken muss.

»Du bist schön.« Das klingt so ehrfürchtig, dass ich ganz schwach werde.

»Gefalle ich dir so?« Ich hebe das Kinn. »Nackt, gefesselt und ganz feucht vor Vorfreude?«

Er runzelt die Stirn und macht einen Schritt auf mich zu. »Bist du das tatsächlich?«

Ja, o ja, lieber Gott, ja! Das behalte ich allerdings für mich und lächle nur. »Du kannst ja mal nachsehen.«

»Das klingt verlockend.« Er kommt noch näher, und mit jedem Schritt wächst meine Vorfreude, verstärkt sich mein Kribbeln.

»Bitte«, sage ich, als er sich so weit genähert hat, dass er mich jederzeit berühren könnte. Nur dass er es leider nicht tut.

»Bitte was?«

»Berühr mich. Fick mich.«

»Können Sie es etwa nicht mehr erwarten, Mrs. Stark? Gute Güte, wenn ich das nur höre!«

»Sie vielleicht?«, erwidere ich.

»Mrs. Stark«, sagt er streng und nippt an seinem Champagner. »Ich wüsste nicht, was mich glücklicher machen würde.« Er prostet mir zu. »Ein Schluck für die Braut?«

Ich nicke und beuge mich vor. Er setzt mir das Glas an die Lippen, damit ich trinken kann. Das meiste läuft mir allerdings übers Kinn und tropft auf meine Brüste.

Die überraschend kühle Flüssigkeit lässt mich frösteln. Als Damien näher kommt, eine Hand auf meinen unteren Rücken legt, um mich zu stützen, und mir den Champagner vom Dekolleté leckt, bekomme ich erst recht Gänsehaut.

Ich stoße einen seltsamen, beinahe tierischen Laut aus, eine Forderung, eine Bitte. Wäre ich nicht an diese Holzwand gefesselt, würde ich auf die Knie fallen und ihn anflehen, mich brutal zu nehmen – und zwar schnell!

Mit seiner freien Hand fasst er mir an die Brust, und seine Zunge liebkost meinen Warzenhof, bevor sich sein Mund über meinem Nippel schließt. Er saugt an mir. Ein elektrischer Schlag schießt zwischen meine Beine und bringt meine Klitoris beinahe schmerzhaft zum Pochen.

Ich versuche, die Hände zu bewegen, möchte ihn unbedingt berühren, seinen Rücken streicheln und meine Finger in seinem Haar vergraben. Aber ich bin gefesselt und kann nur fühlen, sehnen, begehren.
Damien.
Dass ich seinen Namen laut ausgesprochen habe, merke ich erst, als er zu mir aufsieht, die Lippen nach wie vor an meiner Brust und ungehemmtes Verlangen im Gesicht.
»Lust«, sagt er und beißt in meine Brustwarze. »Und Schmerz.«
Als seine Zähne sich in meine empfindliche Haut graben, schreie ich auf. Gleichzeitig spüre ich ein erotisches Prickeln. Mein Körper summt, als würden sämtliche erogenen Zonen gleichzeitig stimuliert. Ein sinnlicher Funkenregen verbindet Brüste und Klitoris, Mund und Finger. Schmerz und Lust lassen mich auf etwas zusteuern, das die Macht hat, mich zu zerstören, aber auch erst vollständig zu machen.
»Sag mir, was du willst.« Er richtet sich auf, drängt sich gegen mich, sodass ich seine Erektion durch die Shorts spüren kann. »Sag mir, was du brauchst.«
»Dich«, sage ich. »Ich will es hart. Bitte!«
Unsere Blicke begegnen sich, und er legt die Hand in meinen Nacken, zieht mich an sich, um mich dermaßen heftig zu küssen, dass unsere Zähne zusammenprallen und ich glaube, Blut zu schmecken.
»Du bist meine Frau, Nikki. Mein Ein und Alles.«
»Sag das noch mal«, bettle ich.
»Du bist meine Frau.« Er weiß genau, was ich hören will. Er tritt hinter mich, seine Hände liebkosen meine Schultern, meinen Rücken und meinen Po. »Du gehörst mir.« Er schmiegt sich von hinten an mich und legt eine Hand um meinen Körper, um meine Scham zu liebkosen. Ich bin völlig feucht und unglaublich erregt. Ein heftiges Zittern erfasst mich.

Wir sind eins, er und ich. Und in diesem Moment will ich ihn unbedingt in mir spüren – zum Beweis dieser schlichten Wahrheit. »Bitte, Damien, ich brauche dich!«

»Noch ist es nicht so weit.« Ich höre, wie seine Shorts rascheln, als er sie auszieht. Dann stellt er sich vor mich, und während er meine Hände befreit, lasse ich Damiens herrlichen Anblick auf mich wirken. Angezogen ist er einfach beeindruckend. Nackt und mit erigiertem Penis ist er Perfektion pur. Und ich bin so frei, mich unbändig darüber zu freuen, dass er mir gehört.

»Du lächelst«, sagt er.

»Dazu habe ich auch allen Grund.«

»Den haben wir beide.«

Eine meiner Hände ist immer noch gefesselt, aber er dreht mich mit dem Rücken zur Wand. Er küsst mich zärtlich, seine Zunge erkundet meinen Mund, während seine Hände über meinen Körper wandern, als würden sie mich zum ersten Mal erforschen.

Mit meiner freien Hand packe ich seinen Hinterkopf und ziehe ihn zu mir heran, denn ich will nicht, dass dieser Kuss jemals aufhört. Außerdem soll er nicht zärtlich sein, sondern wild und brutal. Ich will von ihm richtig hart rangenommen werden.

Ich, die Braut, will, dass er brutal von mir Besitz ergreift; so wie in uralten Zeiten.

»Nimm mich!«, sage ich. »Bitte, Damien, nimm mich sofort. Ich brauche dich, muss mich dir hingeben.«

Wie auf Befehl vertieft er den Kuss, nimmt sich alles, was ich ihm geben kann, alles, was ich habe.

Grob drückt er mich gegen die Wand, packt mein Bein und legt es so um seine Hüfte, dass ich weit offen für ihn bin. Er fingert mich, und ich biege den Rücken durch, genieße es, so erkundet zu werden. »Ich liebe es, wenn du so feucht bist«, murmelt er, und bevor ich etwas erwidern kann, packt er meine Taille, hebt mich hoch und rammt seinen Schwanz in mich hinein. Ich stoße einen lauten Schrei aus, nehme ihn ganz in mir auf und habe immer noch nicht genug.

Er drängt uns gegen die Wand, dringt immer tiefer in mich ein. Ich klammere mich an seine Schultern, gebe mich ihm vorbehaltlos hin. Mein Verlangen nach ihm ist genauso groß wie seines nach mir.

Es geht hier nicht um Romantik, Rosen und Champagner im Mondschein. Das hier ist wild. Wild und primitiv.

Das hier ist wunderbar.

Er nimmt mich, markiert mich als sein Eigentum.

Er gibt mir, was ich brauche – alles, was ich brauche –, und ich gebe mich ihm bereitwillig hin, überlasse mich den Wellen der Lust, die sich immer höher auftürmen, während wir uns gemeinsam bewegen, den Sturm der Leidenschaft immer weiter entfachen.

»Sag es«, fordere ich kurz vor dem Höhepunkt. »Guter Gott, bitte, ich muss hören, wie du es sagst.«

Unsere Körper klatschen aufeinander, und ein letzter Stoß gibt mir den Rest, während die Worte, nach denen ich mich sehne, in meinen Ohren widerhallen. Ich habe das Gefühl, ins All geschossen zu werden, während die Sterne um mich herum explodieren.

»Du bist meine Frau«, ruft er, als er in mir kommt. »Du bist mein Leben, meine große Liebe.«

Und Damien ... Damien ist mein Mann.

3   Das Meer ist ruhig, und ich treibe dahin, habe den Kopf zurückgelegt und den Blick gen Himmel gerichtet. Die Wolken ziehen träge dahin, so wie ich träge im Wasser schwebe. Ich kann Damien zwar nicht sehen, aber spüren, deshalb weiß ich, dass er in der Nähe ist und ich nicht allein bin.

Er trägt mich ebenso wie das Wasser, und ich atme tief ein, schließe die Augen und fühle mich sicher, geborgen, lebendig.

Keine Ahnung, wie lange ich so dahintreibe, aber als ich die Augen wieder aufschlage, ist es dunkel, und die Sterne funkeln über mir. Nicht sanft und freundlich, sondern irgendwie bösartig, so als würden sie ein Geheimnis kennen, das mir verborgen bleibt.

Ich zittere, merke plötzlich, dass ich Damien weder sehen noch spüren kann. Panik ergreift von mir Besitz. Ich verspanne mich und atme keuchend. Krampfhaft versuche ich, mich über Wasser zu halten – leider vergeblich. Es zieht mich hinunter, als hätte das Meer Klauen, die nach mir greifen. Ich versinke, huste und pruste, während mein Kopf unter Wasser gezogen wird, und ich strample, um wieder an die Oberfläche zu gelangen.

Ich schlage und trete um mich, kämpfe wie eine Besessene. Erst als meine Füße den Sand berühren, merke ich, dass ich stehen kann. Erleichterung macht sich breit: Ich werde nicht ertrinken. Wenn ich Damien erst einmal wiedergefunden habe, werde ich erneut mit beiden Beinen fest auf dem Boden stehen.

Ich finde mein Gleichgewicht und lege die Hände aufs Wasser, spüre den Sog der Strömung. Ein Strudel zerrt an meinen

Knöcheln, flüstert mir zu, mich dem Wasser auszuliefern, der Macht des Ozeans zu überlassen.

Damien, denke ich in der Überzeugung, ihn gefunden zu haben. Er ist der Ozean, seine Kraft, Anmut und Schönheit. Dass ich ihn nicht finden kann, liegt daran, dass er bereits bei mir ist, mich umgibt, mich streichelt, mich bedrängt, ihm zu folgen.

Ich entspanne mich und gebe dem sinnlichen Sog nach, lasse zu, dass mich der Strudel immer mehr in die Tiefe zieht, bis ich vollkommen untergetaucht bin. Ich öffne die Augen und merke, dass ich endlos weit schauen kann. Diese Welt unter den Wellen ist bunt und lebendig, eine regelrechte Farbexplosion – trotz des dunklen Nachthimmels über mir. Ehrfürchtig bestaune ich das orangerote Korallenriff, das über mir aufragt. Fische sausen hin und her, als hätten sie Angst, eine wichtige Verabredung zu verpassen.

Ich habe vergessen zu atmen und gerate in Panik, bis ich plötzlich bemerke, dass ich gar nicht atmen muss! Hier gehöre ich hin. In diese Unterwelt, wo mich Damien umgibt.

Nur ...

... dass es nicht Damien ist, den ich um mich spüre. Weder sein Trost noch seine Wärme – im Gegenteil! Mir ist kalt, und ich fühle mich verloren.

Vor allem aber habe ich Angst.

Panisch suche ich den Ozean ab, würde am liebsten laut schreien, aber das Wasser um mich herum macht das unmöglich. Das Herz schlägt mir bis zum Hals, lässt meinen ganzen Körper vibrieren und das Meer tosen.

Ich will mich irgendwo festhalten, aber meine Hände greifen ins Leere. Ich möchte Damien anflehen, mich in den Arm zu nehmen, aber kein Laut kommt über meine Lippen.

Und dann sehe ich ihn, und mir geht das Herz auf.

Er ist direkt neben mir, sein Oberkörper ragt aus dem Was-

ser, und seine Füße stehen im Sand. Aus meiner seltsamen Unterwasserperspektive sehe ich, wie die Wellen an ihm abprallen. Er streckt die Hand aus. Erst denke ich, dass er versucht, das Gleichgewicht zu halten, merke aber dann, dass er nach mir greift. Ich strample in seine Richtung, strecke ebenfalls die Hand aus und kann ihn fast berühren. Nur noch ein kleines Stück ...

Meine Finger streifen seine, und ich weine beinahe vor Erleichterung. Doch dann wird er fortgerissen. Die Strömung trägt ihn davon, und ich schreie entsetzt auf, während ich versuche, ihm nachzuschwimmen – nur um zu erkennen, dass mir der Weg versperrt ist. Das Riff, die Tiere, die Strömung – alles in dieser ungewohnten Welt hat sich gegen uns verschworen, möchte uns auseinanderbringen. Und als ich endlich wieder etwas sehen kann, ist er verschwunden. Da ist nur der Ozean, so weit mein Auge reicht.

Nein! Ich kann ihn unmöglich verloren haben!

Ich öffne den Mund, will schreien und schlucke Wasser. Ich kämpfe mich nach oben, ringe nach Luft, mein ganzer Brustkorb schmerzt, so groß ist der Druck auf meiner Lunge. Ich huste und pruste immer noch, als ich ihn mit dem Gesicht nach unten vor mir im Wasser treiben sehe.

Den Schrei, der sich meiner Kehle entringt, bekomme ich gar nicht richtig mit. Ich weiß nur, dass ich mich durchs Wasser kämpfe, verzweifelt versuche, zu ihm zu gelangen. Keine Ahnung, wie ich das geschafft habe, aber meine Arme umschlingen ihn. Kurz darauf sind wir am Strand, und ich beuge mich über ihn, presse meine Lippen auf seinen Mund, um ihn zu beatmen, flehe ihn an, doch bitte, bitte zu mir zurückzukehren.

Aber das tut er nicht. Er liegt einfach nur da, kalt und nass, und starrt zu mir hoch – mit Augen, die funkeln müssten wie Sterne, aber jetzt trüb sind wie Steine.

»Nein!«, entfährt es mir, und ich stürze mich erneut auf ihn, bin nicht bereit, aufzugeben, und kann gar nicht begreifen, dass er fort ist.

Wieder presse ich die Lippen auf seinen Mund, will ihm neues Leben einhauchen. Ihm meines schenken, wenn es sein muss. Ich bin zu allem bereit, um ihn zurückzuholen, denn ich kann verdammt noch mal unmöglich ohne ihn weiterleben.

Aber nichts tut sich.

Trotz meiner verzweifelten Bemühungen, trotz meines Weinens und Flehens tut sich einfach nichts.

Aber ich höre nicht auf. Ich mache weiter. Ich fluche laut, fordere ihn auf, zu mir zurückzukommen. Ich darf auf keinen Fall aufgeben, denn dann hält mich nichts mehr in dieser Welt. Dann werde ich in die endlosen Weiten des Alls hinaustreiben, als bloße Hülle meiner selbst. Einsam und verloren.

»Wage es nicht!«, höre ich mich sagen, während ich meine Handballen auf seine Brust presse. »Wage es bloß nicht, mich zu verlassen!«

Eine Träne läuft mir über die Nase, aber ich halte nicht inne, um sie fortzuwischen. Sie fällt auf Damiens Lippen. Ich blinzle, und eine zweite Träne folgt ihr.

Seine Lider flattern, und seine Wangen bekommen wieder Farbe.

Dann formen seine Lippen ein Wort, so leise, dass ich es kaum verstehe. »Nikki.«

Er lebt. Er ist zu mir zurückgekehrt.

Er gehört mir.

4

Ich sitze senkrecht im Bett, bin schweißgebadet und schnappe nach Luft. Wir liegen auf der überdimensionierten Chaiselongue im Patio, und Damien hat den Arm um mich gelegt. Er zieht mich an sich, und seine Stimme ist so sanft und zärtlich, dass ich nur die Gefühle verstehe, die sie transportiert, und nicht die Worte. *Alles bestens. Ich bin ja da. Du bist in Sicherheit.*

Ich schließe die Augen, tanke bei ihm Kraft. Dann drehe ich mich zu ihm um. »Es geht schon wieder«, sage ich. »Du kannst mich loslassen.«

Seine Lippen berühren meinen Mund. »Niemals.«

Ich schmiege mich an ihn und lächle in seine Halsbeuge hinein. Seine Antwort ist so tröstlich wie eine warme Decke im Winter, und ich bin zufrieden. Endlich ergreift der Albtraum die Flucht vor dem Mann, der mich liebt.

»Willst du darüber reden?«

»Nein.« Doch dann sprudeln die Worte nur so aus mir heraus. Ich erzähle, wie er mir entrissen wurde, wie sich die ganze Unterwasserwelt gegen uns verschworen hat. Wie ich ihn tot in genau dem Wasser treiben sah, das mich noch kurz zuvor getröstet hatte, aber dann plötzlich zur Bedrohung wurde.

»Ich konnte dich nicht wieder ins Leben zurückholen«, sage ich und spüre, wie mir erneut die Tränen kommen.

»Aber dann hast du es *doch* geschafft.« Er zieht mich an sich und küsst mich – erst zärtlich, dann wild und leidenschaftlich, fordernd und besitzergreifend. »Du hast es geschafft«, wiederholt er und lässt mich los. »Und du wirst mich nie wieder zurückholen müssen, weil ich dich niemals verlassen werde. Ich war schon einmal so dumm, und es hat uns beinahe das Leben gekostet.«

Ich nicke, hole noch einmal tief Luft und bemühe mich um Fassung. Denn ich weiß, dass er die Wahrheit sagt. Damien wird mich genauso wenig verlassen wie ich ihn. Und trotzdem werde ich diese Angst nicht los, die mich nach wie vor in ihren Klauen hält.

Jetzt, wo ich wach bin, glaube ich, die Wurzeln dieser Angst zu kennen. Obwohl wir verheiratet sind, obwohl der Mann, den ich liebe, von mir *Besitz ergriffen* und mich genommen hat, habe ich entsetzliche Angst davor, er könnte mir wieder genommen werden – so fest wir auch entschlossen sind, das nicht zuzulassen.

Ich spiele mit meinem Ehering. Ich dachte, dass alle Ängste verschwinden würden, wenn er ihn mir erst mal angesteckt hätte. Aber keine noch so schöne Hochzeit kann die Realität auslöschen, und ich weiß, dass da draußen noch so einiges auf uns wartet. Damiens Mordprozess zum Beispiel. Ja, der Fall wurde niedergeschlagen. Doch was, wenn es anders gekommen wäre? Dann hätten sie ihn mir weggenommen und ihn für den Rest seines Lebens hinter Gitter gesteckt. Kein Ehegelübde und kein Ring hätten daran etwas ändern können.

Der Prozess liegt Gott sei Dank hinter uns. Aber es gibt genug Böses auf der Welt, das in unser Leben eindringen und uns voneinander trennen könnte. Sein Vater zum Beispiel, der bestimmt immer noch versucht, sich an Damien zu bereichern. Oder Sofia, seine Jugendfreundin. Dass sie ihn liebt, kann ich ihr schlecht vorwerfen, aber dass sie versucht hat, uns auseinanderzubringen, schon. Sie befindet sich jetzt auf der geschlossenen Abteilung einer Klinik. Und obwohl

Damien regelmäßig Patientenberichte von den Ärzten erhält, in denen steht, dass es ihr besser geht, glaube ich nicht, dass sie in einer Welt bei Verstand bleiben kann, in der Damien und ich ein Paar sind.

Gleichzeitig weiß ich, dass Damien sie nach wie vor liebt wie eine Schwester, obwohl es ihr beinahe geglückt wäre, uns zu vernichten. Er hat ihre Bitte, zur Hochzeit eingeladen zu werden, abgelehnt. Und obwohl er mir das damals vollkommen gelassen erzählt hat, weiß ich, dass es ihn schmerzt, sie auf Distanz halten zu müssen. Ich kann nur erahnen, wie wütend sie das gemacht hat, und unterdrücke ein Frösteln. Ich bin doch sehr erleichtert, dass sie weit weg ist und per Gerichtsbeschluss dazu gezwungen wurde, sich einer Behandlung zu unterziehen.

Doch damit nicht genug: Da wären auch noch meine Mutter, die Paparazzi, Ex-Chefs, Ex-Lover, die Presse, Konkurrenten ... Die Welt ist groß, und wenn man so lange Schatten wirft wie Damien, macht man sich viele Feinde. Und Damiens Feinde sind auch meine Feinde.

Aber im Traum habe ich mich getäuscht, wie ich jetzt erkenne: Der Ozean war nicht Damien. Der Ozean war die Welt. Und die Welt ist gnadenlos.

Als sich Damiens Hand über meiner schließt, merke ich, dass ich unbewusst über eine meiner langen Narben am Oberschenkel gestrichen habe. Ich zucke ebenso beschämt wie verstört zusammen. Ich ritze mich nicht mehr – jetzt, mit Damien an meiner Seite, brauche ich das nicht mehr. Nicht einmal mehr dann, wenn Verzweiflung und Angst mich zu übermannen drohen.

Und trotzdem sitze ich hier, sehne mich nach diesem Schmerz, ohne überhaupt zu merken, wie sehr ich aus dem Gleichgewicht geraten bin. Und das reicht aus, um mir Angst zu machen: Ich verstehe nicht, was mich dermaßen verunsichern und die schlimmsten Erinnerungen überhaupt wecken konnte.

Ich rechne damit, dass Damien eine entsprechende Bemerkung macht. Doch er fährt nur sanft über meinen Ehering und sagt: »Damals, in Malibu, da habe ich mich geirrt.«

Ich runzle die Stirn. »Wovon redest du?«

»Ich habe dir gesagt, dass wir keine großartige Hochzeitszeremonie brauchen. Dass sie eine reine Formalität ist, weil wir ohnehin längst zusammengehören. Aber ich habe mich geirrt.«

Ich lege den Kopf schräg. »Gehören wir etwa nicht zusammen?«

Er lacht. »Nein, damit lag ich genau richtig, aber nicht, was die angeblich überflüssige Zeremonie anbelangt.«

»Ach ja? Wieso denn das?«

»Wie oft haben wir es schon mit der ganzen Welt aufgenommen und überlebt?«, fragt er. In dem Moment weiß ich, dass er meine Ängste begreift. »Wie oft hat sich die Welt schon gegen uns verschworen? Erst deine Mutter, dann Sofia, unsere Vergangenheit …?«

Ich sage nichts darauf, aber das ist auch gar nicht nötig.

»Unsere Hochzeit ist ein Bund fürs Leben. Ein Versprechen, ein Beweis. Ein Signal nach außen, dass wir gemeinsam kämpfen und siegen werden. Aber vor allem, dass wir zusammengehören.«

Er spreizt die Finger, mustert seinen Ehering. »Ein schlichter silberfarbener Bandring«, sagt er. »Aber in Wahrheit ist er aus Titan, und ein stabileres Material ist kaum vorstellbar.« Er schaut mir in die Augen, und ich staune über die Wildheit in seinem Blick. »Es gibt nichts, wovor wir Angst haben müssten, Schätzchen. Nicht mehr!«

Ich schaue auf meinen eigenen Ring. Es ist ein Bandring aus Platin, der von einem atemberaubenden Diamanten geschmückt wird. »Vielleicht sollte ich ihn gegen einen aus Titan eintauschen.«

»Das dürfte nicht nötig sein.« Er nimmt meine Hand und hält sie so, dass unsere Ringe sich berühren. »Ich werde dir stets die Kraft geben, die du brauchst.«

»Ich weiß.« Wie gern würde ich jetzt sämtliche Gefühle in meine Stimme legen! Ich drücke seine Hand und ziehe ihn zu mir, während ich mich auf der Chaiselongue ausstrecke. »Ich will dich, jetzt, sofort!«, sage ich. »Ich will meinen Mann in mir spüren.«

Sein Grinsen ist sowohl dreckig als auch belustigt. »Wie praktisch. Denn im Moment verspüre ich den unstillbaren Drang, über meine Frau herzufallen.«

Ich ringe mir ein gespieltes Gähnen ab. »Das ist aber nicht sehr originell. Das hatten wir doch gerade erst!«

»Hast du vielleicht eine bessere Idee?«

»Allerdings.« Ich setze mich rittlings auf ihn. »Wie wär's, wenn ich über meinen Mann herfalle?«

»Ach ja?« Er liegt auf dem Rücken, und ich befinde mich direkt über seinem Schritt. Ich spüre, wie sein Schwanz zuckt und sich an meinen Hintern drängt. Ich hebe das Becken und rutsche ein Stück nach hinten. Sein Schwanz ist jetzt stark erigiert, und ich halte ihn in der Hand, während ich die Hüften kreisen lasse, um mich in Stellung zu bringen. Ich lasse Damien nicht aus den Augen, sehe, wie seine Leidenschaft wächst. Er weiß, was ich vorhabe – wie könnte es auch anders sein? Aber das hält ihn nicht davon ab, überrascht aufzuschreien, als ich mich fallen lasse und seinen stahlharten Schwanz in mir aufnehme.

»Ja«, sage ich, um seine Frage zu beantworten.

Ich bin atemlos, und ich wiege mich vor und zurück, komme mithilfe meiner Knie hoch und wieder runter. Ich reite ihn schnell und brutal, biege keuchend den Rücken durch. Beide lassen wir die Augen offen, als hätten wir uns abgesprochen.

Ich brauche Damien Stark wie die Luft zum Atmen. Erst er macht mich vollständig, so richtig lebendig. Und während ich mich auf ihm bewege, seinen steifen, quicklebendigen Schwanz in mir spüre, sehe ich an der Leidenschaft in seinem Blick, dass es ihm ganz genauso geht.

»Jetzt.« Ohne Vorwarnung packte er meine Hüften. Ich schreie auf, als Schmerz und Lust zugleich in mir aufwallen, während er mich immer fester auf sich zieht, mich immer brutaler nimmt, sodass ich seine Stöße überall spüre – so lange, bis ich kurz vor dem Höhepunkt stehe.

»Los, komm mit mir«, sagt er. Das Verlangen in seiner Stimme bringt mich zum Höhepunkt. Meine Vagina zieht sich um ihn herum zusammen, und ich schreie laut auf, so sehr werde ich von meinem Orgasmus durchgeschüttelt, während Damien sich in mir ergießt.

Ich lasse mich nach vorn fallen, und mein Herz schlägt wie verrückt. Ich zittere am ganzen Leib, während unser Orgasmus ausklingt. »Damien«, murmle ich.

»Ich weiß.«

Später liegen wir in der Löffelchen-Stellung da, in einem Zustand zwischen Wachen und Träumen. Er schmiegt sich von hinten an mich und schenkt mir ein Gefühl von Geborgenheit, sodass ich leise protestiere, als er sich aufstützt.

Er lacht nur, und ich möchte deutlicher widersprechen, als er mit dem Finger sanft der Kurve meiner Taille und Hüfte folgt. Seufzend lasse ich mich nach hinten sinken, um für ein Höchstmaß an Körperkontakt zu sorgen. In diesem Moment fühle ich mich so schwebend leicht, so warm, satt und zufrieden, dass ich schier zerfließe. »Bitte sag mir, dass ich nie wieder von hier fortmuss.«

»Das würde ich ja gern«, sagt er in neckendem Tonfall,

»und es ließe sich vermutlich einrichten, auch wenn es ziemlich teuer wäre. Ein anderes Paar hat diesen Bungalow bereits angemietet, und ich fürchte, es wird in nicht ganz fünf Stunden hier sein.«

Ich drehe mich in seinen Armen um. »Ein anderes Paar?«

»Solltest du wirklich nie mehr von hier fortwollen, werden wir unser Flugzeug verpassen. Ganz zu schweigen von den Flitterwochen, die ich geplant habe.«

Ich setze mich auf, genieße die kühle Brise auf meiner Haut.

»Oho!«, sagt Damien. »Die Aussicht gefällt mir.« Er liebkost meine Brust, und meine bereits erregte Brustwarze wird noch steifer.

»Flitterwochen?«, wiederhole ich. »Ich dachte, das hier wären unsere ...« Ich verstumme. Natürlich ist das noch nicht unser endgültiges Ziel. Während ich mit den Planungen für unsere Hochzeit beschäftigt war, hat Damien sich um unsere Flitterwochen gekümmert. Und da wir uns erst in letzter Minute dazu entschlossen hatten, dem Trubel zu entfliehen und allein zu heiraten, hatte Damien sich auch dafür einen angemessenen Ort gesucht. Erst jetzt begreife ich, dass ich dachte, beides würde an ein und derselben Stelle stattfinden. Wie sich herausstellt, lag ich diesbezüglich etwas daneben.

»Gut«, sage ich, nachdem ich mich wieder etwas gefasst habe. »Wohin geht es also?«

»Wohin? Hast du vorhin nicht zugehört? Es ist eine uralte Tradition: die vollkommene Verführung.« Träge malt er mit dem Finger ein Muster auf meine nackten Brüste, entfacht mein Begehren aufs Neue.

»Die vollkommene Verführung? Das klingt toll! Aber wenn du glaubst, dass ich jetzt aufstehe, hast du dich getäuscht.«

»Schon möglich.« Er grinst belustigt und erhebt sich von

der Chaiselongue. »Ich werde dir nichts verraten, sondern nur einen Tipp geben.«

Ich sehe, wie er wieder hineingeht und kurz darauf mit einer Schmuckschatulle zurückkehrt. Er überreicht sie mir, und ich klappe sie betont langsam auf, um die Überraschung so richtig auszukosten. Darin befindet sich ein kostbares Armband mit einem silbernen Anhänger.

Der Eiffelturm!

Mir stockt der Atem, dann werfe ich Damien die Arme um den Hals. »Wir fliegen tatsächlich nach Paris?«

»Und ob wir das tun.«

Ich lache entzückt auf und packe mein eingerostetes Schulfranzösisch aus: »*Merci.*« Und obwohl er es längst weiß, füge ich noch hinzu: »*Je t'aime. Beaucoup.*«

»Ich liebe dich auch sehr.«

5 Der butterweiche Ledersitz des Bombardier-Jets empfängt mich, und ich atme tief durch, ärgere mich, wie nervös ich bin, obwohl ich mich in Damiens Privatjet sonst eigentlich wie zu Hause fühle. Stopp, ich muss mich korrigieren: in *einem* von Damiens Privatjets. Soweit ich das beurteilen kann, besitzt er eine ganze Flotte davon.

Moment, ich muss mich erneut korrigieren: in *unserem* Privatjet, wie Damien mir immer wieder ins Gedächtnis ruft. Ich wollte nie einen Jet besitzen – und ich habe den Verdacht, dass Damiens Buchhalter, Anwälte und andere wichtige Berater durchaus behaupten würden, dass das nach wie vor der Fall ist. Trotzdem kann ich nicht leugnen, dass es ziemlich cool ist. Schließlich bin ich vor nicht allzu langer Zeit noch mit einem altersschwachen Honda mit einem ebenso altersschwachen Keilriemen herumgefahren. So gesehen, ist ein Privatjet eine eindeutige Verbesserung.

Damien hat uns von der Ferienanlage mit der Propellermaschine ausgeflogen. Wir haben uns mit Grayson getroffen, der sich jetzt mit einem Copiloten und Damien im Cockpit befindet. Normalerweise gibt Damien den Copiloten, aber nicht heute. Heute ist er nur kurz nach vorn gegangen, um etwas zu regeln, und ich erwarte sehnsüchtig seine Rückkehr. Ich drücke die Hand in den Ledersitz neben mir, und seine Wärme spendet mir Trost. Mit Damien an meiner Seite ging es mir gut. Aber jetzt hat mich der Albtraum wieder in seiner Gewalt, und die Ängste, die Damiens bloße Anwesenheit in die Flucht schlägt, sind zurück. Wenn er nicht bei mir ist, können sie sich verselbstständigen und in einer Katastrophe enden. Rein verstandesmäßig weiß ich, dass er nur den Flugplan mit Grayson durchgeht und sich davon überzeugt, dass unsere Reise genauso verläuft wie geplant. Trotzdem werde ich das ungute Gefühl nicht los, der Traum könnte ein böses Omen sein und die Welt könnte sich erneut gegen uns verschwören – sosehr wir uns auch wünschen, in unseren Flitterwochen nicht gestört zu werden.

Mit verzerrtem Gesicht umklammere ich die Zeitschriften auf meinem Schoß. Na und? *Soll sie doch! Gemeinsam können Damien und ich es mit allem aufnehmen.*

»Brauchen Sie noch irgendwas, Mrs. Stark?«

Ich zucke überrascht zusammen und sehe, dass Katie, die Chefstewardess, auf mich herunterlächelt. Ich starre auf meine Hände und sehe, welch starken Kontrast meine weißen Knöchel zum schwarzen Cover von *Wired* bilden. Ich versuche, mich zu entspannen. »Alles bestens. Ich bin nur müde.«

»Natürlich«, sagt sie, und obwohl sie absolut höflich bleibt, glaube ich so etwas wie Belustigung in ihrer Stimme zu hören. Sofort bekomme ich heiße Wangen. Ich bin schließlich frisch verheiratet. »Die Privatkabine ist schon vorbereitet.«

»Oh«, sage ich verdattert. Ich bin schon öfter mit diesem Jet geflogen und kenne die Privatkabine gut. Meist verbringe ich die Reise dort, sobald wir die endgültige Flughöhe erreicht haben. Ich weiß nur nicht, was ich da ohne Damien anfangen soll.

Mein Gesicht muss ein einziges Fragezeichen gewesen sein, denn jetzt lächelt Katie tatsächlich. »Mr. Stark wird gleich nachkommen.«

»Aha«, sage ich und komme mir ziemlich blöd vor. Ich klemme mir die Zeitschriften unter den Arm, erhebe mich von meinem weichen Sitz und gehe zum Heck der Maschine. Katie hat mir versichert, dass Damien bald dazustoßen wird, und mir wird warm vor Vorfreude. Der Flug nach Paris wird ungefähr zehn Stunden dauern. Da wir seit unserer Abreise aus Los Angeles ständig übereinander hergefallen sind, sollten wir etwas schlafen, wenn wir nicht vor lauter Jetlag und Erschöpfung gleich in der Rue Rivoli zusammenbrechen wollen. Aber selbst bei acht Stunden Schlaf bleiben uns immer noch zwei herrliche Stunden nur für uns.

Ich lege eine schnellere Gangart ein, aber als ich die Kabinentür öffne, sehe ich, dass mir Damien Stark mal wieder einen Schritt voraus ist: Der Raum ist in Kerzenlicht getaucht, und das ist dermaßen überraschend, dass ich laut lachen muss. Wer außer Damien käme auf die Idee, in einem Flugzeug für Kerzenlicht zu sorgen?

Natürlich sind es keine echten Kerzen, die hier überall verteilt sind, aber die Beleuchtung ist genauso romantisch. Ihr Flackern bringt die Wände aus poliertem Holz zum Glänzen und wirft tanzende Schatten, die unter anderen Umständen bedrohlich sein könnten, aber heute einladend und tröstend wirken.

Das schmale Bett ist frisch bezogen, die blütenweiße Decke mit Rosenblüten bestreut. Ich lächle und muss an die Wanne in unserem mexikanischen Bungalow denken.

Es gibt keinen Champagner, aber auf dem kleinen Nachttisch stehen eine Flasche achtzehn Jahre alter Macallan und zwei Kristallgläser. Ich muss grinsen. Bevor ich Damien kannte, war Bourbon mein Lieblingswhiskey. Doch in letzter Zeit habe ich meine Vorliebe für echten schottischen Single Malt entdeckt.

Mit anderen Worten: Die ganze Kabine ist die reinste Augenweide, und der Gedanke liegt nahe, dass wir vermutlich doch keine acht Stunden Schlaf bekommen werden. Kein Problem – ich bin mehr als bereit, für Damien auf Schlaf zu verzichten.

Ich gieße mir etwas Whiskey ein, setze mich auf die Bettkante und nippe an dem unverdünnten Getränk, genieße das sanfte Brennen ebenso wie die Wärme, die sich in mir ausbreitet. Den Rest kippe ich auf einmal hinunter. Dann schließe ich die Augen und lasse den Alkohol auf mich wirken. Wir haben nichts zu Abend gegessen, und der Whiskey ist stark. Aber nicht so stark wie meine Gedanken an Damien, und angesichts des Brennens in meiner Kehle und zwischen meinen Schenkeln winde ich mich ein wenig vor ungestillter Sehnsucht.

Meine Brustwarzen werden steif, reiben sich schmerzhaft am engen Oberteil meines Sommerkleids. Ich fasse mir an den Busen, stelle mir vor, dass Damien mich berührt. Damien, der meine Bedürfnisse besser kennt als ich selbst.

Ich denke daran, wie er mich unter der Dusche genommen hat. An die Wanne mit dem duftenden Schaum und den Rosenblättern. Anschließend an diese Flugzeugkabine im Kerzenlicht.

Das alles hat er nur für mich getan! Um mir eine Freude zu machen, mich zu verführen.

Ich lächle in mich hinein. *So, aber jetzt bin ich an der Reihe!*

Ich stehe kurz auf, um den Reißverschluss herunterzuziehen und mir die Spaghettiträger meines Sommerkleids über die Schultern zu streifen. Ich winde mich heraus und werfe es quer durchs Zimmer, sodass ich nackt vor dem Bett stehe. Ich trage keine Unterwäsche – ein kleiner Verweis auf das Spiel, das Damien und ich zu spielen pflegten. Dieses kleine Geheimnis hat er noch nicht enthüllt. Egal, er hat noch viel Zeit, das nachzuholen, wenn wir erst mal in Paris sind. Im Moment plane ich eine andere Überraschung, und da ich nicht weiß, wie lange Damien noch im Cockpit bleiben wird, muss ich mich beeilen. Ich drehe mich zum Bett um und überlege. Ich habe da so eine Idee, und nach kurzem Nachdenken glaube ich zu wissen, wie ich sie umsetzen kann.

Als ich ein leises Klopfen an der Tür höre, bin ich fertig.

»Wer ist da?«, rufe ich, falls es Katie sein sollte.

»Ich bin's!« Da ich mich bereits verzweifelt nach ihm sehne, genügt seine bloße Stimme, um mich erzittern zu lassen. Meine Vagina zieht sich voller Vorfreude zusammen.

»Komm rein«, erwidere ich, aber er hat die Tür bereits geöffnet.

»Tut mir leid wegen vorhin«, sagt er, immer noch im Gang stehend. »Es gab da ein ziemliches Durcheinander mit dem Flugplan, und ...«

Er verstummt, ringt nach Luft und macht die Tür ganz schnell hinter sich zu. Dann steht er da wie gelähmt, saugt meinen Anblick förmlich in sich auf, mustert mich Millimeter für Millimeter, sodass sich mir sein Blick regelrecht einbrennt.

Ich liege nackt und mit gespreizten Armen und Beinen auf dem Bett. Ein Vorzug des Jets sind die überall angebrachten Sitzgurte. Obwohl Damien und ich beim Start und bei der Landung normalerweise in der Hauptkabine sitzen, verfügt auch die Privatkabine im Falle von Turbulenzen über Gurte.

Oder im Falle einer Verführung.

In Windeseile habe ich mir mit den Gurten und Schließen am Ende des Bettes meine Knöchel gefesselt. Etwas komplizierter war es, meine linke Hand über mir zu fixieren. Aber irgendwie habe ich es geschafft. Jetzt ist der Arm gestreckt und gefesselt, sodass ich mehr oder weniger bewegungsunfähig bin. Nur meine rechte Hand ist noch frei, und ich sehe an Damiens Atmung, dass er sehr wohl mitbekommt, wie ich damit meine schon ganz feuchte, hochempfindliche Möse liebkose.

»Meine Güte, Nikki!«

Ich grinse nur, fühle mich wahnsinnig begehrenswert und sehr raffiniert. Ich weiß genau, was er will, und die Tatsache, dass ich die Initiative ergriffen und ihn dadurch völlig überrumpelt habe, steigt mir fast ein bisschen zu Kopf.

»Hallo«, sage ich mit betont verruchter Stimme. »Ich habe dir einen Drink eingeschenkt. Wieso kommst du nicht damit zu mir hinüber?«

»Ich weiß nicht recht. Ich genieße es gerade sehr, dich aus dieser Warte zu betrachten.«

»Tatsächlich?«, sage ich leichthin und fahre damit fort, mich zu stimulieren. »Ich genieße es auch sehr.«

»Das sehe ich.«

»Hmhm.« Ich stecke einen Finger tief in mich hinein, hebe die Hüften und stoße dabei ein leises, sehnsüchtiges Stöhnen aus. Gut möglich, dass ich damit ursprünglich Damien erregen wollte, aber es erregt mich auch selbst. Deshalb bin ich jetzt so in Fahrt, dass ich mich schwer beherrschen muss, nicht gleich zum Höhepunkt zu kommen und dabei zuzusehen, was sich währenddessen in Damiens Gesicht abspielt.

Aber ich will mich nicht selbst befriedigen. Ich will seine Hände und seinen Mund spüren, ihn auf mir und seinen Schwanz in mir spüren.

Ich will nichts als wilde Leidenschaft, ungehemmte Befriedigung. Ich will sehen, wie Damien, der sonst immer so beherrscht ist, die Kontrolle verliert, und wissen, dass ich ihn so weit getrieben habe.

Ich bin schließlich seine Ehefrau.

Ich lasse ihn nicht aus den Augen und ziehe meine Hand langsam weg. Langsam fahre ich mir über den Bauch, dann über mein Dekolleté. Als ich mit den Fingern Kreise um meine Brustwarze beschreibe, sehe ich, wie seine Kiefermuskeln mahlen. Sobald ich die Hand zum Mund führe und mir die Finger zwischen die Lippen stecke, verliert er die Beherrschung und stöhnt laut auf. Mit großen Schritten eilt er zu mir.

Ich lache entzückt auf und ziehe die Finger langsam aus dem Mund. Dabei schenke ich ihm einen naiven Kleinmädchenblick. »Können Sie es nicht mehr erwarten, Mr. Stark?«

»Bei dir nie.«

Ich seufze zufrieden. Genauso geht es mir auch.

Er steht neben mir, fährt mir über den nackten Arm, bis er den Gurt um mein Handgelenk erreicht. »Interessant«, murmelt er und tritt einen Schritt zurück, während seine Finger sanft über meinen Brustkorb, meine Taille und Hüften fahren.

Doch bald hat er sich so weit vom Bett entfernt, dass mir jede weitere Berührung versagt bleibt. Ich ringe nach Luft, merke, dass ich ganz vergessen habe, zu atmen. Er geht zum Tisch, nimmt sein Whiskeyglas und nippt daran. Währenddessen lässt er mich nicht aus den Augen.

Ich liege mit gespreizten Beinen da – schließlich bleibt mir gar nichts anderes übrig –, und ein Kribbeln überkommt mich. Dass ich Damien nicht spüre, ist völlig ausgeschlossen: Wenn ich seine Finger nicht direkt auf meiner Haut, seine Lippen nicht direkt auf meiner Wange fühle, muss ich nur an ihn denken, um ihn körperlich wahrzunehmen.

Aber jetzt spüre ich noch mehr: Vorfreude, gepaart mit Verlangen. Es törnt mich an, zu wissen, dass ich mich ihm anbiete, dass er mit mir machen kann, was er will. Ich weiß nicht, wie weit er gehen wird. Ich weiß nur, dass ich ihm alles geben werde, was er will.

»Ich frage mich …« Doch er verstummt.

Ich versuche, zu schweigen – vergeblich. »Was denn?«

Sein Lächeln ist breit und ein bisschen teuflisch. Er hat seine verschiedenfarbigen Augen zusammengekniffen, was ihn noch abgründiger wirken lässt. »Ich frage mich, was du wohl tun würdest, wenn ich den Rest des Fluges einfach hier stehen bleibe und die Aussicht genieße.«

Diesbezüglich mache ich mir keine Sorgen: Nicht einmal seine weit sitzende Hose kann seine Erektion verbergen. Mein Mann begehrt mich genauso wie ich ihn. »Wir sind gerade erst losgeflogen«, sage ich. »Zehn Stunden können ziemlich lang sein. Und es gibt keinen einzigen Stuhl in dieser Kabine.«

Er sieht sich um, als müsste er sich erst davon überzeugen. Dann macht er noch einen Schritt zurück und lehnt sich an die Tür. »Ach, das halte ich schon aus. Ich bin so manche Entbehrung gewöhnt. Solange es die Belohnung am Ende wert ist...«

»Oh.« Ich winde mich ein wenig verunsichert hin und her. Ich weiß sehr wohl, dass er die Wahrheit sagt. Und auch, dass ich die Belohnung bin – seine heiße, leidenschaftliche Ehefrau, die fast umkommt vor Verlangen. Vor allem, wenn sie so auf die Folter gespannt wird.

Ich beiße mir auf die Unterlippe und blicke ihn an. Er lächelt nicht, doch man sieht ihm seine Belustigung auch so an. »Das würdest du niemals wagen!« Ich versuche, eine Überzeugung in meine Stimme zu legen, die ich gar nicht empfinde.

»Ach nein?« Er nimmt noch einen Schluck Whiskey, ohne mich aus den Augen zu lassen. »Komisch, dabei dachte ich, du kennst mich besser als ich selbst.«

»Damien, verdammt!« Ich weiß nicht, ob ich beleidigt oder amüsiert klinge. Ich weiß nur, was ich fühle. Ich fahre schier aus der Haut, so angespannt ist mein Körper, und so sehr pocht er vor Verlangen. Und meine Vagina ... Guter Gott, ich bin dermaßen feucht und prall, dermaßen verzweifelt vor Sehnsucht, dass die kleinste Berührung von meiner

Seite genügen würde, um mich kommen zu lassen. Ich will ihn in mir spüren – nein, *muss* ihn in mir spüren. Aber wenn er mich weiterhin auf die Folter spannen will ...

»Nein«, sagt er, als ich mich einfach selbst liebkose, mir vorstelle, dass es Damien ist, der mich berührt, und mich aufbäume, als Funken in mir aufsteigen wie winzige Glühwürmchen – ein Vorbote des aufziehenden Sturms der Leidenschaft.

Er geht zum Bett und packt meine Hand, dabei streift sein Daumen sanft meine Klitoris. Was für eine süße Tortur! »Nein«, wiederholt er und hebt meine Hand über den Kopf, fesselt auch sie mit dem Gurt, den ich für die linke benutzt habe.

Ich bin jetzt völlig bewegungsunfähig. Meine Arme sind über meinem Kopf an den Handgelenken zusammengebunden und meine Beine an den Bettkanten gefesselt, sodass ich weit geöffnet und bereit für ihn bin. Ich bin nackt und hilflos, Damien vollkommen ausgeliefert.

Ich bin so erregt, dass meine Brustwarzen fast wehtun, so hart sind sie. Meine Möse sehnt sich so sehr nach ihm, dass ich befürchte, ein Blick von ihm könnte genügen, um mich zum Höhepunkt zu bringen.

»Tja«, murmelt er leise. »Was tut ein Mann mit unbegrenzten Möglichkeiten?«

Ich sage nichts darauf, bin viel zu sehr von seinem Gesichtsausdruck hypnotisiert. Er sieht aus wie ein Mann, der gerade ein großartiges Geschenk ausgepackt hat. Einer von vielen Anblicken, die mir inzwischen vertraut sind. Ein Anblick, der mir verrät, dass er mich liebt und begehrt.

Er schenkt sich Whiskey nach und nippt daran, als müsste er noch länger über dieses verzwickte Problem nachdenken. Meine Atmung geht stoßweise, so gespannt bin ich. Kurz darauf tritt er erneut neben mich und hebt das Glas. Ich erwarte, dass er erneut daran nippt, aber stattdessen neigt er es und gießt einen Whiskeystrahl auf mich. Er trifft meine Brüste, rinnt über meinen Bauch, sammelt sich teilweise in meinem Bauchnabel, läuft über die Taille und durchnässt das Laken.

Obwohl der Whiskey nicht kalt ist, stockt mir der Atem, so überrascht bin ich. Mein Blick wandert zu Damien. Ich sehe Leidenschaft und Entschlossenheit in seinem Gesicht. Wie hypnotisiert sehe ich zu, wie er das Glas abstellt und langsam Hemd, Hose und Unterhose auszieht.

Viel Zeit habe ich nicht, den Anblick zu genießen, da er mir befiehlt, die Augen zu schließen. Ich will protestieren, aber da ich weiß, dass ich in diesem Fall eine Augenbinde verpasst bekomme, verzichte ich lieber darauf.

Dann spüre ich ihn.

Seine Hände streichen langsam über meine Haut, wandern in Richtung Taille, als wollten sie mich halten. Sein Zeigefinger malt ein Muster auf meinen Bauch – Kreise und Spiralen aus Whiskey, die meine erhitzte Haut kühlen.

Er berührt weder meine Brüste noch meine Scham, trotzdem ist das Ganze über alle Maßen sinnlich. Ich spüre ihn am ganzen Körper. Meine Schenkelinnenseiten beginnen zu glühen, und meine Nippel versteifen sich zunehmend.

Ich zerre an meinen Fesseln und wünsche mir mehr. Ich wünsche mir alles: Damien.

Trotzdem wird mein wachsendes Verlangen nicht befriedigt, dieser Sturm der Leidenschaft, den er quälend langsam in mir entfacht. Mir bleibt nichts anderes übrig, als mich seinen nach wie vor neckenden Berührungen hinzugeben.

»Damien, bitte!«, murmle ich, aber er bringt mich mit einem Kuss zum Schweigen.

»Sind Sie frustriert, Mrs. Stark?«

»Das wissen Sie genau!«

Er schweigt, aber ich könnte schwören, dass er lächelt. Denn genau das ist sein Plan: Er will mich bis kurz vor den Höhepunkt bringen, mich dann abheben lassen und mich auffangen, wenn ich wieder zurück zur Erde schwebe.

Er nimmt seine Hand weg, und ich wimmere leise.

»Ich könnte dich die ganze Nacht einfach nur anschauen.« Seine Stimme ist so zärtlich wie die Liebkosung, die er mir gerade versagt hat, und ich bekomme Gänsehaut. »Ich könnte die ganze Nacht zuschauen, wie sich deine Haut rötet vor Erregung. Wie deine Brustwarzen steif werden und sich deine Bauchmuskeln in Erwartung meiner Berührungen anspannen. Jeder Millimeter deiner Haut schreit förmlich nach mir.«

»Ja«, flüstere ich.

Langsam fährt er mit dem Zeigefinger von meinem Halsgrübchen zu meinem Bauchnabel. Ich biege den Rücken durch, ein Stromstoß fährt mir zwischen die Beine, wo ich die Berührung, die mich zum Orgasmus bringt, kaum erwarten kann. Frustriert stöhne ich auf.

»Ich kontrolliere ein ganzes Firmenimperium«, sagt er. »Und ich muss zugeben, dass es mich anmacht, so viel Macht zu besitzen. Aber das ist noch gar nichts im Vergleich zu deinen Reaktionen auf mich. Zu deinem Lächeln und deiner Möse, die feucht wird, wenn ich dich berühre. Wenn du so weit geöffnet und gefesselt vor mir liegst, voller Vertrauen und Verlangen, dich mir rückhaltlos hingibst, dann, Nikki, so wahr mir Gott helfe ...« Seine Stimme zittert. »Dann hast du die Kontrolle, als Einzige die Macht, mich zu zerstören.«

Ich will etwas erwidern, doch mir fehlen die Worte. Und als sich sein Mund über meinen Lippen schließt, küsse ich ihn wie eine Verdurstende zurück und stöhne auf aus Protest darüber, dass er sich erneut zurückzieht, eine Spur von Whiskey-Küssen hinterlassend.

Ein herrliches Gefühl, und ich winde mich unter ihm, sehne mich nach mehr – nach so viel mehr! Zum Glück enttäuscht mich Damien nicht.

Quälend langsam küsst er mein Bein, wobei er sich besonders meiner empfindlichen Kniekehle widmet.

Meine Muskeln spannen sich an, kommen ihm gewissermaßen entgegen, trotzdem bin ich dem Ansturm seiner Berührungen hilflos ausgeliefert.

Als er meinen Knöchel erreicht und die Fessel löst, bin ich erst mal enttäuscht. Natürlich sehne ich mich nach Bewegungsfreiheit, aber das Wissen, Damien ausgeliefert zu sein, hat auch seinen Reiz.

Ich höre sein leises Lachen und merke, dass er Gedanken lesen kann. »Keine Sorge, Schätzchen. Ich bin noch lange nicht fertig mit dir.«

Er bindet meinen anderen Knöchel los und legt sich zwischen meine Beine. Ich bin weit geöffnet, und obwohl er mein Mann ist – obwohl er mich schon unzählige Male so gesehen hat –, kann ich nicht verhindern, dass ich rot werde.

»Du bist wunderschön«, murmelt Damien, als er meine Beine auf seine Schultern legt. Er versucht, mich näher heranzuziehen, aber meine gefesselten Arme machen es unmöglich. Deshalb beugt er sich vor und treibt mich fast in den Wahnsinn, als er zärtlich auf meine Klitoris pustet, mich dazu bringt, mich keuchend zu winden und laut aufzuschreien, als sich sein Mund über meiner Scham schließt und seine Zunge meine Sinne befeuert.

Ich bäume mich auf, weil es einfach zu viel ist, aber er lässt nicht locker. Er lutscht und leckt, seine erfahrene Zunge neckt mich und schmeckt mich, erregt mich immer mehr, bis ich so kurz davorstehe, dass ich es kaum noch aushalte.

Dann hält er inne, und die Welle der Lust, die mich emporgetragen hat, droht, mich fallen zu lassen.

»Damien.« Sein Name ist ein Fluch, ein Protest, aber auch das richtet nichts aus.

»Gleich«, sagt er gelassen. »Vorfreude ist die schönste Freude, schon vergessen?«

»Mistkerl!«, zische ich, aber das Wort bleibt mir im Halse stecken, als er mich nach unten zieht, bis mein Hintern auf seinen Schenkeln ruht und sein Finger sanft über meine Klitoris fährt.

»So habe ich dich noch nie genommen«, sagt er. »Auf dem Rücken liegend, mit angewinkelten Beinen, in einer völlig hilflosen Haltung. Während ich vor dir knie, dich festhalte, tief in dich hineinstoße. Was meinst du, Schätzchen, würde dir das gefallen?«

Ich schweige – sein Finger verwirrt meine Sinne dermaßen, dass ich kein Wort herausbringe. Aber mein Körper reagiert sofort darauf, was Damien natürlich nicht verborgen bleibt.

Leise lachend dreht er sich auf die Seite und zieht eine der Einbauschubladen neben dem Bett auf.

Er holt eine Tüte heraus, die mir bekannt vorkommt. Ich brauche eine Sekunde, bis ich das Geschenk wiedererkenne, das mir meine Freundinnen zum Junggesellinnenabschied überreicht haben.

»Damien, o mein Gott!«

»Eine ganze Tüte voll Sexspielzeug. Ich dachte, die sollten wir mit in die Flitterwochen nehmen.«

Wir hatten bisher noch keine Gelegenheit, uns mit ihrem Inhalt näher zu beschäftigen. Er späht jetzt hinein und zieht ein Vibrator-Ei und Gleitgel heraus. Feucht, wie ich bin, dürften wir das Gleitgel kaum brauchen, außer …

»Damien …«

»Psst, du gehörst mir, schon vergessen? Ich darf dich nehmen, dich ficken, mit dir machen, was ich will. Hast du mich nicht deswegen auf diese Art willkommen geheißen – nackt und gefesselt?«

Ich lecke mir über die Lippen. Wo er recht hat, hat er recht!

Er kniet sich zwischen meine gespreizten Beine und schaltet das Vibrator-Ei an, das leise in seiner Hand vibriert. Er fährt damit langsam über die Innenseiten meiner Schenkel. Das Gefühl ist unglaublich – erst recht, als er meine Scham erreicht, mich unweit meiner Klitoris damit stimuliert.

Meine Lust reißt mich mit, trägt mich immer höher, bis ich ihn förmlich anflehe, mich zu ficken.

»Auf jede nur erdenkliche Art und Weise«, sagt er. »So brutal, wie es nur geht.«

Ich nicke. »Ja, o Gott ja.«

»Beine hoch!«, befiehlt er und hebt meine Hüften, führt seinen Schwanz in mich ein. Diese Stellung hatten wir noch nie, und als er in mich stößt, mir dabei in die Augen schaut, muss ich zugeben, dass sie mir gefällt. Ich liege auf dem Rücken, mein Hintern gleitet über seine Schenkel, während sein Penisschaft meine Klitoris liebkost und mich dem Höhepunkt immer näher bringt.

»Willst du noch mehr?« Damiens Stimme ist tief und sinnlich, überrollt mich wie seine Berührungen.

»Ich will alles.«

Ich höre das Summen des Vibrator-Eis und spüre das kühle Gel auf seinen Fingern, als er meinen Hintern vorbereitet. Ich beiße mir vor lauter Vorfreude auf die Unterlippe, zwinge mich, mich zu entspannen, als er das Vibrator-Ei einführt. Lustvoll seufzend spüre ich, wie mich Damien und dieses Spielzeug vollständig ausfüllen, genieße das Kribbeln, das die Vibrationen in mir auslösen. Beflügelt von Damiens Stößen wird es immer stärker.

»Guter Gott«, ruft er, und sein tiefes Stöhnen beweist mir, dass er sie auch spürt.

Das Gefühl steigert sich, wird so intensiv, dass ich nicht mehr genau weiß, ob es Lust oder Schmerz ist. Ich weiß nur, dass es mich emporträgt, mich völlig vereinnahmt. Und dass es nicht nur dieser Jet ist, der mich in ungeahnte Höhen schießt. Sondern der Mann in mir.

Immer fester stößt er zu, und ich komme ihm jedes Mal entgegen, ziehe ihn immer tiefer in mich hinein. Ich möchte mich in ihm verlieren. Schon jetzt weiß ich nicht mehr, wo ich anfange und wo ich aufhöre. Ich bin Lust pur, spüre Damien pur.

Damien, der dafür sorgt, dass sich alles dreht.

Damien, der über mich und das gesamte Universum herrscht.

Damien, der mich bis an den Rand des Höhepunkts bringt.

»Damien«, rufe ich, als alles in einem wilden Funkenregen explodiert. Anschließend staune ich, dass ich diese gigantische Explosion überlebt habe.

Damien holt mich mit sanften Streicheleinheiten und Küssen wieder auf die Erde zurück. Er hält mich im Arm und beschützt mich. »Damien«, murmle ich, als ich von Zärtlichkeit schier überflutet werde und satte Zufriedenheit spüre, wohlige Erschöpfung. *Ich gehöre ihm. Und ich werde geliebt.*

6 Als ich wieder richtig zu mir komme, säubert mich Damien und bindet meine Arme los. Ich strecke mich, genieße es, wieder alle Gliedmaßen benutzen zu können. Das Bett ist klein, aber es gefällt mir trotzdem. Ich schmiege mich von hinten an ihn, vergrabe das Gesicht zwischen seinen Schulterblättern und verschränke die Beine mit seinen. Ich befinde mich in einem Zustand zwischen Wachen und Träumen, frage mich, ob ich jemals wieder von hier fortmuss. Im Moment würde ich gern für immer hierbleiben, zusammen mit dem Mann, den ich liebe.

»Danke«, flüstere ich.

»Wofür?« Auch seine Stimme ist gedämpft. Wenn ich einschlafe, wird er im Traum bestimmt auch noch an meiner Seite sein.

»Dass du mich liebst.«

Er schweigt einen Moment und dreht sich dann zu mir um. Sanft streicht er mir eine Strähne aus dem Gesicht. »Ich habe tief in deine Seele geschaut«, sagt er. »Wie könnte ich dich da nicht lieben?«

Ich bade förmlich in seinen Worten, sie wärmen und trösten mich wie eine kuschelige Decke. »Du kannst das übrigens richtig gut.«

»Was?«

»Mir das Gefühl geben, dass ich etwas Besonderes bin: mit Worten ebenso wie mit Taten.«

»Wie oft habe ich dir das schon gesagt, Nikki? Ich werde dir immer geben, was du brauchst.«

Ich beuge mich vor und gebe ihm einen Kuss auf die Nasenspitze. »Danke für diese Flitterwochen.« Keine Ahnung, welche Antwort ich erwarte. Ein Lächeln vielleicht oder eine scherzende Bemerkung. Vielleicht sogar eine romantische Liebeserklärung.

Stattdessen sehe ich, wie sich sein Blick verdunkelt.

»Damien?«

Er schüttelt den Kopf. »Entschuldige, ich habe gerade an unser Hotel in Paris gedacht.«

»Gibt es Probleme?«

»Das will ich nicht hoffen.«

Ich runzle verwirrt die Stirn. Bestimmt wurde er nur von irgendeinem nebensächlichen Problem abgelenkt. Das wäre allerdings seltsam, da Damien dann einfach irgendjemanden damit beauftragt hätte, die Sache wieder in Ordnung zu bringen. Und auf sein Personal ist absolut Verlass. Andererseits sind das unsere Flitterwochen. Vielleicht will er sich deshalb um jedes noch so kleine Detail persönlich kümmern. Ich schmiege mich noch fester an ihn, denn der Gedanke gefällt mir.

»Noch nicht gleich einschlafen«, sagt er, obwohl seine Stimme genauso träge klingt wie meine.

»Ich weiß nicht, ob das in meiner Macht liegt. Du hast mich so unglaublich entspannt!«

»Mir geht's ganz ähnlich, und obwohl ich möchte, dass du bei der Landung erholt bist, wird Katie bald mit dem Abendessen kommen. Und vorher habe ich noch ein Geschenk für dich.«

»Tatsächlich?« Obwohl ich bereits über alle Maßen verwöhnt wurde, freue ich mich wie ein kleines Kind bei der Aussicht auf ein Geschenk. Ich setze mich auf. »Was denn?«

Er lacht und amüsiert sich über mein eifriges Nachfragen.

Dann begibt er sich ebenfalls in die Senkrechte und streicht zärtlich über meinen nackten Schenkel, bevor er zur Tür geht. Dort liegt eine Ledermappe auf dem Boden, die vorher nicht da war. Er muss also damit hereingekommen sein, nur dass ich zu abgelenkt war, um es zu bemerken.

Ich stoße einen entzückten Laut aus, als er sich nackt danach bückt. »Wenn mein Geschenk diese schöne Aussicht sein soll, bin ich jetzt schon begeistert!«

»Du ungezogenes Biest!«

Er kommt zurück und setzt sich neben mich, legt mir die Mappe in die Hände, auf die die Worte *Für Nikki, weil du mein Ein und Alles bist, schenke ich dir Ein und Alles* eingeprägt sind.

Mein Herz setzt einen Schlag aus, und ich schaue zu ihm auf. Ich reiße bewusst die Augen auf, um nicht zu weinen, auch wenn ich jetzt schon weiß, dass ich die Tränen bestimmt nicht zurückhalten kann.

Er küsst mich zärtlich auf den Mund. »Los, mach sie auf!«

Ich öffne den Reißverschluss und schlage die Mappe auf, enthülle die Europakarte, die er mir an dem Tag geschenkt hat, an dem er um meine Hand angehalten hat. Damals waren nur München und London markiert. Jetzt ist die Karte geradezu übersät mit bunten Aufklebern.

Ich lege den Kopf schräg und schaue ihn an – glücklich, aber nicht ganz sicher, ob ich richtig verstanden habe.

Dem Funkeln in Damiens Augen entnehme ich, dass er meine Verwirrung begreift. Er blättert zu einer Karte von Nord- und Mittelamerika um. Danach folgen Südamerika, Asien, Afrika und Australien.

»Ich hatte dir nur Europa geschenkt, dabei will ich dir doch die ganze Welt zu Füßen legen.«

»Das hast du doch längst.« Mir wird innerlich ganz warm

vor Zuneigung. Ich blättere zurück zu Mittelamerika und lege meine Finger auf die Markierung für Mexiko. »Es war eine wunderschöne Hochzeit«, sage ich. »Und eine außergewöhnliche Hochzeitsnacht.«

Er legt mir den Arm um die Schultern, und ich schmiege mich hinein. »Haben wir noch mehr Aufkleber?«

»Im hinteren Fach.«

Ich blättere bis ans Ende und entdecke eine kleine Tasche mit bunten Aufklebern. Ich ziehe einen davon ab und blättere zurück zur Europakarte. Der Kontinent ist bereits bunt wie ein Regenbogen, und der einzige freie Fleck ist Paris, wo wir auf unserer Grand Tour nicht Station gemacht haben. Dabei hatte ich eigentlich fest damit gerechnet – Damien hatte mich bereits einmal einfliegen lassen, damit ich den Designer meines Hochzeitskleids treffen konnte. Aber wir waren damals vom Flughafen direkt zu Favreaus Atelier gefahren und hatten die Nacht in einem nahe gelegenen Hotel verbracht, bevor ich am nächsten Tag ins Modeatelier zurückkehrte, um das geheftete Kleid anzuprobieren, an dem Favreau die ganze Nacht gearbeitet hatte. Anschließend hatte mich Damien gleich wieder in den Jet gesetzt.

Als ich wissen wollte, warum wir es so eilig haben, nach Italien zu kommen, war Damien seltsam ausweichend gewesen. Fast hätte ich gesagt, dass ich gerne noch bleiben, mir die Sehenswürdigkeiten anschauen und in die Atmosphäre dieser berühmten Stadt eintauchen will. Aber irgendetwas in Damiens Augen hatte mich schweigen lassen. Außerdem genügt es mir damals wie heute, mit Damien zusammen zu sein – egal, wo.

Jetzt platziere ich sorgfältig den Aufkleber über Paris.

Grinsend sehe ich zu ihm auf. »Ich kann es kaum erwarten«, gestehe ich. »Ich wollte mir Paris schon immer mal in Ruhe anschauen.«

Sein Lächeln wirkt zögernd, und kurz glaube ich erneut zu sehen, wie ein Schatten auf sein Gesicht fällt. Ich nehme seine Hand. »Wenn du lieber woanders hinwillst, ist das auch in Ordnung. Wir waren noch nicht in Japan, und darauf scheinst du ziemlich scharf zu sein.«

Er runzelt verwirrt die Stirn.

»Ich meine ja nur – es sind *unsere* Flitterwochen. Ich will, dass wir an einen Ort reisen, der uns beiden gefällt …« Ich verstumme und bin jetzt genauso verwirrt, wie mich Damien ansieht.

Doch seine Miene ändert sich schnell, und er muss laut lachen. »Schätzchen, ich liebe Paris!«

»Oh.«

»Ich würde gern sagen, dass es mir leidtut, auf unserer letzten Reise nicht dort Halt gemacht zu haben, aber das wäre gelogen.« Jetzt bin ich erst recht verwirrt, was den Mistkerl nur noch mehr amüsiert.

Ich verschränke die Arme vor der Brust und versuche, ihn tadelnd anzusehen, was mir allerdings misslingt. »Du liebst diese Stadt? Und warum zum Teufel haben wir dann keine Sehenswürdigkeiten angeschaut, keine Restaurants besucht und keinen Spaziergang an der Seine gemacht, als wir dort waren? Ich meine, wir sind durch ganz Europa getingelt! Hätten wir nach der Anprobe meines Kleides nicht noch ein, zwei Tage in dieser Stadt einplanen können?«

»Zum einen tingle ich nicht.« Ich muss laut lachen. »Zum anderen wollte ich mir das für später aufheben.«

»Warum?«

»Dir zuliebe.«

Jetzt verstehe ich gar nichts mehr. Grinsend nimmt Damien meine Hand und küsst jeden Finger einzeln. »Paris, das ist die Stadt des Lichts, der Liebe und der Romantik«, flüstert er. »Also wie gemacht für dich. Schon als ich dich das erste Mal berührt habe, wusste ich, dass ich gemeinsam mit dir Paris erkunden würde. Aber erst, nachdem ich dich zu meiner Ehefrau gemacht habe.«

Seine Worte umfangen mich zärtlich, und ich bekomme kaum noch Luft vor lauter Rührung. Ich will etwas sagen, habe aber einen solchen Kloß im Hals, dass mir kein Wort über die Lippen kommt.

Langsam kullert mir eine Träne übers Gesicht. Ich denke an die Welt, in der er verkehrt, an seine superwichtigen, anstrengenden Business-Deals und die vielen Angestellten, die von ihm abhängig sind. Trotzdem komme ich immer an erster Stelle, habe immer das Gefühl, geliebt zu werden, etwas Besonderes zu sein.

Sanft wischt er mir die Träne aus dem Gesicht. »Ich hatte mir eigentlich eine etwas andere Reaktion erhofft«, sagt er belustigt.

»Mein Herz ist übervoll, Damien.« Meine Worte sind nur ein Flüstern, doch dann muss ich lachen. »Achte nicht weiter auf meine Tränen«, sage ich. »So ist das nun mal, wenn einem das Herz übergeht.«

Er schließt mich in die Arme, und ich drücke ihn ganz fest, vergrabe mein Gesicht an seiner Brust. Sein regelmäßiger Herzschlag klingt wie eine geheime Botschaft, die besagt, dass uns nichts auseinanderbringen kann – niemals!

Keine Ahnung, wie lange wir so verharren, ob es Minuten sind oder eine halbe Ewigkeit. Fest steht, dass wir uns erst wieder bewegen, als es laut an der Tür klopft und Katie vom Gang aus fröhlich verkündet: »Entschuldigen Sie die Störung, aber Ms. Brooks ist am Satellitentelefon.« Sie meint Sylvia, Damiens Assistentin.

Damien erhebt sich seufzend und rauft sich die Haare. »Ich dachte eigentlich, ich hätte mich klar genug ausgedrückt, Katie: Wenn es nicht gerade um einen Notfall geht, möchte ich nicht gestört werden.«

»Ich weiß, Mr. Stark. Aber der Anruf ist nicht für Sie. Sondern für Nikki – für Mrs. Stark, meine ich. Und Ms. Brooks hat keinen Zweifel daran gelassen, dass es dringend ist.«

7 »Eine Klage«, sage ich wie betäubt – bestimmt schon zum millionsten Mal. Ich schaue zu Damien hinüber, weiß nicht, ob ich wütend, verängstigt oder einfach nur erstaunt sein soll. »Wie konnte das denn passieren?«

»Das finden wir schon noch raus.« Seine Stimme ist so schneidend, dass seine Wut noch größer sein muss als meine. »Das ist entweder ein Versehen, oder aber jemand will dich fertigmachen.«

Wir sind wieder in der Hauptkabine, denn dort habe ich den Anruf auf dem Satellitentelefon entgegengenommen. Jetzt drehe ich mich auf dem Ledersitz, damit ich Damien ins Gesicht schauen kann. »Mich fertigmachen?« Ich lache freudlos. »Na ganz toll.«

Als Sylvia mir sagte, dass eine Firma namens WiseApps Development mit einer Klage drohe, konnte ich es erst gar nicht fassen. Ich habe Monate damit verbracht, meine Smart-Phone-Apps zu entwickeln, und der Vorwurf, ich hätte den Programmcode für meine beliebteste App einfach geklaut, ist nicht nur vollkommen absurd, sondern auch eine schwere Beleidigung.

Das kann doch nur ein schlechter Scherz sein! Erlaubt sich da meine beste Freundin Jamie einen Spaß? Oder Ollie, der als Anwalt seine Beziehungen spielen lässt, um mir die Flitterwochen zu verderben?

Aber das ist natürlich alles Unsinn: Keiner meiner Freunde würde mir einen so gemeinen Streich spielen. Es ist bittere Realität. Und es ist ernst. Die Vorstellung, in einen Gerichtsprozess verwickelt und einer so verabscheuungswürdigen Sache beschuldigt zu werden, geht einfach über meinen Horizont. Ist das nur ein böser Traum? Wäre da nicht Damien, der meine Hand drückt, würde ich wohl nie wieder in die Realität zurückfinden.

»Nikki.« Seine Stimme ist sanft, aber entschlossen. Ich hole tief Luft. Bestimmt stehen mir Tränen in den Augen, und mit Sicherheit bin ich leichenblass. »Das wird schon.«

Ich möchte ihm zu gern glauben, doch es gelingt mir nicht so ganz. Deshalb starre ich ihn einfach nur an. Ich hasse den Anwalt, der Sylvia verständigt hat, bin entsetzt über den Haufen Lügen, den WiseApps erzählt haben muss, um einen Anwalt überhaupt so weit zu kriegen.

»Nikki«, wiederholt Damien, und diesmal klingt seine Stimme bedrohlicher. Er lässt meine Linke los und nimmt meine Rechte.

Ich senke den Blick. Ich trage nichts als einen Bademantel, der offen steht und meine Schenkel mit den schlimmen Narben entblößt – sichtbare Erinnerungen an ein anderes Leben, in dem mir Schmerzen und Rasierklingen Halt geben mussten.

Ich staune, dass ich mir die Nägel ins Fleisch gegraben habe – und zwar so fest, dass es beinahe blutet. Ich versuche, meine Hand zu entspannen, damit Damien sie wegziehen kann, aber ich schaffe es einfach nicht. Ich habe keinerlei Halt mehr, brauche den Schmerz, um mich zu erden.

»Nein«, sagt Damien, und obwohl ich weiß, dass er mein autoaggressives Verhalten meint, hört es sich an, als wollte er meinen Gedanken widersprechen. *Nein, ich brauche den Schmerz nicht.* Und er hat recht: Nicht der Schmerz erdet mich. Nicht mehr.

Sondern Damien.

Ich wirble zu ihm herum. »Sag mir, dass alles gut wird!«

Meine Hand liegt in seiner, und ich sehe die Erleichterung in seinem Gesicht, als er merkt, dass ich von jenem finsteren, einsamen Ort zu ihm zurückgekehrt bin. »Du hast dir nichts zuschulden kommen lassen«, sagt er. »Natürlich wird alles gut!«

»Ich fühle mich beschmutzt«, sage ich. »Und egal, wie die Sache ausgeht: Wenn sich das herumspricht, wird den Leuten immer in Erinnerung bleiben, dass ich in einen Skandal verwickelt war.«

»Ich weiß.«

Ich bin froh, dass er keine Plattitüden absondert oder behauptet, es wäre doch lächerlich, so etwas zu denken. Er versteht genau, was ich meine – zum einen, weil er diese Situation selbst kennt, zum anderen, weil er *mich* kennt.

Ich straffe die Schultern. Fest steht, dass ich bereits einen Skandal überlebt habe, und einen ziemlich saftigen noch dazu. Also werde ich den hier auch noch überleben. Mit Damien an meiner Seite stehe ich alles durch.

Ich atme tief durch. So schrecklich die Sache auch sein mag – wenigstens bin ich nicht allein.

»Wie meinst du das, dass mich jemand fertigmachen will?«, frage ich, nachdem ich ein paarmal tief durchgeatmet habe.

»Na ja, das Timing ist schon interessant, oder? Du bist frisch verheiratet und willst deine Flitterwochen genießen. Und du hast Zugang zu genug Geld, um dich problemlos von einem lästigen Prozess freikaufen zu können.«

»Zugang zu Geld«, sage ich freudlos. »Wenn du damit meinst, dass ich zu meinem Multimillionär-Ehemann gehen und ihn bitten kann, dieses Arschloch zu bestechen, hast du wohl recht.«

Damien weiß genau, dass ich nicht im Entferntesten daran denke, sein Geld für die Zwecke meiner Firma zu nutzen.

Aber das ändert nichts daran, dass er mich sehr ernst ansieht, nickt und dann sagt: »Egal, worum du mich bittest: Ich werde es dir geben, und das weißt du auch. Aber ich hoffe, dass du mich nicht darum bitten wirst.«

Das überrascht mich nicht. Damien lässt sich genauso ungern erpressen wie ich.

Ich kneife mir in die Nasenwurzel, denn auf einmal bin ich völlig erschöpft. Die Reise, der Stress. So langsam macht mir das alles zu schaffen. »Vielleicht ist es nur ein Missverständnis.«

»Das will ich stark hoffen. Denn wenn dich tatsächlich jemand fertigmachen will ...« Wieder klingt seine Stimme beängstigend schneidend.

»Damien!«, sage ich warnend. Ich weiß, wozu er fähig ist, was er schon alles getan hat, um mich vor Menschen, die mir Böses wollten, zu schützen. Und obwohl mir scheißegal ist, was mit demjenigen passiert, der meine Firma und meinen guten Ruf in den Schmutz ziehen will, um Geld von mir zu erpressen, möchte ich auf keinen Fall, dass Damien wieder Probleme bekommt.

Genau das will ich ihm sagen, aber er schüttelt nur den Kopf und verstärkt den Druck auf meine Hand. Er sieht mir in die Augen. In seinen funkelt Wut. »Ich werde deinen Drachen töten, Nikki. Ich werde dich beschützen.«

»Ich weiß«, sage ich, verschweige aber, dass mir genau das Angst macht.

Ich führe unsere verschränkten Hände an meine Lippen und drücke einen zärtlichen Kuss auf seine Finger. Ich denke an meinen Albtraum, daran, wie sich die ganze Welt gegen uns verschworen und versucht hat, Damien und mich auseinanderzubringen. Ich bekomme Gänsehaut.

»Was ist?«

Ich schüttle nur den Kopf und ringe mir ein mattes Lächeln

ab. »Ich bin noch nie verklagt worden, und es gefällt mir nicht besonders.« Das ist zwar nicht gelogen, aber trotzdem nur die halbe Wahrheit.

Er sagt nichts zu meiner lahmen Ausrede, weiß aber bestimmt Bescheid. Alles andere ist kaum vorstellbar – schließlich kann er in meine Seele schauen.

Er mustert mich eine Weile und nickt. Ich ziehe die Füße unter mich und lehne den Kopf an seine Schulter. Kaum lässt der Adrenalinstoß nach, werde ich von Erschöpfung schier überwältigt. Ich weiß, dass es in der Privatkabine bequemer wäre, bin aber zu träge, um mich zu rühren. Damien küsst mich zärtlich auf die Schläfe. »Wir haben immer noch nicht zu Abend gegessen.«

»Du darfst mich in Frankreich füttern«, murmle ich dermaßen erledigt, dass ich kaum zu verstehen bin.

»Einverstanden.« Er legt einen Arm um mich und zieht mich an sich. »Und jetzt schlaf!«, befiehlt er.

Und genau das tue ich.

8 *Hautkontakt.*
Liebkosungen. Flatternde Lippen an meinem Ohr.
Und eine Stimme – sanft, aber energisch.

»Nikki, Schätzchen, wir landen in weniger als einer Stunde. Zeit zum Aufstehen.«

»Mmmm, schlafen«, protestiere ich.

»Essen«, widerspricht er und fährt mir zärtlich über die Lippen. »Und anziehen. Die Pariser sind zwar sehr tolerant, aber ich glaube, das Einchecken im Hotel geht glatter über die Bühne, wenn du mehr anhast als nur einen Bademantel.«

Seine Stimme lullt mich ein. Ich weiß, dass er recht hat, trotzdem möchte ich in diesem Zustand verharren. Da draußen warten beängstigende Dinge auf mich, und im Moment weiß ich nur, dass ich ihnen bisher entkommen konnte. Solange ich schlafe, bin ich in Sicherheit, während Damiens Stimme mich einhüllt wie eine Decke und mich seine sanften Streicheleinheiten trösten.

»Noch fünf Minuten.« Meine Worte sind ein leises Murmeln, und ich rutsche näher an ihn heran.

Er schweigt, und wieder wiegt mich das Brummen der Flugzeugmotoren in den Schlaf – bewacht von dem Mann, den ich liebe.

Doch ich werde von sanften Liebkosungen geweckt. Seine Finger gleiten meinen Nacken hinunter, und ich bekomme Gänsehaut. Er entblößt meine Schulter und küsst mich auf die nackte Haut. Dann wandert seine Hand nach unten und streicht langsam über meine Brust. Das lässt mich entzückt nach Luft schnappen und gleich darauf enttäuscht aufseufzen, denn seine Hand setzt ihren Weg fort, obwohl sie meine Brustwarze gerade erst steif gemacht hat.

»Damien.« Ich weiß nicht recht, ob das ein Protest- oder Jubellaut ist. Ich weiß nur, dass er den Gürtel meines Bademantels gelöst hat und ihn jetzt öffnet. »Damien«, wiederhole ich, aber diesmal kommt kaum mehr als ein Hauch über meine Lippen, da seine Hand noch weiter nach unten geglitten ist und mich streichelt, mit mir spielt. Ich schließe seufzend die Augen und genieße es, wie die magischen Hände meines Mannes tausend Funken sprühen lassen.

Ich spüre jede Faser meines Körpers, ganz so, als sehnte sich jede Zelle nach seinen Berührungen. Ich gebe meinem Verlangen nach und fasse mir an die Brüste, stimuliere meine Brustwarzen und zupfe daran. Währenddessen werden Damiens Berührungen energischer, entfachen meine Leidenschaft noch mehr, sodass ich kurz davorstehe, zu kommen.

»Sag, dass dir das gefällt«, befiehlt er.

»Ja.« Ich hebe die Hüften in einer stummen Bitte, bloß nicht aufzuhören. Mich tiefer zu erkunden und zu nehmen, bis mein Innerstes nach außen gekehrt ist. »Guter Gott, ja!«

»Du stehst kurz davor, Schätzchen«, sagt er, und ich stoße einen undefinierbaren Laut aus. »Sehr kurz davor«, wiederholt er und zieht sanft seine Hand weg. »Aber noch bist du nicht bereit.«

Ich stöhne frustriert auf. »Du weißt offensichtlich nicht, was das Wort ›bereit‹ bedeutet.«

»Dann erklär es mir. Wofür bist du bereit?«

»Für dich.«

Er grinst breit und zufrieden, was unglaublich sexy ist. »Die Antwort gefällt mir. Steh auf!«

Ich zögere, denn so langsam dämmert es mir. »Ja, Sir.« Ich erhebe mich und gehe in die Mitte der Kabine, sodass ich direkt vor ihm stehe. Er sitzt auf dem Zweiersofa, mit dem Rücken zu den Fenstern, die den Blick auf die Nacht freigeben. Ich kann nur hoffen, dass wir nicht in Turbulenzen geraten, aber eigentlich mache ich mir diesbezüglich keine Sorgen: Es gibt Schlimmeres, als Damien in die Arme zu fallen.

»Zieh den Bademantel aus.« Er trägt weite kakifarbene Shorts und ein altes Wimbledon-T-Shirt, hat die Arme um die Sofalehne gelegt, was überaus lässig wirkt. Seine Beine sind leicht gespreizt, und ich kann seine muskulösen Schenkel sehen. Er hat in letzter Zeit viel trainiert, und sein ohnehin perfekter Körper ist noch athletischer.

Aber obwohl seine Haltung entspannt wirkt, sieht es in seinem Innern ganz anders aus. Er mustert mich auf eine Art, die ich nur als ausgehungert bezeichnen kann. Und ich lasse mich liebend gern von ihm verschlingen.

»Der Bademantel«, sagt er, und ich zucke zusammen. Noch habe ich nicht gehorcht, ich war viel zu sehr damit beschäftigt, meinen Mann zu mustern. Jetzt zögere ich aus anderen Gründen, muss an das Cockpit und die geschlossene Tür zur Galley denken. Es ist eine Sache, unter einem Bademantel, den ich bei Bedarf schnell schließen kann, nichts anzuhaben. Und eine ganz andere, wirklich splitterfasernackt zu sein.

»Gibt es ein Problem, Mrs. Stark? Ich glaube, ich habe Ihnen befohlen, den Bademantel abzulegen.«

Ich will etwas sagen, zwinge mich jedoch, die Worte hinunterzuschlucken. Ich denke an Katie. Daran, dass wir in der Privatkabine ungestörter wären, während die Hauptkabine nur durch eine dünne Tür vom Personalbereich getrennt ist.

Aber ich habe es hier mit Damien zu tun, der nur zu gerne meine Grenzen austestet. Gleichzeitig weiß ich, dass er sie nicht überschreiten wird.

Ohne den Blick von Damien zu nehmen, lasse ich den Bademantel zu Boden fallen. »Ja, Sir«, sage ich und sehe die Leidenschaft in seinem Blick, spüre förmlich, wie Damien mich von Kopf bis Fuß mustert. Ich werde immer feuchter.

»Braves Mädchen.« Seine Stimme ist heiser vor Verlangen.

Ich senke den Blick, und Zufriedenheit steigt in mir auf, als ich die nicht zu leugnende Erektion in seiner Hose sehe.

»Und jetzt sag mir, was du willst.«

Ich sinke beinahe zu Boden vor Erleichterung, denn ich will das, was ich immer will. Was Damien angeht, bin ich unersättlich.

Ich möchte ihn in mir spüren. Ich will es wild und brutal und ein bisschen unanständig. Ich will, dass nichts in mir Platz hat außer Damien. Weder Albträume noch Rechtsstreitigkeiten noch sonst irgendwelche Realitäten, die mich bedrängen, seit ich aufgewacht bin.

Damien, denke ich. *Alles, was ich will, ist Damien.*

Ich möchte gerade etwas Entsprechendes sagen, kann mich aber gerade noch bremsen. Denn sosehr ich ihn auch begehre, ist das noch nicht alles.

Ich will, dass er genauso ausflippt wie ich, dass er es kaum noch aushält. Ich will, dass er mich darum anfleht. Ich weiß, dass er mich braucht – das bezweifle ich schon seit Langem nicht mehr –, aber ich möchte dieses Begehren in seinen Augen sehen, die Erfüllung, wenn er in mir kommt.

Ich mache einen Schritt auf ihn zu.

»Sag es mir!«, widerholt er. »Sag mir, was du willst.«

»Ich würde es dir lieber zeigen.« Während ich spreche, gehe ich weiter auf ihn zu, lasse ihn dabei nicht aus den Augen. Ein Schritt, dann noch ein Schritt. Ich sehe, wie sich seine Miene ändert: Aus Wachsamkeit wird Lust.

Und daraus Erkenntnis beziehungsweise Begierde, als ich vor ihm in die Knie gehe.

Er will etwas sagen, doch ich gebe ihm gar nicht erst Gelegenheit dazu. Ich lege ihm den Zeigefinger auf die Lippen und schüttle sanft den Kopf. »Nein. Jetzt bin ich an der Reihe, pssst!«

Er nickt unmerklich, trotzdem genieße ich es, diese Macht über ihn zu haben. Vermutlich bin ich der einzige Mensch auf der ganzen Welt, dem Damien Stark bereitwillig gehorcht.

Ich beuge mich vor und knöpfe langsam, aber entschlossen seine Hose auf, ziehe den Reißverschluss nach unten. Ich schiebe meine Hand in den Hosenschlitz und streichle seinen Schwanz durch die Unterhose. Er ist hart wie Stahl, und als ich zu Damien aufschaue, sehe ich, dass seine Kiefer mahlen, so sehr ringt er um Beherrschung.

Ich hole seinen beeindruckend großen Schwanz heraus. Damien stöhnt leise, und ich bekomme Schmetterlinge im Bauch. Mein ganzer Körper pulsiert vor Sehnsucht, aber noch ist es nicht so weit. Erst muss ich ihn kosten.

Ich lecke über seine Eichel und werde damit belohnt, dass er den Rücken durchbiegt und mir ins Haar fasst. Meine weibliche Macht wird mir extrem bewusst, und ich sehe, wie sich die Brustmuskeln unter seinem Hemd verhärten. Er sieht aus wie ein Mann, der kurz davorsteht, zu kommen: erregt, wild und geil. Und ich bin die Frau, die ihn so weit gebracht hat. Die ihn noch weiterbringen wird.

Ich lecke ihn, packe seine Eier und folge der Ader an seinem Penisschaft. Er erzittert unter meinen Berührungen und ringt nach Luft, als ich den Mund öffne und ihn ganz in mir aufnehme, ihn lutsche und lecke und mir wünsche, dass er kommt. Dass er sich ganz meinen Launen hingibt und der Lust, die ich ihm schenken kann. Doch es gelingt mir nicht. Er ist zu groß, und der Winkel ist nicht ideal. Und so gern ich ihn auch zum Höhepunkt bringen würde: In Wahrheit will ich ihn in mir spüren. Je mehr ich mir vorstelle, wie er sich gleich in mir anfühlen wird, desto sicherer weiß ich, dass ich ihn haben muss – und zwar sofort.

»Setz dich auf mich.«

Die Worte sind kaum mehr als ein Flüstern und gleichzeitig die Antwort auf mein stummes Gebet. Ich lege den Kopf in den Nacken, und er sieht mich dermaßen intensiv an, dass mir ganz heiß wird. »Ich will in dich eindringen.«

»Ich weiß«, sage ich, während ich aufstehe. »Genau das brauche ich jetzt.«

Ich halte mich an seinen Schultern fest und platziere meine Knie zu beiden Seiten seiner Schenkel auf dem Sofa. Dann bringe ich mich in Position, stimuliere seine Eichel und nehme ihn in mir auf. Immer tiefer führe ich ihn ein, bis ich spüre, dass wir uns ineinander verlieren.

»Meine Güte, Nikki, du fühlst dich so gut an.« Seine Hände wölben sich um meine Brüste, und ich biege den Rücken durch, wiege mich mit ihm hin und her, langsam und sinnlich, bis uns schwindelig wird vor lauter Lust.

»Ich kann gar nicht genug von dir bekommen«, sagt er. »Ich kenne dich so gut und kann doch nicht aufhören, dich zu erkunden.«

Ich schließe die Augen, überlasse mich seinen wunderbaren Berührungen, der Macht seiner Worte.

»Ich sehe dich immer vor mir, bin in Gedanken stets bei dir. Du bist mir ein Rätsel, Nikki, und gleichzeitig auch wieder nicht. Schau mich an«, befiehlt er, und ich merke, dass sich seine Stimme verändert.

Ich öffne die Augen und sehe die Leidenschaft in seinem Gesicht.

»Wir sind zusammen«, sagt er eindringlich. »Keiner von uns ist allein. Wir sind eins. Und egal, was auf dich zukommt: Wir werden es gemeinsam durchstehen. Welche Schlachten du auch schlagen musst, ich werde an deiner Seite kämpfen und dafür sorgen, dass wir gewinnen.«

Ich schlucke. Mir fällt ein, dass ich eigentlich nur weiterschlafen, mich vor dem ganzen Horror verstecken wollte, der da draußen auf mich wartet. Aber auch vor Damien, obwohl ich mich in seinen Armen sicher fühle. Ich hätte es besser wissen müssen. Ich hätte wissen müssen, dass er Gedanken lesen und ich rein gar nichts vor ihm verbergen kann.

»Das weißt du doch, oder?«, fragt er.

»Ja.«

»Beunruhigt dich das?«

Ich überlege und schüttle dann den Kopf. »Nein«, sage ich wahrheitsgemäß. »Es gibt mir ein Gefühl von Geborgenheit. Ich habe keine Geheimnisse mehr vor dir.« Ob Damien dasselbe von sich behaupten kann, weiß ich nicht. Und ja, es gab eine Zeit, in der mich das beunruhigt hätte, aber jetzt nicht mehr. Wenn es sein muss, verbringe ich mein Leben damit, Damiens Geheimnisse eines nach dem anderen zu enthüllen.

Er sieht mir forschend ins Gesicht, als müsste er sich davon überzeugen, dass ich die Wahrheit sage. Dann nickt er. »Ich werde meinen Anwalt bitten, sich um diesen Mist zu kümmern.«

»Damien ...«

»Nein, es ist deine Klage, und das verstehe ich auch. Aber du hast keinen Anwalt, während ich über ein ganzes Team juristischer Berater verfüge. Ich bevormunde dich nicht, ich helfe dir nur.« Er greift nach meinem Kinn. »Einverstanden?«

Ich schaue nach unten, auf die Stelle, an der sich unsere Körper vereinigen, und sehe ihn dann mit hochgezogenen Brauen an. »Du suchst dir wirklich seltsame Momente für solche Gespräche aus.«

»Genau das macht einen guten Geschäftsmann aus.« Es zuckt um seine Mundwinkel. »Die Schwächen des Gegners zu erkennen und für sich auszunutzen.«

Ich verdrehe die Augen.

»Einverstanden?«, wiederholt er. Und weil ich nicht dumm bin, nicke ich.

Ich wollte mich vorhin wirklich verstecken. Damit all das an mir vorübergeht. Aber Damien hat mich daran erinnert, dass ich nicht allein bin, dass ich stärker bin als gedacht.

Und gemeinsam sind wir noch stärker.

All das möchte ich ihm sagen, flüstere aber nur: »Ich liebe dich.«

Er zieht mich an sich, um mich zu küssen, und ich nutze die Gelegenheit, ein wenig auf seinem Schoß hin und her zu rutschen. »Hast du nicht gesagt, wir wären bald da? Vielleicht sollte ich diese Position beim Landeanflug beibehalten. Das dürfte interessant werden.«

»Warum nicht?«, sagt er, und kurz weiß ich nicht, ob er nur einen Witz macht.

Dann kneift er mir in den Hintern. »Aber ich fürchte, das verstößt gegen gewisse Flugsicherheitsregeln. Ich finde, wir sollten das Schicksal nicht herausfordern. Außerdem hat Katie das Abendessen für uns warm gehalten.«

Wieder muss ich daran denken, dass sie sich auf der anderen Seite dieser dünnen Tür befindet und jeden Moment hereinkommen kann.

Und wieder liest Damien meine Gedanken und wirft einen vielsagenden Blick auf die Leuchte mit der Aufschrift »Bitte nicht stören«, die verhindert hat, dass genau das passiert ist. Gleichzeitig bekomme ich ganz heiße Wangen bei dem Gedanken, dass sie genau weiß, was hier abgeht.

»Wir sind schließlich frisch verheiratet«, sagt Damien, »Und, offen gestanden, habe ich immer noch Appetit.«

»Ach ja?« Ich bewege mich auf und ab, zunächst ganz langsam und dann immer schneller. »Und worauf haben Sie Appetit, Mr. Stark?«

»Gute Frage.« Er packt meine Hüften und übernimmt das Kommando, erhöht das Tempo und stößt immer tiefer in mich hinein. »Im Moment habe ich einfach nur Appetit auf dich.«

»Gut.« Ich lege meine Hände auf seine Schultern, während unsere Leidenschaft immer höher emporlodert. Wir schauen uns in die Augen, und keiner von uns kann den Blick abwenden.

»Ja«, sagt er, so als fühlte er, was ich fühle, als könnte er sehen, wie der Vorbote eines Orgasmus meine Schenkel durchzuckt.

Aber ich sehe auch, was in ihm vorgeht, spüre, wie sich sein Schwanz verhärtet und seine Stöße schneller werden. Mein Körper reagiert, indem er sich sanft um ihn herum zusammenzieht, ihm genauso viel schenkt, wie er mir gibt. Wir vollführen einen sinnlichen, immer schneller werdenden Tanz, bis wir beide explodieren.

»Damien.« Sein Name ist ein einziger Schrei, ein Gebet, und ich klammere mich an ihn, während mein Körper erbebt. Auch ich höre meinen Namen, als Damien in mir kommt. Dann wird es still, als sein Mund sich über meinem schließt. Er küsst mich fieberhaft, bis wir uns beide keuchend und völlig erschöpft voneinander lösen.

»So«, sage ich, nachdem sich mein Körper wieder beruhigt hat. »Ich glaube, jetzt habe ich wirklich Hunger.«

»Seltsam«, erwidert er. »Ich habe nach wie vor ausschließlich Hunger auf dich. Aber etwas zu essen kann bestimmt nicht schaden.« Er hebt mich sanft hoch und greift nach meinem Bademantel, um uns beide damit abzuwischen. Ich ziehe die Brauen hoch und kichere. »Du musst ihn nicht wieder anziehen. Ich werf ihn nachher in den Korb mit der Schmutzwäsche. Außerdem will ich sehen, wie du nackt in die Privatkabine gehst.«

Ich stoße einen Protestlaut aus, aber in Wahrheit ist es ein Lachen. Betont mit den Hüften wackelnd, marschiere ich nach hinten.

Vor der Privatkabine bleibe ich stehen und drehe mich um. Er lässt mich nicht aus den Augen, Liebe und Leidenschaft, Sehnsucht und Begierde stehen ihm ins Gesicht geschrieben.

Ich atme tief ein, fühle mich ruhig und geerdet. Ja, da will mich jemand verklagen, und ja, das nervt. Aber das bedeutet gar nichts, ist nur eine Fußnote im Buch meines Lebens.

Der Hauptteil ist Damien, unser gemeinsames Leben, unsere Liebesgeschichte.

9 Wie sich herausstellt, nehmen wir nicht einfach irgendeine Limousine zum Hotel. Vom Flughafen geht es mit dem Heli zu einem Landeplatz in der Stadtmitte. Ich habe schon viel mit Damien erlebt, aber mit einem Hubschrauber sind wir noch nie geflogen. Ich muss zugeben, dass mir ein wenig schwindelig ist.

Ich beuge mich zum Fenster, lege eine Hand auf die Scheibe, während Damien meine andere hält. Dann sehe ich zu, wie der Pilot den Vogel sanft zur Landung bringt. Kurz darauf hat das Personal unser Gepäck ausgeladen und bringt uns zu einer bereits wartenden Limousine. Alles verläuft vollkommen reibungslos, und das ist eindeutig einer der Vorzüge, wenn man mit Damien unterwegs ist.

Das Innere der Limousine ist ganz in Perlmutt gehalten, aber es fällt mir kaum auf. Ich bin viel zu sehr damit beschäftigt, einen Blick auf die Stadt zu erhaschen, die an uns vorbeizieht: der Arc de Triomphe, die atemberaubende Architektur, ja ich entdecke sogar den Eiffelturm! Ich komme mir vor wie ein kleines Mädchen, das sich die Nase an der Scheibe plattdrückt.

Viel zu früh endet unsere Fahrt. Die Limousine hält vor einem Gebäude, das aussieht wie eine Privatresidenz. Nur an den Uniformen der beiden Männer neben der Tür ist zu erkennen, dass es sich um ein Hotel handelt.

Die beiden livrierten Pagen eilen herbei, um unser Gepäck entgegenzunehmen, und sausen dann davon, während Damien und ich gemessenen Schrittes die Lobby betreten.

Ein vornehm aussehender Mann mit einem schmalen Schnurrbart begrüßt uns. Ich erfahre, dass er der Direktor des exklusiven Hôtel Margaritte hier in der Rue du Faubourg Saint-Honoré ist, einem ehemaligen Stadtschloss aus dem 18. Jahrhundert, das nur über zwanzig Zimmer verfügt.

Damien und ich werden im Penthouse wohnen.

Der Direktor führt uns durch die Lobby, die immer noch so eingerichtet ist wie früher: mit Tapisserien, Blattgold und viel Kristall. Ich verrenke mir ununterbrochen den Hals, während ich versuche, die ganze Pracht in mir aufzunehmen.

Doch so ehrfürchtig ich auch die Lobby bestaunt habe – das Penthouse verschlägt mir erst recht die Sprache: Es ist einfach unglaublich, nimmt das gesamte oberste Stockwerk ein und ist Luxus pur. Alles stimmt bis ins kleinste Detail – seien es nun die wunderschönen Möbel, die antiken Spiegel oder die moderne Küche, die sich hinter dekorativen Kassettentüren verbirgt.

Das Highlight ist jedoch der riesige Erker, der sogar ein Oberlicht besitzt, sodass man fast meint, sich im Freien zu befinden. Und damit wir auch nicht vergessen, in welcher Stadt wir uns befinden, haben wir eine fantastische Aussicht auf den Eiffelturm.

»Dieses Zimmer war einst der Wintergarten«, erklärt der Direktor. »Mademoiselle Margaritte, die Namensgeberin dieses Hotels, hat ihn stets mit Blumen gefüllt.«

»Wie hübsch!« Ich bin entzückt.

Monsieur beendet seine kleine Führung und lässt uns allein. Erst da fällt mir ein, dass wir gar nicht an der Rezeption waren. So etwas Profanes wie Einchecken ist anscheinend nur für Leute Pflicht, deren Vermögen nicht dem Bruttoinlandsprodukt diverser Kleinstaaten entspricht.

»Ist das dein Hotel?«, frage ich, als Damien und ich allein sind.

»Nein. Oder findest du, es sollte mir gehören?« Er klopft seine Taschen ab. »Lass mich mal kurz einen Blick in mein Portemonnaie werfen. Vielleicht habe ich ja genug Bargeld dabei ...«

»Schon klar«, sage ich. »Mach dich nur über mich lustig! Aber ich habe schon zu oft miterlebt, wie du spontan ziemlich erstaunliche Dinge gekauft hast.« Als wir in Italien waren, hörten wir von einem echten Michelangelo, der versteigert werden sollte. Sofort kontaktierte Damien den Verkäufer und machte ihm ein Angebot, das er nicht ablehnen konnte. Anschließend spendete er das Werk einem Museum in Los Angeles, unter der Bedingung, dass er es sich zwei Monate im Jahr ausleihen kann, um es unter den wachsamen Blicken seines Sicherheitspersonals in den Lobbys seiner auf der ganzen Welt verstreuten Firmen aufzuhängen.

»Stimmt«, gesteht er. »Aber Immobilien kaufe ich dann doch eher selten spontan.«

»Es gibt immer ein erstes Mal«, sage ich leichthin. »Aber mal ganz im Ernst, warum wohnen wir nicht in einem deiner Hotels? Du oder, besser gesagt, Stark Properties, eine Firma, die wiederum Stark International gehört, besitzt doch eines ganz in der Nähe.«

Kurz wirkt er verwirrt, dann grinst er. »Du hast meine Firmenzeitschrift gelesen.«

»Kann sein«, gestehe ich, denn im Flugzeug lagen ein paar Exemplare. »Aber das wäre auch sonst gut geraten gewesen. Denn wo, bitte schön, besitzt du keine Immobilien?«

»Auf Grönland. Im Moment habe ich keinerlei Immobilienbesitz auf Grönland.«

»Haha, sehr witzig.« Ich drehe mich um, und mein Blick fällt auf einen Flügel, den ich vorher noch gar nicht bemerkt habe. Zu schade, dass ich nicht darauf spielen kann! »Zugegeben, diese Bleibe ist außergewöhnlich – trotzdem: Warum nicht in einem deiner Häuser übernachten?«

»Weil dieser Moment nur uns gehört«, erwidert Damien. »Weil uns hier niemand kennt und niemand stören wird, wenn es irgendeine Krise gibt. Auch wenn es so gut wie unmöglich ist, in deiner Begleitung völlig inkognito zu reisen«, fügt er hinzu, nimmt meine Hand und zieht mich an sich. »Aber ich möchte wenigstens versuchen, mich unsichtbar zu machen.«

Ich lehne mich an ihn und schließe die Augen, während er meine Taille umfasst. Wir bleiben eine Weile so stehen und wiegen uns hin und her, während Damiens Kinn auf meinem Scheitel ruht.

»Bist du müde?«, fragt er.

»Na ja, das hängt ganz davon ab, warum du fragst.«

Er bebt vor Lachen. »Auch das wäre ein Grund, wach zu bleiben. Aber ich muss gestehen, dass ich eher an etwas weniger Privates gedacht habe.«

Ich drehe mich in seinen Armen. »Wie war das gleich wieder mit dem Unsichtbarmachen?«

»Oh, wir schaffen es bestimmt, uns unerkannt unter die Leute zu mischen«, sagt er. »Vielleicht kann ich dir sogar einen Hut zu deinem Kleid kaufen.«

»Das heißt *chapeau*«, verbessere ich ihn. »Das könnte mir gefallen.« Das Kleid, das ich auch auf dem Flug getragen habe, ist ein Etuikleid im Vintage-Stil. Es ist vorne durchgeknöpft, hat einen Gürtel und einen weit aufspringenden Rock. Ich komme mir darin ein bisschen so vor wie Audrey Hepburn, und ein Hut würde perfekt dazu passen.

»Wenn, dann wird man eher dich als mich erkennen«, sage ich. »Ich bin bloß durch dich zum Promi geworden.« Damien dagegen stand schon von klein auf im Rampenlicht und hat genug Tennisturniere gewonnen und in genug

Werbespots mitgewirkt, um auch hier in Europa bekannt wie ein bunter Hund zu sein. Erst recht wenn man bedenkt, dass sämtliche Medien der Welt über den Mordprozess berichtet haben, in den er unlängst verwickelt war.

»Ich werde mich verkleiden.« Grinsend geht er zu dem Lederrucksack, der ihm auf Reisen die Aktentasche ersetzt.

Amüsiert sehe ich zu, wie er eine weiße Kappe mit französischer Flagge aufsetzt.

Lachend schüttle ich den Kopf. Der Mann vor mir ist immer noch Damien, das lässt sich nicht leugnen. Und ich finde, dass er verdammt scharf aussieht. Doch unterm Strich ist das gar keine so schlechte Verkleidung. Er trägt nur selten Basecaps, und wenn er dann noch eine Sonnenbrille aufsetzt und wir beide Rucksäcke dabeihaben, werden uns alle für zwei ganz normale Touristen halten.

»Und, sehe ich aus wie ein ganz normaler Mann?«

»Du wirst niemals aussehen wie ein ganz normaler Mann«, sage ich. »Aber so ähnlich.«

Unweit des Hotels gibt es jede Menge Luxusläden, aber es ist erst kurz nach acht, sodass sie noch nicht geöffnet haben. Damien verspricht mir, später eine ausgedehnte Shoppingtour mit mir zu machen, und damit bin ich zufrieden. Wenn es um meine Firma geht, weigere ich mich, Geld von meinem Mann anzunehmen. Aber so stolz, Designerklamotten abzulehnen, bin ich dann doch wieder nicht.

Vorerst halten wir uns an die Seitenstraßen und genießen das französische Flair. Wir halten Händchen, und obwohl ich das Gefühl habe, ziellos durch die Gegend zu schlendern, versichert mir Damien, dass er genau weiß, wohin wir gehen.

»Und, was hast du für Pläne?«, frage ich. »Wir sind schließlich in Paris. Es gibt so vieles, was ich gern tun würde.«

»Und zwar?«, fragt er, als uns köstlicher Briocheduft in ein winziges Café mit charmantem Gastgarten lockt.

Ich beginne, alles aufzusagen, was mir einfällt – angefangen vom Louvre über die Katakomben bis hin zur Seine und dem Eiffelturm. »Und natürlich Versailles«, füge ich hinzu, als wir an einem der Tische Platz nehmen. »Montmartre. Die Rive Gauche, die Metro ... keine Ahnung! Was meinst du?«

Er lächelt nachsichtig. »Ich finde, das klingt gut.«

Als die Kellnerin kommt, bestellt er zwei *cafés crèmes* und zwei *pains au chocolat*. Und zwar in einem Französisch, das in meinen Ohren einfach nur perfekt klingt. Ich bin beeindruckt, aber nicht überrascht. *Stark International*, denke ich grinsend. Warum sollte er nicht auch Französisch können?

»Richtig fließend kann ich es nicht«, gesteht er, als wir an unserem Kaffee nippen und die Passanten auf der reizenden Avenue beobachten. »Aber ich komme zurecht.«

Nachdem wir unser Gebäck verzehrt und den Kaffee ausgetrunken haben, flanieren wir durch kleine Sträßchen und Gassen, bis wir eine breitere, belebte Avenue erreichen. Von dort aus folgen wir einem versteckten Weg zu einem reizenden Park.

»Das ist ja die reinste Oase!«, sage ich. Ich habe meine Kamera dabei und bitte Damien, stehen zu bleiben, damit ich ein paar Fotos machen kann. Ich komme mir vor wie im Märchen und möchte diese magische Aura gern auf Film bannen.

»Das ist eine meiner Lieblingsabkürzungen«, sagt Damien, während er mich eine Allee hinunterführt. »Und zwar genau deswegen: Auf diese Weise können wir den Menschenmassen und dem Lärm entfliehen.«

»Und wo sind wir genau?«

»Im Jardin de la Nouvelle France. Ich glaube, er wurde anlässlich der Weltausstellung von 1900 angelegt, aber beschwören will ich es nicht. Ich komme hierher, weil er mir gefällt, weniger wegen seiner Geschichte.«

So interessant seine Geschichte auch sein mag – ich muss ihm beipflichten. Als wir dem Weg folgen und aus Abenteuerlust ein paar Abstecher nach links und rechts machen, kann ich nicht leugnen, wie glücklich ich an diesem angenehm kühlen Ort voller Grün bin. Ich genieße das Spiel von Licht und Schatten und mache so viele Fotos, dass ich bestimmt noch vor Ende der Reise neue Speicherkarten kaufen muss.

Wir wagen uns weiter in den Park vor, entdecken eine hübsche kleine Brücke und sogar einen echten Wasserfall.

»Hier entlang«, sagt Damien und nimmt meine Hand, als ich schon glaube, dass wir uns hoffnungslos verlaufen haben. »Ich zeige dir meinen Lieblingsplatz.« Er führt mich zu einem kleinen Teich, der von einer großen Trauerweide überschattet wird. Darunter steht eine kleine Steinbank, und wir setzen uns kurz hin. Er hat mir seinen Arm um die Taille gelegt, und mein Kopf ruht auf seiner Schulter.

»Danke.«

»Wofür?«

»Du hast versprochen, mir die Welt zu Füßen zu legen. Danke, dass du es auch mit diesen versteckten Schätzen tust.«

Als wir aufstehen, um unseren Weg fortzusetzen, staune ich, dass es schon nach halb elf ist.

»Eile mit Weile«, sagt Damien, als ich ihn darauf hinweise. »Wir sind schließlich in den Flitterwochen.«

Ich drücke seine Hand, denn dem kann ich schlecht widersprechen.

Wir verlassen den Park und betreten den Cours de la Reine, folgen ihm bis zur Avenue Winston Churchill, die an die Seine führt. Ihre Verlängerung ist der Pont Alexandre III.

»Nehmen wir die Brücke?«

Damien schüttelt den Kopf. »Wir können die Stufen zum Ufer hinuntergehen und eine Weile am Wasser entlangspazieren. Oder aber wir bleiben hier oben und schauen uns ein paar Sehenswürdigkeiten an. Bis zum Louvre ist es nicht mehr weit.«

»Gehen wir rein?«

»Natürlich!« Er küsst mich auf die Stirn. »Das habe ich für heute fest eingeplant. Aber vorher möchte ich dir noch etwas anderes zeigen. Kannst du noch? Sonst nehmen wir uns ein Taxi.«

»Alles prima«, sage ich wahrheitsgemäß. Nichts ist schöner, als eine neue Stadt allein zu Fuß zu erkunden – außer an Damiens Seite natürlich.

Wir bleiben auf der Straße, bis wir die Place de la Concorde passiert haben, ich den Obelisken bestaunt und mindestens ein Dutzend weitere Bilder gemacht habe. Dann nehmen wir die Treppe zur Seine hinunter und schlendern bis zum Pont des Arts. Dort gehen wir wieder hinauf und wollen gerade die Brücke überqueren, als ich stehen bleibe. Das Brückengeländer sieht irgendwie seltsam aus.

»Was ist denn das da?« Ich trete näher, Damien folgt mir, und ich erkenne, dass es sich um jede Menge Vorhängeschlösser handelt, die wie Muscheln am Geländer festgewachsen zu sein scheinen.

Ich schaue zu Damien auf. »Was um alles in der Welt ...«

»Das ist *die* Brücke für Liebespaare«, sagt er. »Hast du noch nie davon gehört?«

Ich schüttle den Kopf, mein Blick folgt dem Geländer, und es lässt sich unmöglich schätzen, wie viele Paare hier ihre Liebe besiegelt haben.

»Man kommt hierher, schreibt seinen Namen auf ein Vorhängeschloss, befestigt es an der Brücke und wirft den Schlüssel in die Seine.«

»Bringt das Glück?«, frage ich, und er nickt.

»Hast du mich deshalb hergebracht?«

»Ja.«

Bei diesem Wort wird mir ganz warm ums Herz.
»Aber ich möchte die Sache noch etwas aufpeppen.«
Verwirrt runzle ich die Stirn.
»Vor nicht allzu langer Zeit ist ein Teil des Brückengeländers unter der Last der Liebesschlösser zusammengebrochen.«
Ich reiße erstaunt die Augen auf. »Die Liebe ist eine schwere Last«, scherze ich – nicht ohne beunruhigt hinzuzufügen: »Ist dabei jemand zu Schaden gekommen?«
»Nein, aber trotzdem dachte ich, wir begründen eine eigene Tradition. Wir tragen unsere eigene Last, wenn man so will.«
Ich lege den Kopf schräg und warte lächelnd auf weitere Erklärungen.
Er zieht eine kleine Schachtel aus der Hosentasche und öffnet sie. Zum Vorschein kommt ein silberner Bettelarmbandanhänger in Form eines Vorhängeschlosses. Ich nehme ihn in die Hand und sehe, dass unsere Namen darin eingraviert sind. »Es gibt auch einen Schlüssel dazu«, sagt Damien, hebt das Samtkissen und zeigt mir den winzigen Schlüssel. »Das ist mein Geschenk an dich. Habe ich es erst einmal an deinem Armband befestigt, schlage ich vor, dass wir den Schlüssel in den Fluss werfen.« Ich bekomme kaum noch Luft vor lauter Rührung. Ich nicke verdattert, bringe kein Wort heraus. Was für eine romantische Idee! Ich halte ihm meine Hand mit dem Armband hin, an dem bereits der Eiffelturm baumelt, und er befestigt das kleine Vorhängeschloss daran.
»Ich liebe dich«, sage ich, als er mir den Schlüssel in die Hand drückt.
»Ich dich auch.« Er verschränkt seine Hand mit meiner. »Auf drei?« Wir schwingen die Hände. Eins, zwei, drei ... Dann lassen wir los, und der winzige Schlüssel fliegt durch die Luft.

»Für immer und ewig«, sagt Damien.
»Für immer und ewig«, bestätige ich.
Der Rest des Tages ist genauso romantisch.

Wir spazieren die Seine entlang, betrachten die Waren der Straßenhändler, machen alberne Schnappschüsse von uns und halten Händchen. Ein oder zwei Mal merke ich, dass man uns anstarrt. Manche machen sogar Fotos, aber ich rede mir ein, dass sie nichts Böses im Schilde führen. Wenn uns nicht mehr als ein Dutzend Leute auf einmal erkennt, ist alles bestens.

Wir verbringen zwei Stunden im Louvre, und ich bewundere ehrfürchtig einige Gemälde und staune, wie klein die »Mona Lisa« wirklich ist – ihr Ruhm ist auf jeden Fall deutlich größer.

Danach kaufen wir Käse und Wein und machen ein nachmittägliches Picknick in den Tuilerien, wo wir uns einfach nur ausruhen, das Wetter, die schöne Umgebung und unsere Gesellschaft genießen.

Bei Einbruch der Dämmerung nimmt mich Damien erneut mit an die Seine, und wir machen eine Bootsfahrt. Wir trinken Champagner und sehen zu, wie die Lichter der Stadt angehen. Als pünktlich die Beleuchtung des Eiffelturms aufflammt, stoßen wir auf die Liebe und das Leben an.

Wir wollen gerade wieder an Land gehen, als Damien eine SMS bekommt. Da er die Order ausgegeben hat, nur in dringenden Notfällen gestört zu werden, wirft er einen Blick auf das Display. Ich beobachte ihn, konzentriere mich abwechselnd auf meinen Mann und die Stadtsilhouette von Paris.

Seine Kiefermuskeln mahlen Es sind also keine guten Nachrichten. Rasch tippt auch er eine SMS, seine Finger scheinen regelrecht auf das Handy loszugehen. Aber als er sich wieder zu mir umdreht, ist seine Wut wie weggewischt.

Er ist einfach nur Damien, der Mann, der mit seiner Frau auf Hochzeitsreise ist und Champagner trinkt.

»Wie machst du das bloß?«, frage ich. »Du hast jede Menge um die Ohren, musst ständig irgendwo Feuerwehrmann spielen. Und trotzdem kannst du einfach so abschalten.« Ich wünschte, ich könnte das auch. Doch obwohl ich jede einzelne Sekunde dieses Tages genossen habe, hängt diese angedrohte Klage die ganze Zeit über mir wie ein Damoklesschwert.

»Keine Ahnung.« Er streicht mir über die Wange. »Ich kann das einfach ausblenden. Aber weg ist es deswegen noch lange nicht. Nur gut versteckt.«

»Nicht einmal das kriege ich hin.« Ich schmiege mich an ihn und seufze laut, als er den Arm um mich legt. Er riecht nach Gras aus dem Park, sein Körper ist warm und muskulös. »Bitte mach, dass es wieder weggeht«, murmle ich, während Verlangen in mir aufsteigt. »Bitte mach, dass ich alles vergesse außer dir. Wenigstens vorerst.«

Ich lehne mich etwas zurück, damit ich zu ihm aufschauen kann. Seine Augen sind wie geschmolzener Stahl, und allein beim Gedanken an seine Berührungen bekomme ich Gänsehaut.

»Es gibt noch einen Ort, an den ich dich bringen will.« Ich höre das Begehren in seiner Stimme, so als könnte er sich kaum davon abhalten, mich zu berühren. Das Boot hat angelegt, und Damien führt mich an Land, bleibt dann auf dem Quai stehen, um mich zu mustern. »Ich weiß nicht so recht, Nikki. Ach, was soll's. Los, komm mit!«

Ich habe nicht die geringste Ahnung, was er vorhat, folge ihm aber bereitwillig. Wenn nicht sogar begierig.

Oben an der Straße nehmen wir ein Taxi. Damien bittet den Fahrer, uns zu À *la lune* im Quartier Pigalle zu bringen. Mir fällt auf, dass sich der Fahrer zu uns umdreht und uns mehr oder weniger dreckig angrinst. Fragend hebe ich die Brauen. Damien zuckt nur mit den Schultern. »Das ist das Rotlichtviertel.«

»Oh«, sage ich und lasse mich in die Polster zurücksinken. Keine Ahnung, was Damien vorhat, aber ich werde es mit Sicherheit genießen.

Die Fahrt dauert nicht lange, und als wir uns unserem Ziel nähern, erinnert mich die Umgebung an die Bourbon Street in New Orleans und ein bisschen auch an den Times Square. An einer Straßenecke sehe ich eine rote Tür und ein kleines Neonschild: À la lune. Der Fahrer setzt uns wortlos davor ab. Als Damien ihn bezahlt, mustert er uns eine Idee länger, als mir lieb ist. Ich rede mir ein, dass das nichts zu bedeuten hat. Hätte er uns erkannt, hätte er sicher sein Handy gezückt und uns fotografiert. Doch er fährt einfach weiter.

Damien nimmt meine Hand und führt mich zur roten Tür, bleibt aber kurz davor auf dem dunklen Bürgersteig stehen. »Ich habe das vorhin ernst gemeint: dass Paris eine Stadt der Liebe und des Lebens ist. Romantik pur. Aber es hat auch seine wilden Seiten.«

»Und das ist positiv?«, ziehe ich ihn auf, dränge mich so sehr an ihn, dass ich seine Erektion spüren kann. Er packt meinen Po und zieht mich an sich.

»Und ob!« Seine Stimme ist ernst, und genau das habe ich erwartet. »Weißt du noch, was du neulich in Malibu beim Frühstück gesagt hast?«

Ich grinse, so langsam ahne ich, worauf er hinauswill. »Ich habe gesagt, dass ich es liebe, mit dir zu frühstücken. Dass es so was von gemütlich ist.« Ich komme noch näher, reibe mein Becken an ihm. »Wieso fragst du? Spürst du jetzt schon die Fesseln der Ehe?«

»Im Prinzip habe ich gar nichts gegen Fesseln«, entgegnet er. »Vorausgesetzt, ich bin derjenige, der dich fesselt. Aber ich möchte auf keinen Fall, dass das mit uns … zur Routine wird.« Er macht einen Schritt zurück, damit er über mein Kleid streichen kann, schiebt den Saum hoch und stöhnt leise auf, als er merkt, dass ich keine Unterwäsche trage.

»Ich auch nicht«, sage ich heiser.

»Meine Güte, wie sehr ich dich liebe!« Er packt meine Taille, und ich lehne mich zurück, lasse zu, dass er mich erkundet, erregt. Ich weiß, dass wir mitten auf der Straße stehen, aber es ist dunkel, und das hier ist Damien. Es ist mir egal, ich will das. Ich will *ihn*, will, dass die Flammen unserer Leidenschaft höher schlagen und alles andere versengen.

»Los, lass uns reingehen!« Auch er klingt heiser. »Sonst muss ich dich noch an dieser Hauswand vögeln!«

Ich bin drauf und dran, ihn beim Wort zu nehmen, sehe aber, dass sich Leute nähern. Ich glaube nicht, dass sie uns gesehen haben, will das Schicksal aber nicht unnötig herausfordern. »Na gut«, sage ich. »Dann wollen wir mal sehen, was Paris so an Ausschweifungen zu bieten hat.«

10 Wie sich herausstellt, hat es so einiges zu bieten. Der Club ist für Paare gedacht, die hier die Partner tauschen können – oder auch nicht. Wir wollen das eindeutig nicht, was Damien dem Pärchen sofort klarmacht, das gleichzeitig mit uns den Club betritt.

Die Gastgeberin begrüßt uns auf Französisch und wechselt dann nahtlos ins Englische. Sie erklärt, dass sie uns zu den Umkleiden bringen wird, dort können wir unsere Kleider und sonstigen Sachen in Spinde sperren. Sie betont, dass ich die Kamera ebenfalls einschließen muss, und das ist für mich kein Problem. Ich möchte niemanden fotografieren – schließlich will ich ja auch nicht fotografiert werden.

Der Club stellt Bademäntel, Sarongs und Handtücher zur Verfügung. Wir können uns aussuchen, was wir anziehen wollen – beziehungsweise ob wir überhaupt etwas anziehen wollen. Sie fährt damit fort, uns die Regeln zu erläutern, die mehr oder weniger darauf hinauslaufen, dass es keine gibt. Alles ist erlaubt. Alles, egal wo. Nur im Whirlpool ist richtiger Geschlechtsverkehr verboten, was einem erst recht bewusst macht, dass er überall sonst stattfinden darf.

»Gibt es auch Privatzimmer?«, frage ich.

»Ja. Aber Sie brauchen keine Angst um Ihre Privatsphäre zu haben – ganz egal, was Sie treiben und wo Sie es treiben.« Sie setzt ein strahlendes Lächeln auf und nickt Damien zu. »Unsere Mitglieder wissen, was Diskretion bedeutet.« Erst da wird mir klar, dass sie weiß, wer wir sind. Und dass Damien bereits hier war.

Ich werfe ihm einen kurzen Seitenblick zu, aber er zuckt nur die Achseln. Wenn ich Antworten will, werde ich warten müssen, denn wir folgen unserer Gastgeberin bereits zu den Umkleiden. Die für die Frauen befinden sich links vom vornehmen Empfangsbereich, die für die Männer rechts davon.

Sie lächelt, nickt und lässt uns allein.

»Ich habe mich gerade gefragt, wie du auf diesen Club gestoßen bist«, sage ich. »Aber als Mitglied kennst du ihn natürlich.«

»Ich habe meine Mitgliedschaft gerade erst erneuert«, sagt Damien, ohne auf die Eifersucht zu reagieren, die sich in meine Stimme geschlichen hat. »Ich war schon Jahre nicht mehr hier und habe gestern angerufen, um mich wieder anzumelden.«

»Oh.« Ich will mich zwingen, nicht weiterzufragen, kann es dann aber doch nicht lassen. »Mit wem warst du hier?«

»Mit Carmela.« Er meint das zickige italienische Supermodel, mit dem er mal zusammen war.

»Oh.« Ich schlucke. »Und was den Partnertausch anbelangt – habt ihr da mitgemacht?«

»Ich schon.« Mit zwei langen Schritten ist er bei mir. Sanft nimmt er mein Kinn und küsst mich so zärtlich, dass mir beinahe die Tränen kommen. »Warum auch nicht? Sie hat mir schließlich nicht gehört.«

Seine Worte trösten mich mehr, als ich zugeben will. »Mir gefällt die Vorstellung nicht, dass ich Vorgängerinnen habe«, gestehe ich, obwohl das natürlich albern ist. Damien Stark hat mit Sicherheit nicht wie ein Mönch gelebt.

»Hast du nicht«, sagt er. »Das heißt, es gab natürlich Frauen in meinem Leben, und mit manchen habe ich auch das Bett geteilt. Aber eine ernst zu nehmende Vorgängerin gab es nie.«

Ich nicke immer noch verlegen, aber auch unglaublich

glücklich. Verstohlen wische ich mir eine Träne aus dem Gesicht.

Er befiehlt mir, mich umzuziehen: »Aber bitte nicht ganz ausziehen, denn ich will nicht einmal deinen Anblick mit Fremden teilen! Wir sehen uns gleich im Empfangsbereich.«

Ich gehorche und kehre in einem Sarong zurück. Ich bin mehr als erleichtert, ihn mit einem Handtuch um die Hüfte zu sehen. Die Wölbung in seinem Schritt beweist eindeutig, dass er zu allem bereit ist.

Er führt mich durch einen Bereich mit Sofas, Sesseln und Leuten in verschiedenen Stadien des Nacktseins. Alle berühren, streicheln und stimulieren sich. Keine Ahnung, welche Benimmregeln hier gelten, aber ich kann den Blick einfach nicht abwenden. Damien zieht mich in eine von mehreren Nischen, deren Zweck nicht schwer zu erraten ist. Es gibt sogar einen kleinen Vorhang, wenn man mehr Privatsphäre wünscht.

»Hast du jemals andere beim Sex beobachtet?«, fragt Damien.

Ich schüttle den Kopf. »Nein. Das heißt ja: Ich habe ein paar Pornos gesehen, aber das hier ist was anderes.«

»Allerdings.« Er steht neben mir im Dunkeln, und ich schaue in den Raum. Hände, die liebkosen. Münder, die miteinander verschmelzen. Keine Ahnung, warum, aber als ich das sehe, wächst meine Erregung.

»Ich begehre diese Leute nicht«, sage ich, als Damien meine Brüste durch den dünnen Sarongstoff streichelt. »Ich will nur von dir berührt werden.«

»Aber es erregt dich, ihnen zuzusehen«, flüstert er, und ich nicke.

»Warum eigentlich?«, frage ich mich laut.

»Sie sind wie ein Spiegel. Du siehst die Leidenschaft in ihren Gesichtern und willst dasselbe empfinden. Du siehst, wie rot ihre Haut ist, und willst dieselbe Hitze spüren. Du hörst sie stöhnen, wenn sie kommen, und willst es ihnen gleichtun.«

»Ja«, wimmere ich, als mir klar wird, wie recht er damit hat. Nie hätte ich gedacht, dass ich voyeuristische Neigungen habe, aber wenn ich diesen Leuten hier zusehe, wächst mein Begehren ins Unermessliche. »Guter Gott, ja.«

Ich lehne mich zurück, spüre Damiens Erektion an meinem Hintern. Seine Finger kneifen in meine Brustwarzen, und ich stoße einen Schrei aus, der zu einem verzweifelten Stöhnen wird, als sich seine andere Hand zwischen meine Beine schiebt. »Bitte!«, sage ich. »Besorg es mir!«

»Bist du dir sicher?« Ich höre die Begierde in seiner Stimme.

Ich nicke. Ich möchte zwar nicht, dass mir die anderen zusehen, muss aber dringend etwas spüren. »Hier ist es dunkel«, sage ich. »Und der Sarong ist an der Seite offen.« Niemand wird etwas merken, rede ich mir ein. Dabei ist mir inzwischen alles egal.

Der Schlitz des Sarongs befindet sich über meiner Hüfte. Damien dreht ihn so, dass er meine Scham kaum noch verhüllt. Er schiebt seine Hand unter den Stoff und streichelt mich. Ich beiße mir auf die Unterlippe, um nicht laut aufzuschreien. Ich bin so was von scharf, heiß und empfindlich, dass ich Angst habe, sofort durch seine Hand zu kommen.

»Nikki, o Gott, Baby!« Die Hand, die soeben noch mit meiner Brust beschäftigt war, zieht den Sarong über meinen Hintern.

Ich weiß, dass ich protestieren sollte, aber ich will das. Ich will Damien, will, dass er mich in dieser dunklen Nische nimmt, während jede Menge Sexszenen vor uns ablaufen. Ich will sämtliche Hemmungen verlieren.

»Ja«, sage ich und beuge mich vor, um mich an der Nischenkante festzuhalten. Ich ziehe den Vorhang ein Stück vor, aber nur so weit, dass man noch daran vorbeisehen kann.

Ich trage nach wie vor den Sarong, und Damien steht hinter mir, sodass die Privatsphäre einigermaßen gewahrt bleibt. Aber als Damien meine Hüften packt und tief in mich hineinstößt, als ich aufschreie, weil er mich so brutal nimmt, richtig rannimmt, weiß ich, dass jeder, der zu uns herschaut, ganz genau weiß, was wir da treiben.

Egal.

Ich will nur Damien.

Will nur noch fühlen. Ich greife nach hinten, löse seine Hand von meiner Hüfte und schiebe sie unter den Sarong, fordere ihn stumm dazu auf, meine Klitoris zu streicheln, während er mich von hinten nimmt.

»Lass die Augen offen«, befiehlt Damien, und ich gehorche. Werde Zeuge von Leidenschaft und lasse mich von ihr anstecken.

Er stimuliert meine Klitoris, während mich sein Schwanz ganz ausfüllt. Er macht mich total geil, und seine Berührungen, gepaart mit dem Schauspiel, das sich uns bietet, katapultiert mich dermaßen unerwartet zum Höhepunkt, dass ich ohne Damien das Gleichgewicht verlieren und in die Knie gehen würde.

Als mich der Orgasmus erfasst, spannen sich meine Muskeln voller Sehnsucht an, sodass auch er zum Höhepunkt gelangt. Als er in mir kommt, packt er meine Schultern und ruft meinen Namen.

Gleichzeitig schließt er den Vorhang, und ich drehe mich in seinen Armen um, schmelze unter seinen Berührungen und Küssen dahin.

»Ich liebe dich«, sagt er.

»Ich weiß.« Zufrieden schmiege ich mich an ihn: Im Moment ist unsere Liebe alles andere als Routine!

Wir bleiben noch ein bisschen, genießen die Sauna und den Whirlpool. Dann lieben wir uns langsam in einem Privatzimmer im Piratenstil, in dem ich mich von Damien gefangen nehmen lasse und ihm erlaube, über mich herzufallen. Es ist schon spät, als wir gehen, und ich fühle mich herrlich benutzt.

»Woher wusstest du ...«, frage ich, als wir den Bürgersteig betreten. »Woher wusstest du, dass mir das gefällt?«

»Na, was glaubst du wohl?«

Ich schweige, denn wir beide kennen die Antwort. Weil Damien in mich hineinschauen kann. Und das fühlt sich einfach nur fantastisch an.

Ich nehme seine Hand und zwinge ihn, stehen zu bleiben, gehe auf die Zehenspitzen, um ihn zu küssen. Es sollte nur ein flüchtiger Kuss werden, doch er ergreift lange und ausgiebig von meinem Mund Besitz.

Ein greller Lichtblitz stellt unsere ganze Welt auf den Kopf, und ich brauche eine Sekunde, bis ich merke, dass er von einer Kamera stammt. Ein wahres Blitzlichtgewitter bricht über uns herein, und ich taumle rückwärts, merke erst jetzt, dass Damien mich beiseite geschoben hat.

Er steht auf der Straße und geht mit den Fäusten auf den Fotografen los. Da dringen die Worte, die mit dem ersten Blitz gerufen wurden, in mein Bewusstsein: »Was für eine Bombenstory! Erst kauft er sie, und dann lässt er sie auch noch von anderen vögeln. Typisch Stark!«

Die Stimme hat eindeutig einen britischen Akzent, und als ich die vielen Kameras um den Hals des Typen sehe, der mit einer zertrümmerten Nase davonstolpert, begreife ich, dass es ein Paparazzo von einem der britischen Schmierblätter ist.

Noch bevor ich so etwas wie Übelkeit empfinden kann, sehe ich, wie Damien dem Kerl nachsetzt.

»Nein, Damien, nicht!«, rufe ich, aber es ist bereits zu spät.

Damien packt den Kerl am Hemd und reißt ihn zurück. Er scheint kurz zu zögern, und anstatt dem Typen die Visage zu polieren, greift er nach einer der Kameras und zerstört sie.

»Sieh zu, dass du von hier verschwindest.« Seine Stimme klingt gefährlich leise, was auch dem Fotografen nicht entgeht. Er dreht sich um und ergreift die Flucht. Ich halte Damien am Hemd fest aus Angst, er könnte die Verfolgung aufnehmen.

»Es ist vorbei«, sage ich schwer atmend und beginne zu zittern. »Hör auf damit. Es ist vorbei.«

Aber schon als ich diese Worte ausspreche, weiß ich, dass es gerade erst angefangen hat.

11 »Tut mir leid«, sagt Damien im Taxi, als wir zum Hôtel Margaritte zurückfahren.
»Dass du dich nicht bremsen konntest und seine Kamera zerstört hast?« Ich verziehe das Gesicht. »Ist nicht so schlimm, wirklich. Der Typ tut mir kein bisschen leid. Ich will bloß nicht, dass du Schwierigkeiten bekommst.«

»Nein, das meine ich nicht, sondern dass ich dich überhaupt an diesen Ort gebracht habe.«

Ich brauche eine Weile, um zu verstehen, wovon er redet. »Du meinst nach Paris? In diesen Club?« Ich drücke seine Hand. »Damien, das ist doch lächerlich!«

»Ach ja?« Seine Stimme klingt angespannt. »Ich hätte die Reise fast abgesagt, als ich dein Gesicht in Mexiko gesehen habe. Als ich gemerkt habe, wie sehr du den Strand und die Einsamkeit genießt.«

Ich erinnere mich, wie sich seine Miene verdüsterte, als wir über unsere Abreise sprachen, und in dem Moment wird mir alles klar.

»Und dann bringe ich dich ausgerechnet in eine Stadt, in der es vor Paparazzi nur so wimmelt, und stoße dich wieder ins Rampenlicht«, fährt er fort. »Ja, schlimmer noch, dann nehme ich dich auch noch mit in diesen Club. So als wollte ich jedem verdammten Arschloch auf dieser Welt die Möglichkeit geben ...«

»Nein!« Ich lege einen Finger auf seine Lippen. »Ich liebe Paris«, sage ich. »Meine Güte, Damien, ich fand es toll mit dir im À la lune.« Ich muss wieder daran denken, wie er mich berührt hat, wie unglaublich erotisch es war, als Damien in mich eindrang, während wir die vielen Fremden beim Sex beobachtet haben – wohl wissend, dass auch wir ihren Blicken ausgeliefert waren. »Außerdem konntest du ja nicht ahnen, dass uns irgendein Arschloch mit der Kamera auflauert.«

»Ach nein? Es gibt immer irgendein Arschloch mit einer Kamera, Nikki. Das gehört zu mir wie der ganze Mist aus meiner Vergangenheit. Es tut mir so leid, dass das jetzt auch zu deinem Leben geworden ist.«

»Damien, das ist schon in Ordnung«, sage ich energisch. »Ich will schließlich nicht hinter Klostermauern leben! Du bringst mich überallhin – an alle möglichen Orte auf dieser Welt, aber auch zu ungeahnten Höhepunkten. Und ich möchte nicht, dass das jemals aufhört.«

Ich sehe so etwas wie Hoffnung in seinem Gesicht, die jedoch rasch Wut und Bedauern weicht. »Wenigstens auf unserer Hochzeitsreise wollte ich dir eine Auszeit gönnen.«

»Nein«, widerspreche ich vehement. »Meine Güte, Damien, hast du es immer noch nicht verstanden? Ich will deinem Leben nicht entfliehen. Ich liebe dich. Dieser ganze Mist hat dich erst zu dem Mann gemacht, der du heute bist.«

»Dann müsste dieser Mann ja aus Dünger bestehen.«

Ich verdrehe die Augen. »Ich meine es ernst! Dich und deine Vergangenheit gibt es nur im Doppelpack, Damien. Die Paparazzi kann ich zugegebenermaßen nicht besonders leiden, aber dich liebe ich. Und deshalb bin ich auch bereit, es mit ihnen aufzunehmen. Oder glaubst du mir das etwa nicht?«

Damien sagt nichts darauf, und ich habe einen riesigen Kloß im Hals, als ich ihm forschend in die Augen schaue. Es geht um deutlich mehr als nur die Paparazzi. Ich sehe ihn stirnrunzelnd an. »Was verschweigst du mir?«

Es dauert eine Weile, bis er den Mund aufmacht. Solange

vergesse ich zu atmen und spüre eine Riesenlast auf meiner Brust.

»Sofia«, sagt er. »Sie steckt hinter dieser lächerlichen Klage!«

»Woher zum Teufel weißt du das?«

»Meinen Anwälten ist es gelungen, die Sache zurückzuverfolgen. Das hat mir Sylvia vorhin gesimst. Ich wollte es dir später erzählen, um uns den Parisaufenthalt nicht zu verderben.« Er lacht verbittert auf. »Aber das ist jetzt ohnehin passiert.« Er rauft sich die Haare. »Wie dem auch sei, die Klage wurde abgeschmettert, und ihr Anwalt weiß inzwischen, dass sie ihn belogen hat. Aber Sofia hat diese Lawine losgetreten. Sie steckt dahinter – weil sie dich fertigmachen will.«

Ich muss das alles erst mal verarbeiten. »Ich … Ich verstehe nicht.«

»WiseApp? Man könnte auch ScheißApp dazu sagen!« Er klingt wütend und verletzt. »Ich könnte sie umbringen!«

»Sie ist einfach nur durcheinander«, sage ich, auch wenn es mir schwerfällt. Ich kann einfach nicht vergessen, was sie damals zu mir gesagt hat: dass Damien mich nicht liebt. Dass ich ihn aufgeben und lieber wieder zu meinen Rasierklingen greifen soll, um meinen Schmerz zu betäuben.

Ich zwinge mich, meine Wut hinunterzuschlucken. Es bringt schließlich nichts: Sie ist krank, und mit ihren Spielchen erreicht sie nichts weiter, als Damien wehzutun. Damien und mir.

Ich lege die Hand auf sein Bein. »Es ist nicht deine Schuld.«

»Sie müsste eigentlich noch auf der Geschlossenen sein, ohne Zugang zu Internet oder Telefon. Sie hat anscheinend einen Handlanger. Sofia ist einfach zu schlau, schafft es, jeden um den Finger zu wickeln.«

»Es war nur ein blöder Zwischenfall, aber der ist jetzt vorbei«, sage ich, obwohl es weitaus mehr war. »Du hast die Sache beendet, bevor sie richtig unangenehm werden konnte.«

Er starrt mich an. »Und was heißt ›richtig unangenehm‹, deiner Meinung nach, Nikki? Egal, wo wir uns aufhalten – meine Vergangenheit holt uns immer ein.« Er wickelt eine meiner Haarsträhnen um seinen Zeigefinger, und ich zucke zusammen, muss wieder daran denken, wie ich zur Schere gegriffen und mir meine schönen langen Haare abgeschnitten habe. Er legt die Hand auf meinen Oberschenkel, und ich zwinge mich, nicht zu weinen, als ich an die Narben denke. Daran, wie mich die Paparazzi und der ganze Mist mit Sofia beinahe wieder dazu gebracht hätten, mich zu ritzen. Ich fröstle, schüttle aber heftig den Kopf.

»Aber ich hab mich nicht verletzt«, flüstere ich. »Ich bin stark, Damien. Und das liegt nur an dir. Du gibst mir Kraft, und das weißt du auch.«

»Und was ist mit deinem Albtraum?«, fragt er.

Ich ringe mir ein Schulterzucken ab. »Jeder hat Albträume. Aber nicht jeder hat einen Mann, der sie vergessen lässt.«

Seine Hand schließt sich um meinen Oberarm, und sein Blick durchbohrt mich mit einer derartigen Heftigkeit, dass ich fast keine Luft mehr bekomme. »Es gibt kein Feuer, durch das ich nicht für dich gehen würde, Nikki. Aber das heißt noch lange nicht, dass ich dich darin brennen sehen will.«

»Ich brenne bereits – *für dich*, Damien. Wir brennen *gemeinsam*.«

Kurz verstärkt er den Griff, und ich zucke zusammen. Dann reißt er mich an sich, presst seinen Mund auf meine Lippen. Er hält meinen Hinterkopf, und seine Finger vergraben sich in meinem Haar. Unsere Zähne prallen aufeinander, seine Zunge erkundet meinen Mund, und ich will genau das, diese ungehemmte Leidenschaft. Er muss wissen, dass ich das aushalte: ihn, sein Leben, das hier – einfach alles.

»Weißt du eigentlich, wie sehr ich dich liebe?«, sagt er, als das Taxi vorm Hotel zum Stehen kommt.

»Mindestens so sehr wie ich dich.« Ich will zur Tür rutschen, aber Damien hält mich zurück. Ich folge seinem Blick und sehe die Paparazzi vor dem Eingang, die auf uns gerichteten Kameras.

Verdammt!

»Los, fahren Sie!«, sagt Damien und schlägt gegen die Trennwand zwischen uns und dem Fahrer.

Der saust los und lässt die Aasgeier mit offenem Mund dastehen. Er fährt uns um das Gebäude herum und setzt uns am Personaleingang ab. Hier ist es nicht ganz so schick. Wir gehen durch die Küche, passieren die Wäscherei. Wenigstens fotografiert uns hier niemand.

Wir eilen zum Dienstbotenaufzug, warten darauf, dass er uns zum Penthouse bringt, als Damien sein Handy zückt und eine SMS liest. »Teufel noch mal!«

»Was ist denn?«, frage ich, aber er ist viel zu sehr damit beschäftigt, eine App aufzurufen und etwas nachzuschauen.

Ich trete näher und starre auf ein Bild. Es zeigt Damiens Hand auf meiner Brust, während die andere unter meinen Rock geschoben ist. Gott sei Dank war es dunkel auf dem Bürgersteig, man kann mir nicht unter den Rock schauen. Aber es ist auch so offensichtlich, was wir da tun. Mein Gesicht lodert vor Leidenschaft, und hinter uns leuchtet das grellrote Neonschild des À la lune. Ich weiß, von wann die Aufnahme stammt – sie wurde gemacht, als wir den Club betraten.

Ich muss einen leisen Schrei ausgestoßen haben, denn Damien schaut von seinem Handy auf. Er wirkt wütend und traurig zugleich, kalt und unglaublich verletzlich.

»Nein«, sage ich. »Das ist nicht deine Schuld.«

»Von wegen!«

»Wir sind verheiratet«, sage ich. »Es kann uns egal sein, wenn das auf Facebook gepostet wird.«

»Es ist überall!«, sagt er. »Sylvia schreibt, dass es sich im Internet völlig verselbstständigt hat. Bald werden sie auch wieder die Geschichte mit dem Gemälde ausgraben.« Damit meint er die Schmähkampagne, mit der mich die Medien überzogen haben, nur weil ich bereit war, für eine Million Dollar für ein Aktporträt zu posieren.

Mein Magen zieht sich schmerzhaft zusammen, aber ich lasse mir nichts anmerken. »Das Bild zeigt nur, dass ich dich liebe und begehre. Dass du mich total scharf machst. Es wird nur dafür sorgen, dass jede Frau auf diesem Planeten eifersüchtig auf deine Ehefrau wird. Damit kann ich leben!« Ich schiebe energisch das Kinn vor.

»Es gefällt mir nicht, dass dich alle Welt so sieht«, erwidert er. »Zumal ich derjenige war, der dich dermaßen bloßgestellt hat.«

»Damit kann ich leben«, wiederhole ich, verschweige aber, dass »können« und »wollen« nicht unbedingt dasselbe sind.

»Aber das bedeutet nicht, dass du es auch willst«, sagt Damien, der wie immer meine Gedanken lesen kann.

Wir stehen jetzt im Lift, der in unserem Stockwerk hält. Ich nehme Damiens Hand und drücke sie. »Wir schaffen das!«, sage ich. »Wir haben uns – was kann uns da schon passieren?«

Sein Lächeln tröstet mich. *Ja*, denke ich, als er die Tür zu unserer Suite öffnet. *Alles wird gut.*

Dann sehe ich das Zimmer.

»Los, zurück in den Aufzug!« Damiens Stimme ist eiskalt und gefährlich, es dauert keine Sekunde, und er hat sich schützend vor mich gestellt. Ich habe kaum etwas erkennen können, weiß nur, dass das Unterste nach oben gekehrt wurde. Unsere Koffer sind aufgerissen, die Kleider überall verstreut. Wir hatten uns noch nicht die Mühe gemacht, auszupacken, aber das scheint jemand anders für uns übernommen zu haben.

»Damien ...«

»Los, rein mit dir!« Er schubst mich in den Aufzug und schließt die Lifttüren, bevor er den Alarmknopf betätigt, um das Sicherheitspersonal zu rufen.

»Ich glaube, die sind weg«, sage ich. »Wer auch immer unser Zimmer auf den Kopf gestellt hat, ist längst wieder verschwunden.«

»Ich will dich keinesfalls Risiken aussetzen. Komm her, du zitterst ja!«

Ich lasse mich in seine ausgebreiteten Arme fallen und schmiege mich an ihn.

Als sich die Lifttüren im Erdgeschoss öffnen, wartet der Sicherheitsdienst des Hotels bereits auf uns. Ein Team sei bereits mit dem Hauptaufzug nach oben gefahren, heißt es. Wir warten, und ich sehe an Damiens mahlenden Kiefermuskeln und an seiner angespannten Haltung, dass er ganz und gar nicht gerne wartet: Er will da rauf, will wissen, was los ist. Er will, dass etwas passiert, und ist bloß meinetwegen noch hier.

Ein Walkie-Talkie knistert laut, es folgt ein französischer Wortschwall, den ich nicht verstehe. Der Wachmann antwortet und schaut dann Damien und mich an. »Der Eindringling hat Ihr Zimmer bereits wieder verlassen«, sagt er in einem etwas steifen, aber verständlichen Englisch. »Noch konnten wir nicht feststellen, was alles fehlt – ich meine, neben Ihrer ... Intimwäsche.«

»Intimwäsche?«, wiederhole ich verblüfft.

Er räuspert sich. »Anscheinend hat derjenige, der hier eingebrochen ist, Intimwäsche mitgenommen: Höschen,

BHs ...« Seine Nase rötet sich ein wenig, und er schaut angestrengt an mir vorbei. »Vielleicht ist noch mehr weggekommen, aber ...«

Damien kocht vor Wut, und ich weiß nicht, ob ich lachen oder weinen soll. Das Lachen scheint die Oberhand zu gewinnen – aber es ist fraglich, ob es authentisch oder eher hysterisch ausfallen wird.

Schweigend kehren wir auf unser Zimmer zurück. Wir sehen, dass unsere Kleider ordentlich zusammengefaltet wurden. Doch das ändert nichts an dem Gefühl, dass man uns Gewalt angetan hat.

»Wie konnte das passieren?«, sagt Damien scharf. Ich weiß, was er meint, und auch der Wachmann sowie der Hoteldirektor, die uns begleitet haben, hören sehr wohl, was Damien *nicht* ausgesprochen hat: wie zum Teufel jemand in einem Hotel dieses Kalibers in unser Zimmer gelangen konnte. Und das trotz des Sicherheitsaufwands, den Damien immer verlangt, wenn er irgendwo absteigt.

»Ich kann Ihnen versichern, Mr. Stark, dass wir das Personal die ganze Nacht befragen werden. Schon morgen früh wissen Sie mehr.«

Und schon morgen früh wird unsere Unterwäsche überall bei eBay angeboten werden. Ich fange Damiens Blick auf und merke, dass er genau dasselbe denkt. *Scheiße!*

»Wenn Sie in der Zwischenzeit irgendetwas benötigen ...«

»Privatsphäre!«, sagt Damien, und der Direktor ist klug genug, um zu wissen, dass er jetzt lieber abziehen und aufhören sollte, Plattitüden von sich zu geben.

In Gegenwart des Hoteldirektors bleibt Damiens Fassade intakt: einfach nur ein reicher ungehaltener Mann. Nur ich sehe, wie es unter der Oberfläche brodelt, und sobald sich die Lifttüren hinter den Männern geschlossen haben, nimmt Damien eine hübsche Metallschale und schleudert sie quer durchs Zimmer, woraufhin der riesige Spiegel hinter dem Esstisch in tausend Scherben zerfällt.

Ich atme tief aus. Ich nehme ihm seine Wut nicht übel – im Gegenteil! Ich würde selbst gern mit einer Metallschale um mich werfen. Noch lieber würde ich mich jedoch zu Boden werfen und eine dieser Scherben aufheben. Ich stelle mir vor, wie das scharfe Glas meine Haut ritzt ... Aber verdammt, ich will das nicht mehr spüren müssen, will nicht mehr die alte Nikki sein. Und trotzdem bin ich wieder drauf und dran, nur weil uns diese Paparazzi übel mitspielen und Sofia so eine durchgeknallte Schlampe ist.

»*Nein.*«

Langsam dringt Damiens Stimme bis zu mir durch. Sie scheint von weit her zu kommen, doch auf einmal ist sie da: die Stimme, aber auch der Mann, zu dem sie gehört. Ich erstarre, spüre seine Hände auf meinen Armen. Er wirbelt mich herum, presst mich gegen die Wand und küsst mich.

Eine Hand schiebt sich zwischen meine Beine, wölbt sich über dem dünnen Stoff und meiner Scham. Nicht raffiniert und verführerisch, sondern forsch und ungestüm.

Fordernd und wild.

Und ich bin genauso wild wie Damien.

Ich reiße meinen Rock hoch, ohne dass er den Kuss auch nur eine Sekunde unterbricht. Als seine Finger tief in mich hineinstoßen und seine andere Hand sich um meine Brust schließt, sind meine Lippen schon ganz wund. Nicht nur meine Klitoris pulsiert, sein Griff sorgt auch für glühend heißen, willkommenen Schmerz.

Verdammt, ich will mehr! Ich will es brutal. Ich will nur noch weg von hier – und allein Damien darf mich wieder in die Realität zurückholen.

Außerdem weiß ich, dass Damien das auch braucht: Er braucht es, mich zu beherrschen, wieder Kontrolle auszuüben.

Und ich brauche den Schmerz, um mich wieder zu erden.

»Ja«, sage ich, und das genügt: Ich spüre, wie sich seine Muskeln anspannen, sich sein ganzer Körper versteift – vor Verlangen, aber auch vor Beklommenheit.

»Nikki.« Er löst sich von mir, und die Distanz zwischen uns ist kaum wahrnehmbar. Doch für mich ist sie ein gefährlicher Abgrund.

Ich ziehe ihn zu mir zurück. »Ja«, wiederhole ich. »Du brauchst das. Und ich brauche es auch.« Ich sehe ihm in die Augen – wohl wissend, dass er den Grund dafür kennt. Dass er es genauso nötig hat wie ich. »Du bist der Einzige, der mir das geben kann.«

»Und der Einzige, der das jemals tun wird«, sagt er ungestüm. Und er hat recht: Nie mehr werde ich eine Rasierklinge in die Hand nehmen. Ich brauche das nicht mehr, ich habe ja jetzt Damien.

Ich sage nichts darauf, und das muss ich auch nicht. Welche Bedenken er auch immer meinetwegen gehabt haben mag – sie wurden von seiner Leidenschaft überrollt. Von seinem Bedürfnis, den Faden wiederaufzunehmen, der ihm zu entgleiten drohte.

Ich bin dieser Faden, und indem er von mir Besitz ergreift, kann er die Kontrolle wiedererlangen. Und ich kann meine Balance wiederfinden, indem ich mich dem Sturm der Leidenschaft hingebe, der nur einen Namen trägt: Damien.

Mein Kleid lässt sich vorne aufknöpfen, und ich habe mir nach Verlassen des Clubs nicht die Mühe gemacht, den Gürtel wieder anzulegen. Ohne Vorwarnung packt Damien den Stoff und reißt ihn auf. Die Knöpfe springen ab, und ich ringe nach Luft, als er mich umdreht und zwei Finger grob in mich hineinstößt.

Ich biege den Rücken durch, und meinem Mund entweicht ein Stöhnen. Ich winde mich auf seiner Hand und will, dass er mich ganz ausfüllt.

Er zieht sich zurück, kneift in meine Klitoris. Schmerz und Lust schießen durch meinen Körper.

Mir stockt der Atem, so überwältigt bin ich von dieser neuen Empfindung. Dann schreie ich überrascht auf, als er mich hochhebt und zum Sofa trägt, mich über die Lehne legt. Ich will mich abstützen, aber er verwehrt es mir. »Arme auf den Rücken!«, befiehlt er, und ich umklammere mit der rechten Hand mein linkes Handgelenk. Bequem ist das nicht, und ich habe Angst, das Gleichgewicht zu verlieren. Aber ich weiß auch, dass ich mich genauso fühlen soll: aus dem Gleichgewicht gebracht, wacklig, verloren. Denn wie soll er mich sonst wieder erden? Er stellt sich hinter mich, und ich höre, wie er den Reißverschluss öffnet, sich auszieht. Ich spüre den warmen Druck seiner Hand auf meinem Hintern, die mich streichelt, erkundet, stimuliert. Er lässt sie langsam und sinnlich nach unten wandern und findet dann meine Mitte, die ihn mehr als bereit empfängt.

»Ist es das, was du willst?«, flüstert er. »Willst du, dass ich meine Finger in dich hineinstecke? Dich dehne, mit dir spiele? Willst du, dass ich dich ficke, Nikki? Willst du, dass ich uns beide zum Höhepunkt bringe?«

Ja – aber das ist noch nicht alles, was Damien ganz genau weiß. Ich schweige.

»Los, sag es mir«, befiehlt er und beugt mich nach vorn, sodass ich seine warme Haut an meinem Hintern und meinen Armen spüre, die sein Gewicht in meinen Rücken presst. Ich könnte ewig so verharren, fühle mich warm und geborgen. Aber er fragt mich erneut. Seine Lippen streifen mein Ohr, und seine Stimme beschert mir eine Gänsehaut. »Sag es mir, Nikki. Sag mir, was du brauchst!«

»Das weißt du doch«, murmle ich, weil ich es nicht in Worte fassen will. Ich will mich eigentlich nicht danach sehnen, nach dem Schmerz, der mich wieder erdet. Aber er weiß es auch so, da er mich kennt wie sich selbst. »Bitte.«

»Du gehörst mir.« Seine Stimme ist nur noch ein Flüstern, so leise, dass ich sie kaum verstehe. Trotzdem hallen diese drei Worte in mir wider. Liebe, Hoffnung und Sehnsucht schwingen darin mit. »Mir!«, wiederholt er diesmal schon etwas lauter, als er sich erhebt und den Körperkontakt unterbricht, sodass ich mich erneut nach der Wärme seiner Berührungen sehne. »Mir«, sagt er erneut, während seine Hand fest auf meinen Hintern niedersaust und ich tausend Nadelstiche spüre, die ein lustvolles Brennen zwischen meinen Schenkeln entfachen.

»Mir.« Seine Hand streicht über meinen Po, um den Schmerz zu lindern, bevor er erneut ausholt und mir einen Klaps gibt, immer wieder aufs Neue. Das Brennen nimmt zu, heiße Flammen lodern in mir empor und lassen mich laut aufschreien, obwohl ich mich darauf konzentriere, sie einzudämmen, damit der Schmerz nicht die Oberhand über mich gewinnt.

»Mir«, sagt er wieder, als mein ganzer Körper in Flammen steht. Sein Schwanz drängt sich an meinen Hintern, während er meine Beine spreizt, meine Scham liebkost und mir Gänsehaut beschert. »Und ich kümmere mich um das, was mir gehört.« Seine Worte überrollen mich, während er brutal in mich hineinstößt.

Ich schreie auf, während ihn mein Körper willkommen heißt, umschließe ihn fest und ziehe ihn noch tiefer in mich hinein. Das ist alles andere als Blümchensex. Er rammelt mich dermaßen, dass unsere Leiber wild gegeneinanderprallen und ich das Gefühl habe, meinen Körper zu verlassen.

Mit einer Hand hat er meine Hüfte gepackt, mit der anderen liebkost er meine Klitoris, während er erbarmungslos in mich hineinstößt. Er benutzt mich, und ich benutze ihn, und gemeinsam führen wir uns durch den dunklen Wald, der so plötzlich um uns herum aufragt.

Wir sind nur noch Gefühl pur – ein Gefühl, das sich immer mehr steigert, bis eine Explosion unausweichlich wird. Würden wir ohne einander so explodieren, wären wir verloren.

Aber Damien und ich sind die Brosamen, die uns immer wieder den Weg nach Hause weisen.

Anschließend zieht er mich sanft zu Boden. Ich liege auf dem Rücken und schaue zu ihm hoch, während er mir sanft übers Gesicht streicht und erneut in mich eindringt. Jetzt kontrolliert er mich nicht mehr, sondern nur noch sich selbst, und ich gebe mich ihm bereitwillig hin, lasse zu, dass er mich nimmt, wie er es braucht, lasse mich von ihm mitreißen.

Ich schließe die Augen, verliere mich in der süßen Lust, bis sie uns beide überrollt: Diesmal ist es keine wilde Explosion, sondern ein sanfter Sommerregen, der alle Probleme fortspült.

Seufzend ringle ich mich neben ihm zusammen, schmiege mich an ihn. »Wie schaffst du es nur, mir das Gefühl zu geben, dass alles gut ist, obwohl so vieles schiefläuft?«

»Weil du mich liebst« sagt er. »Und weil ich dich liebe. Das ist unser Talisman. Wir sind durchaus noch verletzlich. Aber solange wir zusammen sind, kann uns nichts etwas anhaben.«

Ich schließe die Augen und atme tief ein, denn er hat recht. Mit Damien an meiner Seite kann mir nichts geschehen.

Wir bleiben schweigend so liegen, bis ich es nicht mehr aushalte. »Was hast du jetzt vor?«, frage ich schließlich.

»Die Nachricht wird bereits durchgesickert sein«, sagt er. »Selbst wenn kein BH oder Höschen auf eBay auftaucht, werden die Boulevardblätter schon davon erfahren haben.

Wir werden die Hauptnachricht sein, bis wir von etwas Spannenderem abgelöst werden.«

»Wenn man dann noch das Foto von uns beiden vor dem Club dazunimmt, dich, wie du den Fotografen verprügelst ...«
Ich verstumme. Ich muss es nicht auch noch aussprechen.

»Willst du hierbleiben?«

»Ja«, platzt es aus mir heraus. »Nein.« Ich verziehe das Gesicht. »Ich habe schon Lust auf Paris«, gestehe ich. »Und das, was ich vorhin gesagt habe, dass die Paparazzi nun mal dazugehören, habe ich wirklich ernst gemeint. Ich bin deine Frau, Damien, und ich werde es mit allem aufnehmen, was das Leben uns in den Weg stellt. Denn dich werde ich ganz bestimmt nie aufgeben. Aber ...«

»Ich weiß«, sagte er. »Andererseits: Wozu haben wir all das Geld, wenn wir uns damit keine Freiheit erkaufen können?«

Ich stütze mich auf und blinzle ihn an, frage mich, was er vorhat.

»Ich kann die sozialen Medien nicht zum Verstummen bringen«, sagt er. »Und ich kann auch die Paparazzi nicht verscheuchen. Ich kann dir nicht mal versprechen, dass es bei unserem nächsten Besuch in dieser Stadt anders wird. Aber jetzt kann ich die Situation verbessern.«

Seine Worte spenden mir Trost, schenken mir neue Hoffnung.

»Vertraust du mir? Traust du mir zu, dass ich alles wiedergutmachen kann?«, fragt er, ohne mich aus den Augen zu lassen. Dann schweigt er, und ich weiß, dass dieser Mann, der ein ganzes Firmenimperium regiert, allein mir die Entscheidung überlässt.

»Du bist mein Ein und Alles«, erwidere ich und sage ihm damit, was er bereits weiß. »Du bist die Luft, die ich atme. Ich werde dir immer vertrauen.«

12 Ich streiche mir das windzerzauste Haar aus den Augen und ergreife die Hand des Käpt'n. Es ist ein richtiger Hüne, seine kaffeebraune Haut glänzt vor Schweiß. Als er lacht, blitzt ein Goldzahn auf, dann hilft er mir vom Boot auf den wackligen Steg.

Damien folgt uns und bleibt zurück, bis er den Mann bezahlt und ihm für die Überfahrt gedankt hat.

»Ich fahr auch dein Personal, ein Wort genügt, Mann.«

»Kein Personal«, erwidert Damien. »Nicht auf dieser Reise. Aber ich funke Sie an, wenn Sie uns abholen sollen.« Er legt die Hand in meinen Nacken, und ich weiß genau, was er denkt: *Nur wir beide, ganz allein. Das reinste Paradies!*

Ich lächle ihn an. Das klingt wirklich himmlisch.

Der Käpt'n steigt wieder in sein kleines Boot, und Damien und ich betreten den weißen Sandstrand. Ich bin barfuß, trage Shorts und ein Tanktop. Der Käpt'n hat unser Gepäck entladen, aber wir lassen es erst mal auf dem Steg, weil wir es kaum erwarten können, die vor uns liegende, praktisch unberührte Bahamainsel zu erkunden.

Der Sand ist warm unter meinen Füßen, und Damien und ich gehen zum Wasser. Es gibt so gut wie keine Wellen, türkisblau liegt es vor uns wie ein Spiegel. Ein fantastisches Panorama, das nur von den Silhouetten ähnlich kleiner Inseln in der Ferne unterbrochen wird.

Hinter uns steigt der Strand an, man sieht Vegetation und einen wilden Pfad durchs Unterholz. Ich folge ihm mit meinem Blick, sehe aber nur ein kleines Natursteinhaus.

»Das ist das einzige Gebäude«, sagt Damien. »Es muss noch ein wenig hergerichtet werden, aber man kann wunderbar darin wohnen. Die Insel besteht aus sieben Hektar naturbelassener Wildnis und unberührten Stränden. Bis auf uns gibt es hier keine Menschenseele.«

»Und du hast sie tatsächlich gekauft?« Ich kann es immer noch nicht fassen.

»Ja.«

Ich wate bis zu den Knien ins warme Wasser und drehe mich grinsend zu ihm um. »Ich dachte, du kaufst spontan keine Immobilien.«

»Das tue ich auch nicht. Aber du hast so etwas an dir, das mich dazu bringt, meine Prinzipien zu überdenken.«

»Ach ja?« Ich spritze Wasser in seine Richtung. »Muss ich mich etwa dafür entschuldigen?«

»Um Himmels willen, nein!« Er spritzt zurück, bevor er meine Hand nimmt und mich an sich zieht. Lachend sinke ich in seine Arme, halte mich an ihm fest, während wir beide in den Sand fallen.

Damien liegt auf mir, und aus spielerischem Balgen wird im Nu wilde Leidenschaft, so als hätten wir einen Schalter umgelegt. Plötzlich atme ich schwer und nehme jede Berührung überdeutlich wahr. Das Blut rauscht in meinen Adern, und die Geräusche der Insel werden von meinem lauten Herzschlag übertönt.

»Ich hab sie für dich gekauft«, sagte er heiser. »Wenn auch aus nicht ganz uneigennützigen Motiven.«

»Wieso?«

Er setzt sich rittlings auf mich, und seine Hüften bewegen sich unmerklich, aber doch stark genug, um meinen Körper noch mehr zum Kribbeln zu bringen. »Ich will meine Frau am Strand lieben, nackt mit ihr durch die Brandung laufen. Ich will die Möglichkeit haben, sie jederzeit an jedem beliebigen

Ort zu nehmen – wohl wissend, dass es hier weder Kameras noch Paparazzi gibt. Dass uns hier niemand beobachtet oder sich auch nur im Geringsten um uns kümmert.«

Ich nicke und bringe kein Wort heraus, so überwältigt bin ich. Er hat mir doch glatt eine *Insel* gekauft, verdammt noch mal! Ich kann nur sagen, was ich gerade empfinde: »Ich liebe dich.«

Er strahlt mich an.

»Aber wie?«, frage ich. »Ich meine, wie hast du sie bloß gefunden? Wir haben doch gerade erst gestern Abend festgestellt, dass unser Hotelzimmer auf den Kopf gestellt wurde, und sind erst heute Morgen in Nassau angekommen. Führst du etwa eine Liste mit Orten, die du kaufen könntest?«

»So was Ähnliches.« Es zuckt um seine Mundwinkel, und er streicht mir übers Haar. »Ich habe sie mir vor etwa einem halben Jahr angeschaut, weil ich überlegt habe, hier eine Ferienanlage zu errichten. Doch dafür fand ich sie nicht geeignet. Gestern habe ich dann Sylvia beim Makler nachfragen lassen, ob sie noch zum Verkauf steht. Und heute ... gehört sie uns.«

»Das ist der Wahnsinn!« Ich will mir gar nicht ausmalen, wie viel er für eine ganze Insel hingeblättert hat.

»Ich kann dich beruhigen: Wir können uns das leisten. Außerdem: Wozu so hart arbeiten, wenn man das Geld, das man verdient, nicht genießt?«

Dem kann ich schlecht widersprechen. Deshalb mache ich mich ganz lang, schlinge die Arme um seinen Nacken und ziehe ihn noch fester an mich. Ich schaue ihm in die Augen, in denen eine Hitze auflodert, die der Sonne Konkurrenz macht. »Liebe mich, Damien!«, flüstere ich und spüre sofort, wie sich jede Faser seines Körpers anspannt und meinen damit ansteckt.

»Mit Vergnügen.« Er schenkt mir ein sexy Grinsen und

ergreift dann mit einem so unverschämt intensiven Kuss von mir Besitz, dass ich an nichts anderes mehr denken kann. Nur noch an diesen Moment und diesen Mann, an die drei schlichten Worte, an die ich mich immer noch überwältigt klammere: *Mrs. Damien Stark.*

Jetzt, auf dieser Insel, wo nur die Sonne und der Himmel Zeuge unserer Leidenschaft werden, gebe ich mich lustvoll dem Mann hin, den ich geheiratet habe. Und, ja: Ich bin glücklich.

Dir vertrauen

Aus dem Amerikanischen von
Janine Malz

1   Goldenes Sonnenlicht flutet durch die nach Osten blickenden Fenster und die offenen Glastüren auf der Westseite des Hauses in die Küche. Draußen ist das rhythmische Pulsieren des Pazifiks zu hören, der tosend an den Strand von Malibu schmettert. Es ist kurz nach sieben an einem Sonntagmorgen im Februar und obwohl ich heute früh mit einem Lächeln und einem Plan für den Tag aufgewacht bin, ist mein Lächeln nun verschwunden und mein Plan ins Wanken geraten. Ich fürchte, ich muss der schrecklichen, niederschmetternden, unausweichlichen Wahrheit ins Auge sehen: Ich bin im Kochen einfach eine Niete. Und mein Plan, meinen Mann mit einem Frühstück im Bett zu überraschen, löst sich gerade in Luft auf.

Das heißt, genauer gesagt, löst er sich in Rauch auf, denn wie ich gerade feststelle, sind meine Waffeln angebrannt.

Mit einem beherzten Griff drehe ich das Waffeleisen herum und öffne vorsichtig mit den Gabelzinken die obere Hälfte. Das Ding, das darin liegt, hat keinerlei Ähnlichkeit mehr mit irgendetwas Essbarem. Es ist schwarz, schlägt Blasen und erinnert vage an die Sohle eines Wanderschuhs.

»Ach, Scheiße«, entfährt es mir, gefolgt von einigen wilden Flüchen, als ich bemerke, dass die Eier in der Pfanne gerade ebenfalls anbrennen und der Rauch, der vom Speck aufsteigt, jeden Moment den Rauchmelder auszulösen droht.

Schnell mache ich einen Satz Richtung Herd, drücke energisch auf den Knopf für die Abzugshaube und richte meine zu Schlitzen verengten Augen Richtung Decke, um dem Rauchmelder klarzumachen, dass er jetzt bloß nicht losgehen soll. Denn selbst wenn das Frühstück letztlich nur aus schwarzem Kaffee und trockenem Toast bestehen sollte, habe ich nicht vor, mich davon abbringen zu lassen. Und nichts – nicht der Rauchmelder, nicht der Geruch von verbranntem Teig, nicht einmal mein leises Fluchen – wird den Mann, mit dem ich seit knapp drei Wochen verheiratet bin, aus dem Bett scheuchen, ehe ich bereit bin, ihn zu überraschen.

Nur einen Augenblick später bemerke ich, wie falsch ich damit liege.

Ich habe mich noch nicht einmal umgedreht, aber das brauche ich auch nicht. Ich weiß, dass er längst wach ist, und ich weiß, dass er in diesem Moment hinter mir steht. Ich habe ihn nicht kommen hören. Ich habe auch nicht seinen Geruch wahrgenommen. Es gibt nichts Greifbares, das auf seine Anwesenheit hindeuten würde. Aber das ändert nichts an der Tatsache.

Ich weiß es einfach.

Vielleicht ist es eine Änderung der Luftdichte.

Vielleicht ist es seine Körperwärme, durch die die Moleküle um ihn herum schneller umherwirbeln.

Vielleicht ist es die simple Tatsache, dass es sich um Damien Stark handelt, meinen Ehemann, meinen Liebsten, und ich seine Präsenz mindestens genauso deutlich spüre wie meinen eigenen Körper.

Einen Moment lang stehe ich einfach nur da, immer noch mit dem Rücken zu ihm gewandt. Eigentlich wollte ich ihn mit dem Frühstück überraschen und ein kleiner Anflug von Enttäuschung macht sich breit. Doch dieses Gefühl wird schon bald von dem Wunsch überlagert, ihn zu sehen. Seinen Anblick zu genießen. Dieses Bild, das vor meinem geistigen Auge erscheint, in der Realität Form annehmen zu lassen.

Langsam drehe ich mich zu ihm um und sehe ihn, wie er gegen die Wand gelehnt steht, die die Küche im dritten Stock vom offenen Wohnbereich trennt. Er trägt eine dünne, graue Jogginghose, die an der Hüfte locker zusammengebunden ist, und sonst nichts. Sein athletischer Körper ist von einer verführerischen Bräune überzogen, die von der Insel stammt, auf der wir während unserer Flitterwochen zuletzt haltgemacht hatten, und das Sonnenlicht umschmeichelt seine wohl definierten Muskelpartien an Bauch und Brust.

Damien war nach einer glanzvollen Karriere als Tennisprofi als Geschäftsmann durchgestartet, und wenn ich ihn mir jetzt so ansehe, ist unschwer zu erkennen, was ihn auf beiden Gebieten so erfolgreich machte. Dieser Mann vereint in sich Macht, Stärke und Schönheit. Ich stehe einfach da, ganz versunken in seinen Anblick, und seufze mit dem gleichen Gefühl tiefster Erfüllung, das ein Sonnenuntergang, eine Symphonie oder ein sternenübersäter Nachthimmel auf dem Land in mir auslöst. Damien Stark ist ein Fest für die Augen, ein Konzert für die Sinne. Und obwohl ich ihm so nahe bin wie niemand sonst – obwohl er mir und ich ihm gehöre –, werde ich immer noch schwach bei seinem Anblick.

»Eine schönere Szene hätte ich mir beim Aufstehen gar nicht wünschen können.« Seine Augen wandern über meine fürs Kochen gänzlich ungeeignete Aufmachung. Barfuß, nur bekleidet mit einem seiner Anzughemden und einer weißen Schürze mit dem ziemlich einfallslosen Aufdruck *Kiss the Cook* stehe ich in der Küche.

»Witzig. Genau dasselbe habe ich auch gerade gedacht.« Das ist übertrieben, denn die Wahrheit ist, dass es mir gerade schwerfällt, überhaupt einen klaren Gedanken zu fassen. Genauer gesagt, sind meine Gedanken eher primärer Natur. *Ich begehre ihn. Ich will ihn. Ich brauche ihn.*

Mit drei großen Schritten ist er bei mir und schlingt seine Arme um meine Hüfte. Sein Lächeln erfüllt mich mit einer Wärme wie Sonnenschein, doch als er mich zu sich heranzieht und sein Mund meinen verschließt, spüre ich eine sehr viel gefährlichere Hitze in mir aufwallen. »Guten Morgen, liebste Ehefrau.«

Meine Lippen kribbeln angesichts dieser intensiven Begrüßung, aber ich lasse mir nichts anmerken und genieße den Klang meiner Worte, als ich seinen Gruß erwidere: »Guten Morgen, liebster Ehemann.«

Sanft wischt er mir mit der Fingerspitze über das Kinn. »Du hast da etwas Teig im Gesicht«, bemerkt er und steckt sich den Finger in den Mund. »Mmh, lecker.«

Als er sich nach vorne lehnt, um mein Ohr zu küssen, verdrehe ich genussvoll die Augen.

»Und ein bisschen Mehl im Haar.«

»Ich hätte es bestimmt hinbekommen«, sage ich. »Aber du musstest ja unbedingt aufstehen und meine Überraschung verderben.«

Er wirft einen Blick über meine Schulter auf den verkohlten Klumpen im Waffeleisen. »Glaub mir, ich bin überrascht.«

»Vorsicht, Mister«, drohe ich, kann mir aber das Lachen nicht verkneifen. Wir wissen beide nur zu gut, dass meine Kochkünste quasi inexistent sind.

»Der Gedanke zählt«, sagt Damien. »Und ich mag diesen Gedanken sehr, sehr gern.«

Er zieht mich heran und gibt mir einen langen, innigen Kuss. Die Art von Kuss, bei der ich mir denke, dass es vielleicht gar keine so glorreiche Idee war, an einem Sonntagmorgen in aller Frühe aufzustehen.

»Ich weiß, was da hilft«, sagt Damien entschlossen.

»Meinst du damit: Wir ziehen uns aus, gehen zurück ins

Bett und du versicherst mir, dass du mich nicht wegen meiner Kochkünste geheiratet hast?«

»Nein, eigentlich nicht, obwohl ich finde, dass wir das definitiv in unsere Tagesaktivitäten einplanen sollten.«

»Ach, wirklich?« Ich schmiege mich enger an ihn und genieße das Gefühl seiner kräftigen Arme, die mich heranziehen, sodass ich ihn heiß und hart und nah spüre. »Und was steht sonst noch auf der Tagesordnung?«

Er lässt eine Hand über mein Hemd nach unten gleiten, bis er meine nackten Oberschenkel findet und sich dann langsam unter dem leichten Baumwollstoff nach oben tastet. »Das ist unser letzter gemeinsamer Tag, bevor wir beide wieder zurück in die Realität müssen.« Seine Stimme ist so sanft wie seine Berührungen, und ich stöhne leise auf, als seine Hand sich zwischen meinen Schenkeln hin und her bewegt, während seine Finger mich streicheln und kitzeln. »Ich möchte diesen Tag damit verbringen, meine Frau zu lieben. Zu berühren. Zu verwöhnen. Und mich tief in ihr zu versenken.«

Meine Knie sind so butterweich, dass ich froh bin, dass Damien mich festhält. »Also ich für meinen Teil bin mit dieser Tagesplanung einverstanden. Ich bin sogar so sehr damit einverstanden, dass ich finde, wir sollten direkt damit beginnen.«

Seine Zungenspitze fährt die Konturen meines Ohres nach und ein wohliger Schauer durchläuft mich. »Aber zuerst gehen wir los, frühstücken.«

Es dauert einen Augenblick, bis ich seine Worte richtig begreife. »Losgehen?«

»Ich habe doch gesagt, ich weiß, was da hilft.« Er küsst mich sanft und gibt mich frei. Enttäuscht über das jähe Ende unseres Körperkontakts seufze ich, während Damien mit dem Kinn zu dem unappetitlichen Chaos deutet, das ich in der Küche angerichtet habe. »Ein paar Brötchen, Kaffee und frisch gepresster Orangensaft. Schließlich brauchen wir Energie, wenn wir unser Tagesprogramm durchziehen wollen.«

»Das klingt hervorragend«, stimme ich zu. Wir sind bereits seit ein paar Tagen aus unseren Flitterwochen zurück, aber offiziell haben wir beide noch nicht wieder angefangen zu arbeiten. Ich habe zu Hause ein bisschen programmiert, aber nicht viel. Nur ein paar kleinere Optimierungen an meinen Smartphone-Apps. Und Damien hat, wie sollte es anders sein, Dutzende Anrufe getätigt und Gott-weiß-wie-viele E-Mails geschrieben. Aber angesichts all der Dinge, die er sonst in seiner Funktion als heimlicher Lenker des Universums erledigt, war sein Arbeitspensum in den letzten Wochen vergleichsweise gering.

Er nimmt meine Hand, um mich aus der Küche hinaus zum Schlafzimmer zu führen, und hält vor dem Stapel mit dem Katzenfutter inne, den ich von der Vorratskammer auf den Küchentresen geräumt habe.

»Bitte sag mir, dass das nicht deine Geheimzutat ist.«

Ich weiß, dass er mich damit zum Lachen bringen will, aber mir ist im Moment nicht danach zumute und ich ziehe lediglich eine Schulter hoch. »Ich wollte sie zusammenpacken und zu Jamie bringen.«

Damien drückt mir einen sanften Kuss auf den Kopf; offensichtlich hat er verstanden, was gerade in mir vorgeht. »Ich weiß, Baby, ich vermisse das süße Fellknäuel auch.«

Eigentlich gehört Lady Miau-Miau uns beiden, Jamie und mir. Doch in Wirklichkeit gehört sie Jamie, die das damals einen Monat alte weiße Kätzchen aus dem Tierheim rettete. Ich habe dann vorübergehend auf sie aufgepasst, als Jamie ihre Eigentumswohnung untervermietete und nach Texas ging, um ihren ganzen Scheiß geregelt zu bekommen.

Allerdings ging dieser Plan nicht ganz auf. Texas wurde mehr zu einem Zwischenstopp denn zu einem Neuanfang, und nur kurze Zeit, nachdem sie bei ihren Eltern eingezogen war, war sie schon wieder zurück in L. A. Ursprünglich kam sie wegen meiner Hochzeit und blieb schließlich wegen Ryan Hunter, Damiens Sicherheitschef, der, soweit ich das beurteilen kann, bis über beide Ohren in sie verliebt ist. Und glücklicherweise beruht dieses Gefühl auf Gegenseitigkeit.

Jetzt leben die beiden zusammen mit der Katze in dem winzigen Haus am Venice Beach, in dem Ryan seit Jahren zur Miete wohnt. Laut Jamie ist das nur eine vorübergehende Notlösung, und sobald ihr Untermieter in ein paar Monaten auszieht, geht sie zurück in ihre Eigentumswohnung.

Sie hat sich zwar noch nicht konkret dazu geäußert, aber ich nehme an, dass Ryan mitkommen wird. Am Tag nach unserer Rückkehr aus den Flitterwochen waren wir zusammen etwas trinken. Dabei ist mir aufgefallen, wie er sie ansieht. Vor allem aber, wie sie über ihn spricht. Und ich freue mich wirklich riesig für die beiden.

Aber trotzdem stimmt es mich traurig, unsere Mieze nicht mehr um mich zu haben.

Ich lege meinen Kopf in den Nacken und lächle Damien an. »Mir geht's gut. Alles gut. Ich habe nur gerade das ganze Futter gesehen und war einen Moment lang traurig. Außerdem habe ich so immerhin eine Ausrede, mich mit Jamie zum Mittagessen zu treffen«, füge ich in verschmitztem Tonfall hinzu. »Ich habe sie seit unserer Rückkehr nicht mehr allein getroffen und muss ihr doch noch berichten, wie fabelhaft unsere Flitterwochen waren.«

Damien lacht. »Zwei beste Freundinnen, die die Flitterwochen auswerten. Wieso werde ich das Gefühl nicht los, dass ich dabei für meine Performance bewertet werde?«

Ich blicke ihn mit einem verruchten Grinsen an. »Keine Sorge, Mister Stark. Sie haben wie immer die volle Punktzahl abgeräumt.«

Was folgt, ist ein langer, sehnsüchtiger Kuss. Glücklich seufze ich und lehne mich an ihn. Wie immer in solchen Momenten kann ich es kaum fassen, dass dies jetzt mein Leben ist. Dass *er* jetzt mein Leben ist.

»Ich liebe dich«, hauche ich sanft und fühle, wie mich seine Arme wie zur Antwort dichter an sich heranziehen.

»Du bist alles für mich, Nikki. Und ich liebe dich abgöttisch.« Er nimmt mich an der Hand und führt mich zurück zu unserem Schlafzimmer. Dort nimmt er mir die Schürze ab und knöpft anschließend ganz langsam das Hemd auf, das ich trage. Behutsam schiebt er es mir über die Schultern, bis es zu Boden fällt. Ich trage nichts darunter, und als der Stoff beim Herunterrutschen meinen Rücken kitzelt, bekomme ich angesichts der Sinnlichkeit des Moments und der Vorfreude auf Damiens Berührung eine Gänsehaut.

Meine Erwartungen werden nicht enttäuscht. Er beugt seinen Kopf herunter, wie um mich zu küssen, lässt seine Lippen jedoch nur ganz sanft über meine streifen. Ich will schon protestieren, doch meine Worte bleiben mir in der Kehle stecken, als er damit beginnt, meinen Hals und die empfindliche Haut am Schlüsselbein mit Küssen zu bedecken und immer tiefer zu wandern.

Als er an meiner Brust angelangt ist, verweilt er lang genug, um meine Brustwarze mit seiner Zunge zu liebkosen. Es ist, als hätte er damit ein Ventil geöffnet und elektrische Impulse durchzucken meinen Körper, die meine Nippel steif vor Begierde machen und meine Klitoris vor Verlangen pulsieren lassen. Ich schließe meine Augen und öffne meine Lippen. Ich konzentriere mich völlig auf meinen Atem. Darauf, nicht gänzlich die Kontrolle zu verlieren und ihn anzubetteln, mich einfach hier und jetzt zu nehmen.

Aber dann gleiten seine Küsse immer tiefer, und seine Zunge wandert tänzelnd meinen Bauch hinunter, über mein

Schambein, und dann – Gott stehe mir bei – schnellt seine Zunge über meine Klitoris, sodass ich hinter mich greifen und mich an das eiserne Fußteil unseres Betts klammern muss, um nicht den Boden unter den Füßen zu verlieren.

Ich spreize meine Beine in Erwartung von mehr, doch stattdessen zieht er den Kopf zurück und lässt seine Finger sanft über meinen Körper nach oben wandern, während er langsam aufsteht. Ich keuche, erhitzt und erregt. Aber als ich meine Hand nach ihm ausstrecke und mit den Fingern über die Erektion streiche, die sich unter seiner unfassbar sexy Jogginghose abzeichnet, macht Damien einfach einen Schritt zurück und schüttelt den Kopf: »Später.« Worte, die Versprechen und Folter zugleich sind.

»Verdammt, Damien. Wie soll ich heute an irgendetwas anderes denken als daran, dass ich dich will?«

»Liebling, du musst heute auch an gar nichts anderes denken.«

Ich brauche einen Moment, um mich zu sammeln, während er ins Badezimmer geht. Kurz darauf finde ich ihn im begehbaren Kleiderschrank stehend, wo er mir eine Caprihose und meinen Lieblingspulli reicht.

»Ich sollte erst duschen gehen«, protestiere ich, während sich Damien eine Jeans und ein abgewetztes Wimbledon-T-Shirt überstreift.

»Ach was, es ist Sonntagmorgen«, sagt er. »Und du siehst wie immer fantastisch aus. Außerdem«, fügt er mit einem schelmischen Leuchten in seinen Augen hinzu, »wenn du später duschen gehen willst, könnte ich dir meine Hilfe anbieten. Nur, damit du auch wirklich richtig sauber wirst.«

»Das glaube ich dir aufs Wort.« Und obwohl ich lache, weiß ich, dass ich dieses Angebot auf keinen Fall ausschlagen werde.

Aber im Moment sind wir beide einfach ziemlich hungrig

und machen uns deshalb auf den Weg zur Upper Crust, einer hübschen kleinen Bäckerei mit Café, ungefähr eine Meile den Strand hinauf. Das Café ist einer meiner Lieblingsorte in Malibu, und während Damien unsere Bestellung aufgibt, sichere ich uns schon einmal einen Tisch auf der Holzterrasse mit Blick auf das offene Meer.

Damiens Haus – *unser* Haus – hat ebenfalls einen atemberaubenden Ausblick, aber es liegt ein gutes Stück weiter vom Strand entfernt. Was ich so sehr an diesem Café liebe, ist, dass es praktisch direkt auf den Dünen gebaut ist, sodass man nur die Treppe am hinteren Ende der Terrasse hinuntergehen muss, um zum Strand zu gelangen.

Das erwähne ich auch gegenüber Damien, als er mit zwei großen Tassen Kaffee und zwei fluffigen Schokocroissants zurückkommt.

»Dann lass uns doch einfach am Rand unseres Grundstücks einen Bungalow bauen. Ich werde mit Nathan sprechen und ihn bitten, einen Entwurf anzufertigen«, sagt er kurz entschlossen und meint damit Nathan Dean, den Architekten, der das Haus entworfen hat.

Ungläubig starre ich ihn mit offenem Mund an. »Das habe ich doch nur so dahingesagt.«

Etwas entgeistert sieht er mich an. »Heißt das, es würde dir nicht gefallen? Also, mir schon.« Er streckt eine Hand aus, um mir Schokoladenkrümel aus dem Mundwinkel zu wischen, und leckt dann seine Fingerkuppe ab. »Ich kann dir gar nicht sagen, wie oft ich dir schon am Strand am liebsten die Klamotten vom Leib gerissen hätte, aber ich musste immer warten, bis wir wieder oben am Haus waren. Aber wenn wir einen Bungalow direkt am Strand hätten …«

In gespielter Fassungslosigkeit schüttele ich den Kopf. »Offensichtlich muss ich meine Worte Ihnen gegenüber äußerst vorsichtig wählen, Mister Stark. Ich meine, was wenn ich plötzlich erwähnen würde, dass ich gerne eine Zweitwohnung auf dem Mond hätte?«

»Ich bin mir sicher, dass sich das regeln ließe.« Er verschränkt seine Finger in meinen und küsst meine Knöchel. »Ich glaube, das ist das Schönste am Verheiratetsein.«

»Croissants?«

»Meine Frau verwöhnen zu können.«

Ich lächele und sage nichts darauf. So lächerlich es auch sein mag, dass Damien wegen einer einzigen flapsigen Bemerkung von mir sofort einen Bungalow bauen will, kann ich doch nicht leugnen, dass mir bei diesem Gedanken ganz warm ums Herz wird. Wie immer, wenn ich in seiner Nähe bin.

»Möchtest du noch eins?«, frage ich mit Blick auf die Schokokrümel auf seinem Teller.

»Würdest du so lange auf mich warten?«

»Alles, was du willst, Liebling«, sage ich. »Alles, was du brauchst.«

Er drückt meine Hand. »Ich habe bereits alles, was ich brauche.«

Mein Lächeln ist so breit, dass es beinahe wehtut. Ich bemerke, dass die anderen Gäste um uns herum uns beobachten und ebenfalls grinsen, ganz so, als ob sich unser Glück allein vom Zusehen auf andere überträgt. Einige davon kenne ich vom Sehen, sie sind Nachbarn von uns und wissen sicherlich, dass wir frisch verheiratet sind. Aber angesichts der Tatsache, dass in den Boulevardblättern und sozialen Medien ständig über uns berichtet wird, kann ich mir gut vorstellen, dass ohnehin die ganze Welt über unsere Hochzeit Bescheid weiß.

Ich wische mit dem Finger durch die übrig gebliebenen Schokoladenkrümel auf Damiens Teller und führe ihn zu seinem Mund. Unmerklich zieht er die Augenbrauen hoch, öffnet die Lippen und saugt ganz leicht an meinem Finger, wobei mich ein solches Gefühl von Ekstase durchfährt, dass es ein Wunder ist, dass ich nicht vor Lust aufstöhne.

Als ich meinen Finger sanft zurückziehe, kann ich mir ein triumphierendes Lächeln nicht verkneifen. Ich bin mir ziemlich sicher, dass mindestens einer der Gäste auf dieser Terrasse ein Smartphone und einen Twitter-Account besitzt und dieses Bild innerhalb von einer Stunde in sämtlichen sozialen Netzwerken zu sehen sein wird. Normalerweise stört mich das.

Aber in diesem Moment ist es mir nicht nur egal, nein, ich will es sogar.

Ich will der Welt zeigen, wie verliebt wir sind. Wie wir uns gegenseitig ansehen. Wie perfekt wir uns ergänzen.

Ich bin so glücklich wie nie zuvor in meinem Leben, und wenn ich es schon nicht von den Dächern rufen kann, dann sollen die sozialen Medien das für mich übernehmen.

»Du lächelst«, bemerkt Damien.

»Habe ich nicht allen Grund dazu?«

»Guter Punkt.« Er steht auf. »Fertig?«

Ich nicke und will gerade in Richtung der Tür zum Café gehen, als er mich festhält und zur Treppe hinüberdeutet. »Ich kann das Auto später holen, wenn ich joggen gehe. Jetzt würde ich aber lieber zu Fuß nach Hause gehen.«

Ich liebe den Süden Kaliforniens. Obwohl es offiziell Winter ist, sind es um die 18 Grad Celsius, und laut dem Wetterbericht sollen die Temperaturen sogar auf über 20 Grad steigen. Ich streife mir die Schuhe von den Füßen, und Damien tut es mir gleich. Gemeinsam schlendern wir den Strand entlang, während das Wasser der Brandung unsere Füße umspült, das zu jeder Jahreszeit eisig kalt ist.

Wir halten Händchen und reden auf dem Weg nach Hause über Gott und die Welt. »Kaum zu glauben, dass das schon die zweite Februarwoche ist«, sage ich bei dem Gedanken daran, dass wir gerade aus unseren Flitterwochen zurück sind und der Valentinstag unmittelbar vor der Tür steht. Ich fühle mich ein bisschen wie ein Kind, das direkt in der Woche vor Weihnachten Geburtstag hat. »Als wir unseren Hochzeitstermin ausgewählt haben, habe ich mir gar keine Gedanken um den Zeitpunkt gemacht.«

»Meinst du wegen des Wetters? Normalerweise ist es um diese Zeit etwas kühler, aber eigentlich ist es immer ganz angenehm hier.«

Ich werfe ihm einen Blick von der Seite zu und frage mich, ob er wirklich nicht weiß, worauf ich anspiele. An seinem Gesichtsausdruck ist allerdings nichts abzulesen.

»Ich meinte bloß ...« Frustriert breche ich mitten im Satz ab.

Er runzelt die Stirn. »Was?«

Kommunikation, denke ich. *Kommunikation ist alles in einer Ehe.*

»Ich dachte nur gerade daran, dass unser erster Valentinstag unmittelbar bevorsteht.«

»Bis dahin ist es doch noch eine Weile.«

»Ähm, es ist nicht mal eine Woche. Also praktisch gleich.«

Dass er stehen geblieben ist, bemerke ich erst, als ich bereits ein paar Schritte weitergegangen bin. Ich drehe mich um. Damien sieht nun etwas beunruhigt aus, und ich muss zugegeben, dass mich das überrascht. Es ist unser erster gemeinsamer Valentinstag, und da ich Damien und seinen Sinn für Romantik kenne, hatte ich eigentlich erwartet, dass er etwas Großes geplant hat. Ich weiß, dass es Blödsinn ist, deswegen gekränkt zu sein, schließlich ist bis dahin noch eine Woche Zeit, und ich kenne Damien gut genug, um zu wissen, dass er selbst innerhalb von fünf Minuten eine fantastische Überraschung auf die Beine stellen könnte.

Und dennoch muss ich zugeben, dass ich enttäuscht bin. Was natürlich völlig unfair ist, aber das ändert nichts daran.

Ich hole tief Luft und setze mein strahlendstes Schönheitswettbewerbslächeln auf. »Eigentlich hast du ja recht«, sage ich. »Und was mich und dich betrifft, so ist eine Woche im Grunde eine Ewigkeit.«

»Nikki. Komm mal her.« In seiner tiefen Stimme schwingt Bedauern mit, und ich verziehe keine Miene, denn jetzt bin ich mir sicher, dass er es vergessen hat. Er hat es schlicht und einfach – vergessen.

Menschen vergessen manchmal Dinge, nicht wahr? Selbst einem frisch vermählten Paar kann das passieren.

Selbst Damien Stark.

Ich schmiege mich in seine Arme, zum einen weil er sie mir entgegenstreckt, zum anderen weil ich meinen Kopf an seine Schulter legen will, damit er nicht die dummen, törichten Tränen sieht, die mir in die Augen steigen.

Er nimmt sanft meine Arme und schiebt sie nach unten, bis sie seinen Hintern umgreifen – und eine kleine eckige Schachtel, die in seiner Gesäßtasche steckt.

»Nimm sie raus.« Seine Stimme ist fest, aber ich glaube einen Anflug von Belustigung herauszuhören.

Ich zwinkere und komme dann der Aufforderung nach. Es ist eine kleine weiße Pappschachtel, von der Art, wie sie in Kaufhäusern für Schmuck verwendet werden. Verdutzt blicke ich Damien an, und jetzt frage ich mich nicht mehr, ob er belustigt ist. Es ist ihm deutlich anzusehen.

»Öffne sie.«

Ich fühle mich fast schon ein wenig albern, aber ich befolge seine Anweisung und öffne vorsichtig den Deckel. In der Schachtel liegt eine Halskette mit einer winzigen Glasflasche als Anhänger. In der Flasche steckt ein zusammengerolltes Stück Papier.

Immer noch völlig verdutzt sehe ich Damien an. »Sie ist wunderschön.«

»Nimm die Schriftrolle heraus.«

»Bist du dir sicher?« Ohne eine Antwort abzuwarten, ziehe ich mit den Fingernägeln den kleinen Korken von der Flasche. Das Papier ist schwer zu erreichen, aber Damien fischt sein kleines Schweizer Messer aus der Hosentasche und reicht mir die Minipinzette. Offenbar hat er das Taschenmesser genau zu diesem Zweck eingesteckt.

Selbst mit der Pinzette ist einiges Geschick erforderlich, um das Papier herauszuziehen. Letztlich gelingt es mir aber doch. Nachdem ich das Papier entrollt habe, versuche ich, mit zugekniffenen Augen die winzige Schrift zu entziffern.

Für meine Frau zum Valentinstag,
einen Vorschlag ich unterbreiten mag,
drei Hinweise will ich dir nennen,
auf dass du sie weißt zu erkennen.
Und willst dein Geschenk du erzielen,
so musst du dies Spiel mit mir spielen.
Hier nun der Hinweis, den ich ungern schuldig bliebe:
Sag mir, Nikki, was ist süßer noch als die Liebe?

»Damien«, wispere ich mit vor Tränen erstickter Stimme, die mir vor lauter Glück und Überraschung die Luft abschnüren.

»Ich bin wahrlich kein Dichter«, sagt Damien entschuldigend, obwohl ich das Gedicht charmant finde und umso schöner, weil Damien es für mich geschrieben hat.

Er hakt seinen Finger unter mein Kinn und hebt meinen Kopf an, sodass ich meine feuchten Augen nicht vor ihm verbergen kann. »Drei Hinweise. Sechs Tage. Ich glaube, du kannst es schaffen.«

Mir schwillt das Herz in der Brust, dass ich fast nicht mehr atmen kann. »Du hast es nicht vergessen.«

Der liebevolle Ausdruck in seinen Augen bringt mich schier um. »Ach, Schatz, ich würde eher meinen eigenen Namen vergessen als unseren ersten gemeinsamen Valentinstag.«

»Ich liebe dich«, sage ich, und meine Worte erscheinen mir beinahe nichtig im Vergleich zu dem, was ich fühle.

»Und ich liebe dich. Aber, Nikki«, fügt er hinzu und schlägt einen strengeren Ton an, den ich nur durch das leichte Zucken seiner Mundwinkel als gespielt entlarve. »Du hast mich angezweifelt. Ich finde, dafür verdienst du eine Strafe.«

Misstrauisch neige ich den Kopf und kreische auf, als er mir plötzlich einen Klaps auf den Hintern versetzt. Lachend beginne ich, auf unser Haus zuzurennen.

Aber nicht zu schnell. Denn insgeheim hoffe ich, dass Damien mich einholt.

2 Da Damien außergewöhnlich gut in Form ist – und da ich mich nicht besonders anstrenge, ihm zu entwischen –, hat er mich innerhalb kürzester Zeit eingeholt. Er bekommt mich am Arm zu fassen, hält mich fest und schlingt seine Arme um mich. Ich drehe und winde mich zwar zunächst ein wenig, aber es ist nicht zu übersehen, dass ich mich ziemlich bereitwillig ergebe.

Ich verschränke meine Arme hinter seinem Hals, während er mich den Weg hinaufträgt, und bin überrascht, als er zum neu gebauten Tennisplatz abbiegt.

An den Seitenlinien steht eine gepolsterte Loungeliege, und mir ist erst vor Kurzem bewusst geworden, dass er sie dort hat aufstellen lassen, damit ich ihm beim Training zusehen kann. Allerdings ist das nicht der einzige Zweck, zu dem man sie verwenden kann, denn sie ist gleichzeitig so breit wie ein Einzelbett und mindestens genau so komfortabel.

»Damien«, protestiere ich, als er mir meinen Pulli über den Kopf streift. »Es ist helllichter Tag.« Dass die Luft außerdem etwas kühl ist, erwähne ich nicht. Es sind zwar nur um die 18 Grad, aber im Moment ist meine Haut so heiß, dass ich nackt in der Antarktis sitzen könnte und nicht frieren würde.

»So ist es.« Er lässt sich davon jedoch in keinster Weise bremsen und macht sich stattdessen an den Knöpfen meiner Hose zu schaffen. Er knöpft sie auf und zieht den Reißverschluss herunter. Dann zieht er meine Caprihose über meine Hüfte und weiter hinunter bis zu meinen Füßen, die immer noch barfuß sind.

Mit dem Finger fährt er sanft über meine Fußwölbung, wobei ich mich kurz unter der Berührung aufbäume. Dann zieht er mir die Hose ganz aus, sodass ich nur noch im BH und meinem winzigen Slip dasitze.

Damiens Augen gleiten über meinen Körper, und das hitzige Verlangen in seinem Blick überträgt sich auf mich, als ob es seine Hände wären, die über meinen Körper wandern. Ich merke, wie ich ganz weich und feucht werde, und als sich sein Blick auf mein Höschen richtet, stöhne ich leise, in freudiger Erwartung seiner Berührung.

Im Zeitlupentempo schält er mich aus meiner Unterwäsche, bis ich nackt auf der Liege sitze und unter Damiens Blick förmlich verbrenne.

»Wunderschön«, murmelt er, und ich spüre, wie mir das Blut warm ins Gesicht steigt.

Langsam lässt er seine Finger über meinen Körper gleiten. Über die Wade weiter hoch entlang der empfindlichen Partien meiner Innenschenkel. Ganz beiläufig fährt er dabei über die Narben, für die ich mich früher geschämt habe und über die ich kaum noch nachdenke, seit ich mit Damien zusammen bin. Dann wandern seine Hände weiter nach oben, über meinen Bauch, meinen Brustkorb. Als er bei meinen Brüsten ankommt, verlangsamt er seine Bewegungen und beginnt mit der Fingerspitze über die Haut zu streichen, sie zu kitzeln, bevor er mir in die Brustwarze kneift. Der freudige Schreck, der mich dabei durchfährt, ist so tief, dass ich unwillkürlich meinen Rücken durchstrecke. Ob das daran liegt, dass dieses intensive Gefühl kaum auszuhalten ist, oder daran, dass ich versuche, es noch länger auszukosten, wüsste ich nicht zu sagen.

»Steh auf«, fordert er mich schließlich auf. »Ich möchte dich betrachten.«

Ich folge seiner Aufforderung und stehe nackt vor ihm auf

dem Tennisplatz, am Fußende der Liege, mein Körper weich und bereit. Meine Brüste sind fest, und meine Brustwarzen schreien förmlich vor Verlangen. Und meine Klitoris ist so empfindlich, dass selbst der leichte Windhauch mich schwindeln macht. Ich bin feucht – so feucht –, meine Vagina pocht vor Begierde, und meine sexuelle Erregung steigert sich mit jedem Herzschlag ins Unermessliche.

»Das ist nicht fair«, sage ich und bin erstaunt, dass ich überhaupt imstande bin, Worte zu formen. »Ich bin nackt und du nicht.«

»Der Gedanke, dass Sie mich als ungerecht empfinden könnten, Mrs. Stark, ist mir unerträglich.«

Gebannt beobachte ich, wie er geschickt aus seiner Kleidung schlüpft. Vollständig bekleidet ist er eine außergewöhnliche Erscheinung. Nackt und erregt hingegen ist er wie ein Gott: wild, männlich und machtvoll.

Er legt sich auf die Liege und krümmt den Zeigefinger, um mich herbeizuwinken. Ich zögere keine Sekunde und lasse mich entspannt über ihn gleiten, meine Knie zu beiden Seiten seiner Hüfte, sodass mich seine Erektion sanft streift und ich erzittere. Was mich nur umso feuchter macht.

Da ich ziemlich sicher bin, dass ich hier und jetzt sterbe, wenn er nicht sofort in mich eindringt, nehme ich seinen Schwanz in die Hand, um daran zu reiben und ihn zu meiner nackten Scham zu führen, aber sein Kopfschütteln und sein knappes, bestimmtes »Nein« durchkreuzen mein Vorhaben.

»Ich – was?«

Er macht mit den Händen eine Drehbewegung. »Dreh dich um und komm her. Ich möchte dich schmecken.«

Ich zögere einen Moment und bin unsicher, weshalb ich mich plötzlich geniere. Es ist nicht so, als ob Damien mich noch nie geleckt hätte. Und für meine Begriffe ist seine Zunge pure Magie.

Aber direkt vor seinem Mund in die Grätsche zu gehen und dann auch noch rückwärts ...

Der Gedanke ist erregend und leicht beunruhigend zugleich.

»Nikki.« Er sagt meinen Namen in einem Tonfall, der keinen Widerspruch duldet, und ich füge mich, zum einen weil er es mir befohlen hat und zum anderen weil ich sie möchte, diese neue Form von Intimität.

Wohin auch immer Damien mich mitnimmt, ich folge ihm bedingungslos.

Seine Hände umschließen meinen Hintern, und ich verstehe sofort den Vorteil dieser Position, als seine Zunge mich berührt, mich sanft kitzelt. Denn obwohl Damien mich festhält, habe ich mehr Kontrolle. Ich kann mich bewegen, mein Gewicht verlagern und dadurch selbst bestimmen, wie schnell oder langsam sich dieses Spiel entwickeln soll.

Vor allem aber kann ich ihn sehen. Seine langen, muskulösen Oberschenkel. Seine überaus männliche Brust mit dem sanften Flaum. Seine stahlharten Bauchmuskeln, die meine Finger schon so oft berührt haben.

Und dieser prachtvolle Schwanz, der so hart ist, dass ich mich frage, ob es ihm wehtut. Und was für eine Ehefrau wäre ich, wenn ich ihm nicht etwas Erleichterung verschaffen würde?

Erfüllt von einem Gefühl der Erregung und schelmischer Vorfreude beuge ich mich in der Taille nach vorne, was den zusätzlichen Vorteil hat, dass meine Hüfte relativ gerade ausgerichtet ist, während Damien seine Zunge in mich stößt. Ich unterdrücke ein Stöhnen, als sich mein Körper anspannt. *O Gott, ja, ich will seinen Schwanz.* Wenn schon nicht in mir drin, dann zumindest in meinem Mund. Ich möchte fühlen, wie er immer härter wird. Ich möchte seine Erregung schmecken. Ich möchte, dass Damien dasselbe rasende und unbändige Verlangen spürt, das er mir bereitet.

Und so lecke ich ganz langsam über seine Eichel und lächle zufrieden, als ich spüre, wie sein Schwanz immer steifer wird und Damien an meiner Muschi aufstöhnt, bevor seine magische Zunge meine Klitoris weiter verwöhnt.

Ich nehme ihn ganz in den Mund und komme fast allein von seinem Geschmack, der so männlich und würzig schmeckt.

Über uns steht die Sonne. Ich kann die Wärme auf meinem Rücken spüren, und allein das Wissen, dass wir uns im Freien unserer süßen Begierde hingeben, erregt mich umso mehr. Ein Beben erfasst meinen Körper, und ich weiß, dass ich nahe dran bin. Dass die Klippe immer näher rückt und ich jeden Moment über den Abgrund getragen werde, und ich möchte unbedingt, dass Damien bei mir ist. Mit der Zunge massiere und streichle ich seinen Schwanz, der immer härter und fester wird. Es kommt näher.

Gleich ist es so weit … Ich bin so nah dran, so verdammt nah …

Und dann entzieht er mir seine Berührungen, und ich habe das Gefühl, direkt vor dem Abgrund gestrandet zu sein, erregt und zu allem bereit, und niemand ist da, um mit mir den letzten Schritt zu gehen.

Damien hat es irgendwie geschafft, unter mir hindurchzuschlüpfen, und liegt jetzt ausgestreckt neben mir. Und obwohl er genauso erregt aussieht wie ich, scheint in seinen Augen auch eine gewisse Belustigung auf.

»Was zum Teufel?«, frage ich und bekomme von meinem Mann ein Lachen zur Antwort.

»Ich bin mir ziemlich sicher, dass ich gesagt hatte, dass dies hier eine Strafe sein sollte. Dafür, dass du mich angezweifelt hast, du erinnerst dich?«

Ich öffne meinen Mund und will ihn schon verfluchen, als er mich auffordert, mich über sein Knie zu legen.

Ich sage erst nichts, bin dann aber kühn genug, um ihn mit heiserer Stimme herauszufordern: »Dir ist schon klar, dass das alles andere als eine Strafe ist, oder?«

»Ich weiß«, sagt er, und das dunkle Versprechen in seiner Stimme lässt mich erschaudern.

Er setzt sich an das Fußende der Liege, und ich beuge mich bereitwillig über seinen Schoß, schon jetzt erregter als noch wenige Augenblicke zuvor. Dabei geht es gar nicht so sehr um die Vorfreude auf den Schmerz, obwohl ich nicht abstreiten kann, dass ich den Schmerz immer suchen werde. Auch wenn ich ihn längst nicht mehr so häufig brauche wie früher. Und mittlerweile möchte ich ihn nur noch unter Damiens Händen spüren.

Aber hier geht es nicht darum, die Dämonen aus meiner Vergangenheit zu bekämpfen. Sondern darum, loszulassen. Darum, mich Damien völlig hinzugeben. Mich von ihm nehmen und voll und ganz erfüllen zu lassen.

Natürlich geht es auch um Lust. Um Leidenschaft.

Und wie Damien und ich besser als die meisten wissen, gehen Lust und Schmerz Hand in Hand, und ich gebe mich beidem nur allzu gern hin.

Als mich der erste Klaps trifft und sich der brennende Schmerz auf meiner Haut ausbreitet, muss ich kurz nach Luft ringen, während Damien sanft über die Rundungen meines Hinterns streicht und den Schmerz lindert. Dann folgt ein zweiter Klaps, schon ein klein wenig härter, und ich spüre, wie sich meine Vagina vor Erregung zusammenzieht. Er gleitet mit der Hand zwischen meine Beine, um mich zu streicheln, und ich weiß, dass ihm völlig bewusst ist, wie sehr mich das anmacht. Wie sehr ich das will – und wie sehr ich ihn danach begehren werde, wenn mein Hintern feuerrot ist und er genug hat.

Ein Hieb und noch einer. Nach fünf Hieben glühe ich von

dem brennenden Schmerz, den Haut auf Haut erzeugt, aber auch von meinem sexuellen Verlangen, endlich gefickt und richtig rangenommen zu werden.

»Damien.« Ich bin nur noch imstande zu wispern, aber es reicht, damit er mir aufhilft und mich am Ende der Liege sitzend so auf seinem Schoß platziert, dass ich mit gegrätschten Beinen auf ihm sitze, während seine Hände mich an meinem Hintern abstützen.

»Ich will in deinen Augen sehen, wie deine Lust wächst«, haucht er. »Ich will den Moment sehen, wenn wir davongetragen werden.«

»O ja.« Ich setze mich auf meinen Knien auf, lasse mich dann auf ihn sinken, zunächst ganz langsam und dann immer schneller und schneller, bis sich der Abgrund wieder vor mir auftut, und ich kann in seinen Augen die nahende Explosion sehen, die die direkte Spiegelung meiner eigenen Erregung ist.

»*Jetzt*«, befiehlt er mir, als wir beide kurz davor stehen. »Jetzt, Nikki, verdammt, ich will dass du mit mir kommst.«

Eine Sklavin seiner Befehle, biege ich meinen Rücken durch und zerberste wie ein Stern in Abermillionen von Teilchen, während er in mir explodiert. Seine Hände haben mich fest umklammert und sorgen dafür, dass ich mich nicht in den Weiten der Unendlichkeit verliere und wieder zu mir zurückfinde.

Ich sacke auf ihm zusammen, schwer atmend, und genieße die Geborgenheit seiner Arme, die mich stark und sicher umschließen.

»Damien« ist alles, was ich hervorbringe, aber mehr ist auch gar nicht nötig.

»Ja«, haucht er so sanft, dass es mich zu Tränen rührt. »Ich weiß.«

Ein paar Minuten später trägt er mich hoch zum Haus,

und ich bin froh darüber, denn im Moment könnte ich mich nicht auf meinen eigenen Beinen halten.

Ich schaffe es immerhin, mich zu duschen, abzutrocknen und mich anschließend nackt auf das Bett sinken zu lassen, während Damien sich im Bad rasiert.

Ich döse weg, alle Bedürfnisse zur Gänze gestillt, nur um kurze Zeit später von seiner Stimme geweckt zu werden, die über mir zu schweben scheint. »Na, das nenne ich mal einen himmlischen Anblick.«

Ich strecke mich, drehe mich um, und als ich meine Augen öffne, erblicke ich ihn, wie er nackt – und schon wieder mit Erektion – in der Türöffnung steht.

Lachend stütze ich mich auf einem Ellenbogen auf. »Also Mr. Stark, Sie sind wirklich unersättlich.«

»Du machst mich unersättlich«, kontert er und nimmt neben mir auf dem Bett Platz. »Ich könnte den ganzen Tag mit dir hier verbringen. Vielleicht sogar die ganze Woche, den ganzen Monat, ein ganzes Jahr.«

»Die Vorstellung gefällt mir. Obwohl wir uns etwas einfallen lassen müssten, wie wir an etwas zu beißen herankommen.«

»Also ich wüsste da schon was«, sagt er vielsagend und arbeitet sich liebevoll an meiner Haut knabbernd den Bauch hinunter.

Ich krümme mich unter dem Wohlgefühl, das mir seine Berührung bereitet, doch dann spanne ich mich an. Nachdenklich lege ich meinen Kopf schräg, denn an irgendetwas erinnert mich das gerade. Etwas mit Essen und Süßem.

Etwas mit Liebe.

Ich verkralle meine Finger in seinen Haaren. »Warte mal.«

Eine Augenbraue hochgezogen, hebt er den Kopf.

Ich werfe einen Blick auf die Uhr, registriere, dass es immer noch recht früh ist, und grinse meinen Mann an. »Sorry, Liebling, aber ich muss dich unterbrechen.«

»Ah ja?« Er sieht beinahe amüsiert aus. »Und wieso?«

»Ich habe gerade den ersten Hinweis geknackt«, sage ich, und in meiner Stimme schwingt Stolz mit. Ich bin mir sicher, dass ich richtigliege.

»Wirklich?« Er kriecht immer weiter über mich, sodass ich unter ihm gefangen bin. »Erzähl!«

Ich schüttele den Kopf. »Nö.«

Er küsst meinen Nacken. »Bitte.«

»Keine Chance, mein Lieber. Zumindest nicht, ehe du mich nicht zum Essen eingeladen hast.«

»Zum Essen?«

»Zum Mittagessen«, bekräftige ich. »In Beverly Hills. Und danach«, füge ich mit einem breiten, frechen Grinsen hinzu, »will ich mein Dessert.«

Letztlich treffen wir für ein spätes Mittagessen im 208 Rodeo ein, wo wir an einem der Tische im Freien sitzen und uns eine Portion Süßkartoffelpommes und einen Burger teilen, während wir Touristen und Einheimische beobachten, die am Rodeo Drive entlang spazieren oder die Treppen zur Via Rodeo hinaufsteigen. Wie nicht anders zu erwarten, ernten wir ebenfalls viele interessierte Blicke, und ich erspähe nicht wenige Leute dabei, wie sie mit ihren Smartphones heimlich Schnappschüsse von uns machen. Einige, die direkt auf der gegenüberliegenden Straßenseite stehen, sind sogar dreist genug, um große Zoom-Objektive auf uns zu richten und frenetisch ein Bild nach dem anderen zu knipsen.

Aber das kann mir egal sein.

Es ist ein herrlicher Tag. Ich bin mit meinem Mann auf unserer persönlichen Valentinstagsschnitzeljagd unterwegs.

Und ich strahle immer noch bis über beiden Ohren nach unserem fantastischen Guten-Morgen-Sex.

Mal ehrlich, das Leben könnte nicht schöner sein.

Eine gut gelaunte, selbstbewusste Kellnerin, die so aussieht, als ob sie das Zeug zum Star ihrer eigenen Sitcom hätte, kommt mit federnden Schritten an unseren Tisch.

»Darf ich Ihnen vielleicht ein Dessert bringen?«

Ich begegne Damiens Blick. »Danke«, sage ich, »aber wir haben da bereits andere Pläne.«

Wir begleichen die Rechnung und machen uns zu Fuß auf den Weg zu Love Bites, einer ausgezeichneten Bäckerei, die nur zwei kurze Häuserblocks entfernt liegt und von keiner Geringeren als Sally Love geführt wird. Sally Love war bereits in so ungefähr jeder Kochshow der Welt zu Gast und auf unzähligen Covern von Hochzeits- und Kochzeitschriften abgebildet. Damien kennt sie bereits seit mehreren Jahren, und als ich sie das erste Mal traf, habe ich mich sofort in sie – und ihre Kuchen – verliebt. Und nach nur einem Bissen von einem ihrer Cupcakes mit dunkler Schokolade und Kahlúa wusste ich, dass niemand anderes als sie das Catering für unsere Hochzeit übernehmen sollte.

Und ich gehe fest davon aus, dass *süßer noch als die Liebe* direkt auf Sally Love und Love Bites verweist. Der Valentinstag ist der Tag der Liebenden – und eine Hochzeit ist die Krönung der Liebe. Was läge also näher, als dass der Hinweis mich zu jener Bäckerei führen soll, die unser Hochzeitsessen ausgerichtet hat?

Doch obwohl ich mir ziemlich sicher bin, weigert sich Damien – dieser Mistkerl – beharrlich, meine Vermutung zu bestätigen oder zu verneinen.

Ich hatte Sally nur wenige Sekunden nach meinem Aha-Moment angerufen, und obwohl die Bäckerei offiziell an Sonntagen geschlossen ist, erklärte sie mir, dass sie gerade die letzten Vorbereitungen für ein Mittagessen treffe, das sie morgen ausrichte, und lud mich ein, einfach im Geschäft vorbeizukommen.

»Na, schau mal an, wen wir da haben«, ruft sie freudig aus, als sie die Glastür zu ihrem kleinen, verführerisch duftenden Laden öffnet. »Ein frisch vermähltes Paar, dem das Glück ins Gesicht geschrieben steht.«

Ich grinse nur und erwidere ihre herzliche Umarmung.

»Also, wie komme ich zu dieser Ehre?«

»Offenbar gelüstet es meine Frau nach deinen Cupcakes.«

»Tatsächlich?«, fragt Sally und zieht ihre Augenbrauen hoch. »Das ehrt mich natürlich, aber was bringt euch nun wirklich zu mir?«

Schlagartig verunsichert, blicke ich vom einen zur anderen. »Ähm, es ist doch so, dass nichts süßer ist als die Liebe, richtig? Damit müssten doch deine Cupcakes gemeint sein.«

Begeistert streckt sie mir ihren Zeigefinger entgegen. »Das ist ein hervorragender Werbeslogan. Hast du was dagegen, wenn ich den klaue?«

Ich werfe Damien einen Blick zu. »Da musst du ihn fragen.«

»Klar, er gehört dir.«

»Na, das war ja der leichteste Deal des Tages«, sagt sie mit einem breiten Grinsen. »Aber ganz im Ernst, wie kann ich dir helfen, Nikki?«

Ich überreiche ihr das winzige Stück Papier und beobachte, wie sie versucht, die Schrift zu entziffern. Als sie hochblickt, sieht sie ebenso neugierig wie verwirrt aus. »Wo hast du das her?«

»Von ihm«, sage ich und deute auf Damien.

»Ach, wirklich?« Ihre Stimme klingt amüsiert, als ob der bloße Gedanke, Damien könnte ein albernes Gedicht schreiben und eine Schnitzeljagd veranstalten, jenseits aller Vorstellungskraft läge. Sie sieht so überrascht aus, dass ich kurz davor bin, ihr zu sagen, dass ich mich wohl getäuscht haben muss.

Doch dann umspielt ein hauchfeines Lächeln ihre Lippen.

»Ich wusste es! Ihr beide versucht mich doch hereinzulegen«, rufe ich aus.

In gespieltem Ernst hebt sie beschwichtigend die Hände. »Süße, ich schwöre, in meinem Geschäft ist nichts, was du heute Abend brauchen könntest. Aber wenn du dir morgen eine Speziallieferung ins Büro bestellen möchtest – nun, dann kann ich mir sicher etwas einfallen lassen, das dir gefallen wird.«

Ich behalte meinen geschäftsmäßigen Gesichtsausdruck bei, aber innerlich mache ich vor Freude Luftsprünge. Ich *wusste*, ich habe den Hinweis geknackt. Ich war nur schneller, als sie oder Damien erwartet hatten. »Das klingt fabelhaft. Nachmittags kriege ich ohnehin immer Heißhunger auf Süßes. Wie wäre es, wenn du mich einfach mit einem Paket nach Empfehlung des Hauses überraschst?«

Sie hält meinem Blick stand und nickt dann. »Ich denke, das lässt sich einrichten.«

Wir plaudern noch ein paar Minuten mit ihr, und als wir uns verabschieden, drückt sie mir einen Schoko-Cupcake in die Hand, der bei ihren Vorbereitungen für das Mittagessen morgen übrig geblieben ist, wie sie mir erklärt.

»Er ist köstlich«, sage ich zu Damien, der mein Handgelenk ergriffen hat und den Cupcake gerade zu seinem Mund führen will, um abzubeißen. »Und er gehört mir ganz allein«, sage ich und ziehe meinen Arm entschlossen aus seinem Griff.

»Ach, wirklich?« Der Schalk in seiner Stimme ist nicht zu überhören. »Und wieso das?«

»Wir beide wissen genau, dass ich recht habe. Du sagst nur nichts, weil du mich auf die Folter spannen willst.«

»Sie zu foltern zählt zu meinen Lieblingsbeschäftigungen, Mrs. Stark.«

»Das ist mir durchaus bewusst, Mr. Stark«, entgegne ich mit bemüht förmlichem Ton und versuche, mir nicht ansehen zu lassen, dass seine zweideutige Bemerkung ein Feuer in meinem Inneren entfacht hat. »Aber dieses Mal spanne ich dich auf die Folter. Du bekommst nichts ab, solange du nicht mit offenen Karten spielst.« Und wie um das zu unterstreichen, beiße ich noch einmal vom Cupcake ab.

Lachend zieht er mich dichter zu sich heran. »Solange du mir nur deine Schokolade vorenthältst«, sagt er und lässt mich in einem Arm nach hinten sinken. »Und sonst nichts.«

Und unter den Augen und dem Applaus der gut situierten Passanten am Rodeo Drive beugt sich mein Ehemann über mich und leckt mir die Schokolade aus dem Mundwinkel, bevor er mich lang und leidenschaftlich küsst.

3 Obwohl sich auf meinem Schreibtisch die liegen gebliebene Arbeit der letzten Wochen stapelt und mein E-Mail-Posteingang überquillt, fällt es mir unheimlich schwer, mich bei meiner Rückkehr an meinen Arbeitsplatz am Montagmorgen zu konzentrieren. Immerhin gelingt es mir, am Vormittag zumindest ein paar Aufgaben zu erledigen, und während ich am Schreibtisch zu Mittag esse, gehe ich meine E-Mails durch. Doch bereits gegen zwei falle ich in mein Mittagstief, und meine Konzentration lässt merklich nach. Anstatt an Computer zu denken, denke ich an Cupcakes. Ganz zu schweigen von dem Geschenk, das ich für Damien geplant habe – und für das ich immer noch nicht wirklich Zeit gefunden habe, um daran zu arbeiten.

Ein Geschenk für einen Mann wie Damien Stark zu finden, ist alles andere als leicht. Denn wenn es etwas gibt, das er nicht ohnehin schon hat, handelt es sich wahrscheinlich um etwas, das er gar nicht haben will. Ich hatte deshalb überlegt, einen Stern nach ihm benennen zu lassen oder ihn zu einem romantischen Wochenendausflug zu entführen oder in unser beider Namen für eine seiner Lieblingsstiftungen zu spenden.

Und obwohl ich all diese Geschenkideen theoretisch gar nicht schlecht finde, erscheint mir keine davon persönlich oder originell genug für unseren allerersten Valentinstag.

Nein, ich habe mich entschieden, ihm etwas – mehr oder minder – Selbstgemachtes und Persönliches zu schenken.

Leider musste ich feststellen, dass mir das mit dem »Selbstgemachten« doch einige Schwierigkeiten bereitet und ich von meiner ursprünglichen Idee abrücken und jemanden um Hilfe bitten muss.

Da mich das immerhin auch ein wenig von meinen Spekulationen über Damiens geheimnisvolles Geschenk für mich ablenkt, rufe ich Sylvia, Damiens persönliche Assistentin, an.

»Nikki! Hey, willkommen zurück. Damien ist schon den ganzen Tag auf der 19. Etage mit Preston zu Gange«, meldet sie sich am anderen Ende der Leitung und meint damit den Einkaufsleiter von Stark Applied Technology. »Aber wenn du kurz wartest, rufe ich unten an und sage ihm Bescheid, dass du in der Leitung bist.«

»Nein, danke, das ist nicht nötig«, sage ich. »Ich wollte eigentlich mit dir sprechen.« Sylvia war eine der ersten, die davon erfuhr, dass ich nicht nur für das lebensgroße Aktportrait Modell gestanden hatte, das in dem Haus in Malibu hängt, sondern dafür auch von Damien eine glatte Million Dollar als Honorar erhalten hatte. Als sie mir sagte, Damien sei damit noch günstig weggekommen, wusste ich, dass ich mich mit ihr blendend verstehen würde.

Und seitdem sie bei meiner Junggesellinnenabschiedsparty im Raven, einem örtlichen Stripclub, dabei war, ist jeglicher Überrest von Aber-sie-ist-doch-die-Frau-meines-Chefs-Verlegenheit gänzlich verschwunden. Wenn man gemeinsam erlebt hat, wie einem ein halbnackter Cowboy mit seinem besten Stück vor dem Gesicht herumwedelt, schweißt das unweigerlich zusammen.

»Was gibt's denn?«

»Du kennst doch sicher die Fotos, die im Empfangsbereich auf der 35. Etage hängen? Die von den Mammutbäumen, dem Fahrrad und so weiter?«

»Ja, klar.«

»Damien hat mir mal erzählt, dass sie von einem Fotografen aus der Gegend stammen. Aus Santa Monica, glaube ich. Weißt du zufällig, wie er heißt?«

»Sicher, aber darf ich fragen, wieso du das wissen willst?«

»Es ist doch bald Valentinstag«, gestehe ich. »Und da hatte ich die Idee, ihm ein Foto von mir zu schenken. Etwas in Richtung Kunst; ich habe da auch schon eine konkrete Idee für die Pose. Und dann wollte ich mit Photoshop die Farben nachbearbeiten und eine Bildunterschrift einfügen. Ich weiß, das kommt jetzt ein wenig kurzfristig, aber ich habe schon zigmal versucht ein Bild mit dem Selbstauslöser zu knipsen, aber wenn ich nicht selbst hinter der Linse stehe, kriege ich den Bildaufbau einfach nicht hin.«

»Da wird er sich bestimmt riesig freuen«, sagt Sylvia. »Das perfekte Geschenk für einen Mann, der gerade das bekommen hat, was er sich am sehnlichsten gewünscht hat.«

»Was meinst du?«, frage ich völlig entgeistert.

Sylvia lacht. »Na, was wohl? Dich natürlich!«

»Oh.« Ich spüre, wie mir vor Freude die Röte in die Wangen steigt, denn ich weiß, dass sie recht hat.

»Sein Name ist Wyatt Reed, und ich kann dir gerne seine Nummer geben. Aber zufälligerweise weiß ich, dass er gerade nicht da ist. Er ist noch bis März für ein Fotoshooting in Australien.«

»Oh, Mist, ja schade.« Ich gehe im Kopf meine anderen Optionen durch. »Kennst du noch andere Fotografen? Jemanden aus der PR-Abteilung vielleicht?«

»Ich könnte das machen.«

»Echt?«

»Ich mache zwar nicht oft Aufnahmen von Menschen, aber ich fotografiere schon seit ein paar Jahren. Hauptsächlich Architektur. Aber wenn du mir zeigst, was du dir vorgestellt hast, kann ich das bestimmt umsetzen.«

»Das wäre wirklich fantastisch«, freue ich mich. Nicht nur, weil damit mein Problem gelöst wäre, sondern auch, weil ich es echt cool finde, dass sie sich genau wie ich für Fotografie interessiert.

»Sorry, Nikki, gerade kommt ein Anruf rein. Schreib mir doch einfach per Mail, wann es dir zeitlich am besten passt, okay?«

Ich verspreche es ihr und habe gerade das Gespräch beendet, als sich Mrs. Crane, die Empfangsdame meines Gemeinschaftsbüros, über die Gegensprechanlage meldet: »Miss Archer ist hier.«

»Wirklich?« Ich habe Jamie zwar nicht erwartet, aber ehrlich gesagt freue ich mich, sie zu sehen. Gestern Abend erst hatte ich sie angerufen, um mit ihr für Ende der Woche einen Termin für unser Mittagessen samt Klatsch und Tratsch auszumachen. Und natürlich habe ich ihr bei der Gelegenheit ein kurzes Update zu Damiens Schnitzeljagd, dem ersten Hinweis und meiner Frustration über sein Stillschweigen gegeben.

»Uuuuund?«, fragt Jamie, als sie in mein winziges Büro platzt. Neugierig sieht sie sich im Raum um – scheinbar schockiert über die Tatsache, dass sich an der Einrichtung in den paar Wochen seit ihrem letzten Besuch nichts geändert hat – und lässt sich auf das kleine Sofa fallen. »Ist der Cupcake schon gekommen?«

Ich schüttele den Kopf. »Was bringt dich eigentlich hierher?« Jamies Eigentumswohnung ist zwar nur wenige Meilen entfernt, aber mittlerweile wohnt sie in Venice Beach, und von dort ist es bis hierher nach Sherman Oaks eine halbe Weltreise.

»Erstens: Ich finde ich diese ganze Schnitzeljagd-Idee total genial – ich werde das so was von imitieren.«

»Aber das erklärt noch nicht, weshalb du dafür gleich bis ins Valley fährst«, wende ich ein.

»Was mich zu Grund Nummer zwei führt: mein Vorsprechen«, sagt sie und hält mir eine Hand zum High five hin, in die ich freudig einschlage.

»Ernsthaft? Ein Vorsprechen? Wofür?«

»Der Pilot für eine neue Fernsehsendung. Laut Evelyn habe ich ziemlich gute Karten«, fügt sie hinzu und meint damit Evelyn Dodge, die ich wahnsinnig gern mag und die mittlerweile Jamies Agentin ist. Jamie verzieht das Gesicht. »Bei meinem Glück bedeutet das natürlich, dass ich den Job kriege, eine Hammerleistung abliefere und der Sender die verdammte Sendung nie zeigt.«

»Sorry«, unterbreche ich sie. »Aber das hier ist eine pessimismusfreie Zone. Sobald man die Türschwelle übertritt, sind nur noch positive Gedanken erlaubt.«

Sie verdreht die Augen, setzt sich in den Schneidersitz, legt den Kopf in den Nacken und stimmt einen Singsang an.

»Jamie, alles klar bei dir?«

»Halt mal kurz die Klappe. Ich visualisiere gerade. Ich halte nämlich gleich meine Rede bei den Golden Globes.«

Ich muss beinahe losprusten vor Lachen, aber noch ehe ich mir einen bissigen Kommentar einfallen lassen muss, werde ich von dem durchdringenden Summen der Gegensprechanlage gerettet. Dieses Mal kündigt Mrs. Crane eine Lieferung für mich an, und Jamie und ich springen gleichzeitig zur Tür.

»Schon okay, Mrs. Crane«, sage ich. »Ich hatte die Lieferung bereits erwartet.«

Ich reiße die Tür so schwungvoll auf, dass ich damit wahrscheinlich den armen schmächtigen Kerl erschrecke, der in seiner Lieferantenuniform vor mir steht. Nachdem er mir das Paket ausgehändigt und ich ihn mit einem Trinkgeld verabschiedet habe, bringen Jamie und ich den Karton zu meinem Schreibtisch. Ich setze mich auf meinen Stuhl, während sie sich auf eine Ecke des Schreibtischs setzt.

»Was ist?«, drängt sie ungeduldig. »Mach schon auf!«

Da ich selbst nicht genau weiß, worauf ich eigentlich noch warte, nicke ich nur und öffne dann mit dem Brieföffner das Band, mit dem die dekorative Confiserie-Schachtel verschnürt ist. Sie ist nur etwas größer als ein Cupcake, und als ich sie öffne, bin ich überrascht, dass sie genau das enthält: einen Cupcake.

Genauer gesagt, einen wunderschön verzierten Cupcake mit grüner Glasur, auf dem in blauem Zuckerguss die Zahl »4« aufgeprägt ist.

Ich werfe Jamie einen Blick zu, die genauso verdutzt aussieht wie ich.

»Das kann doch nicht alles sein.« Ich greife nach dem Cupcake. »Darunter muss sich irgendwo noch eine Botschaft verstecken.«

Aber falls sich tatsächlich irgendwo eine Nachricht versteckt, dann jedenfalls nicht unter dem Cupcake in der Schachtel, wie ich vermutet hatte. Als Jamie mich dann klugerweise darauf hinweist, dass sich die Nachricht auch im Cupcake selbst befinden könnte, mache ich zuerst sicherheitshalber mit meinem iPhone ein Foto vom Originalzustand, um ihn anschließend vorsichtig mit dem Brieföffner in der Hälfte durchzuschneiden. Doch Fehlanzeige. Im Inneren verbirgt sich auch keine geheime Botschaft.

Aber als wir beide uns gerade genüsslich über die Cupcake-Hälften hermachen wollen, fällt mein Blick auf die sorgfältig aufgedruckte Websiteadresse auf der Unterseite des Muffinpapierförmchens.

»Ich *wusste* es.« Ich bin so erfüllt von meinem Triumphgefühl, dass ich gegen das Bedürfnis ankämpfen muss, sofort Damien anzurufen und mich meiner eigenen Klugheit zu brüsten. Aber ich kann mich zurückhalten. Nur weil ich die Website entdeckt habe, heißt das noch lange nicht, dass ich das Rätsel gelöst habe.

»Und?«, fragt Jamie ungeduldig.

»Ich bin schon dabei.« Ich ziehe meinen Laptop heran und gebe die URL ein, während Jamie sich hinter mich stellt, um mir über die Schulter zu blicken. Gebannt starren wir beide auf den Bildschirm, als sich die Website öffnet und lediglich ein Eingabefenster zu sehen ist, das nach einem Benutzernamen verlangt. »Oh, fuck«, entfährt es Jamie, und ungefähr dasselbe schießt mir auch gerade durch den Kopf.

Ich lehne mich in meinem Stuhl zurück, um nachzudenken. »Das muss es sein«, sage ich. »Diese Seite führt mich bestimmt zum nächsten Hinweis.«

»Ich mag Damien echt gern«, frotzelt Jamie, »aber hätte er dich nicht einfach ins Kino und zum Essen ausführen können wie jeder andere Mann auch?«

»Ich dachte, du findest die Idee mit der Schnitzeljagd genial.«

»Ja, schon. Aber jetzt wird es echt kniffelig.«

Lachend schüttele ich den Kopf. Nicht allein, dass Damien weit davon entfernt ist, ein Mann wie jeder andere zu sein. Nein, ich genieße zudem diese Art von Spiel, das sowohl meine romantische Seite als auch die Streberin in mir anspricht. Wenn ich ihm nicht schon restlos verfallen wäre, würde ich ihm spätestens jetzt zu Füßen liegen.

»Vier«, murmle ich und gebe die Zahl in das Feld für den Benutzernamen ein. Ich schaue zu Jamie, drücke auf Enter und kreuze meine Finger.

Einen Augenblick später wechselt der Bildschirm und ein leichter Anflug von Glücksgefühl steigt in mir hoch:

Willkommen, Nikki Stark
Bitte geben Sie Ihr Passwort ein

Mein Glücksgefühl schwindet, als mir klar wird, dass es eine neue Hürde zu überwinden gilt.

Ich schaue erneut zu Jamie hinüber, die sich bereits die Schachtel samt Muffinpapierform geschnappt hat und beides genauestens unter die Lupe nimmt. »Nichts«, stellt sie fest. »Meinst du, wir haben den Hinweis gegessen?«

Anstatt ihr zu antworten, gebe ich die Zahl Vier in das Feld ein. Ich halte den Atem an und drücke auf Enter. Als plötzlich Damiens Stimme ertönt, die »Versuch es noch einmal, Schatz« verkündet, fange ich lachend an zu fluchen.

»O Mann, das ist ja kaum auszuhalten«, stöhnt Jamie. »Du musst das Passwort knacken. Unbedingt. *Jetzt*.«

Sie hat völlig recht. Ich kann mir genau vorstellen, wie Damien in diesem Moment in seinem Büro sitzt und irgendwelche Dinge erledigt, die heute auf seiner Herrscher-des-Universums-Agenda stehen. Aber selbst wenn er gerade Argentinien kaufen sollte, wird er insgeheim in sich hineingrinsen, weil er seine Frau aufs Glatteis geführt hat.

Bei dem Gedanken daran bin ich umso entschlossener, dass ich das Passwort unbedingt knacken muss. Und zwar schnell.

»Paris?«, schlägt Jamie vor.

Ich gebe es ein. Nichts.

Ich probiere es mit »Stark«, »Ehefrau« und »Malibu«.

Und dann wird es mir schlagartig klar.

»Ich weiß, was es ist«, sage ich und gebe »Sonnenuntergang« ein, das Safeword, das ich mir in meiner ersten Nacht mit Damien ausgesucht habe. Eine Art Passwort also.

Ich halte den Atem an – und lächle dann selbstzufrieden, als der Anmeldebildschirm verschwindet und ein Text erscheint.

Glückwunsch, Nikki, zur Lösung von Hinweis zwei,
den du gelöst mit Klugheit und Fleiß,

doch nun, mon amour, mach dich bereit,
denn wisse, der nächste Hinweis
ist zu finden nur zur Abendzeit.
Ich hoffe, dir erschließt sich der tiefere Sinn,
wenn ich sage: Bei dir schmelze ich förmlich dahin.

»Schmelze ich förmlich dahin?« Jamie zieht ungläubig ihre Augenbrauen hoch. »Das muss der nächste Hinweis sein. Dieser Mann ist dir schließlich dermaßen verfallen, dass es schon nicht mehr lustig ist.«

Ich will gar nicht abstreiten, dass dem so ist, aber ich habe trotzdem nicht die leiseste Ahnung, worauf er damit hinauswill. Und eine gute Minute lang auf den Bildschirm zu starren, hilft auch nicht weiter.

Ich will gerade schon den Laptop ausschalten und Jamie anbieten, mit ihr bei Starbucks einen Viel-Glück-für-das-Vorsprechen-Caffè-Latte zu trinken, als der Signalton für eingehende E-Mails ertönt.

»Ich wette, er weiß, dass du das Passwort geknackt hast«, sagt Jamie und wirft über meine Schulter einen Blick auf den Absender: Damien J. Stark.

Mir fällt auf, dass er sich extra für dieses Spiel einen neuen E-Mail-Account zugelegt haben muss, denn normalerweise gibt Damien nie seinen zweiten Vornamen an.

Ich öffne die E-Mail – und mit einem Mal wird mir eiskalt.

Die Betreffzeile lautet: *Mein*.

Im E-Mail-Textfeld darunter hat jemand ein verpixeltes Foto eingefügt, auf dem mein Mann zu sehen ist, der mit dem Mund an der Brust des italienischen Supermodels Carmela D'Amato saugt. Beide sind nackt und der Ausdruck von Wollust, der auf Carmelas Gesicht liegt, ist einer, den ich bereits bei mir selbst erlebt habe.

Ich schlage mir die Hand vor den Mund, aus Angst, ich könnte mich jeden Moment übergeben.

»Hey«, sagt Jamie sacht. »*Hey*. Das ist nicht von ihm. Du weißt, dass er dir das nicht geschickt hat.«

Wie betäubt nicke ich, während Jamie meinen Laptop zuklappt.

»Das ist dieses Supermodel, oder? Die, mit der Damien mal etwas laufen hatte?«

Ich nicke. »Ich habe sie erst vor gar nicht allzu langer Zeit wiedergesehen.«

»Echt?« Jamie klingt erstaunt. »Wo denn?«

»In Damiens Hotelzimmer in München.«

»Bitte, was?«

Ich zucke gleichgültig mit den Schultern. Dabei macht es mich ganz fuchsig, wenn ich nur daran zurückdenke. »Wir kamen zurück ins Zimmer und plötzlich saß sie da und wartete. Bereit, sich mit Damien zu vergnügen. Offenbar gehörte sie zu jenen Damen auf Abruf, die er regelmäßig auf seinen Reisen nach Europa traf.«

»Nikki …« Jamie verstummt vor Mitgefühl.

»Ich weiß. Ist schon okay.« Und das stimmt. Ich bin nicht einmal eifersüchtig. Nicht wirklich. Das heißt, eigentlich doch. Ich bin auf jede Frau eifersüchtig, die mit Damien Zeit verbracht hat. Nicht, weil ich denke, dass er immer noch auf sie steht, sondern einfach, weil ich sie um die Stunden beneide, die ich an seiner Seite hätte verbringen können.

Ich murmle leise fluchend vor mich hin und will gerade den Laptop wieder aufklappen, doch Jamie hindert mich daran.

»Verdammt, Nikki, tu dir das nicht an.«

»Das tue ich nicht.« Meine Stimme zittert und ich hole tief Luft, um neue Kraft zu schöpfen. »Du hast recht: Damien hat mir das nicht geschickt. Und ich will herausfinden, wer es war.«

»Und du glaubst, wenn du dir dieses Scheißfoto ansiehst, findest du das heraus?«

Ich schüttele den Kopf, klappe den Laptop auf und bewege mit dem Finger auf dem Touchpad den Cursor zum Absender, um darauf zu klicken. »Da«, sage ich, als die vollständige E-Mail-Adresse angezeigt wird. Es ist zwar sein Name, aber die E-Mail stammt eindeutig nicht von Stark International oder einer von Damiens Firmen.

Die Domain, von der aus die E-Mail gesendet wurde, ist WiseApps.

Jamie stößt ein leises Pfeifen aus, und ich nicke zustimmend. WiseApps Development ist der Name der Firma, die mir erst vor wenigen Wochen mit einem Prozess gedroht hat – eine ziemlich unschöne Angelegenheit, die unsere Flitterwochen überschattet hat. Wie sich herausstellte, waren sowohl die Firma als auch die Anklage eine reine Erfindung. Ein Hirngespinst von Damiens völlig durchgeknallter Jugendfreundin Sofia.

»Ich dachte, sie hätten ihr den Internetzugang entzogen«, sagt Jamie.

»Das dachte ich eigentlich auch.« Wenn ich »völlig durchgeknallt« sage, meine ich das im wahrsten Sinne des Wortes. Sofia ist momentan in einer Anstalt etwas außerhalb von London weggesperrt, und nach dem Fiasko mit der vorgeblichen Rechtsklage wurden die Sicherheitsmaßnahmen verschärft und ihre Rechte eingeschränkt. Aber Sofia ist ebenso verrückt wie intelligent; wenn es irgendjemand schaffen konnte, das Internetverbot zu umgehen, dann sie.

»Das Bild muss schon ein paar Jahre alt sein«, sagt Jamie, wie um mich zu trösten.

»Ich weiß, keine Sorge, James. Ich kann damit umgehen.«

»Verdammt, natürlich kannst du das, Nicholas. Aber du musst da nicht allein durch. Und das solltest du übrigens auch nicht. Jemand spielt seine Spielchen mit dir. Du musst Damien davon erzählen. Aber vor allen Dingen musst du es Ryan erzählen.«

Ich drehe meinen Kopf zu ihr hoch. »Ryan?«

»Er ist doch der oberste Sicherheitschef von Damien, oder nicht?«

Ich nicke.

»Ich kenne Damien vielleicht nicht so gut wie du …«

»Das will ich doch stark hoffen.«

Sie schnaubt kurz, lässt sich aber ansonsten nicht davon beirren. »Doch ich weiß, dass Damien kein Mann ist, der einem derartigen Foto zustimmen würde. Und ich bezweifle, dass er vor ein paar Jahren anders darüber dachte.«

Ich nicke erneut. Da hat sie vollkommen recht. »Irgendjemand hat die Kamera versteckt und dann jahrelang auf die richtige Gelegenheit gewartet. Sofia vielleicht?«

»Sie lebt doch in London, oder? Und zwar schon eine Weile? Schau mal, was auf dem Couchtisch liegt.«

Auf die Möbel hatte ich im ersten Moment natürlich überhaupt nicht geachtet, aber jetzt stelle ich fest, dass sie recht hat. Auf dem Tisch liegen eine Ausgabe der in London ansässigen *Financial Times* sowie eine Zeitschrift namens *London Today*, die aussieht wie eine dieser Hotelbroschüren.

»Wie gesagt«, bekräftigt Jamie ihren Rat, »du musst unbedingt Damien davon erzählen. *Los, geh schon.*«

Ich folge ihrer Aufforderung, jedoch nicht, ohne sie vorher umarmt und ihr Hals- und Beinbruch für ihr Vorsprechen gewünscht zu haben.

Dann stürme ich aus der Tür und rufe im Vorbeigehen Mrs. Crane zu, dass ich nicht vor morgen wieder hereinkomme.

Während ich zu meinem Auto eile, denke ich an den Cupcake und die Botschaft, die mich zu ihm geführt hat:

Was ist süßer noch als die Liebe?

Ich seufze. Der Tag verläuft nicht so, wie ich gedacht hatte, ganz und gar nicht. Aber immerhin bin ich unterwegs zu Damien. Und ich weiß, mit ihm an meiner Seite, kann ich es mit allem und jedem aufnehmen.

4 Nach einer rasanten Fahrt am Steuer von Cooper, meinem immer noch neuen Mini Cooper, treffe ich in der Innenstadt ein, fahre bewusst am Parkhaus vorbei und direkt zum Parkservice vor dem Stark Tower. Ich werfe dem Parkdienstmitarbeiter meine Schlüssel zu und eile ins Gebäude.

»Schön, Sie zu sehen, Mrs. Stark.« Joe winkt mir von seinem Platz hinter dem Infoschalter zu.

»Hi, Joe, sorry, bin total in Eile!« Ich drücke energisch mit dem Finger auf die Fahrstuhltaste und fahre in die 19. Etage zum Empfangsbereich von Stark Applied Technology.

Just in dem Moment, als ich aus dem Fahrstuhl steige, sehe ich Preston Rhodes aus dem nächstgelegenen Konferenzraum kommen.

»Nikki«, begrüßt er mich. »Schön, dich zu sehen. Ich habe gerade erst zu Lisa gesagt, dass wir euch beide unbedingt zu ein paar Drinks einladen sollten, damit ihr uns von Paris berichten könnt.«

»Sehr gerne«, sage ich. »Aber im Moment müsste ich dringend mit Damien sprechen. Macht es dir etwas aus, wenn ich ihn mir ein paar Minuten ausborge?«

Seine Mundwinkel zucken ironisch. »Ich würde ihn mir selbst gerne ausborgen, wenn ich könnte.«

Verwirrt runzle ich die Stirn. »Ich dachte, er hätte hier den ganzen Tag Meetings.«

»Das war der Plan, aber offenbar ist ihm etwas dazwischengekommen.« Er legt seinen Kopf zurück, als würde er gen

Himmel schauen. »Er meinte, er müsse in sein Apartment, sich um irgendeine Angelegenheit kümmern.«

Ich spüre, wie sich mein Magen verkrampft, sage mir aber, dass es lächerlich ist, sich Sorgen zu machen. Damien muss tagtäglich ein Dutzend Krisen bewältigen. Es besteht also kein Grund zur Annahme, dass meine Krise bereits eingeschlagen hat wie eine Bombe.

Mit meiner Schlüsselkarte rufe ich Damiens privaten Lift, der mich in die oberste Etage bringt, auf der sich Damiens Penthouse-Büro und seine Stadtwohnung befinden. Sobald der Fahrstuhl eintrifft, drücke ich auf die gewünschte Taste, damit sich die Türen zur Apartmentseite hin öffnen.

Der Lift rauscht nach oben, und ich klammere mich an die Haltestange, um mein Gleichgewicht wiederzufinden.

Denn obwohl ich mir fest vorgenommen habe, ruhig zu bleiben, werde ich immer nervöser, je höher wir steigen.

Sobald ich das Foyer betrete, höre ich Stimmen. Damiens abgehackte, barsche Stimme. Und eine andere Stimme, die sanfter, aber aufgewühlt klingt. Möglicherweise die Stimme einer Frau?

Das ist aus dieser Entfernung schwer zu sagen, aber ich verschwende keine Zeit mit Rätselraten, sondern gehe schnurstracks an dem Riesenblumenstrauß vorbei, der nie zu verwelken scheint, und trete ins Wohnzimmer.

Ich hatte erwartet, die mir vertraute Einrichtung zu sehen. Die Vase mit der roten Kristallrose. Damiens Wissenschafts- und Wirtschaftszeitschriften, die auf dem Couchtisch ausgebreitet liegen. Und natürlich hatte ich ihn selbst erwartet.

Was ich nicht erwartet hatte, war Carmela D'Armato, und als ich sie erblicke, ist es beinahe so, als könnte ich *nur* sie sehen.

Schlagartig wird mir klar, was ich längst hätte ahnen müssen: Diese miese Schlampe Carmela hat sich mit dem Miststück Sofia verbündet, um mir und Damien das Leben zur Hölle zu machen.

Aber nicht mit mir!

Als ich auf Carmela zustürme, nehme ich noch entfernt wahr, wie Damien meinen Namen sagt, aber es ist, als ob seine Stimme nur ein Hintergrundgeräusch wäre, das durch das Rauschen des Blutes in meinem Kopf übertönt wird. Erst, als ich mit der Hand ausgeholt und ihr eine satte Ohrfeige verpasst habe, rückt die Welt wieder in den richtigen Fokus und meine Beine geben unter mir nach.

Noch während ich zu Boden sinke, spüre ich Damiens Arme. Wie immer ist er für mich da, um mich aufzufangen.

»Weißt du, was sie getan hat?«, fauche ich. »Was sie mir geschickt hat?«

Er ist hinter mir, sodass ich sein Gesicht nicht sehen kann. Aber Carmela steht direkt vor mir, und ich sehe, wie sie ihn ansieht, als ob ihr plötzlich der Boden unter den Füßen weggezogen würde.

Ich hatte mich darauf gefasst gemacht, dass sie zurückschlagen würde. Aber stattdessen ist ihr Blick sanft, und sie sieht ein wenig verloren aus.

Als sie auf die Couch sinkt und ihr Gesicht in den Händen vergräbt, habe ich das Gefühl, im falschen Film zu sein.

»Damien?«

Ich finde mein Gleichgewicht wieder und drehe mich in seinen Armen, um ihm in die Augen sehen zu können. *Sein* Blick ist alles andere als sanft. Im Gegenteil, er sieht wütend und angespannt aus. Er steht kurz davor zu explodieren, und in diesem Moment wird mir bewusst, dass er sich nur deshalb zusammenreißt, weil Carmela mit im Raum ist.

Seine Finger umklammern meinen Oberarm so fest, dass es beinahe wehtut, doch ich halte still. Ich weiß, dass das seine Art ist, mich ganz nah bei sich zu halten. Mich zu beschützen. Denn was auch immer gerade vor sich geht – es geht offensichtlich um deutlich mehr als nur um ein Foto, das Damiens verrückte Jugendfreundin an seine frisch Angetraute geschickt hat.

»Damien«, wiederhole ich. »Was ist passiert?«

Anstatt zu antworten, lässt er meinen Arm los und fragt mich dann ganz langsam und behutsam: »Weshalb bist du hergekommen?«

Bei dieser Frage sieht Carmela zu mir hoch. Ihre Augen sind gerötet, doch die Sanftheit ist aus ihrem Blick verschwunden, und während sie auf meine Antwort wartet, sehe ich, wie sich ihre Gesichtszüge wieder verhärten.

»Ich habe eine E-Mail erhalten«, sage ich, ziehe mein Handy aus der Tasche und überreiche es ihm. Da ich sie ihm ohnehin zeigen wollte, ist die E-Mail bereits geöffnet. Der Betreff – *Mein* – und darunter dieses furchtbare, intime, erschreckend entblößende Bild.

»Ich habe die E-Mail in der Annahme geöffnet, sie käme von dir«, erkläre ich.

»*Verdammte Scheiße.*« Er schlägt mit voller Wucht mit einer Hand gegen die Wand, und ich bin dankbar, dass es nicht die ist, die mein Handy hält.

»Hast du den Namen der Domain gesehen?«, frage ich.

»Als ich Carmela gesehen habe, dachte ich, sie hätte sich mit Sofia verbündet.« Das glaube ich nun nicht mehr. Denn es liegt auf der Hand, dass Carmela genauso ahnungslos ist wie ich.

»Sie hat nichts damit zu tun«, sagt Damien. »Und diese E-Mail stammt auch nicht von Sofia.«

»Bist du sicher?« Da ich weiß, dass sie die Domain WiseApps eingerichtet hat, dachte ich, dass meine Vermutung ziemlich plausibel wäre.

»Die Domain gehört ihr nicht mehr. Sie hat sie verkauft,

als wir auf der Insel waren«, erläutert Damien und meint damit die Insel, auf der wir den letzten Teil unserer Flitterwochen verbracht haben.

»Wegen dir.«

»Wegen mir«, bestätigt er, und ich frage mich, wie viele Anwälte er ihr nach dem Fiasko in Paris und meinem Mini-Nervenzusammenbruch beim Gedanken an eine mögliche Klage auf den Hals gehetzt hatte.

»Vielleicht hat sie sie an jemanden verkauft, der diese ganze Show für sie abzieht«, überlege ich.

»Das kann schon sein. Aber sie befindet sich in Sicherheitsverwahrung, seit wir aus Paris abgereist sind. Ich habe extra dort angerufen, um mir das bestätigen zu lassen. Gerade eben erst, kurz bevor du gekommen bist.«

Ich nicke verständig. »Und du hast deshalb dort angerufen, weil du auch eine E-Mail erhalten hast, richtig?« Ich fühle mich, als sei mein Hirn Matsch, aber so langsam fügt sich ein Puzzleteil ans andere.

Carmela hat während unseres gesamten Gesprächs nichts gesagt, aber nun reicht sie mir ihr Telefon. Auf dem Bildschirm sehe ich eine E-Mail mit dem gleichen Bild, allerdings ist die Nachricht eine andere. *200.000 $ bis 13. Feb. 22:00 Uhr Pacific Standard Time oder das Foto geht am Valentinstag bei Sonnenaufgang an die Öffentlichkeit raus. Und alle anderen auch. Überweisungsdetails folgen.* Genau wie bei meiner E-Mail ist Damien als Absender angegeben.

»Ich habe die gleiche E-Mail bekommen«, sagt Damien. »Sie kam von dir. Nikki Fairchild Stark.«

»Fuck«, fluche ich und fahre mir mit den Fingern durch die Haare. »Was ist mit ›die anderen‹ gemeint?«

»Weitere Fotos, nehme ich an«, antwortet Damien, und seine Stimme klingt so ruhig und gefasst, dass ich weiß, dass er kurz davor ist, die Beherrschung zu verlieren.

»Der Erpresser hat sie uns zwar nicht geschickt.« Als Carmela schließlich spricht, hat ihre Stimme trotz der erschütternden Umstände einen beinahe melodiösen Klang. »Aber ich gehe davon aus, dass sie ...«

»Noch eindeutiger sind.« Ich greife nach Damiens Hand.

»Ich versteh schon.« Ich blicke zwischen beiden hin und her. »Und was jetzt?«

»Ich gehe jetzt.« Carmela sieht Damien an. »Sagst du mir Bescheid, wenn du eine Entscheidung getroffen hast?«

»Mach ich.«

Carmela nickt, geht zu dem kleinen Tisch am Fenster hinüber, nimmt ihre Handtasche und schwingt sie sich so gelassen über die Schulter, als ob sie nur mal eben zum Kaffeetrinken vorbeigekommen wäre. »Nikki, würdest du mich bitte nach unten begleiten?«

Ich spüre, wie sich Damien neben mir anspannt, aber er erhebt keinen Einwand.

Ich zögere etwas und mache dann einen Schritt auf Carmela zu, eine Frau, von der ich nie gedacht hätte, dass ich jemals auch nur einen Funken Mitgefühl für sie aufbringen könnte.

Als ich gehe, streifen Damiens Finger meine Hand, und bevor sich die Fahrstuhltüren schließen, drehe ich mich noch einmal um und mein Blick begegnet seinem. In seinen Augen braut sich ein Sturm zusammen, und ich bin kurz davor, Carmela zu sagen, dass ich ihn nicht allein lassen kann. Nicht jetzt.

Doch dann nickt er, die Türen schließen sich, und ich klammere mich an die Haltestange, während der Lift uns nach unten trägt.

Einen Moment lang herrscht Schweigen. Dann wendet sie sich mir zu. »Wir wussten nichts davon. Dass jemand Kameras aufgestellt hatte, meine ich. Selbst damals – wenn er bei mir war – hätte er es niemals zugelassen, dass wir gefilmt werden.«

»Ich weiß.« Was ich allerdings nicht weiß, ist, weshalb sie plötzlich so versöhnlich ist. Ich hole tief Luft. »Was hast du gemeint, als du Damien gebeten hast, dir seine Entscheidung mitzuteilen? Hast du da nicht auch ein Wörtchen mitzureden?«

»Ich überlasse Damien die Entscheidung, ob wir das Geld zahlen oder zulassen sollen, dass die Bilder veröffentlicht werden.«

Ich starre sie ungläubig an. »Und es macht dir überhaupt nichts aus, dass er allein darüber entscheidet, was mit einem ziemlich intimen Foto von dir passiert?«

»Ich müsste lügen, wenn ich sagen würde, dass es mir nichts ausmacht«, erklärt sie mit einer Stimme so hart wie Stein. »Natürlich war ich wütend, als ich die E-Mail bekam. Ich lasse mich nicht gern benutzen. Und ich würde das Arschloch, das uns in diese Situation gebracht hat, am liebsten erwürgen. Aber ja, trotzdem überlasse ich Damien die Entscheidung.«

»Weshalb?«

Elegant zuckt sie mit einer Schulter. »Ich schäme mich meiner Treffen mit Damien nicht. Wir waren beide zu diesem Zeitpunkt Single. Und wir sehen doch beide ganz gut aus, oder nicht? Unter anderen Umständen könnte das Bild sogar als Kunstdruck durchgehen.«

Obwohl sie das ganz nüchtern sagt, kann ich eine gewisse Härte heraushören, die von Vernunft und kalter Wut bestimmt wird.

Der Lift ist in der Lobby angekommen. Doch noch bevor sich die Türen öffnen, drücke ich auf die Stopp-Taste und deaktiviere mit meiner Schlüsselkarte den Alarm, bevor er ausbricht. Ein praktischer Trick, den mir Damien beigebracht hat und der bereits mehrere Male zum Einsatz kam, wenn wir es nicht mehr bis zur Wohnung abwarten konnten.

Als Carmela klar wird, dass wir nicht weiterfahren, ehe sie mir nicht alles erzählt hat, atmet sie hörbar aus und fährt dann fort. »Die Wahrheit ist, dass ich schon früher nackt posiert habe. Und da du offenbar nicht zu den Leuten gehörst, die davon wissen: Es gibt einen Sexfilm von mir, den dieser Scheißkerl von Manager, mit dem ich damals herumgevögelt habe, in Umlauf gebracht hat.« Sie macht eine Handbewegung, als würde sie Rauch beiseitewedeln. »Diese Fotos sind im Vergleich harmlos dagegen.«

»Diesen Eindruck hast du aber nicht gemacht, als ich gekommen bin.«

Sie lächelt schmal. »Nur weil sie harmlos sind, heißt das noch lange nicht, dass ich nicht wütend bin.«

Ich nicke. Soweit kann ich das nachvollziehen. »Und Damien?«

»Er war immer vorsichtig. Diskret. Aber warum fragst du mich das? Du kennst Damien Stark besser als ich.«

Überrascht über dieses Geständnis, drehe ich meinen Kopf zu ihr.

Sie seufzt. »Hör mal, ich weiß, dass ich in München ein Miststück war. Was soll ich sagen? Ich mag ihn. Und ich mochte es noch mehr, von ihm gefickt zu werden.«

Meine Hände klammern sich noch fester an die Haltestange. »Wenn das ein vertrauliches Gespräch von Frau zu Frau sein soll ...«

»Was ich damit sagen will, ist, die Dinge haben sich geändert. Er ist jetzt verheiratet. Ich vögele nicht mit verheirateten Männern.« Sie wirft mir ein schiefes Lächeln zu. »Und wir beide wissen genau, dass Damien auch gar nicht interessiert wäre. Nicht, seit er mit dir zusammen ist.«

Ich nicke. Und obwohl ich mir über meinen Sinneswandel

von abgrundtiefer Abscheu hin zu aufrichtiger Sympathie für sie noch nicht ganz im Klaren bin, muss ich zumindest zähneknirschend zugeben, dass sie doch kein ganz so großes Miststück ist.

»Die Sache ist die«, fährt sie fort, »obwohl er großen Wert auf seine Privatsphäre legt, hätte Damien sich unter anderen Umständen vielleicht gedacht ›Scheiß drauf!‹ und die Veröffentlichung der Bilder zugelassen. Warum auch nicht? Er sieht verdammt heiß aus. Und es ist kein Geheimnis, dass er früher nichts anbrennen ließ. Vor allen Dingen aber wissen wir beide, dass Damien nicht der Typ Mann ist, der sich beugt und klein beigibt, wenn er bedroht wird.«

»Nein, das ist wahr. Aber weshalb sollte er das dann tun?«

Sie sieht mich an, als ob ich nicht ganz bei Sinnen wäre. »Wegen dir natürlich. Wenn die Bilder an die Presse gelangen, werden sie auch dich durch den Dreck ziehen. Und er liebt dich dermaßen, dass ihn allein der Gedanke daran umbringt.«

Mein Herz schnürt sich bei diesen Worten in meiner Brust zusammen, denn ich weiß, dass sie recht hat. Was mich überrascht, ist, dass Carmela das erkannt hat.

»Jetzt schau nicht so schockiert«, sagt sie, als könnte sie meine Gedanken lesen. »Er ist dir mit Haut und Haaren verfallen, die ganze Welt weiß das.«

Weil ich nicht weiß, was ich darauf sagen soll, lächle ich einfach nur und lege den Schalter um, sodass sich der Fahrstuhl öffnet.

Auf der Türschwelle hält sie einen Moment inne. »Weißt du, unter anderen Umständen hätten wir sogar Freundinnen werden können, du und ich.«

Und obwohl ich mir das zuvor nicht im Traum hätte vorstellen können, denke ich in diesem Moment, dass sie womöglich recht hat.

Schon interessant, wie sie es geschafft hat, zwischen uns die Wogen zu glätten, und als sie mir zum Abschied einen Luftkuss zuwirft, sehe ich ihr amüsiert nach.

Dann halte ich meine Schlüsselkarte gegen den Transponder und rase mit dem Lift wieder hinauf in die Wohnung, in dem sicheren Wissen, dass mich dort ein Sturm erwartet.

5

Damien ist sofort zur Stelle, als sich die Fahrstuhltüren öffnen, und noch bevor ich durchatmen kann, zieht er mich bereits an meiner Hand nach draußen. Ich ringe nach Luft, nur um einen Augenblick später aufzuschreien, als er mich gegen die Foyerwand schleudert, meine Arme über meinem Kopf gegen die Wand drückt und seinen Mund auf meinen presst, während sich sein Körper dicht an mich drängt.

»O mein Gott«, presst er hervor, als er den Kuss unterbricht. »O mein Gott, Nikki.« Ich spüre seine Hände überall auf mir – sie umgreifen meine Brüste, fahren die Konturen meiner Taille entlang und gleiten dann mit hartem Griff zwischen meine Beine, sodass ich unter ihm dahinschmelze und vor Erregung und wildem, verzweifeltem Verlangen stöhne.

»Ja«, raune ich. Dieses Wort hat keinerlei Bedeutung und ist doch alles zugleich: Einladung. Erlaubnis. Aufforderung. Ja, ich will von ihm berührt werden – ich will alles. Und, bei Gott ja, ich brauche ihn so sehr, und zwar jetzt sofort.

Vor allen Dingen aber weiß ich, dass er es genauso sehr braucht: Er muss mich nehmen. Mich besitzen. Er muss sich tief in mir versenken, in dem Wissen, dass ganz egal wie viel Scheiß da draußen in der Welt vor sich geht, diese Leidenschaft zwischen uns nie erlöschen wird. Dass egal was passiert, ich immer für ihn da sein werde, wenn er mich braucht, egal wann und egal wie.

»Ja«, wiederhole ich noch einmal, als er mich auszieht und sich nicht mit Knöpfen und Reißverschlüssen aufhält, sondern einfach meinen Rock herunterschiebt und meine Bluse aufreißt, sodass er nur Sekunden später mit dem Mund meine Brust umschließt.

Er ist wild und heiß, und obwohl ich die Quelle dieser Inbrunst kenne – obwohl ich weiß, dass dieses hitzige Verlangen von all dem Scheiß herrührt, den man auf uns abgeladen hat –, komme ich nicht umhin zuzugeben, dass ich dieses Gefühl genieße.

»Nikki«, sagt er und atmet schwer, während er mein Gesicht in beide Hände nimmt. »Ist alles okay mit dir?«

Ich nicke, weil ich verstehe, was hinter seiner Frage steckt. Hier geht es nicht nur darum, dass Damien wieder die Kontrolle übernimmt, sondern auch darum, dass er mir gibt, was ich brauche – wilden, harten, schnellen Sex.

Intensiv. Heiß. Roh.

Das Prinzip von Lust und Schmerz – doch im Moment ist es nicht der Schmerz, den ich brauche.

»Mir geht's gut«, sage ich. »Wirklich, ich schwöre es dir.« Ein seltsam klingendes Lachen sprudelt aus mir heraus. »Ich habe noch nicht einmal darüber nachgedacht«, stelle ich selbst verwundert fest. »Ich habe nicht einen Moment lang an eine Klinge gedacht, nicht daran, wie sie schwer in meiner Hand liegt, oder an das Gefühl, wie das Metall in mein Fleisch schneidet. Damien«, raune ich ihm zu, und mein Herz schlägt schneller, als mir gänzlich bewusst wird, was ich da eben gesagt habe. Ein Gefühl, das mich völlig überwältigt. »Ich habe überhaupt nicht daran gedacht. Alles, woran ich gedacht habe, warst du. Alles, was ich wollte, ist, bei dir sein.«

Diese Erkenntnis ist gewaltig, und Damien weiß es. Früher musste ich gegen das Bedürfnis ankämpfen, mich zu ritzen, und habe ihn als Waffe benutzt. Doch dieses Mal hatte ich keinerlei Verlangen nach der Klinge, nur nach Damien.

Ich verzehre mich immer noch nach ihm, und als er mich

mit dieser Hitze und Verwunderung in seinen Augen ansieht, ziehe ich ihn dicht an mich heran und bettele ihn an, mich zu ficken. »Ich brauche dich«, sage ich. »Nur dich. Und ich weiß, dass du mich auch brauchst.« Ich streiche mit den Lippen ganz sanft über sein Ohr. »Alles, was du willst, Damien. Alles, was du brauchst.«

Obwohl ich die lodernde Hitze in seinen Augen sehe, bin ich völlig unvorbereitet, als er nur Sekunden später ausholt und mit der Hand so fest gegen die Wand hinter mir schlägt, dass sie erzittert. »*Gottverdammt* noch mal!« Er weicht von mir zurück, als ob er selbst über diesen Gewaltausbruch so nah bei mir erschrocken ist. Dann tritt er gegen den Couchtisch, sodass er umfällt und die Zeitschriften darauf in alle Richtungen umherfliegen.

»Damien!« Ich gehe zu ihm und bekomme ihn an seinen Handgelenken zu fassen. »Damien, sprich mit mir.«

Er zieht mich fest an sich, presst meinen Kopf gegen seine Brust und krallt sich mit den Fingern in mein Haar. Ich kann seinen Herzschlag hören, schnell und stetig, und möchte seinen gesamten Körper mit Küssen bedecken. Ich möchte ihn so lange küssen, bis alles wieder gut ist, auch wenn ich genau weiß, dass selbst die innigsten Küsse hier nichts ausrichten können.

»Ich will dich einfach nur vor denen beschützen«, sagt er schließlich. »Vor diesen gottverdammten Aasgeiern – aber sie sind überall. Sie waren vom ersten Tag an hinter uns her. Noch bevor wir überhaupt verheiratet waren. Selbst während unserer Flitterwochen. Und jetzt das.«

»Diese Bilder haben doch gar nichts mit mir zu tun«, sage ich.

»Einen Scheißdreck haben sie.«

Ich schlucke, weil ich fürchte, dass er recht hat. Und hat nicht Carmela sogar etwas in der Richtung angedeutet?

»Verdammt nochmal, ich will dich einfach nur beschützen.«

Seine Worte hallen in mir wider, und ich lege meinen Kopf in den Nacken, damit ich ihm in die Augen sehen kann. »Das tust du doch bereits. Verflucht, Damien, weißt du das denn nicht? Bei dir bin ich sicher. Bei dir bin ich unversehrt.«

Er sieht zu mir herunter, und seine zweifarbigen Augen funkeln so wild, dass ich fürchte, dass der Sturm uns beide verschlingen wird.

Dann scheint in ihm etwas zu brechen, und er presst seine Lippen hart auf meine, bevor er mich dicht zu sich heranzieht. »Du bist mein Blut und mein Atem, Nikki. Du bist mein Leben. Ich werde immer für dich kämpfen. Ich werde immer für dich da sein. Und ich werde keine Sekunde zögern und jeden vernichten, der auch nur versuchen sollte, dir wehzutun.«

»Glaubst du, ich wüsste das nicht?«

»Ich brauche dich.« Seine Stimme ist rau, und ich spüre, wie die Hitze in ihm abkühlt. »Gottverdammt, Nikki, ich brauche dich jetzt.«

Alles, was ich hervorbringe, ist »Ja«. Und das genügt.

Er führt mich ans Fenster und legt meine Hände auf das Glas. »Schließ deine Augen«, weist er mich an und beginnt damit, sich entlang meiner Wirbelsäule nach unten vorzuküssen.

Ich erschauere bei dem Gefühl, als ob kleine Stromschläge meinen Körper durchzucken, die mich allmählich auf seine Berührung vorbereiten und meinen Körper nach mehr betteln lassen.

»Spürst du das?«, fragt er mit säuselnder Stimme. »Das kühle Glas, das sich an deine warme Haut presst. Deine Nippel, die sich hart und erregt aufstellen. Die ganze Welt liegt jetzt vor dir und kann dich sehen, nackt und wunderschön.«

»Ja«, murmle ich. Er hat mich schon einmal direkt am Fenster genommen und weiß, dass ich darauf stehe. Ich hatte es selbst nicht erwartet, aber es ist so unglaublich befreiend, wenn du das Gefühl hast, dass die Welt zu deinen Füßen entgleitet, während du vor Lust immer höher davonschwebst.

Seine Küsse haben das Ende meiner Wirbelsäule erreicht, und nun schiebt er mit seinen Händen meine Schenkel behutsam auseinander. Er streichelt mich, kitzelt meine Klitoris mit der Fingerspitze, dringt aber nicht in mich ein, während ich meine Hüften wiege und vor Verlangen leise stöhne, ohne mir dessen überhaupt bewusst zu sein.

»Dreh dich um«, befiehlt er mir, und als ich gehorche, hebt er mich hoch und umschließt mit beiden Händen meinen Hintern, sodass meine Oberschenkel seine Hüften umklammern. Als er endlich in mich eindringt, drücke ich meine Wirbelsäule durch, während mein Kopf an der Fensterscheibe entlangrutscht.

Ich umklammere seine Schultern, und meine Fingernägel graben sich in seine Haut, als er erneut in mich drängt. Die Bewegung ist so heftig, dass mein Rücken gegen das Fenster gedrückt wird und ich zwischen ihm und dem Glas gefangen bin. Anders als ein Bett gibt die Scheibe nicht nach, und ich spüre die volle Kraft jedes Stoßes, so tief und hart, als ob er mich entzweispalten wollte, und bei Gott, in diesem Moment will ich genau das.

Ich schließe meine Augen und gebe mich voll und ganz dem lustvollen Gefühl seiner Berührungen hin. Ich will, dass er mich nimmt, mich besitzt. Auch wenn die Welt da draußen Kopf steht, hier drin gehöre ich nur ihm.

Ich gehöre für immer ihm.

Und zwischen uns ist die Welt genau so, wie wir sie wollen.

Sein Körper spannt sich an, als ihn ein mächtiger Orgasmus erbeben lässt. Ich halte ihn fest, während er in mir kommt, und genieße, wie er aussieht und sich anfühlt, wenn er die Kontrolle verliert, wenn sämtliche Pforten weit geöffnet sind und er mir in diesem Moment die ganze Kontrolle überlässt.

»Ich liebe dich«, stoße ich atemlos hervor, als ich komme, und ich schmiege mich fest an ihn, bis die Wogen der Lust langsam abebben und ich wieder normal atmen kann.

»Ich weiß«, wispert er, seine Lippen ganz dicht an meinem Ohr. »Ich liebe dich auch.«

Nachdem er mich zärtlich abgewischt hat, rollen wir uns unter einer Decke auf der Couch zusammen, den Blick auf die Stadt in der Ferne gerichtet.

»Es gibt nichts, was ich nicht opfern würde, um dich zu beschützen«, sagt er. »Nichts, was ich nicht tun würde, um dich glücklich zu machen.«

»Ich weiß«, entgegne ich sanft. »Aber das musst du nicht, Damien. Zahl nicht das Geld. Allein der Gedanke daran, dass du das nur für mich tust, macht mich ganz krank.«

»Ich habe es schon einmal getan.«

Ich schüttele den Kopf. Ich weiß, dass er damit auf Eric Padgett anspielt, jenen Mann, der Damien beschuldigt hatte, Schuld am Tod seiner Schwester zu tragen. »Aber da ging es um eine eine Streitschlichtung«, halte ich entgegen. »Ich mag zwar in Geschäftsdingen nicht so allwissend sein wie du, doch selbst ich weiß, dass Unternehmen und Privatleute aus allen möglichen Gründen Geld zahlen, um einen Streit beizulegen. Aber deshalb ist das noch lange keine Erpressung, sondern bedeutet einfach nur, dass jemand aus geschäftlicher Sicht gute Gründe hat, sich gütlich zu einigen.«

Er sieht mich an, als ob er mein Gesicht zu ergründen sucht. »Ich habe meine Gründe, dafür zu zahlen, dass diese Bilder nicht der Presse in die Hände fallen«, sagt er schließlich.

»Nein, hast du nicht.« Ich nehme sein Gesicht in beide Hände. »Glaubst du, ich wüsste nicht, was es dich kosten würde, auf diesen Deal einzugehen? Diesem Scheißkerl nachzugeben?« Ich blicke ihm fest in die Augen, damit er weiß, dass mir die ganze Tragweite dieser Situation bewusst ist.

»›In guten wie in schlechten Zeiten‹, wie in unserem Eheversprechen, weißt du noch? Und ganz im Ernst«, witzele ich. »Was soll im schlimmsten Fall schon passieren? Die Hälfte aller Frauen in Amerika beneidet mich um dich. Und wenn sie erst mal das Bild von dir gesehen haben, beneidet mich die andere Hälfte auch noch.«

Lange Zeit sagt er nichts, und als er spricht, klingt seine Stimme sanft und eindringlich zugleich. »Bist du dir sicher?«

»Ich würde das nicht sagen, wenn es nicht so wäre.« Und ich *bin* mir sicher. Ich kann gut damit leben, wenn die Fotos an die Öffentlichkeit gelangen, und Damien kann es auch. Aber wenn er jetzt diesem Erpresser nachgibt, der versucht unsere Liebesbande zu zerstören, verrät er damit nicht nur mir zuliebe seine Prinzipien, sondern begibt sich damit auch auf sehr unsicheres Terrain. »Ich bin mir sicher«, wiederhole ich nachdrücklich, damit er weiß, dass ich es ernst meine.

Seine Augen ruhen immer noch auf meinem Gesicht, und ich wende meinen Blick nicht ab, weil ich weiß, dass er darin ablesen will, ob ich wirklich meine, was ich sage.

Schließlich nickt er. Nur ein einziges Mal. Dann beugt er sich zu mir herüber und haucht mir einen Kuss auf die Lippen. »Weißt du eigentlich, dass du eine unglaublich tolle Frau bist?«

»Na klar«, entgegne ich leichthin. »Aber du darfst es mir gerne so oft sagen, wie du möchtest. Und ehrlich gesagt, mon amour, schmelze ich bei dir auch förmlich dahin«, sage ich und zitiere damit den neuen Hinweis, zu dem mich der Cupcake geführt hat.

Als ich die Worte laut ausspreche, beginnt etwas in mir zu arbeiten.

Mon amour.

Dahinschmelzen.

Abendzeit.

Ich werfe die Decke zurück und will gerade aufstehen, da nimmt Damien meine Hand. »Wo willst du hin?«

»Wir«, korrigiere ich ihn. »Die Frage müsste lauten: Wo wollen *wir* hin?«

»Mmh?«

»Es ist zwar noch etwas früh, aber ich finde, wir sollten ausgehen und zu Abend essen«, sage ich bestimmt. »Und zwar im Le Caquelon.«

6   Damien ist auffallend schweigsam, aber als wir im Aufzug zum Le Caquelon, dem Fondue-Restaurant in Santa Monica, hochfahren, bin ich überzeugt, dass ich mit meiner Vermutung richtigliege, genau wie ich bei dem Cupcake richtiglag.

Bleibt nur zu hoffen, dass der richtige Moment, ins Le Caquelon zu gehen, nicht erst morgen Abend gewesen wäre.

Aber selbst wenn, verbringen wir einfach einen schönen Abend und haben gleichzeitig einen weiteren Ort besucht, an den wir ganz besondere Erinnerungen knüpfen.

Genau das ist ja auch der Sinn dieses Spiels. Jeder Hinweis führt mich zu irgendeinem Gegenstand oder irgendeinem Ort, der für uns eine besondere Bedeutung hat: die Konditorei, die unsere Hochzeitstorte angefertigt hat. Dieses Restaurant, in das er mich ausführte, nachdem Blaine das Portrait von mir vollendet hatte, das jetzt im dritten Stock hängt, und in dem wir vor der Hochzeit eine Probe-Party veranstaltet haben.

Ich frage mich, wohin mich wohl der nächste Hinweis führen wird, und als ich an all unsere gemeinsamen Erlebnisse zurückdenke, muss ich feststellen, dass es unzählige Möglichkeiten gibt.

»Sie lächeln, Mrs. Stark?«

»Mir gefällt unser Spiel«, gestehe ich.

Die Fahrstuhltür öffnet sich, noch ehe er mir antworten kann, aber als er mir seinen Arm reicht, um mich zu dem beeindruckenden Aquarium zu führen, das als Empfangstisch fungiert, liegt ein Lächeln auf seinem Gesicht.

Monica, die Empfangsdame, schenkt uns ihr strahlendstes Lächeln, und mir fällt auf, dass sich die verschiedenen Farbnuancen ihrer Haare harmonisch in die wilde Farbgebung des Restaurants fügen. »Mr. und Mrs. Stark, es freut mich sehr, Sie wiederzusehen! Ihre Sitznische wartet bereits auf Sie, wenn Sie mir bitte folgen würden.«

»Unsere Sitznische?« Offenbar muss Damien geahnt haben, dass ich seinen Hinweis bis heute Abend gelöst haben würde. Er sagt jedoch nach wie vor kein Wort.

Bei der Sitzecke, zu der uns Monica geleitet, handelt es sich tatsächlich um *unsere* Nische. Hier habe ich mit Damien an jenem Abend gesessen, als Blaine mein Portrait fertiggestellt hat. Und ich weiß zufälligerweise, dass sie ziemlich schalldicht ist.

Diese privaten Essbereiche bilden eigene kleine Räume, die zu zwei Seiten von Wänden flankiert werden, während sich auf der einen Seite des Tisches eine Tür befindet und auf der anderen Seite ein Fenster mit Blick aufs Meer. Der Zugang zu diesen kabinenartigen Nischen wird durch ein grünrotes Ampelsystem geregelt, und wenn die Ampel auf Rot geschaltet ist, ist absolute Privatsphäre garantiert.

Allerdings verläuft der Tisch nicht durchgehend von der Tür zum Fenster. Wenn man ganz bis nach hinten durchrutscht, gelangt man in einen schmalen Spalt zwischen Tisch und Fenster, der breit genug ist zum Stehen. Bei diesem Anblick werden sofort Erinnerungen daran wach, wie Damien mich gegen das Glas gepresst hat, während ich seine Hände überall auf meinem Körper spürte.

Ich erschauere leicht, und als Damien eine Hand sanft gegen meinen Rücken presst, bin ich mir ziemlich sicher, dass er genau weiß, woran ich gerade denke.

Ich lege meinen Kopf in den Nacken, um ihn anzusehen. »Selbst falls ich mich getäuscht habe und den Hinweis nicht hier finde, hat es sich trotzdem gelohnt, wieder herzukommen.«

Er lächelt schweigend, wie um mir zuzustimmen, aber an seinem Gesichtsausdruck lässt sich dennoch nicht ablesen, ob ich den Hinweis richtig erraten habe, und ich beschließe, mich einfach auf das Spiel einzulassen und den Lauf der Dinge abzuwarten. Wenn sich der nächste Hinweis irgendwo hier versteckt, werde ich das früher oder später ohnehin herausfinden.

Und was, wenn nicht?

Nun, dann muss ich es eben weiter probieren.

Ich gleite hinter den Tisch, und Damien setzt sich neben mich. Monica erzählt uns, dass der Restaurantinhaber, Damiens Jugendfreund Alaine Beauchene, heute Abend nicht im Haus ist, aber so frei war, uns ein Menü zusammenzustellen, wenn wir damit einverstanden sind.

Natürlich sind wir einverstanden, und als die Kellnerin uns den Wein serviert, den Alaine ausgewählt hat, nehme ich einen Schluck, und er ist wirklich vorzüglich.

Die Tischplatte fungiert gleichzeitig als Kochfläche, und schon bald steht ein hübscher Fonduetopf aus Kupfer mit geschmolzenem Käse darin vor uns, der einen herrlichen Duft verströmt, und ich merke, wie hungrig ich bin.

Damien spießt ein Stück Brot auf, tunkt es in den Käse und pustet ein wenig, bevor er mich damit füttert.

Ich sitze direkt neben ihm, sodass sich unsere Beine berühren, weil ich Damien einfach nicht nahe sein kann, ohne ihn zu berühren. Ich rutsche aber ein wenig zur Seite, damit ich ihm besser in die Augen sehen kann, während wir uns unterhalten und Damien uns beide füttert.

Als wir den gesamten Käse verputzt haben und zu den Steak- und Schweinefleischwürfeln in einer würzigen Portweinsauce übergehen, berichtet er mir vom Baufortschritt im Stark Plaza, einem Büro- und Einkaufskomplex in Century City, an dem Stark Real Estate Development derzeit arbeitet. Und ich bringe ihn auf den neuesten Stand, was meine diversen Apps betrifft, die ich entwickle, und erzähle ihm von der Technologiekonferenz, die ich im Sommer besuchen möchte.

Das erinnert ihn daran, dass er eventuell bald nach New York muss, um den neuen Produktionsmanager einer seiner Tochtergesellschaften zu treffen, und er verspricht, mit mir mindestens ein Broadway-Stück zu besuchen, falls ich mitkomme.

Daraufhin bringe ich unmissverständlich zum Ausdruck, dass ich ihn überallhin begleiten würde, Broadway hin oder her, und gebe ihm eine Übersicht über meine anstehenden Aufgaben, von denen ich die meisten auch unterwegs auf dem Laptop erledigen kann.

Alles ist ganz unkompliziert, alles ist so normal.

Wie bei einem verheirateten Ehepaar eben – aber ich genieße dieses Gefühl von Nähe und Vertrautheit.

Trotzdem bin ich dem nächsten Hinweis noch keinen Schritt näher, obwohl ich mir völlig sicher bin, dass er sich hier irgendwo versteckt. Ich muss nur noch herausfinden, wo.

Als die Kellnerin den Hauptgang abräumt, erreicht meine Frustration ihren Höhepunkt und ich beschließe, die Suche aktiv in die Hand zu nehmen. Ich lasse mich auf meinem Sitz nach unten rutschen und sehe unter dem Tisch nach, während ich Damiens amüsierten Kommentar höre: »Da ergeben sich ja gerade völlig neue Möglichkeiten.«

»Ich suche nach dem Ding, das du versteckt hast«, erkläre ich, während ich nachschaue, ob vielleicht jemand an die Tischunterseite einen Briefumschlag geklebt hat.

»Ich sage lieber nichts dazu«, frotzelt Damien, und als ich unter dem Tisch hervorkomme, sehe ich das belustigte Lächeln, das seine Mundwinkel umspielt.

Ich verdrehe die Augen, nachdem mir die Doppeldeutigkeit meiner Worte bewusst wird, und wölbe meine Hand über sein bestes Stück. »Na ja, also *dieses* Ding hier hält sich nicht versteckt«, füge ich keck hinzu und registriere mit Genugtuung, wie sein Schwanz unter dem Druck meiner Hand härter wird.

In meinem Körper breitet sich feuriges Verlangen aus, und das Aufflackern in Damiens Augen deutet darauf hin, dass er das Gleiche denkt wie ich, nämlich dass sich diese Sitznische nicht nur zum Essen und Plaudern eignet. Ich will diesem Gedanken gerade Taten folgen lassen und die Ampel von Grün auf Rot schalten, als es klopft und jemand die Tür öffnet.

»Kann ich Ihnen noch ein Dessert anbieten?«, fragt Monica.

Ich werfe Damien einen Blick zu. Im Moment ist er der einzige Nachtisch, den ich vernaschen möchte. »Nein, danke«, sage ich, als mir Damien ins Wort fällt: »Ja, sehr gern.«

Mit zusammengekniffenen Augen blicke ich zwischen ihm und Monica hin und her, bis mir auffällt, dass Monica gar nicht unsere Kellnerin ist. Sie ist überhaupt keine Kellnerin.

»Also gut«, korrigiere ich. »Ich hätte gerne ein Dessert.«
»Das freut mich sehr zu hören.«

Sie überreicht jedem von uns eine Dessertkarte und huscht davon. Ich öffne die Karte und bin wenig überrascht, dass sich darin statt des üblichen Menüs ein Pergament findet, auf dem in schnörkeliger Handschrift der nächste Hinweis geschrieben steht:

Paul Simon, Beyoncé und die Beatles mitsamt ihren Werken,
würden es bei deinem Anblick sofort bemerken.

Wie Feuer und Eis, so brillant und rein,
ist das Rätsel gelöst, kleide ich dich fein ein.

Ich lese es noch einmal, dann drehe mich zu ihm um und starre ihn an. »Ist das dein Ernst?«

Sein Gesichtsausdruck ist eine Spur zu unschuldig. »Gibt es ein Problem?«

Ich wedele mit der Karte durch die Luft. »Ich habe keine Ahnung, was das heißen soll.«

»Tja, schade.« Er nippt an seinem Wein. »Ich hatte mich schon auf den Moment gefreut, wenn du dein Geschenk findest.«

Stirnrunzelnd lese ich mir die Verse noch einmal durch. Alle sind Sänger, aber was haben sie gemeinsam? Und was meint er damit, dass sie es bemerken werden. Was bemerken?

Ich habe immer noch nicht die leiseste Ahnung, aber ich überlege weiter. Feuer und Eis, brillant und rein.

Das alles kommt mir äußerst bekannt vor, und ich bereue, von dem Wein getrunken zu haben, denn offenbar brauche ich einen klaren Kopf, um dieses Rätsel zu lösen.

Ich kleide dich fein ein.

Was braucht man, um sich fein einzukleiden? Kleider, Schuhe. Ich schließe die Augen und stelle mir vor, ich stünde in unserem riesenhaften Ankleidezimmer. Make-up. Haare.

Schmuck.

Ich lächle, denn nun ergeben auch die Sänger Sinn. Paul Simon mit *Diamonds on the Soles of Her Shoes*, Beyoncé mit *Single Ladies (Put a Ring on It)* und natürlich *Lucy in the Sky with Diamonds* von den Beatles.

Ha! Ich hab's!

Ich drehe mich zu ihm um und bin mir sicher, dass man mir meine Siegesgewissheit ansieht.

»Ja?«

Ich strecke meine Hand aus. »Ich brauche deine Autoschlüssel und dein Handy.«

Damien sieht verblüfft aus, kommt aber meiner Aufforderung nach.

»Was ist mit dem Hinweis?«

»Längst gelöst.« Da bin ich mir sicher. Aber vorerst will ich Damien nichts verraten, denn mir gefällt unser Spiel einfach zu sehr. So sehr sogar, dass es mich zu einem eigenen kleinen Spiel zum Valentinstag inspiriert hat.

Ich scrolle durch seine Kontakte, bis ich Edward finde. Ich hätte zwar auch mein eigenes Handy verwenden können, aber so bekommt das Ganze ein besonders dramatisches Flair.

»Mr. Stark«, meldet sich Edward nach dem ersten Klingeln.

»Hier ist Nikki«, stelle ich richtig. »Aber Mr. Stark bräuchte Ihre Dienste. Er ist im Le Caquelon und möchte, sobald es Ihnen möglich ist, nach Hause gebracht werden.«

»Natürlich, Mrs. Stark. Ich bin schon unterwegs.«

Ich bedanke mich, lege auf und gebe Damien sein Handy zurück.

»Ich möchte nach Hause gebracht werden?«

»Yep.« Ich lasse seinen Schlüssel vom Finger baumeln. »Ich treffe dich dort.«

Er sieht mich misstrauisch an. »Was genau hast du herausgefunden?«

»Was der Hinweis bedeutet.« Ich bin mir vollkommen sicher, dass das Geschenk, was auch immer es sein mag, in einer der mit Samt ausgekleideten Schubladen liegt, die Damien extra für all den Schmuck hat anfertigen lassen, den er mir kauft. Genauer gesagt, in der Schublade ganz links oben, in der ich meinen Diamantschmuck aufbewahre.

»Und wir gehen getrennt nach Hause, weil …?«

Aber daraufhin lächle ich nur, küsse ihn sanft und lasse ganz beiläufig meine Hand zwischen seine Schenkel gleiten, um seinen nun steifen Schwanz zu streicheln. »Ich sehe Sie zu Hause, Mr. Stark.«

Und dann düse ich davon und lasse einen völlig perplexen Ehemann zurück.

7 Wir sind mit dem Jeep in die Stadt gefahren, und obwohl ich damit am liebsten fahre, wünschte ich, wir hätten den Bugatti genommen. Denn jetzt zählt jede Minute, schließlich möchte ich zu Hause ankommen, bevor Edward sich mit Damien auf den Weg macht.

Während ich darauf warte, dass mir der Parkservice den Grand Cherokee bringt, rufe ich erneut Edward an, der mir verspricht, mich sofort per SMS zu informieren, sobald Damien in die Limousine einsteigt. Er weiß zwar nicht, was ich vorhabe, aber ich schätze, dass auch er Gefallen daran findet, Teil meines kleinen Spiels zu sein.

Als ich vor dem Haus ankomme, verliere ich keine Zeit damit, den Jeep in der Garage abzustellen, sondern lasse ihn einfach direkt in der kreisförmigen Auffahrt stehen. Ich gebe den Schlüsselcode ein und bin Sekunden später im Haus.

Obwohl er unser Butler ist, lebt Gregory nicht mit im Haus. Stattdessen hat Damien in der Nähe ein eigenes Apartment für ihn angemietet und baut derzeit einen kleinen Bungalow auf dem östlichen Abschnitt unseres Grundstücks, in dem Gregory einmal wohnen soll.

Das alles macht mir nichts aus. Ich mag Gregory. Aber noch mehr mag ich es, mit Damien allein zu sein.

Immer zwei Stufen auf einmal nehmend, eile ich zu unserem begehbaren Kleiderschrank, der eigentlich vielmehr einem Ankleidezimmer ähnelt. Oder fast schon einem eigenen Apartment, wenn man bedenkt, dass er insgesamt größer ist als das Zimmer, in dem ich während meiner Collegezeit ein Semester lang wohnte.

Die Schmuckfächer befinden sich an der Rückwand und lassen sich allesamt mit einem einzigen Code öffnen. Ich gebe ihn ein und ziehe die mit schwarzem Samt ausgekleidete Schublade heraus, die den Diamantschmuck beherbergt, den Damien mir geschenkt hat. Genauer gesagt, ein Paar Ohrringe und eine atemberaubende Halskette, die er mir bei einer Wohltätigkeitsveranstaltung gekauft hat.

Manchmal bewahre ich hier auch das mit Smaragden und Diamanten besetzte Fußkettchen auf, das er mir schenkte, noch ehe wir offiziell zusammen waren. Aber normalerweise befindet es sich genau dort, wo es sich auch jetzt befindet: an meinem Bein – wo es mich jeden Tag an das untrennbare Band erinnert, das uns verbindet.

Auf den ersten Blick scheint alles wie sonst. Doch dann bemerke ich, dass in dem Fach ein weiteres in schwarzen Samt gehülltes Stück liegt. Neugierig fahre ich mit dem Finger darüber und spüre die Erhebungen von etwas, das sich darunter versteckt.

Ich grinse, denn nun gibt es keinen Zweifel mehr: Ich habe die Belohnung gefunden.

Ich ziehe den schwarzen Samt zurück und enthülle eine wunderschöne Perlenkette und ein Paar silberne Brustwarzenringe, die durch eine Schlangenkette verbunden sind. Bei diesem Anblick wird mein Körper von Verlangen und süßen Erinnerungen durchflutet. Die Perlen hatte er mir in Deutschland geschenkt und sie höchst erotisch einzusetzen gewusst. Und mit den Brustwarzenringen hatte Damien mich erstmals in der Wohnung vertraut gemacht, in der ich gemeinsam mit Jamie lebte. Ich weiß noch, wie erstaunt ich damals war, wie stark mein Körper auf den konstanten Druck auf meine erregten Nippel und den lustvollen Schmerz reagierte, wenn Damien fordernd an der Kette zog.

Allein bei der Erinnerung daran werde ich ganz feucht, und vor Vorfreude ziehe ich mit den Zähnen leicht an meiner Unterlippe, denn beide Dinge passen perfekt zu dem, was ich für heute Abend geplant habe. Am liebsten würde ich mich ihm gleich hingeben, hier und jetzt, und bin dankbar, als mein Handy vibriert und ich Edwards SMS lese, dass sie jetzt unterwegs sind.

Gott sei Dank.

Zuletzt ziehe ich unter dem Schmuck einen Briefumschlag hervor. Ich öffne ihn und finde darin eine Flugroute – kein Flugticket, schließlich besitzt dieser Mann nicht umsonst eine eigene Flugzeugflotte. Demnach fliegen wir morgen Abend nach Nassau, wo uns ein Kleinflugzeug erwartet, das uns zu einem Insel-Resort namens Serafina Spa Retreat bringt. Dort verbringen wir drei Nächte, bevor wir am Valentinstag wieder nach Hause zurückkehren.

Ich seufze vor Glück. Damien hat mich schon einmal während unserer Flitterwochen auf eine Insel entführt, und obwohl es absolut traumhaft war, war es doch auch ziemlich abgelegen – nur wir zwei in einer kleinen Hütte auf einer einsamen Insel. Der perfekte Ort für die Flitterwochen und perfekt, um der Welt zu entfliehen.

Ich muss zugeben, dass die Aussicht auf einen Spa-Urlaub und drei Nächte auf einer Insel mit Damien verheißungsvoll klingt.

Auch wenn ich in diesem Moment etwas wüsste, was mindestens genauso verheißungsvoll wäre.

Ich habe das Bedürfnis, mich umzuziehen, und hülle mich in meinen flauschigen weißen Lieblingsmorgenmantel. Dann gehe ich ins Schlafzimmer, lege das Handy neben mich auf die Matratze und wähle Damiens Nummer.

Beim ersten Klingeln geht er sofort ran.

»Wo bist du?«

»Zu Hause. Im Bett.«

»Tatsächlich?« Ich höre den interessierten Unterton in seiner Stimme.

»Aber ich stelle mir vor, Sie wären hier, Mr. Stark«, hauche ich ins Telefon. »Ist eigentlich die Trennwand oben?«

Es entsteht eine Pause, und als er antwortet, ist die wachsende Begierde in seiner Stimme unverkennbar. »Jetzt ist sie oben.«

»Schließ deine Augen«, befehle ich ihm. Ich schließe meine ebenfalls und erinnere mich daran, wie ich das erste Mal allein in seiner Limousine saß, während mich Damiens Stimme durch das Telefon hindurch streichelte, liebkoste und zum Höhepunkt brachte. »Stell dir vor, ich bin bei dir. Sitze direkt neben dir. Meine Hand ruht auf deinem Oberschenkel.«

Er sagt nichts, und ich werte das als Zeichen, dass er mitspielt und sich meinen Regeln unterwirft.

»Ich gleite mit der Hand nach oben«, säusele ich. »Taste mich langsam über deine Hose. Umschließe mit den Fingern deinen Schwanz. Sagen Sie mir, Mr. Stark«, sage ich atemlos und kann nur mit Mühe dem Drang widerstehen, meine Hand zwischen meine Beine zu pressen. »Ist er hart?«

»Sehr.«

»Ich weiß, ich spüre es. Spürst du mich auch? Ich streiche ihn, bis er immer härter wird und du mich anbettelst, den Reißverschluss herunterzuziehen und meine Hand in deine Hose gleiten zu lassen. Tu es«, flüstere ich.

»O Gott, Nikki.«

Ich gönne mir ein zufriedenes Lächeln, lasse mich aber ansonsten nicht von meinem verführerischen Spiel ablenken. »Ich öffne deinen Gürtel und knöpfe deine Hose auf.

Ich öffne vorsichtig deinen Reißverschluss und gleite mit meiner Hand in deine Hose, um deinen Schwanz hervorzuholen. Tu das, Damien. Und stell dir dabei vor, das wäre meine Hand.«

Er antwortet nicht, aber ich kann seinen Atem hören.

»Du bist hart und weich, wie Samt auf Stahl, und ich lasse meine Hand über dich gleiten, bis du kurz davor stehst zu explodieren. Aber noch ist es nicht so weit«, sage ich. »Ich will dich erst schmecken.«

»Heilige Scheiße.« Seine Stimme ist heiser, und ich winde mich vor Lust auf dem Bett. Angetörnt nicht nur durch meine Worte und die Macht, die ich damit über ihn habe, sondern auch von dem, was ich unter meinem Morgenmantel trage.

»Kannst du meine Zunge auf dir spüren? Wie sie deine Eier leckt? Und deinen ganzen Schwanz kostet, als würde sie an einem Lolli lecken? Ich sauge an deiner Eichel und nehme ihn dann tief in den Mund. Du schmeckst köstlich, und ich kann gar nicht genug von dir bekommen, und du wirst immer härter und härter und ...«

»Noch nicht.« Seine Stimme klingt gepresst, und ich bin mir sicher, dass er dagegen ankämpft, nicht zu kommen.

»Willst du das? Mich dazu bringen, dass ich komme?«

»Ja«, flüstere ich.

»Dann will ich, dass du mit mir kommst. Erzähl mir, was du gerade anhast.«

Ich zögere, denn so war das Spiel nicht geplant, aber ich muss zugeben, dass es dadurch einen ganz neuen Reiz erhält.

»Erzähl es mir«, wiederholt er.

»Einen Morgenmantel«, sage ich. »Den flauschigen weißen.«

»Zieh ihn aus.«

»Schaust du mir dabei zu?«

»Natürlich tue ich das.«

»Okay, ausgezogen«, sage ich, nachdem ich ihn neben dem Bett abgeworfen habe.

»Bist du nackt?«

Ich lecke meine Lippen. »Nein.«

»Was trägst du?«

»Lustig, dass du das fragst«, sage ich. »Ich habe nämlich gerade etwas höchst Interessantes in meinem Schmuckfach gefunden.«

»Ach, wirklich?«

»Ja, ich trage gerade eine Perlenkette und Brustwarzenringe.«

»Tatsächlich? Ich freue mich schon darauf, das mit eigenen Augen zu sehen. Und sonst hast du nichts an?«

Ich weiß, dass er ein »Nein« erwartet, doch stattdessen sage ich: »Na ja ...«

»Oho?« Ich habe sein Interesse geweckt. »Erzähl.«

»Na ja, ich dachte, ich könnte das Outfit ergänzen. Außerdem finde ich, wenn ich schon die Perlenkette trage, sollte ich auch das passende Höschen dazu tragen.«

Mit der Hand befühle ich den Stringtanga, den mir Damien einmal geschenkt hat; ein Hauch von Nichts mit einer Perlenkette an besonders delikater Stelle.

»Oh, Baby«, stöhnt er, und plötzlich sprudelt ein Lachen aus mir hervor.

»Ich glaube, wenn ich mich jetzt nur noch ein klitzeklein wenig bewege, komme ich auf der Stelle«, warne ich ihn.

»Lass deine Hand nach unten gleiten«, weist er mich an. »Aber berühre nur die Perlen.«

Ich gehorche und stöhne lustvoll, umso mehr, als die glatten Kugeln von meiner Erregung ganz glitschig sind.

»Sehr schön«, sagt er. »Aber, Baby, sosehr mir das Spiel gefällt, ich fürchte, wir müssen abbrechen.«

»Oh.« Die Enttäuschung trifft mich eiskalt, und sein leises Lachen verrät mir, dass er weiß, was in mir vorgeht.

»Ich stehe vor dem Haus«, erklärt er.

»Oh!« Auch wenn ich das Spiel durchaus genossen habe, habe ich nichts dagegen, die Vorstellung Realität werden zu lassen.

»Ich will dich, auf dem Bett.« Seine Stimme hat einen klaren Befehlston, und ich schmelze noch etwas mehr dahin. »Beine gespreizt. Beide Arme zur Seite. Und Augen geschlossen.«

Ich gehorche aufs Wort, auch wenn es mir schwerfällt, still liegen zu bleiben, als der Piepton des Sicherheitssystems anzeigt, dass er die Tür geöffnet hat.

Der Flugplan steckt zusammengefaltet unter meinem Stringtanga, aber ansonsten erwarte ich ihn genau so, wie er mich wollte. Ich höre, wie sich seine Schritte nähern, und muss mich zusammennehmen, um nicht die Augen zu öffnen. Als ich sein Gewicht auf der Matratze spüre, beiße ich mir auf die Unterlippe und ziehe tief Luft ein, als er von den Knöcheln aufwärts beginnt, jeden Zentimeter meines Beins zu küssen. An meinem Tanga angelangt, nimmt er den Zettel zwischen die Zähne, bevor er sich rittlings auf mich setzt und ihn auf meine Brust fallen lässt.

»Du warst ein ganz ungezogenes Mädchen«, sagt er und beugt sich herab, um mich lang und stürmisch zu küssen. »So gefällst du mir.«

Lachend öffne ich die Augen und verschränke meine Arme hinter seinem Hals, um mich für einen weiteren Kuss zu ihm hochzuziehen. Dann nehme ich den Flugplan und lege ihn beiseite. »Ich mag mein Geschenk. Ein Spa-Urlaub mit meinem Herzallerliebsten: einfach perfekt.«

»Du bist perfekt«, haucht er. »Und im Moment interessiert mich weder das Spa noch die Insel oder der Urlaub.«

Langsam beginnt er, sich Kuss um Kuss nach unten vorzuarbeiten. »Du kannst dir vielleicht denken, woran ich interessiert bin.«

Ich lege den Zeigefinger nachdenklich auf die Lippen. »Mmh, lass mich mal überlegen.«

Ich hebe meinen Kopf, um ihn in die Augen zu sehen. »Ich liebe dich.«

»Ich weiß«, entgegnet er. »Und dieses Wissen ist wie ein helles Licht, das mir selbst in tiefster Finsternis den Weg leuchtet. Aber jetzt, Baby, schließ deine Augen. Ich will, dass du davonschwebst.«

Er hat mir nicht zu viel versprochen. Seine Finger und sein Mund setzen meinen Körper in Flammen. In einem letzten Versuch, gegen die Lust anzukämpfen, die mich schier zu verzehren scheint, strecke ich die Arme aus und klammere mich mit zu Fäusten geballten Händen am Betttuch fest.

Damien rutscht immer tiefer und tiefer, bis seine Zunge jene Perlenschnur erreicht, die den String dieses überaus sinnlichen Tangas bildet. Und obwohl er mich nicht direkt berührt, streifen mich die Perlen doch an meiner intimsten Stelle, sodass ich ihn nur noch verzweifelter will.

»Verdammt, Damien, jetzt«, flehe ich ihn an, aber nachdem ich ihn in der Limousine auf die Folter gespannt habe, will er es mir jetzt ebenfalls nicht zu leicht machen. Das ist verführerische Folter, und ich genieße jede Sekunde davon.

Vom Boden her, wo mein Telefon liegt, ertönt das Grillenzirpen, das ich extra als Klingelton für SMS von Jamie eingerichtet habe. »Ignorier es einfach«, sage ich und bekomme große Lust, Jamie zu erwürgen, als der Klingelton noch weitere drei Mal ertönt.

Ich will Damien gerade auffordern, weiterzumachen und mein Handy einfach aus dem Fenster zu werfen, als sein Telefon klingelt. Der Klingelton ist ebenfalls einer bestimmten

Nummer zugewiesen, und wir beide wissen sofort, wer da anruft: die Sicherheitsabteilung von Stark International.

»Scheiße!« Da diese Nummer nur für Notfälle gedacht ist, ist mir klar, dass er den Anruf nicht einfach ignorieren kann. Während er nach seinem Handy greift, beschließe ich, ebenfalls nachzusehen, was Jamie schreibt.

Ihre SMS enthält nur drei Buchstaben: SOS.

Irritiert runzle ich die Stirn und drehe mich zu Damien um, dessen Gesichtsausdruck einen ganzen Staat in die Krise stürzen könnte.

»Was ist passiert?«, frage ich bestürzt, sobald er das Gespräch beendet hat.

»Zieh dich an«, befiehlt er und sucht seine Kleidung zusammen.

»Was ist denn los?«, frage ich noch mal, als er mich wortlos zum Kleiderschrank zieht.

»Jamie und Ryan haben auch eine Erpresser-E-Mail erhalten. Entweder wir legen nochmal Zweihunderttausend drauf oder der Absender veröffentlicht ein Sexvideo.«

»Von ihr und Ryan?«

»Von ihr und Douglas«, stellt Damien richtig, wobei er den etwas abgerissenen Nachbarn von Jamie meint, mit dem sie mehr als einmal herumgevögelt hat.

»Ach du Scheiße«, entfährt es mir, während ich mir einen Strickrock und ein T-Shirt überziehe.

»Jep, genau«, sagt Damien auf dem Weg zur Treppe. »Das fasst die Sache ziemlich gut zusammen.«

8 In der Annahme, dass Ryan und Jamie zu Hause sind, fahren wir zunächst Richtung Venice Beach, ändern jedoch schon bald den Kurs. Wie Jamie uns per SMS mitteilt, ist Ryan auf dem Weg Richtung Studio City. Offenbar mit der Absicht, sich Douglas vorzuknöpfen.

Zum Glück sind wir noch nicht in Santa Monica, sodass wir den Pacific Coast Highway verlassen, sobald wir die Getty Villa und den Highway 27 erreicht haben, und rasen dann auf dem 101 Freeway durch die Hügellandschaft.

Wir treffen kurz vor Jamie ein, die mit dem Ferrari, den Damien und ich ihr zum Abschied geschenkt haben, mit quietschenden Reifen vor unserem ehemaligen Wohnhaus zum Stehen kommt. Ich kenne Jamie gut genug, um zu wissen, dass sie das Auto bis ans Limit ausgereizt hat, um so schnell hier zu sein. Außerdem haben wir genau dasselbe getan.

»Ryan ist schon hier«, stellt Damien mit einem Nicken zu dem Mercedes fest, der auf der anderen Seite in einem schrägen Winkel geparkt steht.

»Er wird ihn umbringen.« Jamie kommt auf uns zugehastet. Ihre Augen sind gerötet und ihr Make-up verschmiert. »Ich habe ihn noch nie so wütend erlebt.«

»Er hat allen Grund dazu«, sagt Damien finster. »Kommt!«

Der Gebäudeeingang ist inzwischen dank Damiens Sicherheitsmaßnahmen passwortgeschützt, aber Jamie kennt den Code. Nachdem sie ihn eingegeben hat, stürmen wir zu dritt hinein, dann die Treppen hoch zu Douglas' Wohnung, die sich direkt neben jener befindet, in der Jamie und ich zusammengewohnt haben.

Damien dreht am Türknauf, und als sie sich nicht öffnet, beginnt er an die Tür zu hämmern. »Verdammt, Ryan, mach auf!«

Jamie beginnt ebenfalls an die Tür zu hämmern. »Hunter! Mach die Tür auf!«

Einen Moment lang hören wir nichts. Dann öffnet sich die Tür und Ryan steht vor uns. Er sieht völlig fertig aus.

Sofort stürzt Jamie ihm entgegen. Er fängt sie auf und drückt sie fest an sich, während sie an seiner Brust schluchzt.

Ryans und Damiens Blicke begegnen sich und ich kann die unausgesprochene Frage, die zwischen beiden steht, beinahe hören: *Hast du irgendwas angestellt? Muss ich irgendwelche Spuren beseitigen?*

Und ich weiß genau, Damien meint es ernst. Falls Ryan Hunter Douglas, das Arschloch mit dem Sexvideo, windelweich geschlagen haben sollte, würde Damien alles in seiner Macht Stehende tun, damit Ryan nicht nur unbeschadet davonkommen, sondern auch noch von allen Frauen der Stadt als Held gefeiert werden würde.

Einen Augenblick lang verzieht Ryan keine Miene, dann schüttelt er kurz den Kopf, bevor er zur Seite tritt, um uns hereinzulassen.

Drinnen sitzt Douglas gekrümmt auf dem Sofa und drückt eine Hand gegen den Bauch. Aus seinem Gesicht ist jedes Blut gewichen, sodass seine Haut beinahe transparent erscheint. »Der Wichser hat mich fertiggemacht.«

»Und du hast es nicht anders verdient«, sagt Damien.

»Ich war das nicht«, sagt Douglas. »Unser Karate-Kid hier hat behauptet, ich hätte gedroht, ein Video von Jamie und mir an Paparazzi zu verkaufen oder irgend so einen Scheiß, dabei stimmt das überhaupt nicht.«

»Bullshit!«, sagt Jamie. Sie sieht schon gefasster aus, und obwohl sie sich immer noch an Ryans Hand klammert, steht sie fest auf beiden Beinen, ihr Gesicht feuerrot vor Wut.

»Du hast das Video gedreht, ohne mir irgendwas zu sagen. Glaubst du echt, dass ich dir dann noch diesen Schwachsinn abnehme?«

»Es stimmt aber. Ich weiß nicht, wie sie an die Datei rangekommen sind. Vielleicht hat jemand meinen Computer gehackt, was weiß ich, ich war es jedenfalls nicht. Ich meine, verfluchte Scheiße, in meinem Leben dreht sich alles darum, wie ich die nächste heiße Schnecke ins Bett kriege. Was meinst du, wie viele ich bekomme, wenn rauskommt, dass ich die Tussis heimlich filme?«

»Was meinst du, wie viele heiße Schnecken du im Knast findest, du kranker Perversling?«, kontert Jamie.

»Verfluchte Scheiße nochmal!« Verzweifelt fährt er sich mit der Hand durch die Haare, sodass sie wild vom Kopf abstehen.

»Ich hab nichts mit der Sache zu tun, ich schwör's euch.«

In Sekundenschnelle hat Ryan das Zimmer durchquert, packt Douglas am Kragen und zieht ihn hoch auf seine Füße. Douglas sieht aus, als ob er sich jeden Moment in die Hosen macht.

Einen Augenblick lang halten alle den Atem an, dann schleudert Ryan ihn zurück aufs Sofa.

»Du bist es gar nicht wert«, zischt er verächtlich und wendet sich ab. Auf dem Weg zur Tür nimmt er Jamies Hand, und gemeinsam verlassen sie wortlos die Wohnung.

Ich will ihnen gerade folgen, als ich sehe, wie sich Damiens und Douglas' Blicke kreuzen, und Damien ganz langsam und ruhig sagt: »Ich werde herausfinden, wer dahinter steckt, und wenn du da mit drinhängst, wird die Abreibung von eben ein Scheißdreck sein gegen das, was ich mit dir mache. Haben wir uns verstanden?«

Wenn ich geglaubt hatte, Douglas wäre zuvor kreidebleich gewesen, so habe ich mich gewaltig getäuscht. Ich beobachte, wie der letzte Tropfen Blut aus seinem Gesicht weicht. Er beginnt langsam zu nicken, aber Damien hat sich längst weggedreht; seine Botschaft war unmissverständlich.

Als wir draußen auf dem Gehweg stehen, legt Damien Jamie einen Arm um die Schultern und sieht zu Ryan hinüber: »Ich werde zahlen.«

»Damien, nein!«, widerspricht Jamie sofort entschieden, aber er nimmt ihre Stimme kaum wahr. Stattdessen sieht er mir geradewegs in die Augen. Ich schlucke. Einerseits bin ich dankbar, dass er sich für Jamie einsetzt, aber andererseits kann ich nicht akzeptieren, dass er seine eigenen Prinzipien verrät. Denn Damien Stark ist kein Mann, der sich irgendwem beugt. Zumindest nicht, bevor ich in sein Leben trat.

»Es gibt keinen Grund, weshalb wir die Herausgabe des Videos riskieren sollten. Ich werde zahlen.« Er richtet sich wieder an Ryan. »Das ist mein letztes Wort.«

Ryan nickt.

»Aber ...« Jamies Protest erstirbt, als Damien sich mir zuwendet.

»Wir gehen.«

Ich umarme Jamie kurz und höre, wie sie flüstert: »Lass das nicht zu«, aber Damien zieht mich weg, ehe ich antworten kann. Wortlos öffnet er mir die Wagentür und steigt auf der Fahrerseite ein. Noch immer wütend, lässt er den Motor aufheulen, und als er das Lenkrad umgreift, sehe ich, dass sich seine Knöchel weiß abzeichnen.

Ich öffne den Mund, um etwas zu sagen, und schließe ihn wieder. Ich verstehe seine Wut – verflucht, ich bin selbst verdammt wütend. Und noch mehr verstehe ich, dass er sie rauslassen, sie entladen muss. Und irgendeinen Weg finden muss, wie er der Welt den Mittelfinger ausstrecken kann.

Deshalb überrascht es mich nicht, als er das Gaspedal durchtritt und wir mit quietschenden Reifen davonbrausen.

Statt auf die 101 abzufahren, folgt er dem Laurel Canyon bis zu den Gebirgsausläufern und biegt dann auf den Mulholland Drive ab. Auch das überrascht mich nicht, und ich klammere mich einfach an den Haltegriff, als er die kurvigen und geraden Strecken entlangrauscht, bis er schließlich das Lenkrad umreißt und in einer Haltebucht zum Stehen kommt.

Mein Atem geht schwer. Ich vertraue Damien, aber diese Straße ist brutal. Keine Leitplanken, scharfe Kurven und direkt neben uns fällt die Straße steil zur Stadt hin ab.

Behutsam strecke ich meine Hand nach ihm aus und bin erleichtert, als er sie fest in seine nimmt. Ich möchte etwas sagen, ihn beruhigen. Aber um ehrlich zu sein, weiß ich nicht, was ich sagen soll.

Letztlich sage ich das Einzige, das unbedingt gesagt werden muss. Und zwar das, was Jamie mir gesagt hat. »Du musst nicht zahlen. Ich will es nicht. Und Jamie auch nicht.«

Sein Blick ist leer. »Ich zahle.« Ein Moment der Stille entsteht, dann löst er sanft seine Hand aus meiner. Er öffnet die Tür, steigt aus und bleibt am Abgrund stehen, um auf die Stadt zu blicken. Sein Rücken wird durch die Scheinwerfer angestrahlt, wie ein hell erleuchteter Engel, dessen Schatten auf die Welt unter ihm fällt.

Meine Brust verkrampft sich, und ich wünschte, ich hätte irgendein Zaubermittel, mit dem ich dieses ganze Chaos in Luft auflösen könnte. Denn die Wahrheit ist, dass keine von beiden Optionen sonderlich attraktiv ist. Damien ist nicht die Art von Mann, der sich freiwillig einem Erpresser beugt. Und obwohl Jamie es überleben wird, wenn das Video an die Öffentlichkeit gelangt, ist es nicht fair, dass sie das über sich ergehen lassen muss.

Erst jetzt merke ich, dass ich steif dagesessen und meine

Fingernägel kurz unterhalb meines Rocks so fest in die Haut gedrückt habe, dass sie rote Kerben hinterlassen. *Scheiße.*

Ich seufze. Es gibt kein Zaubermittel. Es gibt nur mich, Damien, unsere Freunde und die Welt. Und momentan scheint sich die Welt gegen uns verschworen zu haben.

Ich zwinge mich, mich zu entspannen, meine Finger zu lockern und den Schmerz zu verdrängen. Ich sage mir, dass ich den Schmerz nicht brauche, nicht wirklich. Ich bin zwar eine Ritzerin, aber es ist lange her, seit ich mich das letzte Mal geritzt habe. Jetzt habe ich Damien, der mir Halt gibt. Und vor allem habe ich in mir selbst Halt gefunden.

Ich werde diese Sache überleben. Damien wird es überleben. Und Jamie auch.

Mit diesem Gedanken steige ich aus und stelle mich neben ihn, diesmal allerdings ohne ihn zu berühren. Diesmal warte ich. Denn ich weiß, dass er sich nimmt, was er von mir braucht, so wie ich mir nehmen kann, was ich brauche.

Es verstreichen ein paar Sekunden, ehe er spricht. »Ich werde zahlen«, wiederholt er, als ob ich ihm gerade eine Frage gestellt hätte. Seine Augen blicken starr geradeaus. Nun dreht er den Kopf zu mir, und sein Blick ist nicht länger stumpf, sondern eindringlich. »Du sagst, du bist stark genug, um dir diesen Dreck mit Carmela und mir anzusehen, und ich glaube dir, aber ... Aber das hier ... Nein.«

»Egal, was kommt, mit dir an meiner Seite kann ich alles durchstehen.« Meine Stimme ist sanft, aber kräftig. »Und Jamie auch. Sie weiß, sie hat einige falsche Entscheidungen getroffen. Und sie weiß, was es dich kosten würde, den Erpressern nachzugeben. Und vergiss nicht, es ist nicht deine Entscheidung. Die Datei wurde an Jamie geschickt. Nicht an dich. Nicht an mich.«

Er ringt sich ein schiefes Lächeln ab. »Wir beide wissen genau, an wessen Geld sie heranwollen.«

Das kann ich nicht abstreiten. »Selbst wenn, es liegt nicht in deiner Hand.«

»Ich nehme es aber in die Hand.«

»Verflucht, Damien ...«

»*Nein*. Sie hat falsche Entscheidungen getroffen? Mit Sicherheit. Aber sie hat die Kurve gekriegt. Sie verdient das nicht. Und ich werde nicht dabei zusehen, wie sie diesen Aasgeiern zum Fraß vorgeworfen wird und du mitleidest. Nicht, wenn ich das verhindern kann.«

»Das ist Erpressung, Damien.«

»Ja, ganz genau.« Er zieht mich zu sich heran. »Verdammt, Nikki, dachtest du, ich erkenne das nicht?« Er streicht mir über die Wange, und ein Schauer läuft mir über den Rücken. »Du hast dich damit abgefunden, als es nur um uns beide ging. Du stehst das durch, weil du stark bist und weil du es schon einmal durchgestanden hast. Aber jetzt willst du auch noch all den Schmerz auf dich nehmen, der deine beste Freundin betrifft. Baby, meinst du, ich wüsste nicht, wie fertig dich das macht? Müsstest du nicht mittlerweile wissen, dass ich genau weiß, was in dir vorgeht?«

Ich nicke und mir schießen Tränen in die Augen, denn ich weiß, wie gut er mein Innerstes kennt. Genauso wie ich weiß, dass Damien alles tun würde, um mich und meine Liebsten zu beschützen, und bereit wäre, dafür jedes Opfer zu erbringen.

Aber dieses Opfer kann und will ich ihm nicht abverlangen. »Ja, es macht mich fertig«, gebe ich zu. »Aber ich werde das durchstehen. Solange du bei mir bist. Mir Halt gibst. Aber was ich nicht ertrage, ist der Gedanke, dass der Mann, den ich liebe, etwas für mich tut, das ihn zermürbt.«

Er antwortet mir nicht, doch ich kann die Pein in seinem Gesicht ablesen.

»Ich liebe dich«, habe ich kaum geflüstert, da bedeckt sein

Mund den meinen. Der Kuss ist brutal, wild und fordernd. Und ich weiß, dass ich recht hatte: Damien nimmt sich von mir, was er braucht, denn er weiß, dass es ihm gehört.

»Nikki.« Mein Name ist nur mehr ein Stöhnen, doch ehe ich antworten kann, hat sein Mund erneut von meinem Besitz ergriffen. Seine Zunge umschlingt meine zu einem so tiefen, wilden und leidenschaftlichen Kuss, dass seine Energie meinen gesamten Körper erfüllt, mich elektrisiert. Und ich habe das Gefühl, dass ich sterbe, wenn ich nicht sofort seine Hände auf mir spüre.

»Ja«, stöhne ich auf. »O Gott, ja.«

Er stößt mich heftig zurück gegen das Auto, sodass meine Beine an die Motorhaube gedrückt werden. Seine Finger durchwühlen mein Haar, während er mit einer Hand meinen Hinterkopf stützt und meinen Mund mit wilden Küssen bedeckt.

Der Kuss ist pure Leidenschaft, aber auch Strafe und Unterwerfung. Weil ich den Schmerz gesucht habe und dafür nicht zu ihm gekommen bin. Weil irgendjemand da draußen sein Spielchen mit uns treibt und er machtlos ist. Und weil er nicht gern nach der Pfeife von jemand anderem tanzt.

Ich verstehe all das, und ich will ihm geben, was er braucht. Aber im Moment geht es nicht um Kontrolle, Wut oder Frustration. Sondern um Lust und Leidenschaft. Um Verlangen und Begierde.

Darum, dass ich keine weitere Minute überlebe, wenn mich Damien nicht jetzt sofort nimmt. Und es ist mir völlig egal, dass wir unter freiem Himmel direkt an der Straße stehen.

»Bitte«, bettle ich.

Und Damien, der immer für mich da ist, wenn ich ihn brauche, enttäuscht mich nicht.

Er dreht mich um und drückt mich gegen die Motorhaube. Ich schiebe meinen Rock nach oben, spreize meine Beine und stelle mich auf Zehenspitzen. Der Perlen-Tanga ist klitschnass.

Er reißt ihn mir herunter, und ich höre, wie die Perlen über den Schotterboden rollen. Doch selbst das ist mir egal. Alles, was ich wahrnehme, sind seine Finger auf meiner Vulva. Ich bin feucht, und seine Hand gleitet über mich und in mich hinein. Ich stöhne auf vor Lust, aber das genügt mir nicht. Ich will alles von ihm und sage ihm das auch. Mit flehender, mit fordernder Stimme.

Kurz darauf werde ich vom Geräusch seines Reißverschlusses belohnt und durch das harte Pressen seiner Eichel an meiner Muschi.

Er dringt in mich ein. Erst nur ein klein wenig, sodass ich mir auf die Unterlippe beiße, denn ich will so viel mehr. Ich will ihn ganz spüren. Seine langsamen Bewegungen sind die reinste Folter, eine Qual für mich.

Er bringt mich schier um den Verstand, aber natürlich weiß er das genau.

Dann rammt er ganz ohne Vorwarnung seinen harten Schwanz tief in mich hinein, und mein lustvoller Aufschrei hallt von den Bergen wider. Ich bäume mich auf, während Damien sich über mich lehnt, wodurch er noch tiefer in mich eindringt. Er erfüllt mich voll und ganz, und ich frage mich, wie ich es überhaupt eine Sekunde aushalte, wenn ich ihm nicht auf so intime Art nahe bin.

Aber das bin ich. Das bin ich immer. Selbst wenn ich ihn nicht berühre, ist er mir nahe.

Dieser Gedanke erregt mich noch mehr, und als seine Hände sich über meine Brüste wölben, er sanft an meinem Hals knabbert und kraftvoll in mich eindringt, ist mir, als würde ich in tausend Teile zerspringen, und ich schreie auf vor Leidenschaft, Erleichterung und Glück, als Damien kurz darauf in mir explodiert.

Der letzte zusammenhängende Gedanke, dessen ich noch fähig bin, ist: Egal, was auch geschieht, Damien und ich geben einander, was wir brauchen. Jetzt und bis in alle Ewigkeit.

9 »Bist du sicher, dass du keinen Ärger bekommst?«, frage ich Sylvia besorgt. »Und dass er nicht jeden Moment hereinplatzt und uns erwischt?«

Wir sind im Wohnzimmer des Penthouse-Apartments, und Sylvia steht hinter dem Fotostativ, auf das ich die Leica montiert habe, die mir Damien geschenkt hat.

»Wie gesagt, er ist den ganzen Vormittag in Meetings.«

Das ist auch mein Stand der Dinge. Die Meetings, darunter einige Videokonferenzen, die noch vor Sonnenaufgang beginnen, sind auch der Grund, weshalb wir letzte Nacht im Apartment übernachtet haben. »Was, wenn er etwas vergessen hat?«

»Es ist meine Aufgabe, sicherzustellen, dass er nichts vergisst«, beruhigt sie mich. »Und ich kann dir versichern, dass er komplett mit Meetings ausgebucht ist, bis der Hubschrauber eintrifft. Aber wenn du dir solche Sorgen machst, dann sei einfach mal still, damit ich das Foto machen kann. Dann bin ich sofort weg, und die Gefahr ist gebannt.«

»Sorry«, sage ich schuldbewusst. »Es ist nur so, dass es doch eine Überraschung werden soll. Und ich bin dir wirklich unglaublich dankbar, dass du mir hilfst.«

»Gerne doch. Das mit dem Foto und der Rest auch.«

Wir haben vereinbart, dass Sylvia ein paar Fotos von mir schießt, die ich dann von der Speicherkarte auf meinen Laptop herunterlade, wenn ich im Flugzeug sitze. Wir machen zwar keine Geschäftsreise, aber ich bin mir ziemlich sicher, dass Damien das Eine oder Andere erledigen muss, sodass ich selbst heimlich noch ein wenig an meinem Geschenk basteln kann.

Mein Plan ist es, das Foto nachzubearbeiten, einen Text einzufügen und das Ganze per E-Mail an Sylvia zurückzuschicken. Sie wird es daraufhin ausdrucken, einrahmen, einpacken und in unser Haus in Malibu liefern lassen. Wenn wir dann am Valentinstag nach Hause kommen, wartet es schon darauf, von Damien ausgepackt zu werden.

Allein bei der Vorstellung daran muss ich grinsen. Außerdem sorgt der ganze logistische Aufwand dafür, dass das Geschenk sich umso besonderer anfühlt. Hoffentlich hat Damien ebenso viel Freude an dem Bild wie ich bei dessen Gestaltung.

Aber noch steht der Gestaltungsprozess ganz am Anfang.

»Okay«, sage ich. »Dann mal los.«

Sie nickt und stellt den Fokus ein. Die Belichtung und die Filter sind bereits so ausgewählt, dass Spiegelungen und Blendlicht minimiert werden. Was ich will, ist ein Bild von mir, wie ich vor dem Fenster stehe, während sich hinter mir die Stadt erstreckt. Dabei trage ich ein hautenges Kleid und stütze mich mit einer Hand so an der Scheibe ab, dass meine Kurven optimal zur Geltung kommen.

Wenn alles nach Plan läuft, wird das Bild umwerfend. Aber leider läuft nicht immer alles nach Plan.

Ich stehe ganz still, während Sylvia ein Bild nach dem anderen knipst. Sie lässt mich dann verschiedene Posen einnehmen, sodass ich mehr Bilder zur Auswahl habe, falls mir das ursprüngliche Motiv doch nicht gefällt.

Als ich mich gerade beschweren will, dass mir gleich der Arm abfällt, verkündet Sylvia, dass wir alle Bilder im Kasten haben und fertig sind.

»Und?«, frage ich, und ihr Grinsen ist Antwort genug.

»Jetzt hast du wirklich die Qual der Wahl«, sagt sie. »Damien wird hingerissen sein.«

Während ich einen kleinen Koffer packe, denke ich über ihre Worte nach. Ich hoffe, sie hat recht. Verglichen mit dem Spiel, das Damien sich extra für mich ausgedacht hat, komme ich mir etwas einfallslos vor. Andererseits kann ich mir genauso gut nächstes Jahr etwas Ausgefallenes einfallen lassen. Oder zu seinem nächsten Geburtstag. Eine persönliche iPhone-App zum Beispiel.

Diese Idee gefällt mir, und ich bin so in Gedanken an Liebespaar- und Schnitzeljagd-Apps versunken, dass ich Damien nicht hereinkommen höre. Ich sitze auf dem Bett, meine Laptoptasche neben mir, den Koffer als Schreibunterlage vor mir aufgestellt, und kritzele gerade in mein Notizbuch, als er leise an den Türrahmen klopft.

Ich schaue hoch, bin eine Sekunde lang verwirrt und springe dann vom Bett auf, um mich in seine Arme zu werfen. Er küsst mich mit ebensolcher Freude und nickt dann zu dem Notizbuch hinüber, das auf den Boden gefallen ist. »Wobei habe ich dich denn gestört?«

»Das erzähl ich dir, wenn ich die Details ausgearbeitet habe. Ich kann nur so viel verraten: Du hast mich zu einer neuen App inspiriert.« Ich grinse schelmisch. »Ich bin mir sicher, das wird ein Verkaufsschlager.«

Amüsiert sieht er mich an. »Wie sollte das auch anders sein, wenn du sie entwickelst? Bist du bereit?«

Das bin ich, und so schnappen wir unsere Sachen und fahren mit dem Lift aufs Dach. Der Hubschrauber bringt uns zum Flughafen, wo der mir mittlerweile vertraute Jet auf uns wartet, sowie Grayson, der Pilot, und Katie, die erfahrene Flugbegleiterin der Stark-Flotte.

Wir gehen an Bord, und Katie bringt uns beiden ein Glas Champagner, bevor sie zurück in den Crew-Bereich geht und uns allein lässt.

»Ich hatte gestern gar keine Gelegenheit, mich bei dir zu

bedanken«, sage ich, als wir in der Luft sind. »Erst hast du mich abgelenkt ...«

»Ich würde sagen, Sie haben wohl eher mich abgelenkt, Mrs. Stark.«

»Mag sein«, sage ich ohne jede Reue. »Aber danach wurden wir von weniger schönen Dingen abgelenkt. Jedenfalls könnte ich mir kein schöneres Geschenk zum Valentinstag vorstellen, als mit dir ein paar Tage in einem Spa zu entspannen.«

»Es freut mich, dass es dir gefällt.«

Ich beuge mich vor, um ihn zu küssen. »Also, erzähl mir ein wenig über das Serafina Spa.«

»Erinnerst du dich, dass ich dir erzählt habe, dass ich auf der Suche nach einer Insel auf den Bahamas bin, die ich kaufen kann, um darauf ein Resort zu eröffnen?«

»Klar. Hast du etwa vor, diese Insel zu kaufen?«

Er lacht. »Nein. Es ist ein erstklassiges Spa mit einem guten Ruf, aber es richtet sich an jedermann. Wir übernachten in einem privaten Bereich mit eigenem Spa, Bungalows und so weiter. Aber der Hauptbereich steht jedem offen: Singles, Paaren, Familien, Studenten auf Spring-Break-Trip.«

»Klingt so, als ob mein Mann während unseres romantischen Ausflugs ganz nebenbei noch ein paar geschäftliche Dinge erledigen wollte.«

Er schmunzelt. »Ich versichere dir, dass das nicht geplant war. Ich habe bereits genügend Recherchen zu Serafina angestellt, um zu wissen, dass in der Gegend nicht nur genügend Platz für ein weiteres wettbewerbsfähiges Resort nur für Paare ist, sondern auch, dass Serafina ein wirklich erstklassiges Spa und Resort ist. Und solange ich in dieser Region noch kein Stark-Resort gebaut habe, ist das Serafina das einzige Resort, das ich mit meiner Frau besuchen möchte.«

»Da haben Sie gerade noch einmal die Kurve bekommen, Mr. Stark.«

Er wirft mir einen strengen Blick zu, aber darunter kommt deutlich seine Belustigung zum Vorschein.

»Du hast dich außerdem sowieso selbst verraten.«

Er runzelt die Stirn. »Inwiefern?«

»Du sagtest, das *war* nicht geplant. Heißt das, dass jetzt doch ein paar geschäftliche Dinge eingeplant sind?«

»Mrs. Stark, Sie sind einfach zu clever für diese Welt.«

Ich grinse.

»Es hat sich etwas Unerwartetes ergeben. Würde es dir etwas ausmachen, wenn ich kurz jemanden treffe, falls es klappt?«

Ich drücke seine Hand. »Meinst du das ernst? Natürlich macht mir das nichts aus.« Dass ich damit sowieso gerechnet hatte, behalte ich besser für mich. »Was hat sich denn ergeben?«

»Ich zeig es dir.« Er schaltet sein iPad ein und öffnet das Bild eines Wolkenkratzers. »Das Winn Building in New York«, erklärt er und tippt zum Öffnen auf ein weiteres Bild, diesmal von einem Gebäude, das sich zum Teil noch im Bau befindet. »Das Kunst- und Wissenschaftsmuseum in Amsterdam.«

»Sie sind atemberaubend.«

»Das sind sie«, sagt er. »Der Architekt heißt Jackson Steele.« Er tippt erneut, und es erscheint ein Standbild, das offenbar aus einem Fernsehinterview auf einer Baustelle stammt.

Ich muss zugeben, der Mann ist eine echte Erscheinung. Aufgrund der Bildqualität ist es schwer zu sagen, aber ich schätze, dass er Mitte dreißig ist. Seine Haltung ist aufrecht und sein Blick so souverän, als ob ihm die Welt gehören würde. Er hat ein ausgeprägtes Kinn und windzerzaustes dickes, dunkles Haar, dem von Damien nicht unähnlich. Doch was besonders heraussticht, sind seine Augen: Sie sind stahlblau und so lebendig, das ich seinen Blick beinahe auf meiner Haut spüren kann, und das obwohl die Auflösung relativ schlecht ist.

»Ich habe schon länger ein Auge auf ihn geworfen«, sagt Damien, »insbesondere im Hinblick auf mein Bahama-Resort.«

»Ach ja?«

»Ich denke, diese Chance lässt er sich nicht entgehen.« Er reicht mir das iPad, und ich scrolle durch die Bilder. »Er hat bereits an vielen Projekten gearbeitet, aber keines ähnelt dem, das mir vor Augen schwebt. Die Umgestaltung einer ganzen Insel. Eine leere Leinwand. Ich glaube, das wird sein Interesse wecken.«

»Jede Wette«, entgegne ich überzeugt. Die von Steele entworfenen Gebäude mögen spektakulär sein, aber Damien hat recht. Was er beschreibt, ist völlig anders als alles, was ich gerade in Steeles Portfolio-Ordner gesehen habe. »Also hast du ihn ins Serafina Spa eingeladen?«

Damien schüttelt den Kopf. »Aiden hat heute Morgen angerufen«, erzählt er mir und meint Aiden Ward, den Vizepräsidenten von Stark Real Estate Development. »Wie ich erfahren habe, ist Steele diese Woche hier im Urlaub. Ich hoffe, ich kann ihn davon überzeugen, mir eine Stunde seiner Zeit zu opfern.« Entschuldigend drückt Damien meine Hand. »Leider müsste ich somit auch eine Stunde mit dir opfern.«

»Hast du den Eindruck, dass ich dir deine geschäftlichen Pflichten übelnehme?«

Ein breites Lächeln überzieht sein Gesicht. »Nein.« Er küsst mich, legt einen Arm auf meine Schulter und zieht mich an sich heran. »Nein, diesen Eindruck hatte ich nie.«

Ich knuffe ihn leicht in die Seite. »Natürlich musst du das wiedergutmachen.«

Sein Finger fährt an meinen Oberschenkeln nach oben,

und ich spüre, wie sich meine Haut unter der Berührung anspannt.

»Vertrau mir, Liebling. Genau das habe ich vor.«

In einem Privatjet zu reisen ist äußerst komfortabel, aber selbst mein Mann hat keinen Einfluss auf die Geschwindigkeit, mit der sich die Erde dreht und der Jet fliegen kann. Und obwohl der Flug von Los Angeles zu den Bahamas nicht komfortabler hätte sein können, ist es bei unserer Ankunft in Nassau bereits so spät, dass wir todmüde in das riesige, weiche Bett fallen, das die Hauptsuite dominiert.

Am nächsten Morgen werde ich sanft von der Sonne geweckt. Das Meer ist nur wenige Schritte entfernt und obwohl ich weiß, dass wir uns in einem Resort befinden, höre ich bis auf Damiens gedämpft aus dem anderen Zimmer dringende Stimme nichts, was darauf hindeuten würde, dass sich noch andere Menschen auf dieser Insel befinden.

Das heißt, nichts bis auf Jamies Stimme.

Jamie?

Stirnrunzelnd ziehe ich mir den Morgenmantel über, der an einem Haken neben meiner Bettseite hängt, und verlasse das Schlafzimmer, um herauszufinden, wieso uns meine beste Freundin in unseren romantischen Spa-Urlaub gefolgt ist.

Doch einen Moment später merke ich, dass das natürlich nicht der Fall ist. Ihre Stimme dringt nur aus dem Lautsprecher, und ich kann ihr Gesicht auf Damiens Computerbildschirm sehen.

Ich stehe im Türrahmen, wo keiner von beiden mich sehen kann, und höre, wie meine beste Freundin zu meinem Mann sagt, dass er ein Idiot ist.

»Du darfst nicht zahlen, Damien. Normalerweise würdest du dich nie auf so einen Scheiß einlassen.«

»Ich habe meine Gründe, Jamie.«

»Meinst du damit Nikki? Sie will das ganz bestimmt nicht.«

»Nikki ist einer der Gründe, ja. Aber es geht mir auch um dich. Hast du dir schon mal überlegt, dass ich vielleicht nicht möchte, dass diese Aufnahmen von dir überall im Netz kursieren?«

Einen Moment lang sieht sie gerührt aus, doch dieser Ausdruck ist schnell wieder verschwunden. »Ich komme damit zurecht. Und mal im Ernst, glaubst du, ich möchte mit dem Wissen leben, dass du – und *warum du* – nachgegeben hast? Glaub mir, ich komme damit klar. Ich meine, im Grunde ist es ja quasi mein Hobby, mich mit Scheiß dieser Art herumzuschlagen.«

»Meine Entscheidung ist gefallen.«

»Du bist ein Idiot, Damien. Ich darf das zu dir sagen, weil Nikki wie eine Schwester für mich ist und du somit praktisch mein Bruder.«

»Na schön. Aber als dein Bruder darf ich auch das Gespräch beenden. Und genau das tue ich hiermit, Jamie.«

Sie will gerade protestieren, da klappt Damien den Laptop zu. Einen Moment lang sitzt er einfach da, und obwohl er sich nicht in meine Richtung umdreht, greift er nach hinten und streckt mir seine Hand entgegen.

Ich gehe zu ihm und verschränke meine Finger in seinen. »Sie hat recht, weißt du«, sage ich leise. »Wenn du jetzt dafür zahlst, dass das Video nicht veröffentlicht wird, hat das nie ein Ende.«

»Es wird ein Ende haben, wenn ich herausfinde, wer dahintersteckt«, sagt er finster. »Und ich schwöre bei Gott, dass es nicht gut enden wird. Ich werde die Menschen, die mir am Herzen liegen, mit aller Macht schützen.« Er dreht sich um und sieht mir in die Augen. »Das verstehst du doch, oder?«

»Ja, das verstehe ich«, antworte ich. »Aber das heißt nicht, dass ich es gutheiße. Und es bringt mich um, wenn ich sehe, wie sehr es dich mitnimmt.«

Er steht auf, um mich zu küssen. »Dann weißt du ja, wie es mir gerade ergeht. Aber lassen wir das. Im Moment möchte ich einfach nur den Urlaub mit meiner Frau genießen. Abgemacht?«

»Abgemacht.«

Obwohl es bestimmt sehr romantisch wäre, den Tag in unserem privaten Bungalow an unserem Privatstrand zu verbringen, steht uns beiden der Sinn mehr nach einer Entdeckungstour. Immerhin haben Damien und ich erst vor Kurzem die traute Zweisamkeit auf einer einsamen Insel genossen. Jetzt wollen wir das Spa, die Bar und vielleicht sogar den Tennisplatz ausprobieren.

»Dieser Bereich der Insel ist nur für Paare und Spa-Gäste«, erklärt mir Damien, während wir den Weg am Strand entlanggehen. »Hier gibt es eigene Geschäfte, Bars und Sportaktivitäten. Nicht weit vor der Küste liegt zudem ein Korallenriff. Wir könnten später schnorcheln gehen, wenn du magst.«

»Das klingt wunderbar«, freue ich mich. »Hauptsache, unser Spa-Besuch kommt dabei nicht zu kurz.«

»Auf keinen Fall«, verspricht er.

»Und deshalb liebe ich dich«, trällere ich.

Den restlichen Spaziergang überlegen wir, was wir im weiteren Tagesverlauf unternehmen wollen, und kurz bevor wir beim Restaurant ankommen, füge ich unserer To-do-Liste *ein ausgiebiges Bad im Whirlpool* hinzu.

Es gibt ein Mittagsbuffet, und als uns die Kellnerin zu unserem Tisch führt, fällt mir etwas ein, das wir bei unserer Planung gar nicht berücksichtigt haben. »Ach so, wann triffst du eigentlich diesen Architekten?«

»Weiß nicht. Ich habe ihm heute Morgen auf die Mailbox gesprochen, aber er hat noch nicht zurückgerufen.«

»Wahrscheinlich schnorchelt er gerade«, witzele ich. »Oder er gönnt sich ein spätes Frühstück«, füge ich hinzu und nicke zur Omelette-Station hinüber, an der ein dunkelhaariger Mann in der Schlange wartet. »Das ist er doch, oder? Dieser Jackson Steele?«

Obwohl er uns den Rücken zukehrt, ist die raumfüllende Präsenz, die mir schon auf dem Foto aufgefallen ist, in der Realität noch stärker. Es ist diese Art von Präsenz, die mir nur allzu vertraut ist, denn Damien besitzt sie ebenfalls.

»Das ist er«, bestätigt Damien. »Komm mit.«

Er steht immer noch in der Schlange, als wir uns nähern und Damien zu ihm herantritt. »Jackson Steele«, sagt er und streckt ihm die Hand entgegen. »Ich bin Damien Stark.«

Steele mustert Damien von oben bis unten und blickt kurz zu mir, bevor er sich wieder Damien zuwendet. Einen Moment lang denke ich, dass er Damiens ausgestreckte Hand ignorieren wird, aber dann schüttelt er sie doch. »Ich weiß, wer Sie sind, Stark. Ich habe Ihre Nachricht heute Morgen gehört.«

»Ich hatte gehofft, dass ich Sie heute oder morgen kurz sprechen kann«, sagt Damien. Und obwohl ich merke, dass Damien sein Gegenüber nicht recht zu deuten weiß, bin ich mir sicher, dass niemandem außer mir auffallen würde, dass er gerade seine Strategie überdenkt. »Ich bin seit Langem ein Fan Ihrer Arbeit und würde gerne mit Ihnen über ein Projekt sprechen, von dem ich glaube, dass es Sie interessieren dürfte.«

»Ich fühle mich geschmeichelt. Aber ehrlich gesagt stehe ich diese Woche nicht für geschäftliche Termine zur Verfügung. Ich bin im Urlaub.«

»Verstehe«, sagt Damien, als die Kellnerin ihn anspricht.

»Entschuldigen Sie, wenn ich störe«, sagt sie, »aber am Empfang wartet ein Anruf auf Sie.«

Damien sieht überrascht aus, entschuldigt sich dann aber und verspricht, gleich wieder zurück zu sein.

Ich beschließe, die Sache selbst in die Hand zu nehmen. »Ich hoffe, Sie ziehen das Projekt in Betracht. Wir beide sind von Ihrer Arbeit sehr angetan und glauben, dass Sie die ideale Wahl wären.«

»Das freut mich«, sagt er. »Aber ich glaube nicht, dass Stark International der richtige Ort für mich ist. Sie wissen sicherlich, dass Ihr Mann einen ziemlich langen Schatten wirft.«

»Oh.« Während ich mir noch eine Antwort zurechtlege, kommt Damien zurück und entschuldigt sich für die Unterbrechung.

»Ich möchte Sie nicht im Urlaub belästigen«, sagt er zu Steele, um den Gesprächsfaden von eben wiederaufzunehmen. »Aber was halten Sie davon, wenn ich Sie in Ihrem Büro anrufe, wenn ich wieder in den Staaten bin?«

»Ich denke, das wird nicht nötig sein«, antwortet Steele. Und obwohl ich nicht genau sagen könnte, weshalb, habe ich das Gefühl, das irgendetwas an der Art, wie er das sagt, faul ist.

Steele blickt zu der Schlange, die sich kaum weiterbewegt hat. »Wo wir schon einmal hier sind, warum erzählen Sie mir nicht einfach kurz, worum es sich genau handelt?«

Erleichtert seufze ich und hoffe, dass Steele es sich vielleicht doch noch anders überlegt. Damien legt unterdessen seinen Plan dar, eine Insel zu kaufen, um sie zu einem exklusiven Paar-Resort umzubauen. »Sie haben eine klare Vision, Mr. Steele. Ich würde Sie gerne von Anfang an in das Projekt einbinden. Sie würden jeden Aspekt mitgestalten, sogar die Auswahl der Insel. Ich glaube, dass es ein spannendes Vorhaben ist, das in Ihrem Portfolio herausstechen würde.«

»Mit Sicherheit«, bekräftigt Steele. »Dennoch muss ich Ihr Angebot ablehnen.«

»Ach ja?« Damien sieht erstaunt aus. »Darf ich fragen, weshalb?«

»Ich habe meine Gründe«, sagt er mit einem kurzen Blick zu mir, bevor er sich wieder ganz auf Damien konzentriert. Obwohl beide entspannt und locker wirken, liegt eine gewisse Spannung in der Luft.

»Genauer gesagt sind es mehrere Gründe«, fährt er fort. »Aber wie ich zuvor bereits zu Ihrer Frau gesagt habe: Sie werfen einen ziemlichen langen Schatten, Mr. Stark. Und ich möchte nicht, dass das auf mich oder meine Arbeit zurückfällt.«

Ich hatte erwartet, dass Damien etwas einwenden würde, und bin deshalb überrascht, als er langsam nickt. »Ich bin zwar enttäuscht, aber ich respektiere Ihre Beweggründe. Falls Sie es sich eines Tages anders überlegen, steht Ihnen meine Tür jederzeit offen.«

»Ich gehe nicht davon aus, dass es dazu kommen wird«, sagt Steele. »Aber ich habe gelernt, niemals nie zu sagen.«

Er nickt erst Damien zu, anschließend mir. Und dann verlässt er die Warteschlange an der Omelette-Station just in dem Moment, als er endlich beim Koch angelangt ist.

Damien beobachtet, wie er fortgeht, und ich beobachte Damien.

»Interessant«, bemerkt er. »Hat er sonst noch etwas zu dir gesagt?« Ich schüttele den Kopf, und Damien fährt stirnrunzelnd fort: »Normalerweise habe ich ein sicheres Gespür für Menschen, aber ihn weiß ich nicht recht zu deuten.«

»Was meinst du?«

»Ich weiß es nicht genau. Aber ich glaube, Jackson Steele ist ein Mann, der polarisiert. Wenn ich Gelegenheit hätte, ihn besser kennenzulernen, würde ich ihn entweder mögen oder hassen. Nur das eine oder andere, nichts dazwischen.

»Du würdest ihn mögen«, sage ich bestimmt.

Er dreht seinen Kopf und sieht mich an. »Und was macht dich da so sicher?«

»Weil er dich fasziniert.«

Er schmunzelt. »Schon möglich. Und was glaubst du, warum?«

»Weil, mein liebster Mr. Stark, Jackson Steele zu den wenigen Menschen auf diesem Planeten gehört, die es je geschafft haben, dir in die Augen zu blicken und Nein zu sagen.«

10 An unserem letzten ganzen Tag auf der Insel werde ich von Damien nach allen Regeln der Kunst verwöhnt. Nachdem wir ausgeschlafen haben, beginnen wir den Tag mit einem gemütlichen Frühstück im Bett, das uns von dem äußerst effizienten Zimmerservice serviert wird, und gönnen uns anschließend eine Paar-Massage in einer Cabana am Strand.

Damien verschwindet während meiner Gesichtsbehandlung und Pediküre für eine Weile, und als er wiederkommt, führt er mich zu einem kleinen Segelboot, das am Ende eines weißen Holzstegs vertäut ist. Ich schaue mich um, aber wir sind völlig allein.

Er lacht. »Vertrau mir, ich kann mit einem Segelboot umgehen.«

»Ich sehe schon, eines Ihrer vielen verborgene Talente, Mr. Stark«, necke ich ihn, während ich mir von ihm auf das Boot helfen lasse.

Ich verstehe nichts vom Segeln, aber schon bald zeigt sich, dass Damien etwas davon versteht. Fachmännisch legt er vom Kai ab und steuert unser Boot mit derselben Selbstsicherheit und Leichtigkeit von der Insel weg, die er bei allem, was er tut, an den Tag legt.

»Da ist Steele«, sage ich und deute zum Ufer. Ich schaue in den Himmel. »Die Sonne steht direkt über uns, das heißt, aktuell gibt es keinen Schattenwurf.«

Damien lacht, doch dann nimmt sein Gesicht einen nachdenklichen Ausdruck an.

»Damien?«

Er dreht seinen Kopf und ringt sich ein müdes Lächeln ab. »Keine Schatten«, wiederholt er meine Worte. »Dabei kennt Steele nicht mal die Hälfte der ganzen Geschichte.«

Er klingt so abwesend, dass ich beginne, mir Sorgen zu machen. »Wovon redest du?«

»Steele will nicht in meinem Schatten stehen; er will nicht in mein Fahrwasser geraten.«

»Richtig.« Ich kann ihm immer noch nicht folgen.

»Wer auch immer der Erpresser ist, will genau das. Er will sich verstecken. Sich in der Dunkelheit, im Schatten verbergen. Er wägt sich sicher in dem Glauben, mich genau zu kennen.« Damiens Augen beggnen meinen. »Er ist sich verdammt sicher, dass ich jetzt, da ich verheiratet bin, nicht zulassen werde, dass meine Frau oder ihre Freunde ins Visier der Medien geraten. Und dass ich alles zahlen werde, damit all dieser Scheiß nicht ans Licht kommt.«

»Heißt das, du wirst doch nicht zahlen?«, frage ich zaghaft, jedoch ohne mir viel Hoffnung zu machen.

»Nein«, antwortet Damien. »Das werde ich nicht. Ich kann nicht.« In seinen Augen sehe ich wachsende Besorgnis. »Denn wenn ich das tue, hat das nie ein Ende. Baby, bitte sag mir, dass du das verstehst.«

Sofort falle ich ihm in die Arme. »Das habe ich dir doch die ganze Zeit gesagt. Und Jamie auch. Egal, was in der Klatschpresse landet, wir werden es überleben.«

Er zieht mich dicht heran und umarmt mich fest, bevor er mir einen zarten Kuss auf meine Stirn gibt. »Ich werde trotzdem versuchen, die Veröffentlichung zu verhindern.«

»Wie das?«

Sein Lächeln ist angespannt. »Zuerst folge ich meiner Intuition. Und dann werde ich verhandeln.«

»Du meinst, du wirst dem Erpresser drohen.«

»Du kennst mich einfach zu gut, Liebling.«

Er zieht sein Handy aus der Tasche.

»Und was sagt dir deine Intuition?«, frage ich ihn, noch bevor er zu wählen beginnt.

»Ich bin gewillt zu glauben, dass Douglas nicht der Drahtzieher ist – dieser Mann findet ohne Hilfe ja nicht mal seinen eigenen Schwanz –, aber seine Behauptung, die Veröffentlichung des Videos wäre sein Untergang, ist totaler Bullshit. Wenn das Video herauskommt, wird er über Nacht zu dem Typen, der Nikki Fairchilds beste Freundin gevögelt hat. Für einen Wurm wie ihn ist das wie ein Ritterschlag.«

»Du meinst, jemand hat ihm ein Angebot unterbreitet?«

»Exakt«, entgegnet Damien.

»Aber wer?«

Er schüttelt den Kopf. »Ich habe da so ein paar Ideen, aber nichts Konkretes.«

Ich schlucke, und obwohl ich es nicht ausspreche, fürchte ich, dass Damien seinen Vater meinen könnte; einen Mann, der eine Million Gründe hätte, Groll gegen ihn zu hegen.

»Denkst du, Douglas verrät dir, wer dahintersteckt?«

»Ehrlich gesagt glaube ich Douglas, wenn er sagt, dass er es nicht weiß.«

»Also hat ihm jemand anonym ein Angebot unterbreitet?«

»Das ist meine Vermutung, ja. Was bedeutet, dass Douglas ihm zumindest eine Nachricht zukommen lassen kann.« Er beginnt auf dem Handy zu tippen. »Ich werde ihm mitteilen, dass ich bereit bin, sein Fehlurteil zu ignorieren, falls der Valentinstag verstreicht, ohne dass irgendwelche Fotos den Medien zugespielt werden. Aber falls nur ein einziges Bild irgendwo auftaucht, wo es nichts zu suchen hat, werde ich nicht eher ruhen, bis ich jedem Einzelnen, der an der Sache beteiligt ist, das Leben zur Hölle gemacht habe.«

»Und dann«, fährt er mit einem furchteinflößenden Lächeln fort, das mich daran erinnert, weshalb er im Haifischbecken amerikanischer Konzerne so verdammt erfolgreich ist, »werde ich die Gesetzeshüter einschalten, um die ganze Angelegenheit ordentlich hochkochen zu lassen.«

Nachdem Damien Douglas das Fürchten gelehrt hat, schlägt er vor, dass wir uns Schönerem zuwenden und den Rest unseres letzten Urlaubstages genießen. Immerhin ist morgen bereits Valentinstag, sodass wir schon bald wissen werden, ob Damiens Plan aufgegangen ist.

»Ich finde, das ist eine hervorragende Idee, Mr. Stark. Was hatten Sie sich denn vorgestellt?«

»Eigentlich«, sagt er, »wollte ich dir ein paar Grundlagen des Segelns beibringen.«

Wie sich herausstellt, bin ich ein hoffnungsloser Fall. Außerdem beobachte ich viel lieber, mit welcher männlichen und athletischen Anmut sich Damien bewegt. Der zweite Punkt auf der Tagesordnung, das Schnorcheln am Riff, entspricht eher meinem Tempo, und ich folge Damien in das warme Wasser, sobald wir das Boot verankert haben. Fasziniert betrachte ich das bunt schimmernde Korallenriff, in dem es vor Leben nur so wimmelt, und bin ganz entzückt, als Damien einen Mantarochen und eine Meeresschildkröte entdeckt und darauf deutet.

Als wir wieder zurück auf dem Boot sind, setze ich mich in ein Handtuch gehüllt an Deck und beobachte, wie die Sonne am Horizont im Meer versinkt.

Während Damien das Segelboot zur Insel zurücksteuert, genieße ich das Gefühl von innerem Frieden, das mich hier auf dem offenen blauen Ozean umfängt. Wir konnten die Gedanken an den aufwühlenden Vormittag beiseiteschieben und sind beide zur Ruhe gekommen. Hoffentlich werden morgen keinerlei Bilder veröffentlicht, aber selbst wenn, werden wir damit zurechtkommen. Wenn es eine Sache gibt, die ich sicher weiß, dann dass Damien und mich nichts so schnell aus der Bahn werfen kann, solange wir zusammen sind.

Überrascht bemerke ich, dass Damien das Boot nicht zu dem Landungssteg manövriert, von dem wir gestartet sind. Stattdessen steuert er daran vorbei, die Küste entlang, und bringt uns zu der kleinen Anlegestelle an unserem Privatstrand.

»Ach, ist das ein Tür-zu-Tür-Service?«

»Nur das Beste für Sie, Mrs. Stark.«

Als ich an Land gehe und in den Bungalow zurückkehre, wird mir bewusst, wie ernst er es damit meint. In dem kleinen Pool hinter dem Bungalow treiben Dutzende Schwimmkerzen und erzeugen eine magische Atmosphäre. Neben dem riesigen runden Loungesessel für zwei steht bereits eine Flasche Wein bereit. Auch für Snacks ist gesorgt, denn direkt daneben befindet sich eine Platte mit Häppchen, die zum Schutz mit einer Glashaube abgedeckt ist.

Neben dem Pool blubbert der Whirlpool vor sich hin, was mich an meinen letzten Punkt auf unserer To-Do-Liste erinnert. Der perfekte Tagesausklang.

»Wie hast du das gemacht?«, frage ich völlig baff.

»Ich glaube, ich habe mal erwähnt, dass ich über ein beträchtliches Bankkonto verfüge, das es mir erlaubt, eine erstaunliche Vielzahl an Waren und Dienstleistungen zu kaufen.«

»Muss ja echt toll sein, Damien Stark zu sein«, necke ich ihn und schmiege mich in seine Arme.

»Es ist sogar noch besser, seit ich dich habe«, sagt er mit einer solchen Wärme in der Stimme, dass ich beinahe dahinschmelze.

Er führt mich zum Loungesessel, zieht mich langsam aus und befiehlt mir, mich hinzulegen und meine Augen zu schließen.

Ich gehorche und werde mit Damiens Berührung belohnt.

Seit wir zusammen sind, hat mich Damien unzählige Male auf unterschiedliche Art und Weise berührt. Aber seine Berührung in diesem Augenblick ist so leicht und verführerisch, dass sie die Kraft besitzt, mich um den Verstand zu bringen.

Dabei setzt er nur einen Finger ein.

Langsam fährt er mit dem Zeigefinger über mein Bein. Zeichnet unsichtbare Muster auf meine Haut. Kitzelt mich hinter dem Knie. Dann streicht er sanft an den Innenseiten meiner Oberschenkel entlang, aber nicht bis ganz nach oben. Und obwohl ich ein wenig stöhne und mich vor stillem Verlangen winde, berührt er mich nicht da, wo ich es am meisten will.

Stattdessen streichelt sein Finger über die besonders sensible Partie zwischen Oberschenkeln und Vulva. Doch allein das reicht, um meinen ganzen Körper in Alarmbereitschaft zu versetzen. Mein gesamter Körper steht unter Strom, sodass mich jede noch so unschuldige Berührung wie ein Blitz durchfährt. Selbst als sein Finger nur meinen Bauchnabel umkreist, spüre ich, wie sich meine Muschi vor Verlangen zusammenzieht.

Sanft wie eine Feder streicht er mit dem Finger weiter nach oben, liebkost jeden Zentimeter meiner Haut und widmet sich ausgiebig meinen Brüsten. Meine Nippel sind mittlerweile so hart und steif, dass ich mir auf die Unterlippe beißen muss, um ihn nicht anzubetteln, so lange an meiner Brust zu saugen, bis ich komme.

Schließlich findet dieser wunderbare, verfluchte Finger seinen Weg zu meiner Unterlippe und in meinen Mund. »Lutsch«, fordert er mich mit diesem einen Wort auf, hinter dem sich so viele erotische Möglichkeiten verbergen.

Ich sauge seinen Finger tief in meinen Mund und spüre

das erregende Kribbeln, das von meinem Mund bis hinunter zu meiner Möse reicht. Es gibt keinen einzigen Teil in meinem Körper, der sich in diesem Moment nicht für ihn öffnet. Sich nicht nach ihm verzehrt.

»Bitte«, flüstere ich und beginne vor Erregung zu zittern, als er sich neben mir ausstreckt, sein Körper dicht neben meinem. All die erogenen Zonen, die er berührt hat, sind entfacht und brennen in Erwartung dessen, was jetzt kommt.

»Sag mir, was ich tun soll.«

»Das weißt du genau«, stöhne ich. »Ich will dich in mir spüren. Bitte, Damien.«

»Alles, was du willst, Honey«, haucht er. Dann rollt er sich langsam auf den Rücken und zieht mich auf sich drauf. »Alles, was du brauchst.«

Alles, was ich brauche, ist Damien. Ich habe das Gefühl, dass wir schon eine halbe Ewigkeit dieses Spiel spielen und jeder Nerv meines Körpers vor Verlangen pulsiert.

Und es war die reinste, lustvolle Qual, die ganze Zeit über heiß zu sein, ohne dass er in mich eindringt oder meine Klitoris berührt. Ich habe das Gefühl, dass mein Körper vor lauter Erregung feurig heiß ist und nur darauf wartet, erlöst zu werden. Dass ich den Verstand verliere, wenn er mich nicht jetzt sofort nimmt.

Mit einer schwungvollen Bewegung setze ich mich rittlings auf ihn, sodass sein Schwanz an meinem Hintern reibt, und ich beiße mir auf die Unterlippe, weil ich nur noch eins will. Ihn. Damien.

Langsam komme ich hoch auf meine Knie, nur um mich kurz darauf auf ihn abzusenken. Das Gefühl, als er endlich in mich eindringt, ist so überwältigend, dass ich nach Luft ringe und aufschreie, als er plötzlich seine Hüfte nach oben stemmt und mich mit den Händen an den Hüften nach unten drückt. Während er seinen Schwanz immer tiefer, fester und schneller in mich stößt, ist mir, als würde die Welt um mich herum verschwimmen.

»Küss mich«, keucht er, und ich lehne mich nach vorn, bis unsere Münder sich berühren und meine Brüste seine Brust streifen und meine ohnehin schon sensiblen Brustwarzen weiter reizen.

Seine Hand gleitet zwischen uns und ich merke, wie seine Finger mich berühren, mich streicheln. Meine Klitoris streicheln, während mein Körper ihn immer fester umschließt, ihn verzweifelt umklammert, um ihn immer weiter hineinzuziehen, ihn noch tiefer zu spüren. Ich fühle, wie sich in uns beiden die Anspannung steigert, bis ich es nicht mehr aushalte und ich mich aufbäume, den Blick gen Himmel gerichtet. Bis mich Sekunden später der Orgasmus mit voller Wucht trifft und meinen gesamten Körper wie ein Erdbeben erschüttert. Meine Muskeln halten seinen Schwanz fest umklammert und geben Damien den Rest, den er braucht, um mit mir zu kommen. Erschöpft und überglücklich schließe ich die Augen und lausche in die Nacht, als er meinen Namen schreit und das Echo die Luft erfüllt.

Als mein Körper aufhört zu zittern, sinke ich wieder auf ihn zurück und seufze auf, als er mir mit den Fingern über die Haare streicht.

»Es ist Mitternacht«, flüstert er, und ich hebe leicht den Kopf, um ihm in die Augen sehen zu können. »Alles Gute zum Valentinstag, Mrs. Stark.«

11

Damien weckt mich noch vor Tagesanbruch, wobei ich es ihm nicht leicht mache. Immerhin ist es seine Schuld, dass ich so wenig geschlafen habe, sodass ich ganz ohne schlechtes Gewissen die Bettdecke höher ziehe und mich darunter verkrieche.

Ich weiß, dass wir unseren Zeitplan einhalten müssen. Aber ich weiß auch, dass das Flugzeug nicht ohne Damien abhebt. Wozu ist man schließlich steinreich und hat eine eigene Flugzeugflotte, wenn nicht dazu, die Abflugzeiten ein bisschen nach hinten zu verschieben, um der eigenen Frau ein paar Minuten zusätzlichen Schlaf zu gönnen?

All das würde ich ihm gerne erklären, aber alles, was ich hervorbringe, ist ein gemurmeltes »Fünfzehn Minuten ... Müde.«

Ich höre den gedämpften Klang seiner Schritte, die sich vom Bett entfernen, und gleite zurück in den Schlaf, in dem sicheren Glauben, dass meine Bitte erhört wurde.

Doch als er kurz darauf zurückkehrt und sanft an der Bettdecke zieht, wird mir klar, dass ich mich geirrt habe. Schläfrig öffne ich meine Augen und betrachte aufmerksam meine Umgebung. Mein Mann ist bereits angezogen und trägt Jeans und ein frisches Hemd. Hinter ihm auf dem Boden liegen neben einem halb gepackten Koffer seine Laufhose und ein T-Shirt. Es ist nicht schwer für mich, die Hinweise richtig zu kombinieren: Obwohl wir erst nach drei Uhr im Bett waren, ist Damien nicht nur bereits hellwach, sondern war zudem bereits laufen und hat auch schon damit begonnen, unsere Koffer zu packen.

Dieser Mann ist ein klarer Fall von Übermensch, aber da ich nur eine normale Sterbliche bin, finde ich, dass es mein gutes Recht ist, noch ein paar Minuten die Augen zu schließen und vor mich hin zu schlummern.

Offenbar ist Damien da anderer Meinung. Sanft, aber bestimmt zieht er die Bettdecke nach unten und hebt mich auf seinen Armen nach oben, während ich halbherzig Widerstand leiste. Aber es ist so schön warm und angenehm in seinen Armen, dass ich mich dichter an ihn schmiege und es bedauere, als er mich kurz darauf wieder absetzt und mir in einen Morgenmantel hilft. »Vertrau mir«, sagt er lächelnd, bevor er mich zärtlich küsst und mich hinaus zu unserem Privatstrand führt.

»Damien.« Meine Stimme ist kaum mehr als ein Hauchen. »Es ist wunderschön.«

Meine Augen sind auf den Tisch gerichtet, auf dem verschiedene abgedeckte Tabletts sowie eine große Kanne stehen, in der ich Kaffee vermute. Um dem Tisch im Sand einen stabilen Halt zu geben, steht er auf einer Matte, die an allen vier Ecken von Fackeln gesäumt wird. Die Sonne ist gerade erst als schmaler Streifen am Horizont zu sehen und die Fackeln tauchen die ganze Szene in ein wundervoll goldenes Licht, das alles noch magischer erscheinen lässt.

»Alles Gute zum Valentinstag«, sagt Damien. »Da wir den Großteil des Tages unterwegs sein werden, dachte ich, wir beginnen den Tag mit etwas ganz Besonderem.«

Ich strahle ihn an und bin so gerührt und glücklich, dass mir beinahe Tränen in die Augen steigen. »Mit dir ist jeder Moment etwas ganz Besonderes. Ich hoffe, du weißt das?«

Er antwortet nichts darauf, aber der sanfte Ausdruck in seinen Augen spricht für sich selbst.

Ich nehme seine Hand und lasse mich von ihm zum Tisch geleiten. Und während wir uns ein köstliches Frühstück mit

Eiern, Kaffee und Croissants schmecken lassen, sehen wir dabei zu, wie die Sonne am Horizont aufgeht und unser erster gemeinsamer Valentinstag anbricht.

Durch unsere frühe Abreise und die Zeitverschiebung sind wir bereits kurz nach Mittag zu Hause. Damien hat seit Sonnenaufgang in Kalifornien die sozialen Medien gecheckt und bislang keinerlei Hinweise darauf gefunden, dass die Bilder oder das Video an die Öffentlichkeit gelangt sind.

Für den Moment sind wir deshalb verhalten optimistisch.

Anders als bei unserem Hinflug auf die Bahamas, als ich heimlich an meinem Valentinstagsgeschenk für Damien gebastelt habe, hatte ich bei unserem Rückflug keine geheime Mission zu erledigen. Also habe ich den Flug über gelesen, geschlafen und versucht, ein wenig an meinen Codierungen zu arbeiten.

»Versuchen« ist dabei das Stichwort, denn Katie servierte mir einen Mimosa nach dem anderen, und da ich ohnehin in Feierlaune war, kippte ich die Champagner-Orangensaft-Cocktails im selben Tempo hinunter.

Daher verbrachte ich den Großteil des Flugs auch damit, vor mich hin zu dösen, sodass ich mich jetzt, da wir unser Haus in Malibu betreten, ausgeruht und fit fühle.

Damien nimmt meine Hand, und gemeinsam steigen wir die Treppen in den dritten Stock hinauf. Als wir oben angelangt sind und den Raum einsehen können, stockt mir der Atem.

Der gesamte Raum ist über und über mit Blumen gefüllt. Doch das ist nicht die einzige Überraschung: Unser Bett – das wunderschöne Metallbett, das als Requisite für das Porträt von mir diente, das nun in unserem Schlafzimmer hängt –, in dem wir so viele leidenschaftliche Stunden verbracht haben, steht wieder hier.

Ich drehe mich zu ihm um und grinse breit übers ganze Gesicht. »Wie hast du das gemacht?«

»Gregory. Sylvia. Ich habe da so meine Helferlein.«

»Das ist ein wunderschönes Valentinstagsgeschenk.«

Nun, da er Sylvia erwähnt, frage ich mich, ob sie angesichts dieser kleinen Umräumaktion trotzdem genug Zeit hatte, meinen Auftrag auszuführen und mein Geschenk für Damien auf dem Bett zu hinterlegen. Von hier aus kann ich das Paket nirgends sehen und ich überlege, ob sie es vielleicht auf die Kommode im Schlafzimmer gelegt hat.

Doch als wir näher kommen, erblicke ich den flachen, weißen Karton, der sich farblich nicht vom Bettzeug abhebt und erst durch das dünne rote Geschenkband als solcher zu erkennen ist.

Damien hat ihn ebenfalls entdeckt und sieht neugierig zu mir herüber. Er geht zum Bett, nimmt den Karton und liest das daran hängende Kärtchen. Natürlich weiß ich bereits, was darauf steht. Sylvia hat zwar das Geschenk eingepackt, aber das Kärtchen habe ich selbst geschrieben.

Für meinen Mann. Für meinen Liebsten.

»Offenbar war ich nicht der Einzige, der fleißige Valentinstags-Helferlein hatte.«

Ich setze meine Unschuldsmiene auf und zucke die Schultern.

»Kann ich es aufmachen?«

»Du sollst sogar.«

Er setzt sich auf die Bettkante, und ich knie mich neben ihm aufs Bett. Um ehrlich zu sein, bin ich selbst gespannt, wie das Resultat aussieht. Glücklicherweise konnte ich während unseres Flugs nach Nassau alle Bilder durchschauen, die Sylvia von mir gemacht hat. Mein Lieblingsbild habe ich dann mit Photoshop bearbeitet, um die Kontraste zu erhöhen, sodass sich meine Silhouette stärker vom Stadtpanorama hinter mir abhebt, und um die Spiegelung auf dem Glas zu reduzieren.

Anschließend habe ich auf der linken Seite in einer verschnörkelten Schrift den Text eingefügt, der das ideale Gegengewicht zu meinem Bild auf der rechten Seite bildet:

Alles, was du willst. Alles, was du brauchst.

Ich hatte Sylvia die Datei zugeschickt, samt Anweisungen dazu, wie sie das Bild ausdrucken und einrahmen soll.

Jetzt bleibt mir nur noch zu hoffen, dass das Endprodukt genau so geworden ist, wie ich es mir vorgestellt habe.

Damien löst langsam die Schleife und legt das Band neben sich aufs Bett. Dann öffnet er das Geschenkpapier, sodass der Karton zum Vorschein kommt. Mittlerweile ist meine Anspannung so groß, als würde ich gerade meine Weihnachtsgeschenke unter dem Tannenbaum auspacken, und als er endlich das gerahmte Foto herauszieht, kaue ich vor lauter Nervosität auf meiner Unterlippe herum.

»Nikki.« Er spricht meinen Namen beinahe mit Ehrfurcht aus. »O Gott, Nikki, es ist atemberaubend.«

»Gefällt es dir?«

Nachdem er es sekundenlang angestarrt hat, nimmt er es jetzt aus dem Karton heraus und dreht sich zu mir um. An dem Ausdruck in seinen Augen kann ich ablesen, dass es ihm tatsächlich sehr gefällt. »Es könnte nicht schöner sein.«

»Es ist gar nicht so einfach, Ihnen etwas zu schenken, Mr. Stark«, sage ich. »Ich wollte dir etwas Besonderes schenken. Etwas, das für uns beide eine besondere Bedeutung hat.«

Er nimmt mein Gesicht in beide Hände und küsst mich zärtlich. »Das ist dir gelungen. Es ist wunderschön. Du bist wunderschön.«

Er zieht mich zu sich heran und nimmt mich fest in die Arme. Ich erwidere die Umarmung und bin gerührt, dass dieses eine Foto, das mir im Vergleich zu der Schnitzeljagd und dem Spa-Urlaub etwas unspektakulär erscheint, ihm so viel bedeutet.

»Danke auch für meine Geschenke«, sage ich. »Falls ich es noch nicht gesagt haben sollte: Ich fand die Schnitzeljagd großartig, ganz zu schweigen von unserer gemeinsamen Auszeit im Spa.«

»Das ging mir genauso«, antwortet er. »Aber das war vielmehr der Vorgeschmack auf den Hauptgang.«

Ich lehne mich zurück und runzle irritiert die Stirn.

»Ich kann dir dein Valentinstagsgeschenk doch nicht vor dem Valentinstag geben.«

»Aber ...«, beginne ich und schließe wieder den Mund, um meine Gedanken zu sammeln. »Ähm, okay. Also ...«

Er schmunzelt. »In der Vorratskammer im dritten Stock. Gregory hat mir versprochen, es dort zu hinterlegen.«

In der Vorratskammer?

Damien lächelt ebenso amüsiert wie selbstzufrieden. »Na los, geh schon«, ermuntert er mich. Das lasse ich mir nicht zweimal sagen und stürme von unbändiger Neugier getrieben zur Küche. Was könnte er mir wohl schenken, was in der Küche auf mich wartet? Einen persönlichen Koch vielleicht?

Ich öffne die Tür und halte mir die Hand vor den Mund, um einen Freudenschrei zu unterdrücken.

Zusammengerollt auf einem Kissen in einem Weidenkorb liegt ein winziges schnurrendes, leuchtend rotes Fellknäuel – das süßeste Kätzchen, das ich je gesehen habe.

»Damien«, wispere ich entzückt, als das Kätzchen seine Augen öffnet, gähnt und auf seinen kleinen Pfötchen auf mich zuwankt. »Oh, ist die süß, Damien.«

Ich drehe mich zu ihm um und mein Blick fällt auf den Stapel Katzenfutter, den ich Jamie zurückbringen wollte. Damien wusste, wie sehr ich unsere Katze vermisst habe und hat mir deshalb ein Kätzchen besorgt.

Ich bin völlig überwältigt und sprachlos.

Ich bin hin und weg.

»Sie hat noch keinen Namen«, sagt Damien, stellt sich hinter mich und legt seine Hand auf meine Schulter. Vorsichtig hebe ich das Kätzchen hoch und bin ganz verzückt, als es sofort in meinen Armen anfängt zu schnurren.

»Jetzt schon«, sage ich und schmiege mich an meinen Mann. »Sie heißt Sunshine.«

Wir nehmen Sunshine mit ins Bett, und während ich mich an Damien anlehne, beobachten wir sie lachend dabei, wie sie all die katzentypischen Verhaltensweisen zeigt. Wie sie ihre Pfötchen aus sicherem Abstand nach Fingern und Zehen ausstreckt, imaginärer Beute hinterherjagt und einfach unwiderstehlich niedlich ist. Bis sie schließlich vom Spielen ermüdet ist, sich dreimal im Kreis dreht, mit den Pfoten auf der Stelle tippelt und sich mitten auf dem Bett niederlässt, um schnurrend vor sich hin zu dösen.

»Sie ist hinreißend«, flüstere ich Damien zu, der mich zum Balkon führt. »Sie ist schlicht und einfach perfekt.«

Er steht hinter mir, schlingt seine Hände um meine Hüfte, und ich lehne mich an ihn. »Das ist sie«, bestätigt er, aber was ich höre, ist *Das sind wir*.

Ich atme tief ein und genieße seine Nähe. Es ist ein liebevoller Moment, wie wir da so vor dem Fenster stehen, ganz schlicht und unschuldig, doch das bleibt nicht lange so. Schon bald gleitet Damiens Hand unter mein Shirt, und ich ziehe hörbar den Atem ein, als meine Haut sich lustvoll anspannt und mein Herzschlag sich beschleunigt.

Seine Bewegungen sind langsam, steigern die Spannung, bis seine Hände schließlich meine Brüste umfassen und er mit den Daumen meine Brustwarzen knetet. Die Berührung ist beinahe beiläufig, nicht jedoch meine Reaktion darauf. Im Gegenteil, in mir flammt eine leidenschaftliche Hitze auf, und falls ich den harten Druck seiner Erektion an meinem Hintern richtig deute, geht es Damien genauso.

Ich murmle seinen Namen und werde von einem sanften »Psst. Entspann dich einfach« belohnt. Das ist leichter gesagt als getan, aber ich schließe meine Augen und lasse mich von Damiens fachkundigen Fingern verwöhnen. Ich bin fast da, ich spüre, wie der Gipfel immer näher kommt, bis ich schließlich in seinen Armen explodiere, während an unserem ersten gemeinsamen Valentinstag die Sonne am Horizont untergeht.

Ich liege zusammengerollt im Bett, mit nichts weiter als Damiens Wimbledon-T-Shirt bekleidet, ein Bein nachlässig über seinem Oberschenkel liegend, und lecke genüsslich an einem Löffel mit Schokoladeneiscreme.

Neben mir liegt Damien mit seinem aufgeklappten Laptop und durchforstet das Internet, während das kleine Fellbündel unermüdlich mit seinen Samtpfötchen nach unseren Zehen schnappt. »Immer noch nichts«, sagt Damien und zuckt unter Sunshines Attacken etwas zusammen.

»Also hat deine Taktik funktioniert. Du hast nichts bezahlt, und der Erpresser hat weder die Fotos noch das Video veröffentlicht.«

»Sieht ganz danach aus«, sagt Damien, sieht dabei jedoch nicht halb so glücklich aus wie ich mich fühle.

»Du würdest trotzdem gerne wissen, wer dahintersteckt.«

»Ja, das wüsste ich nur allzu gern«, gibt er zu.

»Du wirst die Verantwortlichen finden. Ryan ist an der Sache dran, oder?«

»Das ist er. Und früher oder später kriegen wir den Mistkerl.«

»Ganz bestimmt«, setze ich nach. »Dann lass das doch heute nicht deine Sorge sein. Ich will nicht, dass dieser verdammte Erpresser uns noch weiter den Tag vermiest als ohnehin schon.«

»Da haben Sie absolut recht, Mrs. Stark.« Er stellt den Laptop beiseite und greift nach dem roten Geschenkband. Mit Daumen und Zeigefinger hält er es an einem Ende fest und wirft das andere der Katze zu, die sofort fasziniert ist.

Gebannt starrt sie das tänzelnde Band an, die Augen weit aufgerissen, das orangefarbene Fell aufgestellt. Damien und ich halten den Atem an und müssen ein Lachen unterdrücken, als sie mit ihrem kleinen Hintern wackelt und den Schwanz aufstellt. Erst nach eingehender Beobachtung wagt sie sich schließlich zum Angriff und stürzt sich mit derselben Geschmeidigkeit auf das Band wie ein Jaguar auf seine Beute.

Ich pruste los vor Lachen, während unsere kleine Raubkatze das Band loslässt, sich auf den Rücken dreht und sich hin und her windet.

Damien versteht das Zeichen, streckt seine Hand aus und krault ihr den Bauch, woraufhin sie sich an seine Hand klammert und liebevoll daran knabbert. Er grinst mich an, und ich schmelze dahin.

»Ich könnte schwören, dass du mal gesagt hast, dass du nie ein häuslicher Typ werden möchtest.«

»Sieht Häuslichkeit denn so aus?«, fragt er, nimmt das Band und lässt es erneut hin und her tanzen.

Ich strecke ihm einen Löffel mit Eiscreme entgegen. »Ja, würde ich schon sagen.«

Er leckt den Löffel ab, nimmt meinen kleinen Finger und taucht ihn in die Eiscreme. Dann bietet er dem Kätzchen meinen kleinen Finger an, die mit ihrer rauen kleinen Zunge daran leckt und mich damit erneut zum Lachen bringt. »Wenn das so ist«, sagt Damien, »habe ich meine Meinung geändert. Ich mag das häusliche Leben sehr gern.«

»Ich auch«, sage ich und schmiege mich dichter an ihn. »Und ich liebe dich.«

Er haucht mir einen Kuss auf die Lippen. So liegen wir eng aneinandergekuschelt, während das kleine Fellknäuel über uns hinwegklettert, um sich ein Plätzchen auf dem Kissen zu suchen. Als sie sich schließlich hinlegt und zu schnurren beginnt, seufze ich vor Glück.

Hier sind wir also: er und ich.

Das ist unser Leben.

Und es könnte nicht schöner sein.

Intensiv, emotional, heiß –
die Geschichte von Sylvia und Jackson

J. KENNER

closer *to you*

FOLGE MIR

Leseprobe

1 Das knatternde Rotorengeräusch des Hubschraubers füllt meinen Kopf wie ein Flüstern; eine geheime Botschaft, der ich nicht entrinnen kann. *Bitte nicht er, bitte nicht jetzt. Bitte nicht er, bitte nicht jetzt.*

Aber ich weiß verdammt genau, dass mein Flehen sinnlos, meine Worte vergeblich sind. Ich kann nicht davonlaufen. Ich kann mich nicht verstecken. Ich kann nur weitermachen wie bisher und mit halsbrecherischer Geschwindigkeit eine Hürde nach der anderen nehmen, auf Kollisionskurs mit einem Schicksal, von dem ich geglaubt hatte, ich sei ihm vor fünf Jahren entkommen. Mit einem Mann, den ich damals hinter mir gelassen hatte.

Einen Mann, von dem ich mir einrede, dass ich ihn nicht mehr will – nach dem ich mich jedoch in Wirklichkeit verzweifelt sehne.

Meine Finger klammern sich fester um die Ausgabe des *Architectural Digest* auf meinem Schoß. Ich muss gar nicht erst hinunterschauen, um den Mann auf dem Cover zu sehen. Sein Anblick ist mir noch heute genauso lebhaft vor Augen wie damals. Sein schwarzes, glänzendes Haar, das in der Sonne leicht kupfern schimmert. Diese Augen, so blau und tiefgründig, dass man darin ertrinken könnte.

Die Abbildung auf dem Magazin zeigt ihn lässig auf der Ecke eines Schreibtischs sitzend. Die dunkelgraue Hose mit perfektem Faltenwurf. Das weiße Hemd frisch gebügelt. Die Manschettenknöpfe poliert. Hinter ihm ragt die Skyline von Manhattan empor, eingerahmt von einer Fensterwand. Er strahlt Selbstbewusstsein und Willenskraft aus, doch vor meinem geistigen Auge sehe ich noch mehr.

Ich sehe Sinnlichkeit und Sünde. Macht und Verführung. Ich sehe einen Mann mit geöffnetem Hemdkragen und locker sitzender Krawatte. Einen Mann, der sich in seiner Haut vollkommen wohlfühlt, der mit seiner Präsenz einen ganzen Raum füllt, sobald er ihn betritt.

Ich sehe den Mann, der mich wollte.

Ich sehe den Mann, der mir Furcht einflößte.

Jackson Steele.

Ich erinnere mich an das Gefühl von seiner Haut auf meiner. Ich erinnere mich sogar an seinen Geruch; ein Duft von Holz und Moschus mit einer rauchigen Note.

Vor allem aber erinnere ich mich daran, wie er mich mit seinen Worten verführte. Wie ich mich bei ihm fühlte. Und selbst jetzt, da ich über dem Pazifik dahingleite, kann ich nicht leugnen, dass mich allein die Vorstellung, ihn womöglich wiederzusehen, geradezu elektrisiert.

Und genau das macht mir Angst.

Wie um das zu unterstreichen, macht der Hubschrauber plötzlich eine scharfe Drehung, sodass sich mir der Magen umdreht. Während ich mich mit einer Hand am Fenster abstütze, blicke ich auf das tiefblaue Indigo des Pazifiks unter mir und die gezackte Küstenlinie von Los Angeles in der Ferne.

»Wir befinden uns im Landeanflug, Miss Brooks«, teilt mir kurz darauf der Pilot mit, dessen Stimme kristallklar in meinen Kopfhörern ertönt. »Nur noch wenige Minuten.«

»Danke, Clark.«

Ich reise nur äußerst ungern mit dem Flugzeug, und noch weniger mag ich Hubschrauber. Vielleicht besitze ich eine zu lebhafte Fantasie, aber ich habe dabei ständig Horrorszenarien von irgendwelchen wichtigen Schrauben und Kabeln im Kopf, die sich unter der ständigen Bewegungslast dieser vibrierenden Maschinen lösen.

Ich habe mittlerweile akzeptiert, dass es sich nicht vermeiden lässt, ab und an mit dem Flugzeug oder dem Hubschrauber zu fliegen. Doch obwohl ich mich damit abgefunden und sogar einigermaßen meinen Frieden gemacht habe, bekomme ich bei Start und Landung immer noch Herzklopfen. Ich empfinde es nach wie vor als extrem beunruhigend und unnatürlich, wie die Erde immer höher zu steigen scheint, während man eigentlich auf den Boden zurast.

Nicht, dass ich den Boden sehen könnte. Soweit ich das beurteilen kann, befinden wir uns immer noch über offenem Meer. Doch als ich gerade Clark auf diesen Umstand hinweisen will, taucht im Fenster ein schmaler Streifen der Insel auf. *Meine Insel*. Allein der Anblick bringt mich zum Lächeln, und ich atme tief ein und aus, bis ich mich einigermaßen ruhig und gefasst fühle.

Natürlich gehört die Insel nicht wirklich mir. Sondern meinem Boss, Damien Stark. Beziehungsweise der Ferienimmobilienfirma Stark Vacation Properties, die Teil des Bauunternehmens Stark Real Estate Development ist, das wiederum zu Stark Holdings gehört, einer hundertprozentigen Tochtergesellschaft von Stark International – einem der erfolgreichsten Unternehmen der Welt, das von einem der mächtigsten Männer der Welt geführt wird.

In meiner Vorstellung jedoch gehört die Insel Santa Cortez mir. Die Insel, das Projekt und das ganze damit verbundene Potenzial.

Santa Cortez ist eine der kleineren Kanalinseln, die die kalifornische Küste säumen. Die kurz hinter Catalina gelegene Insel diente viele Jahre zusammen mit San Clemente als Stützpunkt der US-Marine. Anders als die Insel San Clemente jedoch, die noch heute von der Navy verwaltet wird und einen Armeestützpunkt, Baracken und diverse andere Einrichtungen beherbergt, ist Santa Cortez völlig unbebaut, da hier lediglich das Nahkampftraining und die Ausbildung an der Waffe stattfand. Zumindest hat man mir das erzählt. Die Navy ist nicht gerade für ihre offene Informationspolitik bekannt.

Vor einigen Monaten war ich in der *Los Angeles Times* auf einen kurzen Artikel über die Militärpräsenz in Kalifornien gestoßen. Der Verfasser erwähnte darin beide Inseln, merkte aber an, dass das Militär gerade dabei sei, seine Stellung auf Santa Cortez aufzugeben. Mehr stand nicht darin, aber ich hatte Stark den Artikel trotzdem mitgebracht.

»Vielleicht steht sie zum Verkauf. Falls ja, dachte ich, wir sollten rasch handeln.« Mit diesen Worten überreichte ich ihm den Zeitungsausschnitt, nachdem ich ihn zum weiteren Tagesablauf gebrieft hatte. Wir eilten gerade den Flur zum Konferenzraum hinunter, wo nicht weniger als zwölf Bankvorstände aus drei Ländern in Anwesenheit von Charles Maynard, Starks Anwalt, auf den Beginn eines seit Langem geplanten Steuer- und Investitionsstrategietreffens warteten.

»Ich weiß, dass Sie nach einem passenden Standort für ein Paar-Resort auf den Bahamas suchen«, fuhr ich fort, »aber da wir bislang keine geeignete Insel gefunden haben, dachte ich mir, dass ein gehobenes Feriendomizil für Familien unmittelbar vor der Küste Kaliforniens unter Umständen ein durchaus interessantes Geschäftsmodell sein könnte.«

Daraufhin hatte er das Papier genommen, es beim Gehen überflogen und war vor dem Konferenzraum stehen geblieben. In den fünf Jahren, die ich für ihn arbeitete, hatte ich seine Gesichtsausdrücke zu deuten gelernt, aber in diesem Moment hatte ich nicht die leiseste Ahnung, was er dachte.

Wortlos gab er mir den Artikel zurück, bedeutete mir mit erhobenem Finger, dass ich auf ihn warten solle, und richtete beim Betreten des Raums sogleich das Wort an seine Geschäftspartner: »Meine Herren, ich muss mich entschuldigen, aber es ist etwas dazwischengekommen. Charles, wenn Sie so freundlich wären, zu übernehmen?«

Ohne eine Antwort von Maynard oder ein zustimmendes Zeichen der Bankdirektoren abzuwarten, war er wieder zu mir auf den Flur hinausgetreten, absolut davon überzeugt, dass das Treffen auch ohne ihn reibungslos und nach seinen Vorstellungen verlaufen würde.

»Rufen Sie Nigel Galway im Pentagon an«, sagte er, als wir zurück zu seinem Büro gingen. »Sie finden ihn unter meinen persönlichen Kontakten. Sagen Sie ihm, dass ich erwäge, die Insel zu kaufen. Danach rufen Sie Aiden an. Er ist zu der Baustelle in Century City gefahren, um Trent bei einigen baulichen Problemen zu helfen. Fragen Sie ihn, ob er Zeit hat, sich mit uns zum Mittagessen im The Ivy zu treffen.«

»Oh«, rief ich aus und versuchte mich zu ordnen. »Mit uns?«

Aiden hinzuziehen, leuchtete mir ein. Aiden Ward war der Vizepräsident von Stark Real Estate Development und betreute derzeit den Bau des Stark Plaza – drei Bürotürme unweit des Santa Monica Boulevard im Geschäfts- und Wohnbezirk Century City. Was mir jedoch nicht einleuchtete, war, weshalb Stark mich dabeihaben wollte, wenn er mich doch sonst einfach im Nachhinein über die wichtigsten Punkte informierte, die ich zur Nachbereitung eines Meetings brauchte.

»Wenn Sie die Projektleitung übernehmen wollen, fände ich es sinnvoll, wenn Sie beim ersten Meeting dabei sind.«

»Die Projektleitung?« Mir schwirrte der Kopf.

»Wenn Sie sich für Immobilienentwicklung und insbesondere kommerzielle Projekte interessieren, gibt es keinen besseren Mentor als Aiden. Natürlich wäre das mit Mehrarbeit verbunden, denn ich brauche Sie trotzdem im Büro. Aber Sie können so viel wie möglich delegieren. Ich glaube, Rachel würde ohnehin gerne ihre Stunden aufstocken«, fügte er in Bezug auf Rachel Peters, seine Wochenend-Assistentin, hinzu.

»Verwenden Sie Trents Geschäftsplan für das Bahamas-Angebot als Vorlage, und erarbeiten Sie einen eigenen Entwurf samt Zeitplan.« Er warf einen Blick auf die Uhr. »Bis Mittag werden Sie das nicht schaffen, aber Sie können uns zumindest ein paar Ideen präsentieren.« Als seine Augen meine trafen, schien ein Lächeln darin auf. »Oder liege ich falsch mit meiner Annahme? Ich dachte, Immobilien zählen zu Ihren besonderen Schwerpunkten, aber falls Sie kein Interesse haben, in eine Managerposition zu wechseln ...«

»Nein!«, platzte es förmlich aus mir heraus, während ich meine Schultern straffte und den Rücken durchstreckte. »Nein. Ich meine, ja. Ja, ich möchte an dem Projekt arbeiten, Mr. Stark.« Vor allem wollte ich nicht hyperventilieren, allerdings schien das gerade fast unmöglich.

»Gut«, hatte er sich zufrieden gezeigt. Mittlerweile waren wir bei meinem Schreibtisch im Empfangsbereich vor seinem Büro angelangt. »Rufen Sie Nigel an. Arrangieren Sie das Mittagessen. Und dann sehen wir weiter.«

Dieses *Und dann sehen wir weiter* hatte mich mehr oder weniger direkt hierher geführt. Und nun bin ich die offizielle Projektmanagerin für The Resort at Cortez, a Stark Vacation Property. Zumindest bin ich das heute.

Hoffentlich bin ich es morgen immer noch. Denn genau das ist die entscheidende Frage. Die Frage, ob die Neuigkeiten, die ich vor zwei Stunden erfahren habe, das Santa-Cortez-Projekt zu Fall bringen, oder ob ich es doch noch retten kann, und damit auch meine aufstrebende Karriere im Immobiliensektor.

Der einzige Haken an der Sache ist, dass ich dazu Jackson Steeles Hilfe brauche. Mein Magen verkrampft sich, und ich versuche, mich selbst zu beruhigen, dass es keinen Grund zur Sorge gibt. Jackson wird mir helfen. Er muss, denn im Moment geht es mir einzig und allein um das Projekt.

Angesichts meiner ohnehin strapazierten Nerven bin ich dankbar, dass wenigstens unsere Landung glatt verläuft. Ich stecke das Magazin in meine Leder-Tote-Bag und warte. Sobald Clark die Tür öffnet, atme ich die frische Meeresluft tief ein und halte mein Gesicht in die Brise. Sofort geht es mir besser, als seien meine Sorgen und meine Reiseübelkeit in Anbetracht der überwältigenden Schönheit dieses Ortes wie weggeblasen.

Denn diese Insel ist eine wahre Schönheit. Schön und unberührt, mit heimischen Gräsern und Bäumen, naturbelassenen Dünen und perlweißen Stränden.

Was auch immer das Militär hier gemacht hat, offenbar hat es keine Schäden an der Natur hinterlassen. Tatsächlich finden sich an dieser Stelle die einzigen Spuren menschlicher Zivilisation. Neben dem Landeplatz für zwei Hubschrauber gibt es noch eine Bootsanlegestelle, eine kleine Blechhütte zu Lagerzwecken und ein kleines Häuschen mit zwei Chemietoiletten. Außerdem einen Bobcat-Bagger, einen Generator und verschiedene Maschinenteile, die bereits verladen wurden, um alles für die Räumung der Insel vorzubereiten. Nicht zu vergessen die zwei Sicherheitskameras, die installiert wurden, um sowohl Stark International als auch der Versicherung Genüge zu tun.

Neben dem Hubschrauber, den Clark soeben gelandet hat, steht ein zweiter Hubschrauber, hinter dem ein provisorischer Weg von diesem Gelände in das unberührte Innere der Insel führt. Und vermutlich zu Damien, seiner Frau Nikki und Wyatt Royce, dem Fotografen, den Damien engagiert hat, um Porträts seiner Frau am Strand sowie Fotos von der Insel vor Baubeginn zu schießen.

Während Clark bei dem Hubschrauber bleibt, gehe ich den Weg entlang. Bereits nach wenigen Schritten bereue ich, meinen Rock und meine Highheels in der Eile nicht wie geplant gegen Jeans und bequemere Schuhe eingetauscht zu haben. Der Boden ist felsig und uneben, und meine Schuhe sind am Ende bestimmt zerkratzt und ramponiert. Aber ich schätze, falls es mir gelingt, das Projekt zu retten, sind meine marineblauen Lieblings-High-Heels ein vergleichsweise geringer Preis.

Während der Boden sanft ansteigt und ich den kleinen Hügel erklimme, blicke ich hinab auf die Bucht, die sich an eine Felsgruppe schmiegt. Die Wellen schmettern gegen den Fels und lassen Wassertropfen hoch in die Luft stieben, die in der Sonne funkeln wie Diamanten. Am Strand sehe ich Damien Arm in Arm mit seiner Frau Nikki, die ihren Kopf an seine Schulter lehnt, und beide schauen auf das weite Meer hinaus.

Nikki und ich sind mittlerweile gut befreundet, und es ist nicht so, als ob ich die beiden noch nie zusammen gesehen hätte. Aber dieser Moment ist auf eine Art so liebevoll und intim, dass ich am liebsten umdrehen würde, um sie ungestört zu lassen. Doch ich habe keine Zeit zu verlieren und räuspere mich stattdessen laut, während ich weitergehe.

Mir ist natürlich klar, dass sie mich nicht hören können. Das tosende Geräusch der Brandung ist so laut, dass sie nicht einmal die Ankunft unseres Hubschraubers bemerkt haben; umso unwahrscheinlicher ist es, dass sie mein Räuspern bemerken.

Wie zum Beweis drückt Damien seine Lippen auf Nikkis Schläfen. Diese Geste berührt mich. Ich muss an das Magazin in meiner Tasche denken – und an das Bild des Mannes auf dem Cover. Dieser Mann hatte mich einst genauso geküsst, und bei der Erinnerung an das schmetterlingsgleiche Gefühl seiner Lippen auf meiner Haut fühle ich ein Brennen in den Augen. Ich rede mir ein, dass es vom Wind und der salzigen Gischt kommt, aber das stimmt natürlich nicht.

Es ist das Gefühl von Verlust und Bedauern. Und ja, auch Angst.

Die Angst, dass ich gerade die Tür zu etwas öffne, das ich mir sehnlichst wünsche, mit dem ich aber nicht umgehen kann.

Die Angst, dass ich es vor vielen Jahren ganz gewaltig vermasselt habe.

Und die bittere Gewissheit, dass wenn ich nicht ganz, ganz vorsichtig bin, die Mauer, die ich um mich herum aufgebaut habe, zu bröckeln beginnt und meine furchtbaren Geheimnisse ans Licht kommen.

»Sylvia?«

Erschrocken fahre ich zusammen und bemerke erst jetzt, dass ich einfach dagestanden und abwesend aufs Meer gestarrt habe, während ich in Gedanken weit, weit weg war.

»Mr. Stark. Entschuldigen Sie, ich ...«

»Geht es dir gut?« Es ist Nikki, die mit besorgter Miene auf mich zugeeilt kommt. »Du siehst etwas wacklig auf den Beinen aus.« Nun steht sie neben mir und nimmt meinen Arm.

»Danke, mir geht's gut«, lüge ich. »Mir ist nur ein wenig schlecht vom Flug. Wo ist Wyatt?«

»Er hat sich unten am Strand postiert«, antwortet Stark. »Wir dachten, es sei das Beste, wenn er schon vorgehen und mit den Aufnahmen für die Broschüre beginnen würde.«

Ich zucke zusammen, denn tatsächlich bin ich über eine Stunde zu spät. Ursprünglich war geplant, dass ich den Morgen über in Los Angeles bleibe, während Nikki, Damien und Wyatt gleich in der Früh zur Insel fliegen. Ich sollte dann direkt im Anschluss an ihr privates Fotoshooting am Strand nachkommen und den restlichen Vormittag zusammen mit Wyatt Bilder für die Marketingmaterialien für das Resort machen.

Damien sollte mit dem Heli zurück in die Stadt fliegen, und später wären Wyatt, Nikki und ich mit Clark zurückgeflogen. Nikki und ich hatten kürzlich entdeckt, dass wir uns beide für Fotografie interessieren, und Wyatt hatte sich angeboten, uns nach getaner Arbeit ein paar Tipps und Tricks zu zeigen.

»Du hast deine Kamera gar nicht dabei«, stellt Nikki stirnrunzelnd fest. »Also stimmt doch irgendetwas nicht.«

»Nein«, beginne ich und lenke ein. »Na gut, ja. Vielleicht.« Ich blicke Stark in die Augen. »Ich muss mit Ihnen reden.«

»Dann gehe ich mal zu Wyatt rüber«, sagt Nikki.

»Nein, bleib ruhig. Ich meine, falls Mr. Stark – Damien – nichts dagegen hat.« Es fällt mir immer noch schwer, ihn während der Arbeitszeit beim Vornamen zu nennen. Aber wie er mehrfach erklärt hat, komme ihm die förmliche Anrede nach all den Cocktails, die ich bei ihnen zu Hause mit seiner Frau am Pool geschlürft habe, albern vor.

»Natürlich habe ich nichts dagegen. Was ist passiert?«

Ich hole tief Luft und rücke mit der schlechten Nachricht heraus, die ich bis jetzt für mich behalten habe.

»Martin Glau hat heute Morgen seine Mitarbeit am Projekt aufgekündigt.«

Ich sehe sofort die Veränderung in Damiens Gesicht. Das kurze Aufblitzen von Schock, gefolgt von Wut, die sich sofort in stahlharte Entschlossenheit wandelt. Nikkis Reaktion ist bei Weitem nicht so beherrscht.

»Glau? Aber er war doch völlig begeistert von dem Projekt. Wieso sollte er plötzlich hinwerfen wollen?«

»Er wollte nicht nur«, stelle ich richtig. »Er hat es bereits getan. Er ist weg.«

Einen Augenblick lang starrt Damien mich an. »Weg?«

»Offenbar ist er nach Tibet ausgewandert.«

Damiens Augen weiten sich beinahe unmerklich. »Ist er das?«

»Er hat sein Grundstück verkauft, seine Firma dichtgemacht und lässt seinen Kunden über seinen Anwalt ausrichten, dass er beschlossen hat, sich den Rest seines Lebens in Gebet und Meditation zu versenken.«

»Dieser Idiot«, presst Damien in einem unterdrückten Wutausbruch hervor, den ich bei ihm im Berufsalltag selten erlebe, auch wenn ihm die Presse ein hitziges Temperament nachsagt. »Was denkt der sich dabei?«

Ich verstehe ihn. Ich bin selber wütend. Immerhin ist das *mein* Projekt, und Glau hat uns hängen gelassen. Das Resort at Cortez ist zwar eine Stark-Immobilie, aber das heißt nicht, dass sie vollständig von Damien oder seinen Firmen finanziert wird. Vielmehr haben wir uns die letzten drei Monate den Arsch aufgerissen, um namhafte Investoren ins Boot zu holen. Und jeder, den wir für das Projekt gewinnen konnten, nannte uns zwei Gründe für seine Entscheidung: Glaus Ruf als Architekt und Damiens Ruf als Geschäftsmann.

Damien fährt sich mit den Fingern durchs Haar. »Okay, wir kriegen das hin. Wenn sein Anwalt heute seine Kunden informiert, kriegt die Presse bald Wind davon, und es ist nur eine Frage der Zeit, bis das Kartenhaus zusammenfällt.«

Ich schlucke. Allein bei dem Gedanken bricht mir der Schweiß aus, immerhin bin ich für das Projekt verantwortlich. Ich habe es entworfen, es gepitcht und mich voll reingehängt, um es auf den Weg zu bringen. Für mich ist es mehr als nur ein Resort: Es ist das Sprungbrett für meine Karriere.

Ich muss dieses Projekt unbedingt am Leben erhalten.

Und, verdammt noch mal, ich *werde* es am Leben erhalten. Selbst wenn ich dafür den einzigen Mann ansprechen muss, von dem ich mir geschworen hatte, dass ich ihn nie wiedersehen will.

»Wir brauchen einen Plan B«, sage ich. »Einen konkreten Maßnahmenplan, den wir den Investoren vorlegen können.«

Trotz der Umstände blitzt in Damiens Augen Belustigung auf. »Und Sie haben bereits eine Idee. Gut. Dann lassen Sie mal hören.«

Ich nicke und klammere mich an meine Tote Bag. »Für die Investoren waren Glaus Ruf und sein Portfolio ausschlaggebend. Wir können ihn nicht durch irgendeinen beliebigen Architekten ersetzen.« Als kreativer Kopf hinter einigen der beeindruckendsten und innovativsten Bauwerke der Moderne, genoss Glau als Stararchitekt einen enormen Vertrauensvorschuss. Ein Architekt, dessen Können und Bekanntheitsgrad allein schon als Erfolgsgarant gelten konnten.

»Deshalb würde ich vorschlagen, dass wir den Mann als Nachfolger präsentieren, der Glau ebenbürtig ist und ihn sogar zu übertreffen vermag.« Ich greife in meine Tasche und ziehe das Magazin hervor, das ich Damien überreiche.

»Jackson Steele.«

»Er besitzt Erfahrung, Stil und Renommee. Ich würde sogar so weit gehen zu sagen, dass er nicht nur ein aufsteigender Stern der Branche ist, sondern – nun da Glau raus ist – der Kronprinz, der ihn beerbt. Und damit nicht genug. Denn viel mehr noch als Glau besitzt Steele die Art von Strahlkraft, die dieses Projekt gebrauchen kann. Die Art von Publicity, die nicht nur die Investoren überzeugt, sondern auch bei der Vermarktung des Resorts ein Riesenplus ist.«

»Ist dem so?«, fragt Damien merkwürdig tonlos. Der kurze Blickwechsel zwischen Damien und Nikki ist mir nicht entgangen, und ich frage mich, was es damit auf sich hat.

»Lesen Sie den Artikel«, bitte ich ihn mit Nachdruck. »Es gibt Gerüchte, wonach die Geschichte rund um eines seiner Bauwerke fürs Kino verfilmt werden soll. Außerdem gibt es bereits eine Dokumentation über ihn und das Museum, das er letztes Jahr in Amsterdam gebaut hat.«

»Ich weiß«, sagt Damien. »Die Premiere findet heute Abend im Chinese Theater statt.«

»Genau!«, sage ich begeistert. »Gehen Sie hin? Sie könnten dort mit ihm sprechen.«

Damiens Mund verzieht sich zu einem ironischen Lächeln. »Seltsamerweise bin ich nicht eingeladen. Ich habe nur davon erfahren, weil Wyatt erwähnt hat, dass er engagiert wurde, um auf dem roten Teppich zu fotografieren und ein paar Schnappschüsse von den Gästen zu machen.

»Aber genau das meine ich«, beharre ich. »Es ist ein Riesenevent. Dieser Mann hat Charisma und Glamour, er ist ein echter Star. Wir brauchen ihn unbedingt in unserem Team. Und dem Artikel zufolge plant er die Eröffnung einer Niederlassung in Los Angeles, was bedeutet, dass er an der Westküste Fuß fassen will.«

»Jackson Steele ist nicht der Einzige, der infrage kommt«, gibt Damien zu bedenken.

»Nein«, stimme ich zu. »Aber momentan ist er der Einzige, der im Fokus steht. Mehr noch. Ich habe mir bereits die anderen Architekten angesehen, auf die die Investoren anspringen könnten, und keiner ist aktuell verfügbar. Steele schon. Ich hatte ihn im ursprünglichen Entwicklungsplan nur nicht berücksichtigt, weil er die nächsten sechs Monate für ein Projekt in Dubai eingespannt war.« Insgeheim war ich damals sogar froh, weil ich genau diese Situation hatte vermeiden wollen. Doch nun liegen die Dinge völlig anders.

»Dann platzte das Dubai-Projekt. Politische und finanzielle Schwierigkeiten, nehme ich an. Steht alles im Artikel.

Ich habe kurz recherchiert, und soweit ich weiß, stehen bei Steele derzeit keine Projekte an, doch das wird sicher nicht lange so bleiben. Steele kann das Cortez-Resort retten. Bitte glauben Sie mir, dass ich ihn nicht vorschlagen würde, wenn ich nicht überzeugt wäre, dass er der Richtige ist.«

Und war das nicht die volle Wahrheit?

»Das glaube ich auch«, sagt Damien. »Und ich stimme mit Ihrer Einschätzung überein. Falls wir Jackson Steele nicht sofort für das Projekt gewinnen können, verlieren wir unsere Investoren. Die einzige andere Möglichkeit wäre, die Finanzierung komplett selbst zu übernehmen. Entweder mit Firmenmitteln oder meinem privaten Vermögen.« Er holt Luft. »Aber Sylvia«, sagt er in freundlichem Ton, »so mache ich keine Geschäfte.«

»Ich weiß. Das weiß ich natürlich. Deshalb schlage ich ja vor, dass wir Jackson fragen. Steele, meine ich«, korrigiere ich mich schnell, als ich meinen Versprecher bemerke. »Das Resort ist ein Prestigeobjekt – genau das, worauf er sich mittlerweile spezialisiert. Er wird unterzeichnen. Das Projekt ist genau nach seinem Geschmack.«

Erneut beobachte ich, wie Damien und Nikki einen kurzen Blick wechseln, und Zweifel beschleichen mich.

»Entschuldigt die Frage«, sage ich. »Aber gibt es irgendetwas, das ich nicht weiß?«

»Jackson Steele hat kein Interesse daran, für Stark International zu arbeiten«, sagt Nikki nach kurzem Zögern.

»Er ... was?« Es dauert ein paar Sekunden, bis die Worte zu mir vordringen. »Woher weißt du das?«

»Wir haben ihn auf den Bahamas getroffen«, erklärt Nikki. »Damien bot ihm an, ihn von Anfang an in das Bahamas-Projekt einzubinden, noch bevor Stark International das Objekt gekauft hatte. Er hätte volles Mitspracherecht in allen Bereichen gehabt. Aber er hat unmissverständlich klargemacht, dass er weder für Damien noch für eine seiner Firmen arbeiten will. Er sagt, Damien werfe einen langen Schatten und er wolle nicht, dass das auf ihn oder seine Arbeit zurückfalle.

»Mit anderen Worten, wir werden Steele nicht für uns gewinnen können«, sagt Damien. Er blickt auf seine Uhr und dann zu Nikki: »Ich muss zurück.« Dann wendet er sich wieder mir zu. »Rufen Sie die Investoren persönlich an. Diese Angelegenheit duldet keinen Aufschub. Es tut mir wirklich leid, Syl.« Als ich meinen Spitznamen höre, wird mir der Ernst der Lage bewusst. Das Projekt ist tot. *Mein* Projekt ist tot.

Ich rede mir ein, dass ich erleichtert sein sollte, weil ich keine Erinnerungen heraufbeschwöre. Dass es töricht war zu glauben, ich sei stark genug, um mich meinen schlimmsten Albträumen zu stellen. Dass ich das Projekt aufgeben sollte, anstatt zu all dem zurückzukehren, vor dem ich einst weggerannt bin.

Nein.

Nein. Ich habe so hart dafür gearbeitet, und das Projekt bedeutet mir zu viel. Ich kann jetzt nicht einfach kampflos aufgeben.

Und ja, vielleicht will ein Teil von mir Jackson Steele wiedersehen. Um mir selbst zu beweisen, dass ich es kann. Dass ich ihn sehen, mit ihm sprechen, so verflucht eng mit ihm zusammenarbeiten kann – und es trotzdem schaffe, nicht unter dieser Last zusammenzubrechen.

»Bitte«, sage ich mit geballten Fäusten und rede mir ein, dass der Grund für mein Herzrasen und den Schweißfilm auf meiner Haut meine Angst ist, das Projekt zu verlieren, und nicht der Gedanke daran, Jackson wiederzusehen. »Lassen Sie mich mit ihm reden. Wir müssen es zumindest versuchen.«

»Es wird neue Projekte geben, Miss Brooks.« Damiens Stimme ist freundlich, aber bestimmt. »Das ist nicht Ihre letzte Gelegenheit.«

»Das glaube ich Ihnen. Aber ich habe noch nie erlebt, dass Sie ein gefährdetes Projekt einfach so sausen lassen, wenn die Chance besteht, es doch noch zu retten.«

»Basierend auf dem, was ich über Steele weiß, gibt es keine Chance.«

»Ich denke schon. Bitte, lassen Sie es mich versuchen. Alles, worum ich Sie bitte, ist ein Wochenende«, füge ich schnell hinzu. »Nur so viel Zeit, wie ich brauche, um mit Mr. Steele zu sprechen und das Projekt zu pitchen.«

Einen Moment lang sagt Damien nichts. Dann nickt er. »Ich kann die Investoren nicht im Dunkeln lassen. Aber wir können die Tatsache ausnutzen, dass bereits Freitag ist. Rufen Sie sie an. Sagen Sie, dass wir ihnen ein Update zum Projekt mitteilen müssen, und beraumen Sie für Montagmorgen eine Telefonkonferenz an.«

Ich nicke, schnell und geschäftsmäßig. Aber innerlich mache ich Luftsprünge vor Freude.

»Ihnen bleibt also dieses Wochenende. Montagmorgen müssen wir entweder verkünden, dass wir ab sofort Jackson Steele mit an Bord haben, oder das Projekt steht auf der Kippe.«

»Er wird mit an Bord sein«, sage ich mit einer Gewissheit, die mehr auf Hoffnung denn auf Fakten beruht.

Damien neigt seinen Kopf ganz leicht nach links, als ob er meine Worte abwägt. »Was macht Sie da so sicher?«

Ich lecke mir über die Lippen. »Ich ... Ich habe ihn kennengelernt. Vor fünf Jahren in Atlanta. Direkt bevor ich bei Ihnen anfing. Ich weiß nicht, ob er einwilligt, aber ich glaube, er wird mir zumindest zuhören.« Wenigstens dachte ich das, bis ich eben von seiner Absage für das Stark-Projekt erfuhr.

Nun ist die Situation völlig anders. Ich dachte, dass ich ihm ein Traumprojekt auf dem Silbertablett präsentiere. Dass ich ihm einen Gefallen tue. Dass ich es in der Hand habe.

Aber nun weiß ich, dass das Gegenteil der Fall ist.

Er kann mich auflaufen lassen und Nein sagen. Er kann mir den Mittelfinger zeigen und mich zur Hölle schicken.

Ich denke über unser letztes Gespräch nach – ein Gespräch, das mir fast das Herz zerriss.

Ich muss dich um etwas bitten, hatte ich gesagt.

Alles, was du willst.

Keine Fragen. Keine Widerrede. Bitte, es ist wichtig.

Was auch immer du willst, Baby, ich verspreche es dir. Du musst mich einfach nur fragen.

Er hatte sein Wort gehalten und meine Bitte erfüllt, auch wenn es uns beide schier umbrachte.

Jetzt muss ich ihn wieder um etwas bitten.

Und ich hoffe inständig, dass ich ihn auch diesmal einfach nur zu fragen brauche.

Lesen Sie weiter in:

J. KENNER

closer *to you*

FOLGE MIR

ISBN 978-3-453-35876-8
Auch als E-Book